Kristina
Gorcheva-Newberry

Das Leben vor uns

*Zu diesem Buch*
Anja und ihre beste Freundin Milka wachsen in den Achtzigerjahren am Stadtrand von Moskau auf. In den Sommermonaten streifen sie durch die Maispflanzen, suchen wilde Erdbeeren und fangen Grillen als Glücksbringer. Und während ihre Eltern gekennzeichnet sind von den Entbehrungen der Vergangenheit, verlieben sich die beiden in die Hymnen von Freddie Mercury und das Raunen einer verheißungsvollen Zukunft. Als Anjas Jugend ein jähes Ende nimmt, versucht sie noch vor dem Fall des Eisernen Vorhangs, sich in den USA eine neue Heimat aufzubauen. Doch durch das Sehnsuchtsland ihrer Jugend streifen die Geister ihrer Vergangenheit. Mit der eindringlichen Geschichte einer unerschütterlichen Freundinnenschaft erzählt Kristina-Gorcheva Newberry vom Aufwachsen in einem Staat kurz vor dem Zerfall.

»Gorcheva-Newberry zeichnet ein umfassendes Bild des Alltags in Moskau während der letzten Jahre vor Gorbatschows Regierungsantritt.«
*Frankfurter Allgemeine Zeitung*

*Die Autorin*
Kristina Gorcheva-Newberry wuchs in Moskau auf, studierte Englisch an der Staatlichen Linguistischen Universität und arbeitete als Lehrerin und Dolmetscherin. 1995 zog sie in die USA und studierte Englisch und Kreatives Schreiben. Für ihre Kurzgeschichten erhielt sie mehrere Preise, u. a. den Katherine Anne Porter Prize for Fiction. Ihr Debütroman *Das Leben vor uns* wurde von der *New York Post* zu einem der besten Bücher 2022 ernannt und war 2023 in der Endauswahl für den Chautauqua-Preis. Sie lebt in New York, Virginia und Russland.

*Die Übersetzerin*
Claudia Wenner ist promovierte Literaturwissenschaftlerin und als Literaturkritikerin, Herausgeberin, Schriftstellerin und Publizistin tätig. Sie übersetzt unter anderem Werke von Virginia Woolf, Raymond Carver und Quentin Bell. Wenner lebt in Frankfurt und Pondicherry.

Mehr über die Autorin und ihr Werk auf *www.unionsverlag.com*

# Kristina Gorcheva-Newberry

## Das Leben vor uns

Roman

Aus dem Englischen
von Claudia Wenner

Unionsverlag

Die Originalausgabe erschien 2022 bei Ballantine Books, an imprint of Random House, a division of Penguin Random House LLC, New York.
Die deutsche Erstausgabe erschien im Verlag C.H.Beck, München.

*Im Internet*
Aktuelle Informationen, Dokumente und Materialien
zu Kristina Gorcheva-Newberry und diesem Buch
*www.unionsverlag.com*

Unionsverlag Taschenbuch 1013
© by Kristina Gorcheva-Newberry 2022
© der deutschsprachigen Ausgabe by
Verlag C.H.Beck oHG, München 2022
Diese Ausgabe erscheint mit freundlicher Genehmigung
des Verlags C.H.Beck
Originaltitel: The Orchard
© by Unionsverlag 2024
Neptunstrasse 20, CH-8032 Zürich
Telefon +41 44 283 20 00
mail@unionsverlag.ch
Alle Rechte vorbehalten
Reihengestaltung: Heinz Unternährer
Umschlagfoto: Greta Larosa (Trevillion Images)
Umschlaggestaltung: Peter Löffelholz unter Verwendung
eines Entwurfs von Michaela Kneißl, *www.geviert.com*
Druck und Bindung: CPI – Clausen & Bosse, Leck
ISBN 978-3-293-71013-9

Der Unionsverlag wird vom Bundesamt für Kultur mit einem
Verlagsförderungs-Strukturbeitrag für die Jahre 2021–2024 unterstützt.

Meinen Freunden und Freundinnen
– der Generation Perestroika –
verloren, übersehen, vergessen

Wir werden sehen, wie all das Böse auf Erden, alle unsere Leiden
im Erbarmen versinken, das die Welt erfüllen wird,
und unser Leben wird still, sanft und süß werden,
wie ein Hauch. Ich glaube daran.
                    Anton Tschechow, *Onkel Wanja*

# ERSTER TEIL

# 1

Milka Putowa war seit der ersten Klasse meine Freundin, fast so lange, wie ich denken kann. Sie war klein und dünn wie eine Sprotte, und so wurde sie auch von den Jungen in unserer Klasse genannt – Sprotte. Sie hatte kleine, eichelbraune, schräg stehende Augen, die zu weit auseinanderlagen – das Ergebnis von hundertfünfzig Jahren mongolisch-tatarischem Joch, wie sie oft witzelte. Sie hatte ein breites, blasses Gesicht und fleischige, himbeerrote Lippen, vor allem im Winter, wenn wir Schlitten gefahren waren oder den ganzen Nachmittag Burgen gebaut hatten und unsere Knie und Ellbogen schneeüberkrustet, unsere Ponys und Wimpern weiß vor Raureif waren. Wir wohnten am Stadtrand von Moskau und stapften zusammen über ein weites, unberührtes Feld zur Schule, das sich wie weißer Satin vor uns erstreckte. Milka ging in Wollstrümpfen und Filzstiefeln vor mir durch den kniehohen Schnee, wobei sie ein Bein vorsichtig vor das andere setzte und ich in ihre Fußstapfen trat. Manchmal blieb sie stehen, um mit den Fingern, die in Handschuhen steckten, unsere Namen in den Schnee zu schreiben: Milka + Anja; auf dem Rückweg schauten wir dann eilig nach, ob die Buchstaben noch da waren.

Milka hatte dunkelgoldenes, seidiges, glattes Haar, das zu einem kinnlangen Pagenkopf geschnitten war. Sie wusch es jeden Tag, und wenn wir nebeneinander im Unterricht saßen, duftete es zart nach Apfelblüten, und dieser Duft ließ die Sommermonate in der Datscha meiner Eltern für mich wieder aufleben: Als wir durch ein Labyrinth aus Maispflanzen zuckelten, deren Stiele dreimal so hoch waren wie wir selbst; als wir die grünen Hüllblätter berührten und die weiche, üppige Seide abtrennten, um festzustellen, wie groß und wie reif die Kolben waren. Oder als wir durch Birken- und Espenwäldchen streiften und Pilze für Suppe sammelten, deren brüchige Stiele im Gras vergraben waren und deren Hüte wie Edelsteine rot und orange unter den Bäumen leuchteten. Oder als wir im Fluss ans andere Ufer und wieder zurück um die Wette schwammen und dann die schlammige Böschung hinaufkletterten und uns auf unseren Handtüchern reglos trocknen ließen, mit den Bäuchen nach oben wie Frösche, die in der Sonne dörrten.

Mit zehn trugen wir noch keine Bikinioberteile und zogen uns auch noch nicht verschämt hinter Büschen um. Wir berührten einander im Gesicht, an den Schultern und nicht vorhandenen Brüsten, verglichen unsere Hände und Füße, die Länge unserer Zehen und Finger, unsere Nasen und Wimpern sowie Farbe und Form unserer Brustwarzen. Wir zählten Leberflecken und Sommersprossen, Schnakenstiche und Schrammen, suchten versteckte Muttermale, graue Haare, eindeutige Unterscheidungsmerkmale. Wir faulenzten in der Hängematte, die wir zwischen dem Verandageländer und einer Kiefer aufgehängt hatten, oder wir reihten wilde Erdbeeren auf lange Strohhalme und lutschten sie dann alle auf einmal so ungestüm herunter, dass unsere Zungen und Münder magentarot schäumten; wir schnitzten unsere Namen in Birkenstämme, die so dick und mächtig waren, dass wir sie nicht mit den Armen umschließen konnten. Wir fingen Grillen in Gläsern oder Streichholzschachteln, legten sie als Glücksbringer unter unsere Kopfkissen und ließen sie am nächsten Morgen wieder frei; wenn der Vollmond wie eine Bernsteinbrosche tief am Himmel hing, wünschten wir uns etwas. Wir sehnten uns nach schöneren Kleidern und Soluschkas Kristallschuhen und nach einer guten Fee, die unsere schmuddeligen Wohnungen in herrliche Schlösser verwandeln würde. In der Datscha öffneten wir das Schlafzimmerfenster und starrten in die Dunkelheit ringsum. Die Apfelbäume trugen die ersten winzigen, sauren Früchte. Die Bäume wiegten ihre Äste, die am Boden zitternde Schatten warfen, und wir streckten uns weit aus dem Fenster und berührten ihre jungen, zarten Blätter.

Als wir elf waren, spielten wir immer noch mit Puppen. Manchen fehlte ein Arm oder Bein; andere hatten kaum noch Wimpern und Haare und zerkratzte oder stumpfe Stellen, weil sie jahrelang an- und ausgezogen und dauernd gebadet worden waren. Wir hatten keine männlichen Puppen, dafür aber einen Satz Zinnsoldaten, um die ich gebettelt hatte, bis meine Mutter sie uns kaufte. Die Soldaten waren unverhältnismäßig klein, was uns ganz normal vorkam, weil die meisten Jungen in unserer Klasse kleiner waren als die Mädchen. Wir beschützten die Soldaten heftig, und zwar nicht, weil es nur wenige waren oder weil sie mehr gekostet hatten, sondern weil sie uns so zart und irgendwie hilflos erschienen und man sich um sie kümmern und sie beruhigen musste. Wir behandelten sie sehr vorsichtig und legten sie jeden Abend in ihre Schachtel zurück.

Manchmal taten wir so, als seien die Soldaten gerade aus dem Krieg zu ihren Frauen und Freundinnen heimgekehrt. Wir zogen sie nackt aus, legten ihre steifen, kalten Körper auf die rosafarbenen Plastikkörper und rieben sie aneinander, so fest wir konnten.

«Meinst du, sie ist jetzt schwanger?», fragte Milka dann immer.

«Kann schon sein. Wie lange dauert das normalerweise?»

«Keine Ahnung. Reiben wir noch ein bisschen weiter», sagte sie und schob ihre Puppe unter meinem Soldaten hin und her.

Seltsamerweise war ich immer für die männlichen Puppen zuständig und Milka immer für die weiblichen. Mein Soldat beugte sich vor und küsste Milkas Puppe mit seinem kleinen Mund fest auf die geschwungenen, geschminkten Lippen. Natürlich hatten weder die Zinnsoldaten noch die Plastikpuppen Genitalien, wir taten aber so, als hätten sie welche, und Milka nahm sogar die Hand eines Soldaten und berührte damit den Bauch und die Beine der Puppe sowie den kompakten, undurchdringlichen Bereich dazwischen. Oder sie drückte das Gesicht des Soldaten an diese Stelle. Damals hatte ich noch nie etwas von oralem Sex gehört, doch Milkas Handbewegungen wirkten überzeugend.

In dem Jahr fingen Milka und ich an, unsere Körper eingehend im Spiegel zu betrachten und all die Veränderungen zur Frau vorwegzunehmen, über die meine Mutter uns aufklärte, wenn mein Vater nicht im Zimmer war. Milkas Vater war bei einem Verkehrsunfall ums Leben gekommen, als sie noch ein Baby war, und ihre Mutter hatte bald danach wieder geheiratet. Milka sprach selten über ihre Familie. Sie erzählte nur, dass ihre Eltern in einer Fischkonservenfabrik arbeiteten und dass ihre Kleider und Haare deshalb wie abgestorbenes Seegras rochen. «Sogar ihre Haut riecht danach», sagte sie. «Faulig.»

«Warum kommen sie nie in die Schule?», fragte ich einmal.

«Weil dann das ganze Gebäude desinfiziert werden müsste», sagte sie und fuhr mit ihren knochigen Kitzelfingern unter mein Hemd. Ich schrie auf, gab ihr einen Klaps auf die Hand und drehte mich auf den Zehenspitzen um die eigene Achse. Sie lachte ihr raues Lachen mit weit geöffnetem Mund und bleckte dabei ihre ebenmäßigen, weißen Zähne, die wirkten, als wären sie mit Schnee überzogen.

Zwei Jahre vergingen und wir bekamen zum ersten Mal unsere Tage. Wir bekamen auch einen Busen und Schamhaare, fingen an, BHs zu tragen und das Badezimmer abzuschließen, wenn wir duschten. Ich schoss in die Höhe, nahm ein bisschen zu und wurde meiner Mutter immer ähnlicher – einer weichbusigen Frau, die stärker zu sein schien als mein Papa und stärker als sämtliche Männer auf Erden. Doch Milka blieb eine Sprotte – klein und kümmerlich, mit linkischen Gliedmaßen und eingefallenem Bauch. Wenn sie sich nach der Schule auf dem Bett ausstreckte, konnte ich ihre Rippen zählen, die sich unter ihrem T-Shirt abzeichneten. Ihre Haare hatten immer noch dieselbe Länge und dufteten immer noch nach Sommer und nach den Äpfeln, die meine Eltern auf ihrer Datscha anbauten.

Damals scherten wir uns nicht um Schrammen und blaue Flecken, nicht einmal um Pickel, die wir uns gegenseitig am Rücken ausquetschten. Diese Sommer kamen uns genauso endlos vor wie das

Leben, das vor uns lag. Wir fanden unsere Eltern alt und hoffnungslos antiquiert, weil sie stundenlang Schlange standen, um Zucker oder Toilettenpapier zu kaufen. ‹Generation Buchweizen› nannten wir sie. Meine Mutter drehte sich um und sagte: «Mal sehen, wie man euch irgendwann nennt.» Mit ‹man› meinte sie unsere zukünftigen Kinder, und dann lachten wir laut und erklärten einstimmig: «Wir kriegen keine Kinder. Wir brennen nach Paris durch oder nach Rom und leben dort glücklich bis ans Ende unserer Tage.»

Wie die meisten Russen hatten wir die Sowjetunion nie verlassen, und alle fremden Städte waren für uns so weit weg und so unerreichbar wie der Mond. Wir konnten nicht ahnen, dass der Eiserne Vorhang bald fallen würde oder dass der Rest der Welt anders war und nicht von denselben brutalen Reglementierungen beschränkt wurde oder von der jahrelangen eisernen Faust eines Diktators. Wir betrachteten unsere damalige Regierung nicht einmal als Diktatur, wir nahmen die Dinge hin wie die unausweichliche Abfolge der Jahreszeiten: Pappelflaum und Apfelblüten im Frühjahr und die eiskalte, starre Blindheit des Schnees im Winter. Weil man machtlos war, und vielleicht auch immun gegen Veränderungen, musste man sie ertragen. Doch auch wenn diese Gründe nicht griffen, waren Veränderungen nie zum Besten oder zum Wohl des Volkes. «Dieses Land ist zu alt und zu störrisch», sagte meine Großmutter immer, und dann nickten Milka und ich und schoben uns ihr Sauerkraut in die Backentaschen. Sie machte wirklich köstliches, saftiges Kraut, das von unserem Winterspeisezettel nicht wegzudenken war, ebenso wenig wie wir uns nicht vorstellen konnten, den Tisch oder die Schulbank oder unsere Träume oder die Zukunft nicht miteinander zu teilen, ganz gleich, wie weit entfernt sie sein mochte. Wir wussten, dass wir eines Tages heiraten und alt werden würden, dass wir erst wie unsere Mütter und dann wie unsere Großmütter aussehen würden, mit Hängebrüsten und Runzeln im Gesicht und grauem Haar, das sich die meisten Russinnen bleichten oder mit Henna färbten. Aber wir wussten auch, dass wir immer Freundinnen sein würden und dass sich daran nie etwas ändern würde.

In unserer Klasse gab es nicht genügend Jungen, genau wie in unserem Land, in dem es an Männern fehlte – darauf wies uns meine Großmutter immer hin: «Der Krieg und Stalin haben das Land gesäubert.» In der Schuldiskothek tanzte ich daher wie andere Mädchen mit Milka. Mit dreizehn war ich pummelig und viel größer als sie, die beweglich, schnell und dynamisch war und beim Tanzen die Führung übernahm. Die Turnhalle war mit blinkenden, bunten Lichtergirlanden geschmückt, und Milkas Haut leuchtete erst rosa, dann blau und dann grün. Wenn sie den Kopf nach links und nach rechts wandte, schwang ihr Haar mit jeder Drehung ihrer knochigen Hüfte oder ihres winzigen stampfenden Fußes von einer Wange zur anderen. Die Musik war ein Potpourri aus tempogeladenen und traurigen Songs beliebter sowjetischer Sänger: Waleri Leontjew, Sofija Rotaru und Alla Pugatschowa sowie der beiden berühmten Rockbands Maschina Wremeni und Akwarium. Außerdem liefen die Beatles und ABBA sowie die unvergleichlichen Italiener Al Bano und Romina Power, Adriano Celentano und Toto Cutugno, der allen Mädchen unserer Klasse bewusst machte, dass sie gerade zu Frauen wurden. Seine Stimme bebte so verführerisch, dass sie geradezu spürbar war: Wir hatten das Gefühl, tief im Inneren unseres Körpers berührt zu werden. Wir schnitten seine Fotos aus Zeitschriften aus, klebten sie in unseren Zimmern an die Wände oder auf die Rückseiten unserer Schulbücher und rieben mit den Fingern über sein Bild.

Zu den Schulbällen trugen wir immer unsere besten Kleider, Pullover oder Hemden, die wir uns aus den Schränken unserer Mütter geliehen hatten und dann in den Korridoren oder Toiletten anzogen, bevor wir in die Turnhalle gingen. Wir krempelten die Ärmel hoch, stopften unsere BHs mit Wattebäuschen aus und knöpften unsere Unterhemden so weit auf, dass man einen Hauch von Dekolleté sah.

Gelegentlich zogen wir altmodische Blusen, Hosen oder Röcke an, die wir in den Truhen zu Hause gefunden hatten oder in den *Komissionkas*, den schäbigen Secondhandläden. Wir brachten die Klamotten zu meiner Großmutter, die eine Singer-Nähmaschine mit Pedal hatte, auf der sie uns die neu erworbenen Schätze umnähte. Wie stolz wir auf diese fantasievollen Outfits waren, die wir selbst ersonnen hatten und die sie mit ihren krummen Arthritishänden zugeschnitten und zusammengenäht hatte. Wenn wir in einer sowjetischen Zeitschrift oder in einem Film eine Schauspielerin entdeckten – in den paar wenigen harmlosen ausländischen Filmen, die gezeigt wurden, meist italienische oder französische Komödien –, eilten wir bei der ersten Gelegenheit ins Kino und wurden ganz unruhig, wenn wir in Gedanken unsere Garderobe durchgingen und unsere Kleider und Röcke der neuesten Mode entsprechend kürzten oder verlängerten. Unsere Schuhe blieben jedoch ein hoffnungsloser Fall: Sie waren aus dickem Leder in hässlichem Braun oder stumpfem Schwarz, mit quadratischen Absätzen und abgerundeter Spitze – Schuhe, die jeden Flirt verhinderten. Als wir in die Pubertät kamen, wurde Milka und mir bewusst, dass wir keine große Auswahl hatten, weder an Kleidern noch an Männern.

Eines Tages, nach einem Discoabend in einer leer stehenden Schule, beschlossen wir auf der Toilette, uns zum ersten Mal «richtig» zu küssen, und waren danach regelrecht angeekelt: zu fleischig, zu nass und geschmacklich zu intensiv. Draußen vor dem Fenster wurde der Schnee zu einer samtigen Decke. Es war ganz dunkel und der einzige Laternenpfahl auf dem Schulhof blinkte immerzu, als wäre er von der Berührung unserer Lippen überrumpelt worden.

«Wenn wir keine Jungs finden, Ranewa, dann weiß ich nicht, was aus uns wird. Auf keinen Fall will ich bis an mein Lebensende nur dich küssen», sagte Milka und wischte sich den Mund ab.

«Geht mir auch so», sagte ich. «Grässlich. Deine Zunge ist irgendwie zu lang.»

«Auch nicht länger als deine.»

Ich streckte die Zunge heraus und Milka auch, und dann drehten wir uns zum Spiegel um, einem angeschlagenen, halb blinden Exemplar, das für zwei Gesichter zu klein war. Wir traten einen Schritt zurück. Unsere Zungen waren blassrosa und hingen uns aus dem Mund wie fremde Wesen, mit Hubbeln und Spucketropfen an den Spitzen. Sie kamen uns genau gleich vor, schleimig und ekelhaft. Ansonsten hatten unsere Gesichter keinerlei Ähnlichkeit, doch von Weitem sahen wir mit unseren lächerlichen Grimassen wie Zwillingszwerge aus, ganz runzelig und faltig, mit Kinngrübchen und breiten Schneidezähnen.

Am selben Tag bekamen wir beide eine Halsentzündung und konnten uns eine Woche nicht sehen. Es war die längste, ruhigste Zeit in der Menschheitsgeschichte. Zu dieser Zeit entdeckte Milka Science-Fiction-Bücher, und ich entdeckte das Masturbieren, erzählte ihr aber monatelang nichts davon.

## 2

Als Breschnew starb, wurden wir vierzehn. Vorlaut und taktlos wie die meisten Teenager wussten wir nicht, was Trauer war, und verstanden auch nicht, was für einen Einfluss sie auf die Lebenden hatte. Damals dachten wir, Breschnew würde ewig leben, wie Himmel und Erde. Es war ein düsterer Novembermorgen, eine dünne Schicht Neuschnee bedeckte den Boden und Wind fegte durch die Straßen, schlug an die Fenster, hinter denen überall Licht brannte: Alle hatten sich vor dem Fernseher versammelt und blickten sprachlos auf Breschnews Leichnam, der inmitten roter Nelken und weißer Gladiolen neben der blinden Grube zu sehen war. Es begann heftiger zu schneien, und man sah die wirbelnden Flocken auf dem Gesicht des toten Generalsekretärs landen, auf seinem schmalen Mund und den mächtigen schwarzen Augenbrauen, die wie gezwirbelte Wollstränge wirkten.

Wir saßen in unserem Wohnzimmer am Tisch und tranken heißen Tee. Es war gleichzeitig unser Esszimmer und das Schlafzimmer meiner Großmutter. Da wir einen neuen Farbfernseher hatten und Milkas Familie nur die vorsintflutliche Schwarz-Weiß-Kiste mit dem ruckelnden Bild und dem schlechten Ton, kam sie zu uns, um sich die Beerdigung anzusehen. «Nicht dass es so wichtig wäre», sagte sie und schaufelte sich die Apfelmarmelade meiner Mutter auf den Teller. «Ein Haufen alter, trauriger Typen, die einen von ihnen wegschaffen. Irgendwann musste es ja passieren. Er war krank. Seine Reden wurden aufgezeichnet und später synchronisiert. Er musste also nur den Mund aufmachen. Deswegen hört man die Wörter manchmal nicht richtig.»

«Man sagt, er sei gedoubelt worden. In den letzten paar Jahren konnte er sein Zimmer nicht mehr verlassen – er konnte nicht mehr laufen, was uns aber verheimlicht wurde.» Ich legte mir ein Stück Käse aufs Brot und biss ab.

«Plapper nicht einfach irgendwas nach, Anja. Das schadet dir nur», sagte mein Vater und rückte seinen Stuhl näher an den Fernseher, während meine Mutter Tee in dünne Porzellantassen goss und sie dann wieder auf die Untertassen stellte. Das leise Klingelgeräusch, das dabei entstand, ähnelte dem der Wanduhr. Dieses alte Teeservice hatte mein Großvater nach dem Krieg aus Deutschland mitgebracht. Er wollte es unbedingt behalten, obwohl meine Großmutter strikt dagegen war, das Porzellan des Feindes zu benutzen. Nach seinem Tod gab sie das Teeservice meiner Mutter. Von dem zwölfteiligen Service, zu dem ursprünglich auch eine Zuckerdose, ein winziges Sahnekännchen und eine Teekanne gehörten, war das meiste kaputt oder hatte Sprünge. Die Tassen und Untertassen hatten rockfaltenartig modellierte Ränder, und die gelb-rosaroten Rosen auf dem weißen Porzellan waren stark verblasst, jedoch immer noch von einer Schönheit, die, wie ich fand, so zart war, dass man sie nur mit dem Mund berühren durfte, nicht mit den Fingern.

«Sie haben ihn gerade fallen gelassen», sagte mein Vater und sprang auf. «Wie grauenhaft.»

«Wen?», fragte meine Großmutter, die sich gerade Tee in die Untertasse goss. Sie trank ihren Tee immer noch auf die altmodische Weise: schlückchenweise vom Rand. Sie war klein und vollbusig und hatte lange graue Haare, die sie seit Kriegsende nicht mehr geschnitten hatte.

«Breschnew», sagte mein Vater laut, so als wollte er auf diese Weise das zunehmend schlechter werdende Augenlicht meiner Großmutter wettmachen.

«Das ist schlimm, sehr schlimm. Ein schlechtes Omen. Ich gehe jetzt. Das ist das Ende.» Meine Großmutter hüllte sich in ihr Schultertuch, das sie selbst im Sommer nie ablegte, und steckte ihre Bernsteinbrosche wieder fest. Von Milka und mir aus gesehen wirkte die Brosche wie eine Riesenhummel, die ihr am Busen hinaufkroch.

«Vielleicht ist es der Anfang», sagte meine Mutter. «Übrigens ist er tot. Er merkt es nicht mehr.»

«Aber es kommt landesweit im Fernsehen. Wahrscheinlich zeigen sie es auch in Amerika.» Mein Vater rieb sich sein schütter werdendes hellbraunes Haar, das an den Seiten dichter war. Er lehnte sich im Sessel zurück, der unter seinem Gewicht ächzte.

«Ach, für die Amerikaner und den Rest der Welt wird das herausgeschnitten», sagte meine Mutter. «Das ist immer so. Und die Sargträger werden danach nach Sibirien geschickt.»

«Furchtbar, dass du jeden Mist wiederholst, den irgendein Idiot von sich gibt.»

«Und ich finde furchtbar, dass du jeden Kommunisten im Land verteidigst, egal ob tot oder lebendig.»

«Das tu ich gar nicht.»

Meine Mutter tunkte eine Zitronenscheibe in Zucker und saugte daran. «Sie haben unser Land rettungslos versaut, und du verteidigst diese raffgierigen Säcke auch noch. Die sind genau wie die Katze da», sagte sie und zeigte auf Rasputin auf dem Sofa. «Dicke, selbstgefällige, kastrierte Tiere, die immer noch überall hinpissen. Arschlöcher.»

Mein Vater schlug mit der Faust auf den Tisch; die Tassen glitten an den Rand der Untertassen und Tee floss aufs Tischtuch. An seinem Hals schwoll eine Ader stark an und ich sah geradezu, wie das Blut hinauf- und hinabgepumpt wurde. «Diese Arschlöcher», sagte er, «haben den Krieg gewonnen. Sie haben die Welt vor dem Bösen gerettet, vor der faschistischen Hölle. Wenn sie nicht gewesen wären, wäre die Welt zugrunde gegangen. Alles – alles Schöne und Gute und Lebenswerte – wäre für immer ausgelöscht worden. Man hätte uns in den Öfen verbrannt oder zu Sklaven gemacht, die den Deutschen die Stiefel putzen und das Land pflügen, das sie uns gestohlen haben. Es ist unser Land, und lieber sterbe ich, als es einem Nazischwein zu geben. Was ist nach dem Krieg passiert? Na ja, es ist eine verfluchte

Schande, aber wir haben überlebt. Wir haben dieses Land, das in Trümmern lag, neu aufgebaut, ihm seinen Stolz auf sein Kulturerbe, seinen Patriotismus und seine Furchtlosigkeit zurückgegeben. Wir haben ein Imperium gebaut. Wer wird es jetzt, da Breschnew tot ist, regieren? Wer wird es vor dem Westen schützen?»

«Warum müssen wir beschützt werden?», fragte meine Mutter und ließ die Zitronenscheibe in ihre leere Tasse gleiten.

«Darum.»

«Warum genau? Anscheinend wissen wir kaum etwas, und alles ist bleischwer geworden vor lauter gewichtigen, unwiderruflichen Wahrheiten.»

«Eine Wahrheit, die nicht gewichtig ist, ist keine. Das zeigt unsere Geschichte.»

«Diese Geschichte haben wir geschaffen, nicht sie uns.»

«Sie lässt sich nicht ungeschehen machen, und weder du noch ich, nicht einmal Anja oder Milka können daran etwas ändern. Man gräbt einen Brunnen, füllt ihn mit Wasser und trinkt daraus.»

«Brunnen trocknen aus», sagte meine Mutter.

«Dann müssen wir sie eben wieder auffüllen. Aber der Brunnen selbst muss nicht ersetzt werden. Entscheidend ist, dass man nicht ersetzt, was die Vorfahren aufgebaut haben.»

«Das tun wir dauernd – in der Wissenschaft und in der Architektur. Wir ersetzen alte Modelle durch neue. Wir verbessern sie, gestalten sie neu, strukturieren sie um. Wir wollen ein besseres Leben.»

«Ich nicht. Mein Leben ist großartig. Mein Land hat mir alles gegeben. Ich habe eine gut bezahlte Arbeit, kostenlose ärztliche Behandlung, kostenlose Ausbildung, eine Stadtwohnung für den Winter und ein Landhaus, um den Sommer zu genießen. Ich habe sogar einen Apfelgarten. Wie viele Amerikaner können sich mit so was brüsten?»

«Ich weiß nicht. Bin noch keinem begegnet. Aber ihr Leben gehört ihnen. Im Unterschied zu dir. Du kannst nicht mal aus der Sowjetunion raus und herumreisen. Dein gesamter Besitz gehört dem

Staat, und der kann jederzeit alles an sich nehmen, samt mir und Anja.»

«Sei nicht idiotisch. Warum sollte der Staat so was wollen?», fragte er.

«Warum nicht? Warum tut er Dinge? Warum hat Stalin Millionen unschuldiger Menschen umgebracht? Er hat auch Frauen und Kinder nicht verschont. Mädchen verschwanden von den Straßen.»

«Woher weißt du das?»

«Das weiß jeder. Chruschtschow hat ihn entlarvt. Ihn und Berija.»

«Chruschtschow hat vieles getan, was er nicht hätte tun sollen.» Er hielt inne und schenkte sich Tee nach, ließ drei Stück Würfelzucker hineinplumpsen und rührte energisch um. «Jedes Land, Ljuba, wünscht sich Stabilität, nicht Veränderung. Veränderungen sind immer etwas Impulsives, ganz egal wie edel die Absicht ist, in ihnen lauert der Wahnsinn. Jeder Regierungswechsel in unserem Land hat zu Blutvergießen geführt. So was will keiner. Es ist das dritte Imperium dieses Landes. Begonnen hat es mit den Romanows, und drei ist eine magische Zahl. Wollen wir hoffen, dass es so bleibt.»

«Wenn die Geschichte uns etwas lehrt, dann, dass jedes Imperium dem Untergang geweiht ist.»

«Keine Unkereien.» Er spuckte sich dreimal über die rechte Schulter.

«Das war die falsche Schulter, Genosse. Das bringt Unglück.» Meine Mutter brachte ein angespanntes Lächeln zustande und fing an, die Tassen abzuräumen. Mein Vater ging ganz langsam zum Fernseher und stellte ihn lauter.

Milka und ich schwiegen weiter, obwohl uns ein paar Fragen auf der Zunge brannten; wir wussten, dass wir uns nicht einmischen durften, wenn meine Eltern stritten, dass wir den Streit, den sie vor Jahren begonnen und ununterbrochen fortgesetzt hatten, nicht stören durften. Manchmal sah es so aus, als würden sich meine Eltern noch vor meinem Abitur scheiden lassen; dann wiederum war ich mir sicher, dass sie für immer zusammenbleiben und auf demselben Kissen alt werden würden. Als ich älter wurde und sie sich kaum noch stritten, fand ich das beinahe besorgniserregend und suchte Vorwände, um meine Eltern zu einem Meinungskrieg aufzustacheln. Damals war das Zimmer aufgeheizt, es gab Freiheit, Vertrautheit, Begehren, alles wichtige Dinge.

«Streiten sich deine Eltern auch, wenn sie Sex haben?», fragte Milka, als wir an jenem Nachmittag spazieren gingen. Sie trug einen langen grauen Mantel und einen dazu passenden kalottenförmigen Hut, sodass sie von der Seite wie eine Ägypterin wirkte – mit dem langen Hals, den hohen Wangenknochen und der hochmütigen Nase.

«Ich glaube nicht, dass sie Sex haben», antwortete ich lachend.

«Ein Glück. Meine tun nichts anderes – rammeln wie die Karnickel.»

«Woher weißt du das?»

«Ich hör's. Meine Mama schreit, weil mein Stiefpapa einen Riesenschwanz hat. Der tut ihr weh.»

Ich stolperte, und Milka bekam mich am Mantelärmel zu fassen und fing mich auf. Sie biss sich auf die Lippen, bis sie kirschrot aussahen in ihrem bleichen Gesicht.

«Ist das dein Ernst?», fragte ich.

«Was?»

«Das mit seinem Ding.» Ich brachte das Wort ‹Schwanz› nicht über die Lippen. Es klang irgendwie unangenehm, wie rohes Fleisch.

«Ja. Danach läuft er gern nackt herum.»

«Und deine Mama? Sagt die gar nichts?» Ich versuchte, mir Milkas Stiefvater vorzustellen, einen Bären von einem Mann, groß und haarig, mit tätowierten Fingern, wie er nackt durch die Wohnung stolzierte.

«Sie läuft auch nackt herum», sagte Milka grinsend. Sie rannte zu den Schaukeln und ließ ihren mageren Hintern auf den schmalen Metallsitz plumpsen.

Der Spielplatz war leer und im Sandkasten türmte sich Schnee. Ich zwängte mich in den anderen Schaukelsitz und hielt mich an den dicken rostigen Ketten fest. Eine Weile schaukelten wir schweigend, die Ketten ächzten und quietschten. Der Himmel war grau und wolkenverhangen. Fetzen musselinweißer Luft trieben durch die Bäume, die vor den trostlosen Betonmietshäusern ganz steif und feierlich wirkten. Wenn der Wind durch die Äste fuhr, klapperten sie wie alte Knochen. Sie erinnerten mich an den Krieg, an die Blockade, die gefrorenen Leichen, die sich in den Straßen auftürmten. Das war fast vierzig Jahre her, doch meine Großmutter und meine Eltern redeten immer noch über den Krieg, als sei er erst kürzlich beendet worden: von all den zerstörten Gebäuden, die wieder aufgebaut werden mussten, von all den Toten, über die das Land weiter trauerte.

«Ich wünschte, meine Eltern würden mehr streiten.» Milka sog die kalte Luft geräuschvoll ein.

«Wieso? Was meinst du damit?»

«Nichts. Nur, dass deine Eltern fluchen und schreien, ohne sich Gedanken zu machen, und dass sie beide Universitätsabschlüsse haben. Meine sagen nie etwas Unanständiges und arbeiten in einer Konservenfabrik.»

«Meine Eltern tun eigentlich nichts anderes als Raketenbaupläne nach Fehlern abzusuchen, sobald die Ingenieure die Zeichnungen fertig haben.»

«Und wenn es keine Fehler gibt?»

«Dann wird die Konstruktion genehmigt. Aber wenn jemand anders einen Fehler entdeckt, können meine Eltern ihre Stelle verlieren.»

«Was passiert, wenn nicht falsch gezeichnet wurde, sondern wenn der Bauplan den Fehler enthält?» Milka hatte sich fest mit den Füßen abgestoßen, die in zerschrammten Lederstiefeln steckten; sie war hoch über mir und der Wind verschluckte ihre Worte, sodass ich sie nicht verstehen konnte.

«Was für ein Bauplan?», schrie ich.

Doch sie gab keine Antwort und schaukelte immer höher, bis ich Angst bekam, sie würde sich überschlagen. Ich brüllte: «Du bist viel zu hoch, komm runter!»

Sie nickte und sprang von der Schaukel: Mit den Armen in die Hüften gestemmt und ihrem aufgeknöpften Mantel, der sich zu zwei Flügeln entfaltete, flog sie wie ein Vogel. Beim Anblick ihres Körpers, der furchteinflößend und dabei so anmutig und frei wirkte, sprang ich auch von der Schaukel und fiel direkt nach unten. Ich landete ein paar Schritte von meiner Freundin entfernt, die sich aufsetzte und sich den Schnee aus dem Gesicht und von den Händen wischte. Als sie eine Zigarette aus der Manteltasche holte, waren ihre Handteller blutig.

«Du bist verrückt», sagte ich. «Du hättest ... du hättest dir wehtun können. Du hättest tot sein können oder so.»

«Wär das nicht was: Am selben Tag zu sterben wie unser kommunistischer Führer?» Sie blies mir Rauch ins Gesicht, den ich wegwedelte.

«Wahnsinn», sagte ich. «Der Tod ist das Nichts.» Ich riss ihr die Zigarette aus der Hand und zog kurz daran, und dann noch einmal. «Scheiße. Du hast mir wirklich Angst gemacht. Scheiße noch mal.»

Sie starrte mich an, mit bleichem Gesicht und furchtloser Miene, einen Schwung dunkelgoldenes Haar über der Stirn. Ihr Hut fiel herunter und sie fing ihn auf, schüttelte den Schnee ab und setzte ihn wieder fest auf den Kopf. Sie wirkte ein bisschen beunruhigt. «Sterben oder nicht sterben? Hm, eine verdammt gute Frage. Im Gymnasium wird *Hamlet* aufgeführt. Wie jedes Jahr. Bald sind wir dran.» Sie schnappte sich die Zigarette zurück. «Das ist die Letzte. Ich muss noch ein paar mehr von meinen Eltern klauen. Wenn sie Sex haben, rauche ich.»

«Du rauchst zu Hause?»

«Ja. Meine Eltern ja auch, deshalb merken sie nichts.»

«Meine rauchen nicht. Aber ich glaube, mein Papa raucht heimlich. Das rieche ich, wenn er von der Arbeit kommt.»

«Puh! Warum sollte man heiraten, wenn man nicht mal in der eigenen Wohnung rauchen darf?» Sie bot mir die letzten paar Züge an, die ich ablehnte, als sie gerade sagte: «Bei mir kannst du so viel rauchen, wie du willst, und du bekommst ein eigenes Bett und die Hälfte von meinem Königreich.» Sie warf die glimmende Zigarettenkippe in den Schnee, wo sie zischend erlosch.

«Wieso die Hälfte?», fragte ich.

«Willst du das ganze Königreich? Du kannst es haben – so viel du tragen kannst, aber beklag dich hinterher nicht, Anja Ranewa, und bleib nicht stehen, bleib verdammt noch mal niemals stehen, auch nicht, wenn ich gestorben bin.»

«Warum das denn?»

«Weil ich sonst zurückkomme und dich quäle.»

«Ohne Scheiß?»

Ich lachte und Milka lachte ebenfalls; wir ließen uns in den Schnee fallen, rieben uns die Gesichter gegenseitig mit Schnee ein und mussten heftig blinzeln. Der Schnee war gleichzeitig harsch und weich. Er klebte uns an den Wimpern und auf der Haut und begann dann zu schmelzen und tröpfchenweise an unseren kalten, roten Wangen herunterzufließen.

# 3

Meine Großmutter glaubte immer, Gott hätte einen Plan, und dass man ein Leben lang brauchte, um diesen Plan zu würdigen. Meine Eltern widersprachen ihr nie direkt, auch wenn mein Vater meine Mutter immer fragte: «Wie kann sie so was sagen? Nach allem, was sie durchgemacht hat. Der Krieg und die Blockade – wo soll da der Plan gewesen sein?»

Meine Mutter erwiderte dann nur schulterzuckend: «An irgendwas muss man doch glauben. Ohne Hoffnung ist das Leben unerträglich. Meinst du nicht, dass sie deshalb überlebt hat? Weil sie geglaubt hat, dass das ihre Bestimmung war?»

«Plan hin oder her, es sind die Menschen, die ihn in die Tat umsetzen. Wir tragen die Verantwortung, nicht Gott. In unseren Taten gibt es keine göttliche Vorherbestimmung.»

«Wenn es keinen Plan gibt, keine Vorsehung, wie kommt es dann, dass sie und ich überlebt haben?», sagte meine Mutter dann. «Als die Stadt fast eine Million Menschen in nicht einmal neunhundert Tagen verlor? Wieso sind wir nicht erfroren oder verhungert? Warum wurden wir nicht von den Nachbarn aufgegessen?»

«Ein Sauglück», sagte mein Vater dann und gab ihr einen Kuss. «Reines, wunderbares Sauglück.»

Als Juri Andropow im Herbst 1982 an die Macht kam, gab es viel Hoffnung, aber vielleicht nicht so viel Glück. Man wusste wenig über ihn, nur dass er im Krieg eine Gruppe Partisanen angeführt hatte und während der Ungarnkrise 1956 Sowjetischer Botschafter in Ungarn gewesen war und dann Leiter des KGB wurde. Man munkelte, er habe dem KGB befohlen, Autounfälle, Herzinfarkte und Scheinsuizide zu inszenieren, um seine Rivalen auszuschalten. Manche sagten auch, er sei der Kopf des Berliner Mauerbaus gewesen. Wieder andere behaupteten, Andropow sei sowohl am Attentat auf den Papst 1981 beteiligt gewesen als auch am Tod Breschnews. Es gab jedoch auch diejenigen, die sagten, er sei gar kein solches Monster, bewundere insgeheim die westliche Kultur, liebe Jazz und sei genauso krank und erschöpft wie das System.

Während seiner kurzen Regierungszeit machte Andropow jedoch den Versuch, unsere stagnierende Wirtschaft wiederzubeleben und die Arbeitsdisziplin und Moral zu stärken. Meine Eltern gingen früher zur Arbeit und kamen später nach Hause, machten Überstunden, gingen zu Bürobesprechungen und berieten sich mit Kollegen über neue Projekte. Meine Eltern bekamen keine Gehaltserhöhung, doch ihr Tag dehnte sich in die Nacht hinein und die Sorge über eine ungewisse, unvorhersehbare Zukunft wurde zur Dauersorge. Ich sah sie beim Abendessen über ihre Teller gebeugt grübeln oder neue Vorschläge an den Rand alter Zeitungen schreiben. Außerdem fingen sie an, Geld zu sparen, und zweigten von dem wenigen, was sie verdienten, fünf oder zehn Rubel ab, die sie in einem Wollsocken versteckten. Als sie hundert Rubel gespart hatten, brachten sie das Geld auf die Bank, obwohl ihnen ein paar Freunde und Nachbarn davon abrieten.

Meine Großmutter bekam eine monatliche Pension, die sie meiner Mutter gab – bis auf ein paar Rubel, die sie in Büchern versteckte. Meine Eltern wussten das natürlich, ließen sich aber nichts anmerken. Wenn Milka und ich Zigaretten kaufen wollten, gingen wir manchmal die Regale durch, zogen dicke Bände hervor und blätterten sie durch, bis wir genug Geld für ein Päckchen *Stolichnjie* oder *Kosmos* hatten. Noch Jahre danach fand meine Mutter immer wieder Großmutters Geld – neue glatte Scheine, die in Büchern von Dostojewski, Tolstoi, Turgenjew und Tschechow steckten.

Es war an einem Nachmittag Anfang Mai, der Duft nach Flieder und Traubenkirsche lag in der Luft. Der Frühling hatte die Arme ausgebreitet, an den Bäumen kräuselten sich die Blätter und von den

Pappeln flog Flaum. Fasziniert von der erstaunlichen Seidigkeit des Pappelschnees versuchten Milka und ich ihn zu berühren: Er schwebte in großen, flauschigen Flocken umher und landete auf unseren Gesichtern und Händen. Der Himmel war von einem keuschen Blau, nur hoch oben flimmerten ein paar Wolken. Im sanften Sonnenglanz wirkte alles heiterer, in ein dickflüssiges, sinnliches Licht getaucht: das rissige Pflaster und die düsteren Häuser mit den Schusterläden, Apotheken, Bäckereien und Kleidergeschäften.

Das Viertel war voller junger Frauen, die die Gehsteige entlangeilten, auf Bänken saßen oder auf Spielplätzen Kleinkindern hinterherjagten. Ihre Bewegungen hatten etwas Unbefangenes, Luftiges, die Art, wie sie die Hüften schwangen oder Babys hochnahmen, selbst wie sie die Einkaufsnetze trugen, aus denen Lebensmittel quollen – Milch, Kefir, *Tworog* und lebender Fisch in Packpapier. Manchmal blieben die Frauen stehen und nahmen die Einkaufstaschen in die andere Hand oder hängten sie sich über die andere Schulter, ohne sie zwischendurch abzustellen, und gingen dann weiter.

Die meisten Frauen trugen Schwarz, Braun oder Grau, die einzigen Farben, die man in sowjetischen Läden bekam, in denen die Kleiderauswahl sich seit der Revolution nicht geändert hatte. Milka sagte einmal, wir lebten in einem großen Brutkasten, statt Hühnern züchte die Regierung Menschen. Alle sahen gleich aus und dachten dasselbe, deshalb könne, wenn jemand starb oder verschwand, ein anderer Staatsbürger leicht dessen Platz einnehmen. «Ist doch einleuchtend», sagte sie. «Wenn ich sterbe, kannst du mich ersetzen. Wir gehen in dieselbe Schule, lesen dieselben Bücher, schreiben dieselben Aufsätze und werden von denselben Lehrern unterrichtet. Wir sehen dieselben Filme, hören dieselbe Musik und essen dieselben Speisen. Und schlafen seit Ewigkeiten im selben Bett. Sogar unsere Stimmen ähneln sich. Das sagen alle. Nur dass du dunklere Haare hast und größere Titten, aber in dieser verdammten Schuluniform sieht man das sowieso nicht. Wahnsinn, was?» Ich weiß noch, dass ich geltend machte, sie und ich seien doch zwei völlig verschiedene Menschen, doch als sie mich dann fragte, inwiefern, wusste ich nicht, was ich sagen sollte. Wir waren tatsächlich zwei sowjetische Teenager, die im selben System aufwuchsen, und dass ich meine Eltern liebte, während sie ihre hasste, änderte in Wirklichkeit nicht viel an unserer Erziehung, daran, wie wir uns anzogen und welche Pläne wir für unser Leben schmiedeten, oder wie wir die Welt sahen, die von ihrem Fenster aus genauso trostlos und monoton wirkte wie von meinem.

Ich sah zwei alte, gebeugte, zittrige Frauen über die Straße gehen. Mit ihrem Nieselhaar und ihrer brüchigen blassen Haut wirkten sie, als hätte der Winter sie völlig ausgebleicht.

Plötzlich empfand ich großes Mitleid mit Milka und mir. «Eines Tages sind wir auch so», sagte ich und deutete auf die Frauen, die sich mit schildkrötenhafter Geschwindigkeit fortbewegten und auch wie Schildkröten aussahen – verschrumpelte Gesichter, grobe braune Mäntel, kleine Füße in hässlichen, zerschrammten Schuhen.

«Wenn ich so lange lebe», sagte Milka und beäugte die Frauen.

«Warum nicht?»

«Willst du so alt werden?»

«Nein.»

«Ich auch nicht. Wir müssen nach Paris oder Rom flüchten. Da altern die Frauen nicht.» Sie lachte, nahm die Schlüssel aus ihrer Schulmappe und ging die Treppe hinauf.

Unsere Wohnung war groß; wir hatten drei Zimmer, Milkas Eltern hatten nur zwei. Doch sie wohnte näher an der Schule, sodass wir nach dem Unterricht oft zu ihr gingen und uns Fleischwurst brieten und Kartoffeln kochten, saure Gurken aufschnitten, die ihre Mutter eingelegt hatte, und Pflaumenwein tranken, den ihr Stiefvater das ganze Jahr über in großen Glaskanistern gären ließ. Wir schenkten uns ein bisschen Wein ein, füllten den Kanister mit einem Schuss Wasser auf und stellten ihn dann wieder hinter den Küchenvorhang.

Satt und ein bisschen beschwipst vergruben wir uns dann in Milkas Zimmer, fütterten die Fische in ihrem Aquarium und lauschten Freddie Mercury, der auf einem ramponierten Kassettenrekorder *We are the champions* heulte. Obwohl wir nicht alles verstanden, liebten wir diesen Song. Wir grölten mit, so laut wir konnten, und stellten uns einen dünnen schwarzhaarigen Mann in engen Lederhosen und Netzhemd vor, der seine Hände über unsere Körper gleiten ließ.

Wie alle Mädchen in unserem Alter träumten wir davon, geküsst, berührt und verhätschelt zu werden. Wir träumten von der großen Liebe und von starken, hübschen Jungs, die uns retten konnten: vor unseren Eltern und überfüllten Wohnungen, in denen es immer hektisch zuging, vor unseren niemals endenden lästigen Aufgaben. Wir träumten von Liebe, die zu Herzen ging wie Feuer, das einen Waldbrand entfacht und alles verbrennt. Wir träumten von einer Liebe, die wie ein Erdbeben war, oder wie eine reißende Flut, die uns den Boden unter den Füßen fortriss und uns einen Augenblick lang atemlos in der Luft hielt, so ass die Welt, egal wie hässlich und unverändert sie sein mochte, plötzlich wie eine wundervolle Blume aufblühte und wir eines Morgens, wenn wir aus dem Fenster schauten, Farben sehen würden, Explosionen von Türkis und Zitronengelb und Malve, statt der harten, öden Gleichförmigkeit der Häuser, die eher Gefängnissen ähnelten.

Meine Eltern sprachen nie von Liebe, nur von ihrer Pflicht – gegenüber der Familie und gegenüber dem eigenen Land. Ich wusste, dass sie einst jung gewesen waren, aber sie konnten sich nicht daran erinnern, verliebt gewesen zu sein, beziehungsweise was Verliebtsein bedeutete. Weil sie beide arbeiteten und weder Zeit noch Geld hatten, um ins Kino, ins Theater oder ins Restaurant zu gehen, hatten sie sich vor ihrer Heirat nur zweimal getroffen. Sechzehn Jahre später konnte sich meine Mutter nur noch daran erinnern, dass mein Vater sich beim Küssen als nicht sehr begabt erwies und dass sein Vollbart sie im Gesicht, am Hals, an der Brust und am Bauch kratzte. Mein

Vater erinnerte sich noch, dass er sich zweimal am Tag rasieren musste – morgens und abends. Und dass er immer Hunger hatte. Sie heirateten nicht, weil sie sich ineinander verliebt hatten, sondern weil man heiraten musste, wenn man rechtmäßig Sex haben wollte. Da meine Eltern sich nicht freinehmen konnten, fuhren sie nicht in die Flitterwochen. Und weil sie beide keine eigene Wohnung hatten, verbrachten sie die Nächte meist weiterhin getrennt voneinander; beide wohnten in Gemeinschaftswohnungen, die sie sich mit Nachbarn und Verwandten teilten. Als sie sich eine eigene Wohnung leisten konnten, zogen sie zusammen und sparten für ein Appartement in einem Haus, das eine Wohnungsbaugenossenschaft im kommenden Jahrzehnt bauen wollte. In ihre neu gemietete Einzimmerwohnung brachte mein Vater eine Decke und einen Küchenschemel mit; meine Mutter steuerte einen Kochtopf und ein altes Federkissen bei. Eine Zeit lang schliefen sie auf ihren Mänteln und auf diesem einen Kissen. Sie saßen im Schneidersitz auf dem Boden und aßen gekochte Kartoffeln oder Eier.

«Wusstest du, dass reiche Frauen im achtzehnten Jahrhundert ihre Kinder nicht stillen mussten? Das erledigte eine Leibeigene für sie. Zu der Zeit hätte ich auch gerne gelebt», sagte Milka, ließ ein bisschen trockenes Fischfutter ins Aquarium sinken und kletterte auf ihr Bett. Sie legte sich hin und faltete die Hände im Nacken zu einem Kissen.

Milka war eine Träumerin. Wenn wir nicht zusammen waren, las sie meistens, ließ sich von fernen, schönen Welten verführen, die völlig anders waren als die Welt, in der wir aufgewachsen waren. Sie war wie mein anderes Ich, dünner und klüger, eine verfeinerte Version, durch die ich meine eigenen Sehnsüchte und Unsicherheiten entdeckte.

Ich streckte mich neben ihr aus und sagte: «Und wenn du als Leibeigene geboren worden wärst? Dann gehört dir gar nichts. Nicht mal deine Titten. Weißt du, was damals mit Leibeigenen geschah, die sich schlecht benahmen? Sie wurden bei lebendigem Leibe bis zum Hals eingegraben und von ausgehungerten Hunden aufgefressen.»

«Dann hätte ich eben einen Prinzen geheiratet und wäre auf sein Schloss gezogen.»

«Ein Prinz hätte nie eine arme Leibeigene geheiratet. Warum für etwas bezahlen, das man kostenlos kriegt?»

«Was ist mit Praskowja Schemtschugowa und Graf Scheremetew? Sie war siebzehn Jahre lang seine Geliebte. Und als die Leibeigenschaft abgeschafft wurde, heiratete er sie.»

Milka drehte sich auf den Bauch und lag schlaff und träge da, mit traumverhangenem Blick. Sie öffnete lächelnd den Mund, und ihre Schneidezähne waren wie zwei Perlen in einer halb offenen Muschel.

«Sie war Schauspielerin in seinem Theater», sagte ich. «Sie war großartig und sang wie eine verdammte Nachtigall. Solche Talente hast du nicht. Sie ist übrigens mit vierunddreißig oder so gestorben, als sie seinen Sohn zur Welt brachte.»

«Ganz schön alt, vor allem für die damalige Zeit. Da fingen sie schon mit zwölf an zu vögeln, oder noch früher.»

«Womit wir Jahre im Hintertreffen wären.»

«Du vielleicht, Ranewa», sagte Milka.

«Hattest du etwa schon Sex und hast es mir nicht erzählt?»

«Wieso? Hätte ich dich direkt danach anrufen sollen? Um dir mein zerrissenes Jungfernhäutchen zu beschreiben?»

«Igitt, das will ich nicht hören.»

«Deshalb hab ich dich nicht angerufen. Aber alles war voller Blut.»

«Wie viel denn?»

«Keine Ahnung.»

«Ein Löffel voll? Eine Tasse?»

«Ich hab's nicht gemessen. Eine Suppenkelle voll.»

«Du lügst.»

«Nein.»

«Wer ist der Typ? Jemand, den ich kenne?»

Ihr Gesicht spannte sich an. Sie wurde rot und schüttelte den Kopf. «Ein Nachbar. Nichts Besonderes. Er hatte Geburtstag und ich hatte kein Geschenk für ihn, deshalb hab ich ihm meine Jungfernblüte überreicht.» Sie verzog mürrisch den Mund.

Als sie das sagte, kam mir der Gedanke, dass sie vielleicht log, dass ich denjenigen, mit dem sie geschlafen hatte, vielleicht kannte und sie seinen Namen nicht verraten konnte.

«Hat es wehgetan? Wie sehr, auf einer Skala von eins bis zehn?», fragte ich.

«Vierundzwanzig!»

«So schlimm?»

«Noch viel schlimmer.»

«Ein Mädchen aus meiner Schwimmmannschaft hat behauptet, es sei keine große Sache: genauso, als würde man sich in den Finger stechen.»

«Na ja, vielleicht hat sie eine Gummimuschi und spürt überhaupt nichts. Oder sie hat sie jahrelang mit Kerzen gedehnt, damit es später nicht wehtut.» Milka gab einen kurzen, jähen Gluckser von sich und sagte dann: «Sag das auf keinen Fall weiter.»

«Nein», sagte ich. «Ich mach einen Aushang am Schwarzen Brett.»

Sie kniff mich in den Oberschenkel und zog mir ein Kissen übers Gesicht. *«Cause we are the champions of the world»*, plärrte der Kassettenrekorder, und genau in dem Moment dachte ich, dass die Welt ein riesiger, wunderbarer Ort ist und dass ich sie vielleicht nie zu Gesicht bekommen würde. Ich stellte mir vor, dass die Leute überall demselben Song lauschten, sich dabei an den Händen hielten und einen fortlaufenden Kreis bildeten, ein buntes Band oder einen Gürtel, rings um die ganze Erde. Und dann fragte ich Milka: «Was, meinst du, bedeutet eigentlich ‹*champions of the world*›?»

Sie gab keine Antwort, drehte sich auf die Seite, rollte sich ein und wurde ganz still. Die Kassette war zu Ende und der Kassettenrekorder lief lautlos weiter und hielt dann an.

«Willst du spazieren gehen?», fragte sie schließlich.

«Wir sollten lernen. Morgen schreiben wir eine Mathearbeit.»

«Wie öde.»

«Der neue Lehrer ist streng. Der gibt uns keine gute Note, nur weil wir süß sind.»

«Du findest, dass wir süß sind?»

«Oh ja. Aber du musst zunehmen. Jungs mögen Kurven. Möpse. Ärsche.»

«Denen gefällt alles, was nach Muschi klingt.»

«Trotzdem musst du mehr essen.»

«Ich esse dann, wenn ich was zu essen finde. Wenn er was im Kühlschrank lässt.» Mit ‹er› meinte sie ihren Stiefvater, dessen Namen Milka nie aussprach.

«Möchtest du mit uns auf die Datscha fahren?», fragte ich.

«Hab ich eine Wahl?»

«Nein», sagte ich grinsend, «eigentlich nicht.»

Sie nahm ihre Schulmappe, die auf dem Boden lag, und zerrte ein paar Schulbücher heraus.

«Hast du wirklich mit deinem Nachbarn geschlafen oder war das gelogen?», fragte ich.

«Nur, dass er mein Nachbar ist, war gelogen.» Sie zog die Wangen mit den Zeigefingern nach oben und mimte ein Lächeln.

Draußen wurde es dunkel und im Zimmer zitterten Schatten. Das Aquarium auf Milkas Schreibtisch war noch zu sehen, aber ich erkannte weder Fische noch Steine und sah nur trübes, moosgrünes Wasser.

# 4

Unsere Datscha stand in einer kleinen, dicht bebauten Datschasiedlung auf einem Hügel sechzig Kilometer von Moskau entfernt. Jedes Haus war abgezäunt, und das dazugehörige Land wurde nach einem genau festgelegten Plan genutzt, was den Menschen ein Gefühl von Ordnung verschaffte. Es gab praktisch keine Gärten, nur schmale gepflasterte Wege oder Trampelpfade, die sich zwischen Blumenbeeten, Obstbäumen und Komposthaufen entlangschlängelten. Fast alle Datschabesitzer hatten einen Gemüsegarten und bauten außerdem Erdbeeren, Himbeeren, Stachelbeeren, Johannisbeeren und Äpfel an. Ihr Obst und Gemüse machten die Leute aus der Stadt ein und kamen so durch den Winter. Meine Eltern bauten Äpfel an und meine Mutter pflanzte Unmengen von Blumen: Narzissen, Gladiolen, Tagetes und Gänseblümchen. Sie behauptete fest, die Welt könne mehr Schönheit vertragen, zumindest periodisch.

Unser Haus war einfach. Es hatte zwei Schlafzimmer und eine Küche mit einem sperrigen, antiquierten Herd und einem schweren Tisch voller Narben, der seit drei Generationen im Besitz unserer Familie war. Die vielen Flecken, Schnitte und Brandstellen waren geschichtsträchtige Male, die von Liebe und Streit erzählten. Weil meine Großmutter dauernd etwas einmachte, roch es in der Küche immer nach Obst. Es roch auch nach Wildpilzen, die an langen, dreifachen Nähgarnfäden trockneten: Die Fäden hatte sie wie Neujahrsgirlanden quer durch den Raum und über die Fenster gespannt, die von den diversen Kochdämpfen beschlagen waren. Da wir kein Wohnzimmer hatten, stand unser Fernseher eingequetscht in einer Ecke neben dem Kühlschrank. Wir hätten ein zusätzliches Zimmer anbauen können, doch dann hätten wir die Bäume fällen müssen, was meine Eltern nicht wollten.

Kurz vor dem ersten Bodenfrost im Herbst schalteten meine Eltern genau wie ihre Nachbarn Strom und Wasser ab; vor dem nächsten Frühling würden sie ganz gewiss nicht wiederkommen. Zum einen, weil unser Auto alt war und mein Vater nicht gern bei Schnee fuhr; zum anderen, weil man auf dem Land eigentlich nur Schlittschuh laufen und Ski fahren konnte. Als wir klein waren und uns die Winter länger vorkamen, fuhren meine Eltern, Milka und ich am Wochenende mit dem Zug zur Datscha und versuchten, auf dem Fluss, der zu dickem Eis gefroren war, Schlittschuh zu laufen, nachdem mein Vater zunächst den Schnee, der die ganze Fläche überzog, für uns hatte wegräumen müssen. Vor einer Weile war jedoch ein siebenjähriger Junge mitten im Winter ertrunken. Man sagte uns, im Fluss sei wohl eine Stelle entstanden, an der das Eis taute, irgendwo in der Flussmitte, wo die Strömung wärmer war; meine Mutter verglich diese Stelle mit einer Wunde, die nicht verheilen wollte. Wie unsere Nachbarn, deren Häuser einsam im Dunkel standen und verlassenen Höhlen glichen, fuhren auch wir während der kalten Zeit nicht mehr dorthin und liefen auch nicht mehr Schlittschuh.

Da die Obstbäume größer wurden und nicht mehr sich selbst überlassen werden konnten, kamen meine Eltern in den letzten Jahren bereits im März wieder übers Wochenende zur Datscha, um die Bäume zu schneiden und zu düngen. Wir bauten verschiedene Apfelsorten an: Belyje Naliw, Slawa Pobediteljam, Bolschewik und den knackigen, säuerlichen Antonowka. Der kleine, blasse Belyje Naliw, der von einem fast duchsichtigen Grün ist, wurde als Erster geerntet. Sein Fruchtfleisch war weiß und schmeckte herb; er bekam leicht Druckstellen und wurde nach der Ernte schnell weich. Milka und ich aßen ihn am liebsten, wenn er gerade gepflückt worden war. Wir hatten nicht viele davon und sie hielten nicht lange. Nach ihnen kamen Slawa und Bolschewik. Beide Sorten hatten Unebenheiten und waren manchmal schief, rund oder kegelförmig und unten abgeflacht. Sie waren blutrot und hatten schuppige, rotbraune Flecken und festes, feinfaseriges gelbes Fruchtfleisch, das sauer war. Meine Mutter bekam Sodbrennen von diesen Äpfeln, die noch dazu weder dufteten noch nach viel schmeckten. Wenn wir sie aßen, dann geschält und gekocht, zu einer klebrigen Paste eingedickt, die wir mit Hafer- oder Hirsebrei aßen. Wir hatten vor allem Antonowkabäume, nicht nur, weil wir sie als Letzte abernteten und sie sich den ganzen Winter über hielten, sondern auch, weil dieser Baum robust und mit einer Pfahlwurzel ausgestattet war, die nicht nur den russischen Schneestürmen standhielt, sondern auch einer Vielzahl schädlicher Bakterien und Pilzkrankheiten wie Obstbaumbrand, Apfelschorf, Baumkrebs und sogar Schimmelpilz. «Irgendwann müssen wir alle sterben», sagte meine Großmutter immer. «Doch diese Bäume sind dann immer noch da und tragen immer noch Äpfel.»

Wenn es Frühling wurde und meine Eltern auf die Datscha fuhren, kamen Milka und ich mit und halfen dabei, die Werkzeuge abzuladen, Schnee zu schippen oder zu kochen: Kartoffeln, gebratene Fleischwurst und geschmolzene Käsestücke auf Schwarzbrot, die wir in Ketchup ertränkten. Man traute uns nicht zu, nach den Bäumen zu sehen, aber den gefrorenen Mist untergraben wollten wir auch nicht und servierten deshalb lieber das Essen, rieben die Teller mit Schnee ab, machten Wasser im Teekessel heiß und gossen es über das schmutzige Geschirr. Wenn es danach immer noch schmutzig aussah, wiederholten wir die Prozedur so lange, bis meine Mutter uns aufforderte, Tee zu kochen. Die langen Teezeremonien und ihr Duft blieben mir immer im Gedächtnis: Wir saßen draußen auf den Bänken in der eisigen Luft und unser Atem schwebte in winzigen Wölkchen in die Bäume empor. Wir tranken ein dampfendes schwarzes Gebräu, dem meine Mutter ein paar Kräuter, Pfefferminze und Majoran hinzugefügt hatte, manchmal sogar auch getrocknete Hibiskusblüten oder Hagebutten, die rötlichdunkelbraun in den alten Blechbechern aus dem Krieg schwammen. Milka angelte mit der Zunge nach den sauren Hagebutten und verzog das Gesicht. Ich tauchte unförmige Klumpen braunen Rohzuckers in meinen Tee und lutschte sie, bis sie sich auflösten und mein Mund voll war mit süßem Brei.

Wenn meine Eltern Milka und mich nicht beim Kochen oder Putzen brauchten, schlenderten wir manchmal zum Fluss. Wir nahmen einen alten Holzschlitten mit und zogen einander abwechselnd über das Feld und durch den Birkenwald. Weil Milka viel kleiner war als ich und ihr zierlicher Körper perfekt auf den Schlitten passte, war ich meistens diejenige, die zog. Da die Sitzfläche hart war und ein paar Holzlatten fehlten, nahmen wir immer eine ausgefranste Decke mit, in die Milka sich vergrub, bis man von ihr, wenn sie sich in ihren Kokon aus weicher, verblichener Wolle eingekuschelt hatte, nur noch die rote Troddel sah – eine einsame Mohnblume inmitten verschneiter Felder. Ich stapfte einen schmalen, kaum sichtbaren Pfad entlang, den andere Datschabewohner vor uns geschaffen hatten, und Milka tat, als schliefe sie, still wie die Bäume, die überall am Fluss standen. Wenn wir an das breite Ufer kamen, stellten wir den Schlitten ganz oben ab und setzten uns in die Decke gewickelt nebeneinander. Wir rauchten und hielten Ausschau nach Rissen im Eis, an denen das Wasser über die schartigen Ränder sickerte. Wenn das Eis angetaut war und der Fluss markgraue, weiche Stellen bekam, dachten wir an den ertrunkenen Jungen, dessen Leichnam nie gefunden worden war und dessen Mutter jedes Jahr Blumen und Osterbrotstücke und ein farbiges Ei mit brauner Schale am Fluss ablegte. Wir stellten uns vor, wie der Junge unter dem Eis dahintrieb, vollständig erhalten und zusammengerollt wie ein Embryo: die Knie an die Brust gezogen, die Fäuste unterm Kinn, die Augen vor Schreck und vor Kälte fest verschlossen.

Wenn es wärmer wurde und der Fluss zum Teil getaut war, gingen wir am Ufer spazieren und folgten großen Eisschollen, die gemächlich flussabwärts trieben. Sie stießen aneinander, rammten sich und kippten ab und zu um. Man sah Blätter und Äste und zwischen den Eis- und Wasserschichten sogar Kleidungsstücke und Plastikspielzeug.

Als der Fluss aus seinem Winterschlaf erwachte, hustete und nieste und furzte er und gab noch andere Körpergeräusche von sich. Die Welt war voller widerhallender Klänge: Die Bäume bewegten ihre Äste, Vögel flatterten durch die Wolken. Die Luft war vom Duft nach Harz und Birkensaft erfüllt, und manchmal zogen wir die nasse Rinde ab, schnitten mit einem alten Messer ins zarte Holz und warteten, bis der Saft heraustropfte, den wir in einem Mayonnaiseglas auffingen. Wenn wir keines dabei hatten, saugten wir das klare, süße Elixier direkt mit dem Mund auf.

In jenem Jahr beschlossen meine Eltern, den Tag des Sieges auf der Datscha zu feiern, statt sich die Paraden auf dem Roten Platz anzusehen. Es hieß, es sei nicht mit viel Verkehr zu rechnen und das Wetter sollte schön werden. Gleich nach der Ankunft räumten wir den Wagen aus und mein Vater schloss das Haus und den Geräteschuppen auf. Meine Großmutter schlurfte sofort zu den Apfelbäumen, sah sich die Stämme an, die wir im Herbst zum Schutz vor Kaninchen und anderen Nagetieren weiß gestrichen hatten. Die Luft war schneidend und kraftvoll. Es war Anfang Mai und die Bäume begannen bereits zu blühen und waren mit winzigen weißen Knospen bedeckt.

«Ein gutes Jahr», sagte meine Großmutter. «Wir können viel einmachen und haben dann trotzdem noch genug, um über den Winter zu kommen.»

«Wenn der Frost sie nicht holt», sagte meine Mutter.

«Der holt vielleicht die Stachelbeeren, aber die Bäume sollten es schaffen.»

«Heute Nacht soll es sogar noch kälter werden», sagte meine Mutter.

Sie ging zum Brunnen und pumpte Wasser in den großen Emaileimer, den sie während der Apfelernte oft benutzte. Mein Vater trug die schwereren Einkaufstaschen ins Haus und holte dann eine Axt und einen Stapel Brennholz aus dem Schuppen. Sie hatten sich mit den Nachbarn zu einem Festmahl verabredet, um den Sieg unseres Landes über das faschistische Deutschland zu feiern. Die meisten Speisen hatten die Nachbarn bereits gekocht, doch meine Eltern hatten angeboten, Rinderschaschlik zu grillen, außerdem Kolbassawürste, die Milka und ich auf lange Stäbe spießten und über die Kohlen hielten, bis das Fett herauszutropfen begann und die Würste an den Seiten schwarz wurden.

Meine Großmutter stand über den Küchentisch gebeugt, schnitt Brot und legte es auf einem Teller zurecht; meine Mutter schaufelte Oliviersalat in eine Salatschüssel und klopfte die Ränder glatt. Sie rollte eine rosa Apfelschale zu einer Blume auf, die fast wie eine Rose aussah, platzierte sie in der Salatmitte und steckte an beide Seiten ein Zweiglein Petersilie. Mit meiner Großmutter häufte sie frische Piroggen in flache Körbe, schnitt dann rohe Zwiebeln in perfekte Ringe, mit denen sie die Heringe dekorierte, auf die sie anschließend Sonnenblumenöl träufelte. Beide waren sie unermüdlich in ihren Vorbereitungen für das Fest und ignorierten Alter, Schmerzen und das kalte Wetter Anfang Mai. Da meine Großmutter nicht mehr sehr gut sah, half ihr meine Mutter die Verandastufen hinauf und hinunter und drängte sie, ein kleineres, stumpferes Messer zu benutzen. Dann nahm sie ihr das Messer ab, räumte den geschnittenen Käse und die Fleischwurstscheiben weg und brachte gekochte Eier, die geschält werden mussten. Als die Nachbarn kamen, hatten Milka und ich den Tisch gedeckt und das Feuer loderte wild in den Himmel. Irgendwann wurde meine Mutter unruhig, weil sie Angst hatte, das Haus könnte Feuer fangen, doch mein Vater schichtete die Scheite mit einer Schaufel um, schöpfte mit einer Kelle Wasser und sprengte es auf die Flammen.

Die Semjonows kamen als Erste durch den Garten spaziert und brachten *Cholodez* – Aspik – und *Pilaw* mit. Sie waren Fleischesser und wiesen oft auf die jämmerliche Qualität des sowjetischen Rind- und Schweinefleischs hin; es seien bestimmt Tiere, die eines natürlichen Todes gestorben seien. Boris war groß und breitschultrig, tanzte sehr gern und lieh sich gern Geld und prahlte pausenlos mit seiner Gesundheit, seiner Herkunft und seiner altrussischen Familie. Seine Frau war längst gestorben, und er lebte bei seiner Tochter Dascha, die Philosophie studierte und Nietzsche zitierte. Sie war dünn und blass und trug eine Brille, die wie zwei Fensterrahmen aus ihrem schmalen, angespannten Gesicht aufragte. Als Teenager war sie in unseren Nachbarn Garew verliebt, einen einundfünfzigjährigen Bankangestellten. Garew ging selten zu Datscha-Partys, doch wenn er kam, brachte er Milka und mir immer Lutscher mit: Hähne, Affen oder Bären an langen Pappstielen. Er war nicht besonders gut aussehend, mittelgroß und dickbäuchig, und hatte dichtes kastanienbraunes Haar, doch seine leidenschaftlichen, hochtrabenden Reden rissen selbst eine Geiß mit, wie meine Mutter immer witzelte.

Als Nächstes tauchten die Chodows an unserem Gartentor auf und brachten *Tort Skaska* mit – ‹Märchenkuchen› – und Blumen für meine Großmutter. Pantelei trug neue Lederstiefel, die knirschten, als er zu uns ans Feuer kam. Er hatte ein Leben lang Waffen gesammelt, ohne eine Lizenz zu besitzen, und immer sein schlimmes Schicksal beklagt, wobei er sich als winziges Schiff beschrieb, das in einen Sturm geraten war. Seine Frau, Tante Charlotta, wie Milka und ich sie nannten, war eine hagere Frau, die wahrsagen konnte und Kartenkunststücke kannte. Sie kleidete sich am liebsten in Weiß, selbst auf Grillpartys, wenn es noch kalt war und alle anderen alte, langweilige Sachen trugen. Tante Charlotta redete nie über ihr Alter und beklagte sich oft, sie habe keinen einzigen Menschen, mit dem sie reden könne. Ihre Tochter Awdotja war schon achtzehn und einen Kopf größer als ich; sie besuchte die Abendschule und arbeitete als Haushälterin für einen Parteifunktionär.

Das Schaschlik war beinah fertig; mein Vater drehte die tropfenden Fleischspieße immer wieder um, unter denen die Holzkohle zischte und Funken sprühte. Der aromatische Duft zog über die

Datschas. Chodow merkte an, dass davon alle Nachbarhunde wach würden, die ja bereits knurrten und bellten und keine Ruhe mehr gaben.

«Sie haben mich und Charlotta fast in Stücke gerissen», sagte er.

«Du übertreibst, wie immer», erwiderte Semjonow.

«Eigentlich nicht. Schließlich bin ich der Pechvogel. Ich sollte ein Gewehr bei mir tragen», sagte Chodow und stolperte über eine knorrige Baumwurzel.

«Dann erschießt du demnächst aus Versehen Charlotta oder jemanden von uns», sagte mein Vater.

«Stimmt.» Chodow zupfte an ein paar Saiten seiner Gitarre.

«Ich muss mir Geld leihen», sagte Semjonow. «Ein paar Hundert Rubel.»

«Wofür?», fragte mein Vater.

«Es heißt, es gäbe hier Porzellanerde. Würde ich gern finden. Könnte eine Goldgrube sein.»

«Was willst du denn damit machen? Sie an die Regierung verkaufen?», fragte mein Vater lachend.

«Die kommen doch einfach und nehmen sie sich», sagte meine Mutter.

«Kein sehr netter Gedanke, Ljuba», sagte mein Vater.

«Keine nette Regierung.»

«Was für schönes Wetter», sagte Dascha. «Die Natur ist ewig, leuchtend und gleichgültig. Sie ist unsere Mutter, gebärt uns und vernichtet uns.»

«Das hat sie von Garew», sagte Awdotja. «Mehr weiß er nicht – nur Worte, Worte, Worte.»

«Es heißt, er hat seine Tante in Charkow beerbt», sagte meine Mutter.

«Jaroslawl, nicht Charkow», sagte Dascha.

«Wie dem auch sei», sagte Chodow, «er wird es für Frauen verschwenden.»

«Stimmt nicht», erklärte Dascha. «Er will ins Ausland reisen.»

«Wer sollte ihm das erlauben?», fragte mein Vater.

«Ist doch interessant, diese dem Untergang geweihte kapitalistische Welt zu sehen. Frankreich, Italien, Amerika», sagte Semjonow.

«Majakowski fand Amerika toll, vor allem das ländliche Amerika», sagte meine Mutter. «Das einstöckige Amerika.»

«Ganz genau wie bei uns», sagte mein Vater und breitete die Arme aus. «Wohin man auch blickt – nichts als einstöckiges Amerika.»

Alle lachten und umarmten die Nachbarn mit ihren schäbigen, gedrungenen Häusern inmitten von Obstbäumen, die mit Lattenzäunen umgeben waren. Die Obstgärten waren alle weiß, sodass man von Weitem den Eindruck hatte, die Häuser stünden nicht auf der Erde, sondern schwebten in den Wolken.

«Ich hätte nichts dagegen, wenn sich für Dascha ein reicher Ehemann fände», sagte Chodow.

«Reich heißt nicht unbedingt gut», erwiderte Tante Charlotta.

«Aber es heißt auch nicht unbedingt schlecht. Ganz egal, was unsere Regierung uns erzählt.»

«Hier ist ein Satz Spielkarten», sagte Tante Charlotta zu Semjonow. «Such dir eine aus, aber sag nicht, welche.»

«Fertig.»

«Jetzt misch die Karten. Schummel nicht. Gib sie zurück. Die Karte ist in deiner Manteltasche.»

Milka und ich sahen, wie Semjonow die Spielkarte hervorholte, die Pik-Drei.

«Erstaunlich», sagte er.

«Jetzt du», sagte sie zu meinem Vater. «Sag mir, welche Karte zuoberst liegt.»

«Pik-Sieben», antwortete mein Vater.

«Pik-Sieben stimmt», sagte Tante Charlotta, und als sie die Karten umdrehte, zwinkerten wir staunend und konnten es kaum glauben.

«Herz-Ass», sagte Semjonow.

«Genau.» Tante Charlotta klatschte kurz in die Hände und das Kartenspiel verschwand.

Milka und ich applaudierten.

«Wenn ich nicht schon mit dir verheiratet wäre, würde ich dich jetzt heiraten», sagte Chodow.

«Ich dich nicht», erwiderte sie lachend. «Heiraten würde ich dich nie wieder.»

«Du sagst es», sagte meine Mutter nickend zu Chodow und bot allen Drinks an.

«Noch ein Kartenkunststück, Tante Charlotta», bettelte ich.

«Bring mir eine Decke», sagte sie. «Irgendeine.»

Ich eilte ins Haus und zog eine Steppdecke von meinem Bett. Ich gab sie Tante Charlotta, die sie aufschüttelte und sagte: «Ein wundervolles Stück. Die verkaufe ich, wenn sich ein Käufer findet.»

«Sie gehört dir doch gar nicht», erwiderte Chodow.

«Eins, zwei, drei.» Sie hob die Decke hoch, und wir sahen Milka geduckt auf dem Boden hocken. Sie stand auf, verbeugte sich und wir klatschten alle und riefen: «Bravo! Bravo!»

«Das Fleisch ist fertig», sagte mein Vater. «Schenkt den Schnaps aus!»

Die Männer bevorzugten Wodka, doch die Frauen tranken manchmal Wein, außer Großmutter, die immer Wodka trank, immer aus ihrem eingedellten Blechbecher aus dem Krieg. Mein Vater goss ihr ein, und alle warteten, bis sie den Becher sicher in der Hand hielt. Sie saß leicht zitternd auf der Bank und meine Mutter wickelte ihr die Steppdecke um die Schultern. Meine Großmutter schwieg und starrte in den Becher, als sei dort etwas versteckt.

Ein leichter Wind ging durch die Bäume und schreckte die Vögel auf. Sie lärmten lauthals, schlugen mit den Flügeln und bewegten sich von einem Bein aufs andere. Ein seltsamer Kreischlaut drang aus dem Himmel zu uns hinunter und wir hoben die Köpfe.

«Was ist das?», fragte meine Mutter.

«Eine Eule», sagte Tante Charlotta. «Oder eine Lerche.»
«Um diese Zeit?», fragte Chodow.
«Unheimlich», sagte meine Mutter.

«Das gab's auch schon vor dem Krieg», erklärte meine Großmutter. «Als ich einmal im Wald war und Pilze fürs Abendessen sammelte, habe ich plötzlich ein schrilles Geräusch gehört. Zuerst dachte ich, es sei ein Vogel. Doch dann blickte ich nach oben, ins Wirrwarr der Zweige, und sah weder Vögel noch Nester, nur Flugzeuge, die die Wolken durchbrachen und immer tiefer flogen, bis sie die Baumwipfel fast mit den Flügeln berührten.»

«Gott bewahre», sagte meine Mutter.

«Ich möchte mit einem Trinkspruch anstoßen», sagte mein Vater und alle erhoben die Gläser. «Vor achtunddreißig Jahren hat dieses Land den Feind besiegt, der wollte, dass wir alle verschwinden, ausgerottet werden wie die Juden und die Zigeuner. Wenn die Nazis gesiegt hätten, wären unsere Kinder nicht geboren worden. Und dann gäbe es unser Land heute nicht mehr.» Er hielt inne, doch keiner von uns sagte ein Wort, wir stellten uns alle vor, wie es wäre, nicht mehr zu existieren.

«Wir sind stark», fuhr mein Vater fort, «wir haben in diesem Krieg sechsundzwanzig Millionen Menschen verloren und es dennoch geschafft, wieder aufzustehen und das ganze Land innerhalb kürzester Zeit wieder aufzubauen. Man hat uns dieses mächtige Land geschenkt. Ich fühle mich wie ein Riese, wie ein unbesiegbares Ungeheuer.»

«Ich nicht», sagte Semjonow. «Ich fühle mich winzig klein. Wie eine Maus.»

«Unterbrich nicht, Papa», sagte Dascha.

«Sprich bitte weiter», sagte Chodow.

«Ich möchte nur sagen, dass wir arbeiten müssen, härter als je zuvor. Die Menschheit muss weiterkommen, und alles, was fremd und unzugänglich erscheint, wird eines Tages klar und verständlich sein. Wir müssen unser Land verteidigen und unsere Kinder, wir müssen sicherstellen, dass sie niemals erleiden müssen, was unsere Eltern erlitten oder meine Schwiegermutter. Die Angst zu verhungern, die Angst vor dem Untergang.»

Er erhob sein Glas und alle anderen erhoben ebenfalls die Gläser. Sie stießen an, man hörte die Gläser laut klingen, und Milka und ich gossen Baikal-Soda in zwei saubere Teetassen. Die Nachbarn warteten, bis wir bei ihnen waren, und dann stand meine Großmutter auf und drückte ihre Schultern durch; die Decke fiel zu Boden und bauschte sich um ihre Füße. Sie sah sehr groß aus.

Sie brauchte einen Augenblick, um all die kalten, schweigsamen Gesichter eingehend zu betrachten, drückte dann den Becher an ihre dünnen, bläulichen Lippen und leerte ihn in einem Zug. Die anderen taten es ihr gleich, und Milka und ich umarmten uns und gossen noch mehr Soda in unsere Tassen. Für uns bedeutete der Tag des Sieges auch, dass das Schuljahr zu Ende ging. Bald würde es keine Hausaufgaben mehr geben, nur noch lange, faule Monate, in denen wir uns in der Sonne rekeln und im Fluss schwimmen und bei Nacht in den Himmel starren würden.

# 5

Endlich brach auf einmal der Sommer in unser Leben – mit dem Zirpen der Grillen, mit Donner und Regengüssen: Regen, der auf die Baumblätter prasselte, die Nacht dunkel, feucht und unruhig, der Morgen hell und frisch, erfüllt vom Gesang der Vögel und mit nassem Gras, das uns an den Füßen kitzelte, wenn wir zur Toilette gingen. Im Haupthaus gab es kein WC, das Klo war in einem schmalen Häuschen untergebracht, das die Größe eines Sarges hatte und neben dem Werkzeugschuppen stand: Darin befand sich nur ein erhöhter Sitz auf ein paar Brettern und darunter ein dunkles stinkendes Loch. Milka und ich vermieden es, nachts dort hinzugehen, und pieselten stattdessen in einen Blecheimer auf der Verandatreppe. Morgens leerten wir – mal sie, mal ich – den Eimer unter den Bäumen aus, wuschen ihn und ließen ihn danach in der Sonne trocknen.

Während der Sommergewitter war es, als hätte sich der Himmel gespalten: Der Regen strömte in einem wilden Sturzbach über die Erde und die Elektrizität in der Datsche fiel tagelang aus. Wir hatten einen vorsintflutlichen Gasherd, auf dem wir dann immer noch kochen konnten, auch wenn wir nur einfache Gerichte aßen: Eier, Fleischwurst, Hot Dogs, gefrorene Frikadellen mit Nudeln oder mit pürierten oder gebratenen Kartoffeln, manchmal auch mit Wildpilzen, die wir in Salzwasser einweichten, damit die Würmer herauskamen. Meistens kochten wir selbst. Meine Großmutter schmeckte das Essen mit Gewürzen ab, die sie in unsere dampfenden Kochtöpfe schüttete und dann umrührte. Gebeugt, in zerlumpten Pullovern und den alten Stiefeln meines Vaters, mit langen grauen Haaren, die an beiden Seiten ihres runzligen Gesichts offen herabhingen, sah sie aus wie eine Hexe, die mit knotigen Fingern emsig die Deckel hob und wieder schloss. Ab und zu murmelte sie etwas vor sich hin, was wir für Zaubersprüche hielten, mit denen sie ihren Zaubertrank braute. Wir glaubten fest daran, dass sie übernatürliche Kräfte besaß, durch die sie überlebt hatte, statt während der Blockade zu verhungern. Bis heute war sie sehr genügsam und ließ keinen Krümel verkommen. Sauer gewordene Milch durften wir nicht weggießen, weil sie Tworog daraus machte; verschimmeltes Brot kratzte sie ab, weichte es in Milch mit Ei ein und briet es dann zum Frühstück. Das Fleisch war nie so üppig bemessen, dass es verderben konnte, doch wäre das je geschehen, hätte sie sicher eine Methode gefunden, es wieder in etwas Genießbares umzugestalten.

Wenn der Strom ausfiel, hoben wir Milch und Butter und Käse und sogar etwas von dem Fleisch in großen Emaileimern auf, die wir mit eiskaltem Wasser aus dem Brunnen gefüllt hatten. Die Eimer standen im Geräteschuppen, weil die Sonne dort nie hingelangte. Das rohe Fleisch rieben wir dann mit Salz ein und versuchten, es in den nächsten Tagen zu verbrauchen. Meine Großmutter sagte, dass wir sie bald nicht mehr brauchen würden, wir seien ja fast erwachsen und hätten bald eigene Familien: Ehemänner und Kinder. «Wenn wir aber nicht wollen?», fragten wir. «Ihr müsst», antwortete sie. «Frauen müssen Kinder bekommen, weil das Leben weitergehen muss. Genauso, wie alte Leute sterben müssen, damit genügend Platz für die Lebenden da ist.»

Wenn es nicht regnete und meine Großmutter bereits im Bett war, saßen Milka und ich spätabends auf den Verandastufen, rauchten und starrten in den Himmel. Man konnte Sterne und Planeten entdecken, die Monde, die sie umkreisten, aber auch schwarze Löcher, die wie offene Münder auf die Erde hinunterglotzten. Wie groß war sie? Wie entstand sie? Wer hat sie erschaffen? Wie viel von dieser Welt würden wir sehen? Gab es andere Welten? Andere Galaxien? Wie viele? War das Weltall so groß und grenzenlos, wie wir uns das vorstellten? Dehnte es sich aus, drehte es sich? Ob wir das je wissen würden? In manchen Nächten zündeten wir Kerzen an, spielten

Karten und erzählten uns Geistergeschichten oder spielten aus dem Stegreif auf einer weißen Wand Schattentheater mit alten Puppen und Zinnsoldaten. Unsere Stücke begannen meistens als Liebesgeschichten, endeten jedoch mit Morden und gebrochenen Herzen.

Alle großen Liebesgeschichten, die Milka und ich je gehört oder gelesen hatten, waren von Anfang an zum Scheitern verurteilt. Sie stammten meist aus der griechischen Mythologie, aus Romanen oder Opern, und immer starb jemand auf tragische Weise. Dann war da die Geschichte von Adam und Eva, die meine Großmutter uns eines Sommers in der Datscha erzählte. Sie zeigte uns, dass der erste Mann und die erste Frau aus dem Himmel geworfen wurden, weil sie Sex gehabt hatten. Im Gegensatz zur Liebe war Sex nichts Schönes zum Träumen. Es bedeutete Ärger, scheußliche Krankheiten und unerwünschte Kinder. Man hatte uns gesagt, Männer bräuchten Sex; für Frauen sei Sex eine Verpflichtung. Nur Prostituierte begehrten Sex, tugendhafte Frauen dagegen heirateten und erfüllten ihre Pflicht. Eine Ehefrau durfte ihrem Ehemann Sex oder Essen niemals vorenthalten, sonst sei er auf Gedeih und Verderb einsamen Frauen ausgeliefert, die ganz gewiss versuchen würden, ihn zu umgarnen. Eine Frau musste Kinder gebären, möglichst drei: eines für sich, eines für ihren Mann und eines für diejenigen, die im Krieg umgekommen waren. Es war eine einfache Vorschrift, doch wir hatten Mühe, sie zu verstehen. Konnte eine Frau ohne Mann glücklich sein? Konnte sie Respekt erwarten, wenn sie keine Kinder hatte? Oder nicht wusste, wie man Hering anmachte oder einen Osterkuchen backte? Konnte eine Frau je so frei sein wie ein Mann? Konnte sie die Freiheit haben, Arzttermine zu vergessen, die Wäsche und das schmutzige Geschirr? Sich zu betrinken, wie ein Metzger zu fluchen, in die Bäume zu pinkeln, morgens zur Arbeit zu gehen und erst Tage, Monate, Jahre später wiederzukommen? Die Freiheit, ihrem Mann die Faust oder den Fuß ins Gesicht zu rammen, in den Bauch, in die Eier, und zuzusehen, wie er vor seinen Kindern heult und fleht, Tränen schluckt, seinen eigenen blutigen Rotz?

«Warum hat Eva Adam verführt und nicht umgekehrt?», wollte ich einmal von Milka wissen. «Ich meine, im richtigen Leben sind es eher die Männer, die die Frauen verführen, oder?»

«Es war Inzest», sagte Milka. «Eva wurde aus Adams Rippe gemacht, die beiden waren also verwandt.»

«Ich hab immer gedacht, Inzest heißt, dass einer den anderen zwingt, irgendeinen Scheiß zu machen», sagte ich. «Einer von beiden ist immer älter, oder?»

Milka blickte zu mir hoch. Sie lächelte plötzlich nicht mehr und biss sich auf die Lippe. Am Hinterkopf, wo sie sich gekratzt hatte, war ihr Haar zerzaust. Einen Augenblick lang sah sie aus wie ein Sperling, genauso klein und hilflos. «Ja», sagte sie. «Adam war wahrscheinlich älter. Wer weiß, wie lange es gedauert hat, eine Frau aus einer Rippe wachsen zu lassen? Womöglich Jahre.»

«Vielleicht neun Monate.»

«Ja. Vielleicht war Adam mit Eva schwanger. Vielleicht hatte Adam eine Muschi. Und als er sich dann durch die Wehen gequält hatte, bat er Gott, den Männern diesen Horror zu ersparen und stattdessen die Frauen leiden zu lassen.»

«Vielleicht ist ja deshalb alles so am Arsch», sagte ich. «Die Frauen wollen wie Männer sein und die Männer wie Frauen.»

«Kein Mann will eine Frau sein. Er würde nach einer Woche sterben. Kochen, putzen, waschen, arbeiten, während man das dritte Kind erwartet. Scheiße, nein. Und kannst du dir einen Mann vorstellen, der seine Tage hat?»

«Nein.»

«Na also.»

Meine Eltern arbeiteten den ganzen Sommer über und kamen deshalb nur am Wochenende auf die Datscha. Mein Vater strich oder reparierte immer irgendetwas: das Dach, die Türen, die Stühle oder unseren wackelnden, halb zerfallenen Zaun. Er konnte nie still sitzen und wurde von einer verborgenen, allgegenwärtigen Macht angetrieben, sich nützlich zu machen. Alles, was er tat, zeugte von Stärke und Entschlossenheit, so als wollte er meiner Mutter beweisen, was er wert war, oder dass er immer noch so stark war wie vor sechzehn Jahren, als sie heirateten. Seine riesigen Hände waren immer rot und rau, und wenn er mich an den Armen oder Wangen berührte, spürte ich die harten Schwielen an seinen Handflächen. Ich konnte mir schwer vorstellen, dass diese Hände etwas Zärtliches taten: dass sie den Leib meiner Mutter im Dunkeln festhielten, ihre Haut streichelten, die viel zu blass aussah, zu zart und blütenblattweich für seine dicken, derben Finger.

In der Datscha nächtigte meine Großmutter bei meinen Eltern im Zimmer, die auf Matratzen am Boden schliefen. Milka und ich teilten uns das Doppelbett aus Metall im anderen Schlafzimmer. Die Wände waren so dünn wie Eierschalen, weshalb ich annahm, dass meine Eltern nicht einmal versuchten, miteinander zu schlafen, auch nicht, wenn meine Großmutter fest schlief. Zu Hause konnte ich jedoch manchmal hören, wie sie durch ihr Schlafzimmer schlurften, ich hörte das erstickte Lachen meiner Mutter und das Flüstern meines Vaters, unterbrochen von seinem rauen Husten. Dann hörte man erst nichts mehr, und dann sanftes Säuseln und Rauschen, das mich an fallende Blätter im Spätherbst erinnerte. Anders als in Filmen, wo vor, während und nach dem Sex geredet wurde, gaben meine Eltern keinen Laut von sich. Sie waren vielleicht zu müde oder zu alt oder zu bequem; oder sie hatten Angst, mich oder meine Großmutter aufzuwecken; vielleicht war es auch wahre Liebe – eine wortlose Vertrautheit. Weil meine Mutter nie über Sex sprach, dachte ich immer, sie betrachtete ihn eher als Pflicht. Sie wirkte danach nicht glücklicher, und wenn ich ihr dann im Bad begegnete, wirkte sie nicht zufrieden, sondern war eher peinlich berührt. Sie strahlte auch nicht, wie immer in Büchern behauptet wird. Als wir eines Abends nach dem Abendessen in der Hängematte lagen und ich es Milka erzählte, während wir *Fruchtkissel* tranken, sagte sie: «Ja, natürlich. Diese Bücher haben Männer geschrieben. Sie glauben, dass Frauen Sex so erleben. Woher wollen sie das denn wissen? Sex bedeutet Schmerzen, und noch mehr Schmerzen, wenn man schwanger wird.»

«Aber warum sollten Frauen überhaupt Sex haben, wenn es immer so wehtut?», flüsterte ich.

«Wenn du willst, dass dein Mann bei dir bleibt, musst du mit ihm schlafen und für ihn kochen, und zwar du, nicht jemand anders.» Milka lachte, es war ein gelöstes, furchterregendes Lachen, das mich an die Bäume im Winter erinnerte, wenn sie bebten und sich bogen und an den Fenstern schabten und beinah wie Menschen aussahen, dunkel und einsam vor einem trüben, markgrauen Himmel.

«Das ist Unsinn», sagte ich. «Das würde meine Mutter nicht mitmachen. Sie ist unabhängig und hart im Nehmen.»

«Das mag ja sein. Aber vielleicht will sie auch ihren Mann behalten.»

Ich drehte mich um und betrachtete meinen Vater, der gerade Holz hackte. Meine Mutter wusch über eine Schüssel gebeugt neben dem Haus Geschirr ab. Sie trocknete es mit einem fleckigen Leinenhandtuch ab, das um ihren Hals hing, und stapelte es dann auf einer Bank auf. Milka und ich standen auf, trugen die Teller und Tassen ins Haus und stellten sie ordentlich in die Regale.

Da meine Großmutter ihr Augenlicht immer mehr einbüßte, hielt man uns dazu an, alles an den dafür vorgesehenen Platz zu stellen. Die größeren Schüsseln sollten hinten stehen, und die Suppen- und Salatschalen wurden davor neben den Nachtischtellern aufgestapelt. Die Tassen hatten ein eigenes Regalbord, und das Silber blieb in der Tischschublade. Die Vorratskammer war auf dieselbe Weise eingerichtet: Alles in Gläsern eingemachte Gemüse – Gewürzgurken, Tomaten, Kürbisse, Pilze – stand auf den obersten Regalborden, und die Konserven standen in den unteren Regalfächern. Das Brot wurde auf dem Esstisch aufbewahrt; Tee und Kaffee standen über dem Kühlschrank. Meine Mutter achtete peinlich genau auf Ordnung in beiden Küchen – derjenigen zu Hause und derjenigen in der Datscha –, damit meine Großmutter sich nicht hilflos fühlte, weil sie Pfeffer und Salz verwechselte oder Zucker fälschlich für Backpulver hielt. Weil sie die Älteste in unserer Familie war, mussten wir uns etwas einfallen lassen, um ihr entgegenzukommen. Genau darin unterscheide sich der Mensch vom Tier, hatte meine Mutter gesagt – wir töteten die Schwachen und Alten nicht.

Meine Eltern besorgten die meisten Lebensmittel in der Stadt und packten sie in Koffer und Einkaufstaschen aus PVC. Der nächste Lebensmittelladen war eine Fahrstunde entfernt und war verglichen mit Moskauer Supermärkten erbärmlich, obwohl auch in der Stadt seit Kurzem immer mehr fehlte. Plötzlich gab es kein Toilettenpapier mehr oder keine Streichhölzer oder sonstige lächerliche Kleinigkeiten, und meine Mutter merkte einmal in Gegenwart meines Vaters an, dass wir in permanentem Mangel lebten, dass wir nicht nur das Land der Monarchen und Diktatoren seien, der eisernen Regeln und Fäuste, sondern dass dies auch ein Land bodenloser Leere sei, die Menschen und Dinge verschlinge, und in der wir eines Tages alle umkommen würden. Doch mein Vater ignorierte ihre Sorge. Er glaubte an ein unerreichbares Ideal, eine verborgene mythische Welt, eine verfeinerte Version unseres Landes, die nur ein paar Auserwählte sehen und verstehen konnten. Er glaubte auch, dass alle Frauen, samt meiner Mutter und meiner Großmutter, zwar unglaublich stark waren und in aussichtslosen Situationen Berge versetzen konnten, aber dennoch weichherzig und kurzsichtig waren. Sie konnten eine dunkle, moosbedeckte Höhle in ein warmes, freundliches Zuhause verwandeln und trotzdem nicht verhindern, dass dieses Zuhause von einem Mann oder einem Kind zerstört wurde. Sie konnten ihr Leben nicht im Kontext von etwas Größerem sehen, etwas, in dem weder Familie noch Kinder, noch Haustiere, Blumen, Kochen oder Putzen vorkamen. Doch obwohl er mit meiner Mutter stritt, hatte er mit meiner Großmutter nie Auseinandersetzungen, weil er Respekt vor ihrem Alter und ihrer Erfahrung hatte, davor, dass sie gesehen hatte, wie Bomben vom Himmel fielen und Menschen zu Fleischhaufen wurden. Sie hatte ihren Sohn verloren, den Krieg jedoch überlebt, ebenso wie die gnadenlosen arktischen Hungerwinter von Leningrad; sie erzählte Geschichten, die uns verstummen ließen und noch lange im Raum weilten, wenn sie schon längst im Bett war. Mein Vater konnte ihre Grundprinzipien nie infrage stellen, nicht den Mut und die Traurigkeit, die sich in den Falten ihres alten Gesichts verbargen.

Im Juli ächzten die Apfelbäume unter der Last der Früchte. Normalerweise warteten wir, bis die Äpfel zu Boden fielen, und sammelten sie dann auf, doch dieses Jahr war es anders. Mein Vater kaufte eine Trittleiter, mit deren Hilfe wir die Äpfel ernten konnten, die groß und saftig und unversehrt waren. Wir hatten keine Ahnung, warum die Bäume uns eine so reiche Ernte bescherten, doch unsere Nachbarn – die Chodows und die Semjonows – hatten bestätigt, dass es ein Wunder war. Auch ihre Bäume gediehen. Meine Eltern brachten ganze Säcke mit Äpfeln nach Moskau und verschenkten sie an Nachbarn und Freunde in der Stadt, während meine Großmutter Milka und mir beibrachte, wie man Marmelade kocht. Wir mussten eimerweise Äpfel schälen und die Kerngehäuse entfernen, sie dann kleinschneiden und mit Zucker zu einer dicken braunen Paste einkochen. Sie sah nicht sehr appetitlich aus, schmeckte aber göttlich. Meine Großmutter sagte, viele Dinge im Leben seien nicht so, wie sie aussähen, und Milka fragte: «Wie erkennt man dann die Wahrheit? Man kann ja nicht alles probieren.»

Meine Großmutter lachte selten, aber darüber lachte sie. «Wenn du erwachsen wirst, weißt du, was du probieren musst und was nicht», sagte sie. «Hör immer auf dein Bauchgefühl.»

«Und wenn mein Bauchgefühl sich täuscht?», fragte Milka.

«Wenn ich zu jung bin und es nicht merke? Kann man mich dann für meine Fehler verantwortlich machen?»

Meine Großmutter legte die Stirn in Falten und dachte nach. Dann rieb sie sich das Auge, mit dem sie noch gut sah. Sie schwieg einen Moment, und ihre Miene trübte sich, als erinnerte sie sich an einen unangenehmen Traum. «Während der Blockade quälte uns nur eine einzige Sorge – nicht zu verhungern oder zu erfrieren. Nur das zählte. Wir mussten unsere Kinder beschützen. Das hatte Vorrang. Sie waren ja unsere Verbindung zur Zukunft, falls es die für uns gab. Jetzt haben wir keinen Krieg, aber das Leben ist fast gleich. Man muss sich unter allen Umständen schützen. Wir werden sterben und ihr werdet weiterleben und eure Geschichte erzählen. Hört auf eure Herzen, dort wohnt Gott. Und denkt daran – wenn sich etwas falsch anfühlt, ist es höchstwahrscheinlich falsch. Und jetzt machen wir das Wasser für euer Bad heiß. Ich kann eure schmutzigen Füße kilometerweit riechen.»

«Im Ernst?», fragten wir und zogen die Luft ein. «Kann gar nicht sein. Wir haben uns im Fluss gewaschen. Wir stinken nicht.»

In der Datscha ein Bad zu nehmen, konnte eine Stunde in Anspruch nehmen. Wir mussten Wasser am Brunnen holen und es heiß machen; dann mussten wir das kochende Wasser in einen riesigen Holzbottich gießen, mit kaltem Wasser mischen und dann zwei Eimer damit füllen – einen für Milka, den anderen für mich. Wir standen nackt im Garten hinter dem Haus, hinter einem windschiefen Paravent, den mein Vater aus alten Brettern gezimmert hatte. Die Wassereimer standen auf dem Boden zu unseren Füßen, außerdem zwei Krüge, ein kleiner Schemel, ein Stück Seife, Shampoo und zwei Luffaschwämme. Während ich mir die Haare wusch und Schaumwolken erschuf, schöpfte Milka mit ihrem Krug immer wieder Wasser und goss es mir über den Kopf. Wenn ich mit meinen Haaren fertig war, half ich ihr beim Haarewaschen.

Wenn sie in der Abenddämmerung die Augen schloss und die

Hände über ihrem Kopf kreisen ließ, sah ich Seifenrinnsale über ihre kleinen faustharten Brüste und zwischen ihren Beinen hinabrinnen und staunte über ihren Körper, der ganz anders als meiner war: nicht entwickelt, jungenhaft und schwächlich, bis auf die kräftigen braunen Locken zwischen ihren Beinen. Ich hatte viel weniger Haare dort unten, doch meine Hüften und Brüste waren wie Osterteig – üppig, federnd, nachgiebig. Beide waren wir honigbraun, bis auf die strahlend weißen Dreiecke um unsere Geschlechtsteile. Im Dunkeln wirkten meine Brüste sogar noch größer, zwei leuchtende Gestirne, die darum bettelten, berührt zu werden – was Milka tat, als sie sich das Shampoo aus Haaren und Augen gespült hatte.

Ich brüllte sie an und schlug ihr auf die Hände, aber sie lachte nur, seifte sich die Hände ein und fuhr damit über meine Pobacken.

«Was für ein Arsch», sagte sie. «Da kann sich jemand glücklich preisen.»

«Hör auf», sagte ich. «Nimm die Finger weg. Manchmal benimmst du dich wie eine Hure.»

«So fühl ich mich auch. Ab und zu.»

Sie hob einen Eimer und goss mir das Wasser, das noch darin war, über den Kopf. Ich hielt den Atem an. Ich war begeistert und gleichzeitig erregt und beschämt. Es war ein Moment, in dem ich froh war, als Mädchen und nicht als Junge geboren zu sein. Ich hob den anderen Eimer hoch und goss das restliche Wasser über Milka. Sie kreischte auf, zuckte aber nicht, als ihr das Wasser von den Haarspitzen, der Nasenspitze und den aufgerichteten braunen Brustwarzen tropfte.

«Kann man ein Baby mit ganz kleinen Titten stillen?», fragte sie und blickte nach unten.

«Na klar. Die sind dann vor lauter Milch angeschwollen und viel größer.»

«Und wenn es mir wie deiner Mama geht und ich keine Milch habe?»

«Weiß ich auch nicht», erwiderte ich. «Und wenn wir überhaupt keine Kinder kriegen?»

«Dann ist es egal.»

# 6

Kurz nachdem Andropow unser kommunistischer Herrscher geworden war, schrieb ihm eine zehnjährige Amerikanerin namens Samantha Smith einen Brief, der danach in der *Prawda* veröffentlicht wurde, unserer federführenden Tageszeitung. Es war ein kurzer Brief, ergänzt um ein paar Kommentare, die den Lesern vermitteln sollten, dass der Brief von einem kleinen Mädchen stammte und daher ein paar falsche Vorstellungen und Missverständnisse enthielt. Alle, die den Brief gelesen hatten, waren überrascht, dass unsere Regierung in die Veröffentlichung eingewilligt hatte. Milka und ich schnitten den Brief aus und legten ihn unter das Schutzglas auf meinem Schreibtisch, wo ich meine wertvollsten Andenken aufbewahrte: ein paar Bilder berühmter italienischer und russischer Sänger, Lyrikschnipsel, getrocknete Blumen aus dem Garten meiner Mutter und eine Strähne von Milkas Haar aus der ersten Klasse.

Wir lasen den Brief so oft, dass wir ihn nach ein paar Tagen auswendig konnten. Wir sprachen mit unseren Lehrern, unseren Klassenkameraden, Eltern und Nachbarn über den Brief. Samanthas Worte riefen bei den Leuten unterschiedliche Reaktionen hervor, doch die Sowjetbürger waren alle der Meinung, dass der Brief ein Vorbote des Frühlings zwischen den beiden Ländern sei, wie ein Krokus, der den Kopf durch die Schneedecke bohrt. Es war auch ein Wendepunkt in unserer sowjetischen Geschichte. Mit unserem neu ernannten Führer Andropow hatten wir das Gefühl, nicht mehr blöde, blinde Bösewichter zu sein, die für immer hinter dem Eisernen Vorhang eingekerkert waren. Die Welt hatte endlich begonnen, wenn schon nicht unsere Macht, so zumindest unsere Existenz anzuerkennen.

Laut der *Prawda* stand in dem Brief Folgendes:

Lieber Herr Andropow,
ich heiße Samantha Smith und bin zehn Jahre alt. Ich gratuliere Ihnen zu Ihrer neuen Arbeitsstelle. Ich mache mir Sorgen, dass Russland und die Vereinigten Staaten einen Atomkrieg beginnen könnten. Werden Sie für einen Krieg stimmen oder nicht? Wenn nicht, dann sagen Sie mir bitte, was Sie tun wollen, damit es keinen Krieg gibt. Sie müssen die Frage nicht beantworten, aber ich wüsste gerne, warum Sie die Welt erobern wollen oder zumindest unser Land. Gott hat die Welt erschaffen, damit wir in Frieden zusammenleben, nicht damit wir uns bekämpfen.

Mit freundlichen Grüßen
Samantha Smith


Uns gefiel der aufrichtige, tapfere Ton von Samanthas Brief, und wir fragten uns, ob ihre Aufrichtigkeit und Tapferkeit typisch amerikanisch waren. Auch wunderten wir uns, wie sie solch einen Brief schicken konnte und dass Andropow ihn dann auch tatsächlich erhalten hatte. Wir taten unser Bestes, um zu verstehen, warum ihr Brief nicht vom FBI oder KGB abgefangen worden war. Uns war auch klar, dass ein so mutiger Schritt von so wagemutiger Unschuld unter Breschnews Herrschaft nie hätte stattfinden können. In unserem Land hatte sich tatsächlich etwas verändert, auch wenn oberflächlich gesehen alles genau gleich schien wie seit der Revolution: finstere Gebäude, Bauernkleidung, mürrische Gesichter. Wir befassten uns weiterhin mit Geschichte, redeten weiterhin über den Kalten Krieg und kauten Schwarzbrot und Fertigklöße, die mit Fleisch zweifelhafter Herkunft gefüllt waren. Wochen später erschien dann noch ein Brief in derselben Zeitung – Andropows Antwort. Das überraschte uns, machte uns aber auch misstrauisch gegenüber diesem Briefwechsel. Beim Lesen des Briefs hatten wir das Gefühl, dass man uns zu einem neuen, gefährlichen Spiel verleitet hatte, dessen Regeln heimlich von ein paar mächtigen Personen ersonnen und dann an uns getestet worden waren, wie die Atombombe in Hiroshima. Andropows Brief war viel länger als Samanthas und klang wie eine Rechtfertigung, enthielt aber keine Anschuldigungen und auch keine belastenden Beweise:

Liebe Samantha,
ich habe Deinen Brief erhalten, ein Brief wie viele andere, die kürzlich aus Deinem Land und aus vielen anderen Ländern aus der ganzen Welt zu mir gelangt sind.

Es scheint mir – das spricht aus Deinem Brief –, dass Du ein mutiges, ehrliches Mädchen bist, so wie Becky, die Freundin von Tom Sawyer in dem berühmten Buch Deines Landsmannes Mark Twain. Dieses Buch kennen und lieben viele Jungen und Mädchen in unserem Land.

Du schreibst, Du seist besorgt, dass es zwischen unseren beiden Ländern zu einem Atomkrieg kommen könnte. Und Du möchtest wissen, ob wir alles dafür tun, dass kein Krieg ausbricht.

Deine Frage ist die wichtigste Frage, die ein denkender Mensch stellen kann. Ich will Dir ernsthaft und ehrlich antworten.

Ja, Samantha, wir in der Sowjetunion versuchen alles dafür zu tun, dass es auf Erden keinen Krieg gibt. Das ist der Wille eines jeden Sowjetmenschen, es ist das, was unser berühmter Staatsgründer Wladimir Lenin uns gelehrt hat.

Die Menschen in der Sowjetunion wissen sehr gut, wie schrecklich der Krieg ist. Vor vierundvierzig Jahren hat Nazideutschland, das nach der Vorherrschaft über die ganze Welt strebte, unser Land angegriffen, Zigtausende unserer Städte und Dörfer angezündet und zerstört und Millionen sowjetischer Männer, Frauen und Kinder getötet.

In jenem Krieg, der mit unserem Sieg endete, hatten wir uns mit den Vereinigten Staaten verbündet: Wir kämpften gemeinsam für die Befreiung vieler Menschen von den Naziinvasoren. Hoffentlich weißt Du das aus dem Geschichtsunterricht in der Schule. Heute wollen wir wirklich ein friedliches Leben führen und mit allen Nachbarn auf Erden, ob nah oder fern von uns, Geschäfte machen und zusammenarbeiten – und erst recht mit einem so großartigen Land wie den Vereinigten Staaten von Amerika.

In Amerika und in unserem Land gibt es Atomwaffen – schreckliche Waffen, die Millionen von Menschen in einem einzigen Augenblick auslöschen können. Doch wir wollen nicht, dass sie je benutzt werden. Aus genau diesem Grund hat die Sowjetunion vor der ganzen Welt feierlich erklärt, dass sie Atomwaffen niemals – niemals – in einem Erstschlag gegen ein Land verwenden wird. Generell schlagen wir vor, diese Waffen nicht mehr zu produzieren und dazu überzugehen, alle Waffenarsenale auf Erden zu beseitigen.

Damit dürfte Deine zweite Frage hinreichend beantwortet sein: Du willst wissen, warum die Sowjetunion die ganze Welt oder zumindest Dein Land, die Vereinigten Staaten, erobern will. Lass mich Dir sagen: Wir wollen nichts dergleichen. Keiner in unserem Land – weder die Arbeiter noch die Bauern noch die Schriftsteller oder Ärzte, weder Erwachsene noch Kinder, noch Regierungsmitglieder – will einen großen oder auch nur ‹kleinen› Krieg.

Wir wollen Frieden. Und wir sind dabei, Weizen anzupflanzen, Häuser zu bauen, Dinge zu erfinden, Bücher zu schreiben und ins All zu fliegen. Du wirst bald mehr über unser Land erfahren, Gleichaltrige treffen, ein internationales Kindercamp namens ‹Artek› am Meer besuchen. Dann wirst Du selbst sehen, dass alle in der Sowjetunion für Frieden und Freundschaft unter den Völkern sind.

Vielen Dank für Deinen Brief. Ich wünsche Dir alles erdenklich Gute für Dein junges Leben.

J. Andropow

Der Brief war uns ein Rätsel. Es war nicht nur schwer zu glauben, dass ein erwachsener Mann, der an der Spitze unseres Landes und des übrigen sozialistischen Lagers stand, eine Antwort an ein unbekanntes amerikanisches Mädchen aus Manchester, Maine, schrieb, ohne dass unsere Geheimdienste eingriffen; genauso schwer vorstellbar war, dass die *Prawda* dieses Antwortschreiben veröffentlichte. Außerdem konnten wir nicht glauben, dass Samantha Smith unser heldenhaftes Vaterland im Sommer besuchen kommen würde. Die Zeitung versicherte den Lesern, sie würde tagtäglich die Route unseres amerikanischen Gasts drucken, dessen Reise im Juli näher rückte. Darunter sah man das Bild eines niedlichen lächelnden Mädchens mit Pferdeschwanz, Stupsnase und etwas zu großen Schneidezähnen. Sie wirkte so sauber und weich und zierlich, dass man sie knuddeln, an ihrem Haar riechen und über ihre makellose Haut streichen wollte. Ihr Lächeln war aufrichtig, glücklich und vertrauensselig, wie das der meisten Kinder, und doch war es irgendwie eindeutig amerikanisch. Wenn wir Samantha auf der Straße hätten lächeln sehen, hätten wir sofort gewusst, dass sie kein sowjetisches Mädchen war, dass sie noch nie im Pionierlager gewesen war, wo sie eine Uniform tragen und patriotische Lieder singen und unter der roten Fahne marschieren musste, die wie eine blutige Zunge im Wind schnalzte. Die Wahlfreiheit stand ihr ins Gesicht geschrieben, ihre unvermeidlich strahlende Zukunft, das Recht, ihr eigenes Schicksal zu bestimmen – was sie anziehen wollte, auf welche Schule sie gehen wollte, wo sie Ferien machen und was sie essen wollte. Es war ein Gesicht, von dem wir alle träumten: freundlich, aufrichtig, offen. Ein Gesicht, das uns unsere eigene Unvollkommenheit vor Augen führte.

Wir dachten uns alles Mögliche über Samantha Smith aus: Wir stellten sie uns inmitten ihrer Freunde vor, die alle blaue Levis-Jeans, rote Polohemden und weiße Nike-Tennisschuhe trugen. In der Schule war sie sicher ausgezeichnet, von den Lehrern ebenso gepriesen wie von den Mitschülern, wir wussten, dass sie Geschichte und Geografie liebte und alle Länder und Hauptstädte auswendig kannte und auf der Landkarte fand. Im Gegensatz zu uns, die wir uns nichts aus solchen Dingen machten, weil keiner von uns erwartete, außerhalb der Sowjetunion zu reisen – weswegen wir auch nicht besonders auf die Orte in anderen Ländern achten mussten, schon gar nicht auf diejenigen, die nicht an die UdSSR grenzten. Doch natürlich konnten wir Deutschland und die Vereinigten Staaten als unsere Landesfeinde genau bestimmen – in der Vergangenheit, der Gegenwart und möglicherweise auch in der Zukunft –, was unsere Regierung und unsere Eltern uns ja fortwährend einimpften.

Was Samanthas Eltern anbelangte, so beschlossen wir, dass sie nie schrien, fluchten oder sich an Wochenenden betranken. Sie rochen nie nach Fisch oder gebratenem Fleisch. Sie mussten groß, fit, entspannt und höflich sein und in einem zweistöckigen weißen Steinhaus wohnen, das geschnitzte Eichentüren und Bogenfenster hatte und wo das ganze Jahr über Blumen blühten – violette Veilchen und gelbe Tagetes und rote Geranien. Wir stellten uns vor, dass die Smiths drei Katzen hatten, einen großen struppigen Hund und einen Goldfisch, der Zauberkräfte besaß und geheime Wünsche erfüllte, weswegen Samanthas Brief an Andropow beantwortet wurde und sie ihn bald besuchen kam. Alle Möbel im Haus waren weiß, und in Samanthas Zimmer stand, wie wir uns vorstellten, ein hohes Bücherregal voller Romane; ein Schreibtisch, der mit handgeschriebenen Notizen und Zeitungsausschnitten über unser bestialisches Land vollgepackt war. Wir verglichen Samantha nicht mit Becky aus Tom Sawyer, sondern mit Alice im Wunderland, die gerade eine Reise in eine dunkle, unbekannte, tückische Welt machen will.

Als Samantha in jenem Sommer ihren mädchenhaften amerikanischen Fuß auf unsere harte sowjetische Erde setzte, folgten Milka und ich ihrem Besuch wie besessen und warteten immer darauf, dass meine Eltern auf die Datscha kamen und uns die Zeitungen mitbrachten. Fernsehen konnten wir nicht, weil unser alter Fernseher kaputt war und wir uns keinen neuen leisten konnten. Aus den Zeitungen erfuhren wir dann, dass Samantha mit ihren Eltern Moskau besichtigt hatte, Blumen auf das Grab des Unbekannten Soldaten gelegt hatte und im Mausoleum gewesen war, wo der Führer des Weltproletariats in einem Kristallsarkophag ruhte. Sie gingen in den Zirkus, in Durows Tiertheater, ins Staatliche Moskauer Puppentheater, in den Palast der Freundschaft, wo man Samantha und ihrer Familie einen Film über die Grauen des Zweiten Weltkriegs zeigte, um ihnen in Erinnerung zu rufen, dass weder die Sowjetregierung noch das sowjetische Volk so etwas je wieder erleben wollten, ebenso wenig wie ein zweites Hiroshima. Eines Abends erhielt Samantha einen Anruf von Andropow höchstpersönlich. Er erkundigte sich, ob ihr sein Geschenk gefallen habe – ein russischer Plüschbär – und ob sie schöne Tage in der sowjetischen Hauptstadt verbracht habe. Er sagte ihr auch, dass er krank sei und sie daher nicht treffen könne. Am nächsten Tag wurde Samantha auf die Krim geflogen, um eine Woche in Artek zu verbringen, einem der berühmtesten Pionierlager am Schwarzen Meer. Als wir klein waren, träumten wir alle davon, in diesem Lager irgendwann einmal Ferien zu machen, doch nur ein paar wenige glückliche Kinder – die besonders begabt waren oder besondere Verwandte hatten – durften dorthin.

In derselben Zeitung sahen wir an anderer Stelle ein Bild von Samantha in Pionierlageruniform und roter Pionierseidenkrawatte. Auf einem anderen Foto trug sie die russische Nationaltracht: ein weißes Hemd mit bauschigen Ärmeln, einen bunten, handbestickten *Sarafan* und einen *Kokoschnik* – einen hohen, spitz zulaufenden, perlen- und spitzenbesetzten Kopfputz. Doch selbst im Gewand einer russischen Jungfer sah Samantha mit ihrem unbelasteten Lächeln, das weder ich noch Milka je nachzumachen imstande gewesen wären, immer noch aus wie ein amerikanisches Mädchen des zwanzigsten Jahrhunderts aus Manchester, Maine.

Samantha hatte der Zeitung zwei Interviews gegeben und immer wieder gesagt, wie erstaunt sie über die Freundlichkeit der Sowjets sei, und dass sie kaum glauben könne, wie viele Geschenke sie von ihnen bekommen habe. Sie sagte auch, die Russen seien, genau wie die Amerikaner, sehr freundliche Menschen, und dass die UdSSR himmlisch sei. In Moskau war Samantha mit ihren Eltern zusammen, doch als sie nach Artek kam, wollte sie lieber in einem Schlafsaal übernachten und teilte sich ein Zimmer mit neun anderen Sowjetmädchen, von denen die meisten auf spezielle Sprachschulen gingen und fließend Englisch sprachen. Samantha brachte ihre Zeit mit Schwimmen, Tanzen und dem Erlernen russischer Lieder zu. Außerdem schrieb sie Nachrichten an andere Machthaber in der ganzen Welt, steckte sie in Flaschen, die sie versiegelte, und warf sie von einer Klippe ins Schwarze Meer.

«Meinst du, die Mädchen sind Spioninnen?», fragte Milka. Wir lagen am Fluss im Gras und kauten an Strohhalmen.

«Nein. Sie sind genau wie wir, und gut in Englisch, weil sie auf eine spezielle Schule gehen.»

«Sie sind nicht wie wir. Wir sind nicht mit einem amerikanischen Mädchen zusammen, das von unseren Kosmonauten und dem Generalsekretär Telefonate erhält.»

«Das stimmt, aber wir hätten das gekonnt. Wenn wir die Englisch-Olympiade gewonnen hätten. Dann hätten wir vielleicht nach Artek gehen können.»

Milka drehte sich auf den Rücken und kitzelte mich mit ihrem Strohhalm am Hals. «Warum hat sich Andropow nicht mit Samantha getroffen, obwohl er sie zu sich eingeladen hatte? Denk mal nach, Anja.»

Ich rollte mich ebenfalls auf den Rücken und reckte mein Gesicht in den wolkenverhüllten Himmel. Die Wolken zogen träge über uns dahin, als hätten sie vergessen, wohin sie wollten oder warum sie sich überhaupt bewegen sollten. Es war ein ruhiger Tag, man konnte den

Wind durchs Gras streichen hören. In der Luft schwirrten Insekten, ein Schwall winziger Geschöpfe ganz nah an unseren verschwitzten Gesichtern. Ich sah zu, wie ein Marienkäfer meinen Finger hinaufkroch, und zählte die schwarzen Punkte auf seinem Rücken, bevor ich ihn auf Milkas Schulter gleiten ließ. Sie trug nur ein langes, ärmelloses Kleid, das sie sich mit der Hilfe meiner Großmutter aus einem alten Rock meiner Mutter genäht hatte. Um die Taille wurde er mit einem mickrigen Gürtel zusammengehalten, den wir im Wald gefunden hatten. Der Marienkäfer sah auf ihrer glatten, gebräunten, nackten Schulter wie ein Blutstropfen aus.

«Wer weiß, vielleicht hat er keine Zeit», sagte ich schließlich, griff nach dem Käfer und setzte ihn ins Gras. «Vielleicht halten sie Samantha auch für eine Spionin oder Attentäterin. Vielleicht hat sie einen giftigen Stift oder einen ähnlichen Scheiß dabei.»

«Nie im Leben. Noch bevor Samantha und ihre Eltern das Land überhaupt betraten, hatten unsere Leute bereits jeden Millimeter ihres Gepäcks und ihrer Kleider überprüft.»

«Ist das dein Ernst?»

«Und meinst du wirklich, sie könnte eine Spionin sein?»

«Na ja, denk mal nach. Wie kann ein ganz normales Mädchen die Erlaubnis bekommen, in unser Land zu kommen und mit unserem grimmigen Staatsoberhaupt zu reden? Und mit anderen ganz normalen Sowjetmädchen zu sprechen? Dasselbe zu essen? Mit ihnen in einem Raum zu schlafen? Wie wäre es, wenn wir Reagan schreiben würden? Glaubst du, er würde unseren Brief beantworten? Und uns nach Amerika einladen?»

Milka setzte sich auf und fasste mein Gesicht ins Visier. «Großartige Idee. Lass uns einen Brief an Reagan schreiben!»

«Wir können ihn nicht abschicken.»

«Wieso nicht?»

«Erstens haben wir seine Adresse nicht. Zweitens wird er nie ankommen. Unsere Geheimdienste fangen ihn ab, sobald er das Postamt verlässt. Genau genommen wird er das Postamt gar nicht verlassen. Die Postangestellten werden den KGB rufen.»

«Ich habe eine Idee. Wir fragen Jaschka. Er kann unseren Brief nach Amerika mitnehmen, wenn er seine Eltern besucht. Sie können unseren Brief dann einwerfen.»

Ich staunte über den Vorschlag meiner Freundin, hob den Kopf und starrte in ihr grinsendes, wagemutiges Gesicht. «Kein schlechter Gedanke, Putowa. Vielleicht bietet Reagan uns an, unsere Amerikareise zu bezahlen, und dann müssen sie uns wohl oder übel ziehen lassen. Wenn sie ein amerikanisches Mädchen einreisen ließen, damit es unseren himmlischen Sozialismus erleben konnte, sollten sie uns auch nach Amerika reisen lassen, damit wir die kapitalistische Hölle erleben können.»

Lachend sprangen wir auf und rannten zur Datscha. Dort fanden wir ein altes Notizbuch mit einer leeren Seite und setzten einen Brief an den Präsidenten der Vereinigten Staaten auf. Verschwitzt vor Hitze und Anstrengung lasen wir uns den Brief zwei Stunden später gegenseitig vor, korrigierten Wörter oder änderten die Interpunktion, waren aber ansonsten mit der Aufrichtigkeit unserer Worte und der Genialität unserer Idee zufrieden. Natürlich hatten wir kaum Hoffnung, dass unser Brief zum Präsidenten gelangen würde oder dass er ihn lesen und beantworten würde. Doch Wunder geschehen immer wieder, wie meine Mutter oft sagte, und in unserer sowjetischen Welt war ein Leben ohne gelegentliches Wunder ein Fass ohne Boden. Also dachten wir, wir könnten unserem sozialistischen Schicksal ein bisschen nachhelfen und es darauf ankommen lassen.

Bevor wir den Brief zusammenfalteten und in einen Umschlag steckten und zuklebten, überflogen wir ihn ein letztes Mal:

Lieber Mr Reagan,
wir heißen Anja Ranewa und Milka Putowa und sind fast fünfzehn Jahre alt. Da wir in der Sowjetunion geboren wurden, sind

wir noch nie verreist und waren nur einmal in Leningrad und einmal in Sotschi, wo wir die Sommerferien verbrachten. Vor Kurzem war ein amerikanisches Mädchen namens Samantha Smith in unserem Land zu Besuch, und wir wüssten gerne, ob wir auch Ihr Land besuchen könnten. Wir gehen auf eine spezielle englische Schule # 55 und lernen Englisch, seit wir acht Jahre alt sind. Wir sprechen die Sprache gut und brauchen keinen Dolmetscher. Wir lesen viele Bücher amerikanischer Schriftsteller: Mark Twain, O. Henry, Graham Greene, F. Scott Fitzgerald, Ernest Hemingway und Theodore Dreiser. Manche waren lustig, andere etwas verstörend, doch sie gefielen uns trotzdem. Über Amerika haben wir jedoch viele schlimme Dinge gehört (genau wie Samantha über die Sowjetunion). Wir können nicht recht glauben, dass alles so schlimm ist und dass es mit Ihrem Land so steil bergab geht, dass die Leute verhungern und dass die Schulen und Universitäten nicht kostenlos sind und die Menschen keine medizinische Versorgung bekommen. Wir haben auch gehört, dass manche Familien Dienstboten oder Sklaven haben, dass die Schwarzen nicht mit den Weißen an einem Tisch essen oder im selben Bus fahren oder aus denselben Tassen trinken dürfen. Man hat uns auch gesagt, dass Ihre U-Bahn wie ein Luftschutzraum aussehe und dass es in New York viele Obdachlose gebe, die manchmal unter Müllhaufen auf der Straße erfrieren oder verhungern. Es scheint uns unmöglich, dass so schreckliche Dinge in einem so großartigen Land passieren.

In unserem Land gibt es nicht viel Auswahl bei den Lebensmitteln, seit Neuestem findet man auch nur selten Toilettenpapier und Salz, trotzdem ist es schwer zu glauben, dass Menschen erfrieren oder verhungern können, ohne dass Krieg herrscht und ohne Blockade, wie damals in Leningrad, 1942. Außerdem wollen wir echtes amerikanisches Essen probieren – Hamburger, Coca-Cola und Pommes frites. Vor allen Dingen aber den berühmten amerikanischen Apfelkuchen, der köstlich sein soll. Hier bauen wir auch Äpfel an, verschiedene Sorten (welche Sorten werden in Amerika angebaut?), und wir backen auch Apfelkuchen. Dieses Jahr hatten wir sehr viele Äpfel und haben gelernt, wie man daraus Marmelade kocht. Wenn wir zu Besuch kommen, können wir Ihnen ein Glas mitbringen. Wir müssen nicht mit unseren Eltern kommen und müssen auch nicht lange bleiben, eine Woche reicht. Wir hoffen aber, Sie können uns mit dem Visum und den Flugtickets helfen. Wir wollen Ihr Land unbedingt sehen, von dem es heißt, dass dort alle Träume wahr werden.

Mit freundlichen Grüßen
Anja Ranewa und Milka Putowa

7

Bald war es Ende August und ich hatte Geburtstag. Als ich aufwachte, die Augen öffnete und mein Gesicht gegen die Sonne abschirmte, stand Milka in Unterhosen und einem übergroßen T-Shirt wie ein Geist neben meinem Bett. Sie hielt ein großes Paket in den Händen, beziehungsweise ein Plastikrohr, mit dem man Gemälde oder Bauzeichnungen transportiert. Meine Eltern benutzten ganz ähnliche Rohre bei ihrer Arbeit. Ich bemerkte auch eine schmale blaue Tasche auf dem Boden.

«Herzlichen Glückwunsch zum Geburtstag!», sagte sie. «Such dir ein Geschenk aus, das du gleich auspacken kannst. Das andere ist für die Party.»

Ich deutete auf das Versandrohr. Sie schüttelte es und zog ein fest zusammengerolltes Plakat daraus hervor, kniete sich auf den Boden und breitete es vor sich aus, wobei sie die Ecken mit unseren Pantoffeln beschwerte. Vor mir posierte Freddie Mercury breitbeinig in engen schwarzen Lederhosen und Ketten. Ich hielt vor Ehrfurcht den Atem an und glitt vom Bett herunter. Ich ging in die Hocke und berührte das Poster. Ich fuhr mit den Fingern an Freddies Armen entlang, die nackt und geadert waren; an seiner unebenen, haarigen Brust, über der das juwelenbesetzte Trageband seiner Gitarre lag; über eine riesige Adlerkopfgürtelschnalle und seinen knallengen, prall gefüllten Schritt.

«Wahnsinn», sagte ich. «Wo hast du denn das her?»

«Ich kenn mich aus.»

«Vom Schwarzmarkt?»

«Nein. Von Rutschnik. Seine Eltern haben es aus New York geschickt.»

«Beneidenswert. Seine Eltern sind Diplomaten.»

«Er sagt, sie wollen jetzt in Amerika bleiben. Dort sind alle glücklich. Und alle sind frei.»

«Aber wenn alle frei sind, gibt es dann auch keine Gefängnisse?», fragte ich.

«Natürlich gibt es Gefängnisse. Manche Leute verdienen die Freiheit eben nicht, deshalb sperrt man sie ein. Aber prinzipiell sind alle frei.»

Ich beugte mich über das Poster, schlang die Arme um meine Freundin und drückte sie, so fest ich konnte.

«Das ist sicher sehr teuer gewesen.»

«Oh ja! Aber ich hab mein Geburtstagsgeld vom letzten Jahr gespart.»

«Im Ernst?»

«Ich wollte dir was Besonderes schenken.»

«Vielen Dank.»

«Willst du mich zerbrechen?», fragte Milka, den Mund an mein Ohr gedrückt.

«Ich versuch doch nur, dir so nah wie möglich zu sein.»

«Das ist widerwärtig.»

«Widerwärtig gefällt dir doch.»

«Stimmt. Aber du bist zu anständig, um widerwärtig zu sein. Ich will, dass du bleibst, wie du bist. Jemand muss anständig bleiben.»

Wir fielen beide kichernd zu Boden, kitzelten und zwickten einander, aber dann kam meine Mutter herein und sagte, wir sollten aufhören mit dem Quatsch und uns für die Party fertig machen. Es gab noch viel zu tun und sie brauchte unsere Hilfe.

Die nächsten zwei Stunden wirbelten wir umher wie elektrische Besen. Wir kehrten das Haus, die Veranda, die Treppe. Wir räumten den Hof auf. Wir holten frische Blumen aus dem Garten meiner Mutter und stellten sie in eine primitive Tonvase – große, magentarote Astern und weiße Gladiolen. Milka probierte verschiedene Längen aus und schnitt sie dabei immer kürzer, bis sie wie seltsame pummelige Arme aussahen. Wir bliesen Luftballons auf und banden sie an die Apfelbäume. Wir deckten den Tisch und steckten marinierte Hühnerstückchen auf Spieße, während mein Vater Feuer machte und es bis auf die Glut herunterbrennen ließ, damit wir die Kebabs auf den Rost legen konnten. Dann war es endlich Zeit, uns umzuziehen. Milka schlüpfte in einen langen, weiten Rock, der ihr bis zu den Waden reichte, sodass sie wie eine Hausfrau aus einem Roman des neunzehnten Jahrhunderts aussah. Ich trug ein rotes Samtkleid, das meine Mutter gekauft und meine Großmutter umgeändert hatte. Es umspielte meine Figur in weichen üppigen Falten und betonte meine Brüste und meinen ‹königlichen Hintern›, um Milkas Worte zu benutzen. Es hatte die Farbe reifer Granatäpfel, die gut zu meiner gebräunten Haut und meinen braunen Locken passte. Milka sagte immer wieder, ich sähe wie eine Königin aus. «Das Einzige, was noch fehlt, ist ein Juwelendiadem.» Also flocht sie einen Kranz aus Glockenblumen und zarten weißen Blüten und setzte ihn mir auf. Er roch nach vertrocknetem Gras, nach dem Ende des Sommers.

Meine Eltern hatten mir zusammen mit meiner Großmutter einen neuen Kassettenrekorder gekauft und ein paar neue Alben von Maschina Wremeni und Akwarium, und eines von Wiktor Zoi. Ich wusste über diesen Sänger nur, dass er den sowjetischen Musikgeschmack sabotierte. Er ging Risiken ein und komponierte eigene Songs, seine eigene Musik und eigene Texte, aus denen oft etwas Rebellisches, Antisowjetisches sprach. Als meine Eltern die anderen beiden Alben auf dem Schwarzmarkt kauften, bekamen sie ihn empfohlen und bezahlten den doppelten Preis für die Kassette, in der Hoffnung, dass mir Zois Musik genauso gut gefallen würde wie die von Freddie Mercury. Meine Eltern hatten kein Englisch gelernt und verstanden die Songs von Queen nicht, doch weder Milka noch ich wollten sie ihnen übersetzen, aus Angst, sie könnten unsere einzige Kassette von ihm konfiszieren und vernichten. Wir erklärten ihnen, alle Songs von Queen handelten von etwas Kaputtem oder in die Brüche Gegangenem: einem kaputten Zuhause, einem kaputten Leben, einer zerbrochenen Freundschaft, gebrochenen Herzen und Menschen. Meine Mutter fragte: «Wenn alles kaputt ist, was bleibt dann noch übrig?» Und Milka erwiderte: «Die Hoffnung. Die Hoffnung, dass alles irgendwann gut wird.» Meine Mutter seufzte, wie so oft, wenn sie uns zuhörte. «Die brauchen wir», sagte sie. «In diesem Land brauchen wir viel Hoffnung.» Wir folgten ihrem Blick zu den Wolken, der konzentriert war, als fände sich dort eine wichtige Wahrheit. Da wir nichts Besonderes entdecken konnten, wandten wir uns wieder dem zu, was wir erledigen mussten, und wurden wieder ganz normale Teenager: verträumt, schwierig, lüstern und voller Sehnsucht nach jungen Männern mit haariger Brust und knallengem, prall gefülltem Schritt und nach Musik, die unser Begehren aufkeimen ließ. Zumindest hatten wir dieses Gefühl, wenn wir die Band spielen hörten und sich das Feuer in uns ausbreitete wie die Sonne zu Beginn des Frühlings im Obstgarten, die alles, was sie berührte, belebte – jeden Samen, jede Knospe, jede Blüte.

Die Gäste kamen um drei, und bald darauf war die Party in vollem Gang. Semjonow schenkte mir ein Lied, das er geschrieben hatte, und ich schaltete den Kassettenrekorder ab, damit er es zum leisen Gezupfe seiner Gitarre singen konnte. Das Lied war so traurig, dass es einem das Herz brach: Es ging um ein junges Mädchen, das seine Jugend damit vergeudet hatte, dem Geist seines Geliebten hinterherzujagen. Semjonows Stimme war wohltönend und die dunklen, tiefen Töne erinnerten mich an moosige Flusssteine.

Die Chodows kamen ohne ihre Tochter, die über das Wochenende in der Stadt geblieben war. Sie habe ein Rendezvous, hörte ich Pantelei meiner Mutter ins Ohr flüstern. Er umarmte mich und schenkte mir ein altes Fernglas, das sein Vater seit dem Krieg aufbewahrt hatte. Er sagte, er habe mir eigentlich ein kleines Gewehr schenken wollen, doch Tante Charlotta sei dagegen gewesen, und ich versicherte ihm, dass ich kein Gewehr bräuchte, und hielt das Fernglas vor die Augen. Durch das Objektiv sah sein Gesicht verschwommen aus. Tante Charlotta reichte mir einen weißen, flauschigen Schal und Spielkarten mit den Planeten darauf. Als ich mir den Schal um den Hals legte, sagte Milka, ich sähe eindeutig wie eine Königin aus – elegant und unergründlich.

Tante Charlotta nahm mir die Spielkarten aus der Hand und mischte sie ein paarmal.

«Wünsch dir was», sagte sie. «Aber nichts Materielles. Keine Kleider oder Möbel.»

«Wozu sollte sie Möbel brauchen?», fragte mein Vater und besprengte die Kebabs mit Bier. Dann drehte er die Metallspieße auf die andere Seite.

«Das weiß man nie. Vielleicht will sie ein neues Bett», sagte Tante Charlotta. «Ich kann aber nur neue Liebhaber herbeizaubern, keine Betten.»

Alle lachten und versuchten, sich etwas Wichtiges zu überlegen. Ich wollte meinen Schulabschluss machen, auf eine renommierte Universität gehen, eine Stelle bekommen und jemand werden. Vor allem aber wollte ich reisen und andere Länder sehen. Ich hoffte auch, in diesen Ländern auf etwas Unangenehmes oder Abscheuliches zu stoßen, damit ich Russland mehr lieben und schätzen konnte.

«Wenn ich mir eines wünschen dürfte, dann wäre es Weltfrieden», sagte mein Vater.

«Das ist ja banal», erwiderte Chodow. «Ich hätte mir eine Frau gewünscht, die dreißig Jahre jünger ist.»

«Ach, das ist aber originell», sagte Semjonow kichernd.

«Du kennst ja die Geschichte vom Goldfisch und dem Ehepaar?», fragte meine Mutter und richtete ihr Haar, das kraftlos um ihr Gesicht hing. Sie hatte morgens vergessen, sich Locken zu machen. Wenn sie die Haare offen trug, sah sie hübscher aus, aber auch trauriger. Zwischen ihren Augenbrauen bildete sich eine Falte, die ich plötzlich unbedingt mit dem Finger wegreiben wollte.

«Das Märchen von Puschkin?», fragte Chodow.

«Eine moderne Fassung davon», sagte meine Mutter. «Ein fünfzigjähriger Mann fängt einen Goldfisch, und dafür, dass er ihn freilässt, verspricht ihm der Fisch, ihm oder seiner Frau drei Wünsche zu erfüllen. Der Mann geht nach Hause und erzählt seiner Frau von der magischen Begegnung. Die schreit sofort: ‹Ich will auf Weltreise gehen.› ‹Abgemacht›, sagt die Stimme. ‹Und ich will eine Frau, die dreißig Jahre jünger ist›, sagt der Mann. ‹Abgemacht›, sagt die Stimme. Und einen Augenblick später befinden sich beide auf einem Kreuzfahrtschiff, und der Mann ist nicht mehr fünfzig, sondern achtzig.»

Schweigen schwebte über dem Garten, bis ich loslachte und die anderen ebenfalls.

«Moment mal», sagte Chodow. «Hatte der Mann nicht noch einen Wunsch frei?»

«Ja», sagte meine Mutter. «Ratet mal, was er sich gewünscht hat.»

«Dass alles wieder so wird wie vorher?»

«Ganz genau.»

«Ich wünsche mir, dass Anja und ich für immer Freundinnen bleiben», sagte Milka. Sie sprach plötzlich mit einer ganz hohen Stimme, die wie eine gerissene Gitarrensaite klang.

Alle Blicke richteten sich auf sie. Sie hatte die Hand in die blaue Tasche gesteckt, die ich schon im Schlafzimmer gesehen hatte. Ihre Bewegungen waren nervös, aber das sah nur ich. Ich dachte daran, was es für eine Ehre war, jemanden so lange und genau zu kennen, dass selbst die geringste Kopfbewegung oder ein leichter Ruck der Finger ein Zeichen der Sorge, Liebe oder Anteilnahme sein konnte. All die Zeit, die wir in jenen Jahren des Erwachsenwerdens geteilt hatten, all unser Gelächter und unsere Tränen – weil wir uns das Knie aufgeschlagen hatten oder ein Zahn wehtat oder weil wir eine schlechte Note bekommen hatten – und alles, was noch kommen würde. Unsere Freundschaft war wie die Apfelbäume ringsum. Sie würde wachsen und reifen und süße Früchte tragen. In diesem Moment war ich äußerst stolz, so als hätte ich soeben einen wichtigen Preis erhalten und all die Menschen hätten sich auf unserer Datscha zum Feiern versammelt.

«Herzlichen Glückwunsch zum Geburtstag, meiner allerbesten Freundin auf Erden», sagte Milka und überreichte mir ein Buch mit Tschechows Dramen. «Die lesen wir nächstes Jahr. Tschechow ist der Beste von allen!»

«Vielen Dank», sagte ich und fuhr mit dem Finger über den Umschlag, auf dem ein blühender Obstgarten zu sehen war, ganz ähnlich wie unserer, nur dass die Bäume und Blüten viel kleiner waren.

Meine Mutter nahm mir das Buch mit derselben Kompetenz ab, mit der sie die Hausarbeit verrichtete – Kochen, Putzen, Bügeln –, und las ein paar Minuten schweigend darin, bevor sie es mir zurückgab.

«‹Wenn Sie glücklich sein wollen, dann dürfen Sie vor allem keine Wünsche mehr haben›?» Sie runzelte kurz die Stirn und sagte dann: «Großartiger Schriftsteller. Schreckliches Schicksal.»

«Alle großen Schriftsteller haben schreckliche Schicksale. Zumindest in diesem Jahrhundert», sagte Semjonow.

Niemand widersprach, niemand lachte, und alle starrten schweigend in die Glut. Die Kebabs zischten und der Fleischsaft tropfte herab, flammte kurz auf und verlosch wieder. Meine Großmutter erschien auf der Verandatreppe und schlug vor, dass wir ins Haus kamen, wo es kühler war und keine Insekten gab. Im Schatten der Bäume blieb es im Haus selbst an sehr heißen Tagen angenehm.

Milka und ich wollten nicht mit den Erwachsenen am Tisch sitzen und ihnen bei ihren Spekulationen über Politik und die Zukunft zuhören, über das erschütternde Schicksal unserer sozialistischen Welt. Deshalb baten wir darum, unseren Kuchen draußen essen zu dürfen. Meine Mutter hatte nichts dagegen, uns ein bisschen Wein einzuschenken, aber nur ein Schlückchen zum Probieren. Sie zündete die Kerzen an, und ich blies sie alle auf einmal aus, ohne daran zu denken, mir etwas zu wünschen. Sie zog die Kerzen aus dem Kuchen und schnitt ein paar dicke Stücke ab, während alle die Treppe heraufkamen, mir auf den Rücken klopften und dann im Haus verschwanden. Ich hörte, dass sich die Frauen beklagten, wie stickig es sei, und ich sah, wie mein Vater erst die Seitenfenster und dann die Vorderfenster mit seinen großen Händen aufstieß.

Wir aßen unseren Kuchen, und die Erwachsenen prosteten geräuschvoll auf meine Gesundheit und die meiner Eltern und meiner Großmutter. Der Himmel war tief türkisblau, die Sonne eine goldene Kugel. Als ich versuchte, sie, ohne zu blinzeln, direkt anzublicken, war es, als stünde die Zeit still und als würden die Luft, die Bäume, das Haus und alles andere sich auflösen. Ganz nah an meinem Ohr summten Insekten, und dann platzte ein Luftballon, und Milka sagte: «Gehen wir zum Fluss.»

«Jetzt?», fragte ich.

«Ja.»

Wir gingen zum Schuppen und zogen uns Shorts und T-Shirts und Badelatschen an.

Wir hörten, wie mein Vater mit Chodow stritt, den er beschuldigte, ein «Scheißkapitalist» zu sein, der immer nur sein eigenes «verdammtes Gesicht im Spiegel» gesehen habe. Und dann schrie er etwas über den Krieg und die Leute, die ihre eigenen Haustiere und toten Babys gegessen hätten. «Der Hunger treibt jeden zum Wahnsinn», fügte er hinzu. Meine Mutter und meine Großmutter stimmten ihr Lieblingslied an: «Du bliebst, was du warst – ein flotter Kosak, ein Steppenadler», und da wussten wir, dass man uns stundenlang nicht vermissen würde, wenn wir uns jetzt aufmachten.

Draußen vor der Datscha schlenderten wir die ungepflasterte Straße entlang, auf der stellenweise Gras wuchs, und traten Staub los und trockene Hundehaufen. Hinter den Zäunen bogen sich die Apfelbäume unter der Last der Früchte. Männer spritzten ihre Autos ab oder verteilten Dünger unter den Bäumen, und Frauen kümmerten sich um ihre Gärten, hockten oder knieten am Boden, Schals um die Köpfe geschlungen, die Gesichter gerötet und glänzend. Manche Datschabewohner wiegten sich in Hängematten, manche kochten an offenen Feuern, manche spielten Karten in windschiefen Gartenlauben, versteckt unter Weinstöcken und Winden. Die Luft roch nach brennendem Holz und gebratenem Fleisch und nach fetter Ackerkrume.

Wir gingen quer durchs Tal, durch kniehohes Gras, das mit Butterblumen, Kornblumen und Glockenblumen übersät war, die sanft im Wind nickten. Libellen jagten vorbei. Die Weiden bebten und ihre Zweige waren wie alte, spindeldürre Finger, die im Wasser planschten. An manchen Stellen standen Büschel von Schilfgras am Ufer, Rotten pelziger Rohrkolben. Wir kletterten ans Wasser hinunter, zogen die Badelatschen aus, streckten uns auf dem Rücken aus und hängten die Füße in den Fluss, der sich zwischen unseren Zehen kräuselte. Weit und breit war keine Menschenseele. In der Ferne schwang eine Hängebrücke aus Holzplanken leicht hin und her. Ich weiß noch, wie wir, mein Vater, Milka und ich, eines Morgens, als das Gras noch nass war vom Tau, auf dieser Brücke saßen und angelten, während weit weg auf der anderen Seite eine Gruppe Zigeuner kampierte, die auf Decken ums Feuer saßen. Im Sommer kamen sie oft, blieben wochenlang und schliefen in Zelten oder einfach im Gras unter offenem Himmel. Wenn wir allein waren, durften Milka und ich nicht mit Zigeunern reden, denn unsere Großmutter hatte uns vor ihnen gewarnt und gesagt, Zigeuner würden stehlen wie die Raben. Und was sie nicht stahlen, gäben ihnen die Leute von sich aus, hypnotisiert von ihren honigsüßen Stimmen und den dunklen, traurigen Augen.

«Und wenn wir gar nichts haben, was sie stehlen können?», hatte Milka gefragt.

«Dann nehmen sie eure unschuldige Seele, stecken sie in ein Medaillon und hängen es an ein Armband. Habt ihr mal gesehen, wie viele Armbänder die Zigeuner haben?» An dieser Stelle war meine Mutter ins Zimmer gekommen und hatte zu meiner Großmutter gesagt, sie solle aufhören, uns mit solchem Unsinn Angst einzujagen. Wir sollten zu starken, unabhängigen Frauen heranwachsen, die keine Vorurteile hatten. Meine Mutter schaffte es immer wieder, jemandem das Wort abzuschneiden, so wie sie lebendigen Fischen, die wir gefangen hatten, den Kopf abschnitt.

Die Sonne stand jetzt ein wenig tiefer, aber es war immer noch heiß und feucht. Die unter mir hinweggleitende Erde fühlte sich flüssig an, mein Körper war schwerelos. Ich berührte Milkas Hand und sie antwortete, indem sie meine Hand leicht drückte. Den ganzen Sommer über hatten wir keine Zigeuner gesehen, doch auf der anderen Flussseite entdeckten wir ein kleines Zelt aus Decken.

«Das sehen wir uns an», sagte ich.

Milka wandte mir ihr verträumtes Gesicht zu und blinzelte. «Und wenn jemand drin ist?», fragte sie.

«Wir sind ganz leise.»

«Es ist dein Geburtstag. Du bestimmst.»

Wir zogen unsere Badelatschen wieder an, kletterten zur Brücke hinauf, krochen auf den verfaulten Planken entlang und sprangen über diejenigen, die fehlten. Der Fluss gurgelte und klatschte gegen die Uferböschung. Auf der anderen Seite angekommen, gingen wir in die Hocke und krochen ganz langsam auf allen vieren wie Raupen durchs hohe Gras. Hin und wieder hielten wir inne und sahen nach, ob wir noch beisammen waren. Als wir näher kamen, sahen wir Wickelröcke, nicht Decken, die über dem Zelt drapiert waren, entweder um dort zu trocknen oder um es vor Rauch und Regen zu schützen. Man hörte immer noch keinen Laut, doch aus dem Zeltinneren kam ein Beben. Ich legte den Finger an die Lippen und Milka nickte. Ich kroch zum Zelteingang und drückte mein Gesicht an den Spalt, während ich das Zelt bereits mit beiden Händen aufzog. Ich hielt den Atem an und wusste einen Moment lang nicht, was ich dort sah.

Es war recht dunkel im Zelt; auf dem Boden waren Schaffelle ausgebreitet, auf denen eine nackte Frau mit weit geöffneten blutigen Beinen lag. Sie wölbte den Rücken, gab ein Knurren von sich und hob die Füße in die Höhe. Blut strömte aus ihr hervor und es roch auf einmal nach Regen und Pilzen, aber auch nach rostigen Rohren. In dem Augenblick zwängte Milka ihr Gesicht neben mein Gesicht. Sie tastete nach meiner Hand, umklammerte sie und zwickte mich mit ihren heißen Fingern. Wir schluckten erschrocken, gleichzeitig fasziniert, und sahen zu, wie die Frau zuckte und sich krümmte und brüllte und sich in die Decken krallte. Ihr Bauch hob und senkte sich, und ihre Brüste waren wie zwei Ballons, die an den Enden mit braunen Knoten zugebunden waren.

«Mein Schuh ist weg», sagte Milka und tastete mit der Hand im Gras herum.

Die Frau ließ die Beine fallen, stützte sich auf die Ellenbogen und funkelte uns mit ihrem von Tränen und Schweiß nassen Gesicht wütend an. Sie hatte schwarzes, wirres Haar, Schlangenspiralen. Ich starrte sie gebannt an, unfähig, den Blick von ihren Augen zu lösen, die seltsam orange leuchteten. Einen Moment lang dachte ich, sie würde gleich lächeln, doch sie öffnete die Lippen und spuckte uns an, bevor sie sich wieder vor Schmerzen wand und auf dem Schaffell zusammensackte. Wir sahen ihr Gesicht nicht mehr, doch die Wunde zwischen ihren Beinen wurde größer und immer weiter, und ein Babykopf zwängte sich wie eine wütende Faust ins Freie.

Wir rannten durchs Gras davon, in Richtung Fluss, und stürzten uns spritzend und schreiend ins Wasser. Wir schüttelten uns vor Kälte, aber auch vor lauter Angst und Scham und Aufregung, weil wir etwas Persönliches, Verbotenes miterlebt hatten. Milka hockte sich als Erste hin und glitt ganz in den Fluss hinein, sodass ihr Kopf unter Wasser war. Ich watete hinter ihr her und versuchte, sie am

T-Shirt zu packen, wie einen Fischschwanz, der hin und her schlägt. Sie bückte sich und füllte sich den Mund mit Wasser. Dann stand sie auf und formte den Mund zu einer engen Öffnung, sodass sie einem gefräßigen wilden Tier ähnelte. In ihren Augen glitzerte der Schalk, als sie einen dicken Strahl in mein Gesicht spritzen ließ. Ich zuckte zusammen und schlug mit den Händen, so fest ich konnte, auf den Fluss, schlug immerzu weiter und drängte mich näher an sie heran. Sie versuchte nicht, zu entkommen oder sich zu schützen. Wir rangen lachend miteinander, tauchten im Fluss auf und unter, und das Wasser floss uns in Nase und Ohren.

Eine Weile danach kletterten wir das Ufer hinauf und wrangen das Wasser aus unseren Kleidern. Ich schlüpfte aus meinen Shorts und Milka zog ihre ebenfalls aus, und dann legten wir uns zum Trocknen ins Gras. Den Rücken zum Fluss gedreht, zog Milka ihr T-Shirt aus. Die schlanken Kurven ihrer Figur hoben sich scharf vom Blau des Himmels ab und ihr Haar tropfte überall auf ihren Körper. Das Wasser floss ihr zwischen den Beinen hinab und ihre Brustwarzen waren direkt auf mich gerichtet. Im blendenden Sonnenlicht sah sie fast durchsichtig aus, wie ein mythisches Geschöpf aus Luft und Licht.

Natürlich glaubten weder meine Eltern noch meine Großmutter unsere Geschichte, und als wir am nächsten Morgen an den Fluss zurückkamen, war das Zelt verschwunden. Doch an der Stelle, wo es gestanden hatte, sah das Gras platt aus und jemand hatte die ganze Nacht ein Feuer gehütet. Die Glut war noch warm, als wir sie mit den Zehen berührten. Nicht weit von der Feuerstelle fand Milka ihre Badelatsche, die in der Mitte einen Riss hatte. Wir hoben sie auf, legten Birkenblätter auf die beiden Hälften und ließen das, was von dem Schuh übrig war, fortschwimmen. Wir blickten dem abgetragenen orangen Gummiteil hinterher, bis es flussabwärts verschwunden war.

# 8

Dann kam der Herbst und die Schule fing wieder an. Milka war fast fünfzehn, aber mit ihren langen Armen, die wie Zweige an ihrem Körper herunterhingen, war sie immer noch dünn wie ein Weidenbaum. Sie hatte jedoch einen guten Appetit, und auf der Datscha legte ihr meine Großmutter immer eine zusätzliche Frikadelle oder Kohlpastete auf den Teller. Milka aß immer alles auf und wischte den Fleischsaft mit einer Ecke Schwarzbrot auf, doch eine Stunde später hatte sie wieder Hunger. «Als bekäme sie zu Hause nichts zu essen», hörte ich meine Großmutter zu meiner Mutter sagen. Und meine Mutter erwiderte: «Mit dieser Familie stimmt was nicht. Ihre Eltern kommen nie in die Schule oder zur Elternversammlung. Und Milka vermisst sie anscheinend auch nicht, wenn sie fast drei Monate bei uns lebt. Es macht mir ja nichts aus, aber man würde doch meinen, dass ihre Mutter zumindest ein paar Süßigkeiten schickt.» «Würde man meinen», seufzte meine Großmutter und lutschte einen Brocken braunen Rohzucker, während sie ihren Tee trank.

Milka gab nie eine Geburtstagsparty; außer mir lud sie nie jemanden zu sich in die Wohnung ein. Sie sagte, die hässlichen Möbel seien ihr peinlich, aber das nahm ich ihr nicht ganz ab. Erstens gab es nur sehr wenige Dinge, die Milka peinlich waren – wenn sie pinkeln musste, hockte sie sich einfach an den Straßenrand und ließ ihren bleichen Mondhintern für alle Welt sichtbar aufblitzen. Zweitens hatten die meisten sowjetischen Wohnungen dieselben primitiven braunen Tische und Stühle, Betten und Frisierkommoden, die keinerlei Grazie oder Charakter besaßen. Niemand fand sie hässlich. Es waren ganz gewöhnliche Möbelstücke, die von gewöhnlichen Menschen benutzt wurden und ein Leben lang halten sollten.

Ich wusste, dass Milka nicht wollte, dass jemand ihren Eltern begegnete, auch wenn sie das nie gesagt hätte. In all den Jahren unserer Freundschaft hatte ich kaum ein Wort mit ihrer Mutter und ihrem Stiefvater gewechselt, weder am Telefon noch nach der Schule, wenn ich bei Milka in der Wohnung war und länger blieb, weil wir etwas zu Ende machen mussten. Ihre Eltern waren entweder müde oder in Eile oder beides. Gelegentlich warf ihr Stiefvater einen Blick in ihr Zimmer, wenn ich noch da war, und fragte: «Habt ihr Zigaretten? Ich weiß, dass ihr beide raucht. Ich kann es riechen.» Milka sprang dann vom Bett auf und knallte die Tür zu, ohne ein Wort zu sagen.

Milka war sieben Monate alt, als ihr Vater bei einem Autounfall starb. Sie hatte also keinerlei Erinnerungen an ihn. Als ihre Mutter später wieder heiratete, warf sie alle Sachen, die Milkas Vater gehört hatten, weg, bis auf ein altes Schachspiel aus Holz, das er aus einer Eiche geschnitzt hatte. Als Kinder spielten wir mit den Schachfiguren, ohne die Spielregeln zu kennen, und das Ergebnis war, dass die meisten nun kaputt oder verloren waren. Die paar, die noch da waren, hatte Milka in einer Schachtel unter ihrem Bett verstaut. Leider lernten wir nie Schach, obwohl meine Eltern das wollten, doch hin und wieder holte sie die Schachtel hervor, wischte den Staub mit der Hand oder mit dem Ärmel ihres dunkelmarineblauen Schuluniformjacketts ab und stellte sie aufs Bett. Sie machte die Schachtel auf und suchte die Figuren einzeln heraus – zwei Königinnen, einen schwarzen König, einen weißen Turm, zwei Läufer und ein paar wenige Bauern – und putzte sie an der Decke ab. Sie stellte sie auf dem Schachbrett auf, betrachtete ihre scharfen Konturen ausgiebig und fuhr mit dem Finger die vertrauten Ecken und Rundungen nach. Sie wirkte dabei so konzentriert, dass ich mich unbehaglich fühlte, wie ein Einbrecher oder ein Dieb, der in ein Zuhause eingedrungen war, ins Allerheiligste eines Lebens.

Milka besaß nur ein einziges Foto ihres Vaters, ein großes, gerahmtes Porträt, das über ihrem Schreibtisch hing. Einmal hatte ihre

Mutter versucht, es wegzuwerfen, doch Milka rettete es aus einem Stapel alter Zeitungen und zerrissener Schuhkartons neben dem Hauseingang. Sie brachte das Porträt zurück in ihr Zimmer und drohte, die Lieblingsbluse ihrer Mutter zu verbrennen, wenn sie jemals wieder etwas von ihren Sachen auf den Müll warf. Während dieser kurzen Wutausbrüche – für die verrücktspielende Hormone verantwortlich waren, wie meine Mutter mir später erklärte – fühlte ich mich neben meiner Freundin winzig klein. Physisch war ich immer die Größere und Stärkere gewesen. Im Turnunterricht konnte Milka keinen einzigen Zentimeter am Seil hinaufklettern und schaffte auch nur ein paar Liegestützen. Sie hatte weder Muskeln noch weibliche Formen noch Durchhaltevermögen. Doch wenn sie mit ihrer Mutter stritt, wurde sie zu einer Riesin, die durch die Wohnung stampfte und Möbel und Menschen mit ihren mächtigen Füßen zermalmte. Sie sagte auch Dinge, die ich zu keinem Erwachsenen je hätte sagen können, schon gar nicht zu meinen Eltern. Es wäre mir peinlich gewesen und ich hätte Hausarrest bekommen, man hätte mir Filme und Nachtisch verboten und ich hätte nicht mehr auf die Datscha gehen dürfen. Doch Milka warf ihrer Mutter Wörter auf dieselbe Weise an den Kopf, wie sie Zigarettenkippen in den Müll schleuderte. Sie sagte zu ihrer Mutter, sie solle den Mund halten, sich verpissen, ihre ekligen Schamhaare von der Seife kratzen, ihre blutigen Unterhosen nicht mehr im Waschbecken einweichen. «Ich wünschte, ich wäre auch in dem Wagen gestorben», hörte ich sie einmal zu ihrer Mutter sagen. «Dann wärst du frei gewesen. Dann hättest du dein ganzes Leben lang vögeln oder dich betrinken oder dich um deine eigenen Angelegenheiten kümmern können.»

Später fand ich auch heraus, dass Milkas Nachbarin, die damals ihre Babysitterin war, Milka erzählt hatte, ihre Mutter sei nach der Beerdigung wochenlang betrunken gewesen und habe Milka deshalb nicht stillen können. Sie hatte die Milch einer anderen Frau mit der Flasche gefüttert bekommen.

«Vielleicht bin ich nicht einmal ihre Tochter», sagte Milka. «Vielleicht hat sie mich deshalb nicht gestillt.»

«Meine Mutter hat mich auch nicht gestillt. Sie hatte keine Milch. Und dann bekam sie harte Brüste. Sie fühlte sich elend.»

«Deshalb will ich keine Kinder. Ich will nicht, dass meine Muschi oder meine Möpse leiden. Und dann will das Arschloch von Ehemann auch noch die ganze Zeit Sex. Scheiß drauf.»

Eines Nachmittags, kurz vor Milkas Geburtstag, kam ihre Mutter von der Arbeit zurück und erwischte uns dabei, wie wir ihren selbst gemachten Pflaumenwein mit Wasser verdünnten. Sie roch an Milkas Glas, stellte es zurück auf den Küchentisch und gab ihrer Tochter einen Klaps auf den Kopf. «Der war fürs Trinken. Und der hier ist fürs Stehlen.» Sie hob die Hand und wollte Milka wieder schlagen, doch Milka drehte sich um und packte ihre Mutter an der Hand.

«Wenn du mich je wieder anrührst, geh ich zur Polizei und erzähle, dass du und dein geliebter Mann mich seit Jahren missbrauchen. Seit ich ein Baby war.»

«Wovon redest du da? Das stimmt doch gar nicht», sagte ihre Mutter. Sie war klein und unscheinbar, hatte aschfahle Haut und blonde Haare, die an den Wurzeln ein, zwei Nuancen dunkler waren.

«Das stimmt sehr wohl», sagte Milka. «Bring mich nicht so weit, dass ich Anja erzähle, was für ein schreckliches Monster du bist.»

«Ich geb dir alles, was mir möglich ist. Ich liebe dich, auch wenn du das vielleicht nicht glaubst.»

Milka zuckte die Achseln und sah aus dem Fenster, wo die Blätter sich bereits verfärbten.

«Glaubst du, es war leicht für mich, als dein Vater starb?», fragte ihre Mutter. «Völlig auf mich allein gestellt? Mit einem Baby und ohne Arbeit? Ohne Geld? Und im Kühlschrank nichts als ein Ei und drei rote Rüben?»

Der Frau traten Tränen in die Augen. Sie fingerte am Saum ihres ausgeleierten Pullovers herum – der farblich zum Fußboden passte –

und ging zum Spülstein, um das Geschirr zu spülen. Während sie mit kreisförmigen Bewegungen eine fettige Bratpfanne sauber machte, senkten sich ihre Schultern noch weiter nach unten. Ihr schmaler, gekrümmter Rücken und ihr herunterhängender Kopf erweckten den Eindruck eines verwundeten Tiers. Die Art, wie sie dastand, hatte etwas Herzzerreißendes und gleichzeitig Verletzliches. Ich sah, wie ihre Schultern zuckten, als sie schniefte, und mir war klar, dass sie weinte. Ich wandte den Blick zu Milka. In ihrem Gesicht war der Winter eingezogen, mit seinen wilden Stürmen und toter, erstarrter Erde und hartgefrorenem Schnee. Ihre Augen glitzerten wie Eissplitter und in ihren dunklen Pupillen sah ich mein eigenes Gesicht und war verwirrt. Ich hatte Angst, etwas zu sagen, Angst vor dem, was Milka mir erwidern würde. Die Stille vertiefte sich, wuchs an wie eine Gewitterwolke, grau, beunruhigend, unmissverständlich, und drohte alle im Raum zu verschlingen – mich, Milka, ihre Mutter, das sich auftürmende schmutzige Geschirr, das sie immer wieder abspülte –, doch dann fiel mir ein, dass ich die Bettlaken aus dem Waschsalon abholen musste. Eilig packte ich meine Sachen, entschuldigte mich und hastete nach draußen.

Im Hof zündete ich mir eine Zigarette an und dachte immer noch an Milka und ihre Eltern, die meinen Eltern so wenig ähnelten. Ihre Mutter hatte zu ihr gesagt, dass sie sie liebte, und doch war das nicht die Art von Liebe, die ich zu Hause erlebte. Sie war ohne Gefühl, ohne Sehnsucht, ohne Zärtlichkeit. In gewisser Hinsicht erinnerte sie mich an altbackenes Brot, das immer noch essbar war, einen aber nicht mehr ernährte. Ich dachte damals an die Liebe, die wunderschön und frei sein sollte, daran, dass meine Mutter immer gesagt hatte, nicht eine Atombombe würde uns zerstören, sondern die Lieblosigkeit. Dass wir eines Tages aufwachen und weder unser Land, noch einander wiedererkennen würden – Kinder würden für ihre Eltern zu Fremden, Ehemänner würden ihren Frauen fremd und Freunde ihren Freunden. Meine Mutter war der Überzeugung, dass nur Liebe uns befähigt, die Menschen zu kennen und voneinander zu unterscheiden oder in Verbindung zu ihnen zu treten. Für sie war, Liebe ein wahres Gefühl, Hass ein Affekt. Ohne Liebe zu leben war, wie in einer Höhle zu wohnen: Man fror immerzu und war immer im Dunkeln. Während meine Großmutter dachte, Gott sei der Grund, dass sie den Krieg überlebt hatte, dachte meine Mutter, die Liebe meiner Großmutter zu ihren Kindern habe sie am Leben erhalten. Ich dachte an Milka und wie dünn sie war, obwohl sie die ganze Zeit gierig aß, und mir wurde klar, dass es vielleicht tatsächlich Lieblosigkeit sein konnte, die meine beste Freundin darben ließ.

Zu ihrem Geburtstag führte ich Milka in ihr Lieblingseiscafé, das Kosmos an der Metrohaltestelle Barrikadnaja, wo sie ein Schokoladeneis nach dem anderen bestellte, bis ihre Lippen blau angelaufen waren und ich kein Geld mehr hatte. Danach wirkte sie einigermaßen befriedigt, lümmelte auf ihrem Stuhl und leckte sich die klebrigen Lippen. Ich überreichte ihr zwei Eintrittskarten für den amerikanischen Film *Tootsie*. Er lief nur in einem einzigen Kino in Moskau, und ich musste einem Kartenschwarzhändler den doppelten Preis zahlen. Die Karten kosteten so viel wie mein Monatsbudget fürs Mittagessen, aber ich wusste, dass ich mir Geld von meinen Klassenkameradinnen leihen konnte, das ich ihnen später zurückzahlen würde – im Januar, denn meine Eltern und meine Großmutter steckten mir am Neujahrsabend immer Rubel in die Schuhe.

Damals, im Jahr 1983, hatte kein Sterblicher in unserem Land einen Videorekorder, mit Ausnahme von unserem Klassenkameraden Jaschka Rutschnik, und amerikanische Filme sah man nur selten im Fernsehen oder in sowjetischen Kinos. Alle paar Jahre einmal fanden in Moskau Festivals mit ausländischen Filmen statt, doch war es unmöglich, Tickets zu beschaffen, und für die meisten Filme musste man älter als sechzehn sein. Ich sah älter aus und würde vielleicht durchgelassen, aber Milka sah mit ihren dicken Lippen und dem kurzen Pony, der kaum an die Augenbrauen reichte, aus wie zwölf. Sie konnte keinen an der Nase herumführen. Deshalb sahen wir, wenn wir überhaupt je einen ausländischen Film sahen, normalerweise ein harmloses, sentimentales Melodrama oder eine Komödie. Am beliebtesten waren französische und italienische Komödien oder indische Familiengeschichten mit Musik- und Tanzeinlagen. Amerikanische Filme waren ein seltenes, ganz besonderes Vergnügen. Wir vermuteten auch, dass nicht viele amerikanische Filme gezeigt werden konnten, weil die Zensur so streng war: Wenn sie den ganzen Sex und die Politik herausgeschnitten hatten, war von dem Film nichts mehr übrig.

Dass wir *Tootsie* liebten, war eine Riesenuntertreibung. Die Geschichte faszinierte uns – ein verzweifelter Schauspieler, ein Mann, der sich als Frau verkleidet, um eine Rolle in einer Seifenoper zu ergattern, gibt sich weiterhin als Frau aus, um sich mit einer jungen, umwerfenden Schauspielerin anfreunden zu können, in die er sich verliebt hat. Das ging über unsere Kräfte! Milka lachte so sehr, dass sie fast die gesamte Eiscreme, die sie zu sich genommen hatte, wieder herausgeprustet hätte. Ich musste ihr mein Taschentuch geben und dann eine leere Bonbontüte. Als wir aus dem Kino gingen, drückte sie mir die Hand und küsste mich auf die Wange. Das sei das schönste Geschenk, das sie je bekommen habe, sagte sie, und wenn sie ein Mann wäre, würde sie sich auch als Frau verkleiden, nur um mit mir befreundet sein zu können, ohne dass irgendwelche Merkwürdigkeiten mitschwängen. Das sei das schönste Gefühl der Welt – so geliebt zu werden, dass jemand sein monatliches Essensbudget für zwei Stunden Vergnügen opferte.

Träge zogen wir nach Hause. Die Straßen waren sauber gefegt, und in den Häusern leuchteten Lichter auf wie die Augen von Spionen. Der Himmel war leer, kein Stern war zu sehen und der Mond schlief hinter den Wolken. Vor einer Weile hatte es geregnet und die Luft roch nach Erde und Bäumen, die ringsum rauschten. Milka sammelte so viele Blätter vom Boden auf, dass sie einen ganzen Strauß an die Brust gedrückt hielt, als wir endlich zu dem Mietshaus kamen, in dem sie wohnte. Es waren vor allem orange und rote Ahornblätter und ein paar andere, Pappeln und Eschen, die farblich nicht besonders auffielen, dafür aber völlig verschieden geformt waren. Milka überreichte mir den Strauß mit einer übertrieben theatralischen Geste: Sie kniete sich mit einem Bein nieder, streckte die eine Hand nach vorn und legte die andere an die Brust.

«Willst du mich heiraten, Anja Ranewa?», fragte sie.

«Willst du mit dem Quatsch aufhören und aufstehen? Ist ja lächerlich.»

«Willst du endlich aufhören, so furchtbar langweilig zu sein, und meinen Heiratsantrag annehmen? Oder zumindest so tun?»

Ein paar ältere Frauen schlurften vorbei. Sie trugen in beiden Händen riesige Einkaufstaschen, unter deren Gewicht sich Rücken und Arme durchbogen. Ab und zu machten sie eine Pause, stellten die Taschen auf den Boden, rieben sich die Hände und pressten sie ein paarmal zusammen; dann nahmen sie die Taschen wieder hoch und gingen weiter.

«Gut. Ich nehme den Antrag an», erwiderte ich schließlich und nahm den Strauß entgegen. «Steh bitte auf. Es ist mir peinlich.»

«Ich erkläre dir hiermit ewige Liebe. Und Liebe kann niemals peinlich sein.» Sie erhob sich vom Boden, rieb sich das Knie und zog ihren Pullover gerade.

«Und wenn ich plötzlich sterben sollte?», fragte ich. «Was tätest du dann?»

Milka blickte mich lange und fest an und machte eine ernste Miene. «Dann sterbe ich auch», sagte sie leise. «Ich hör auf zu atmen.»

«Du kannst nicht einfach nicht mehr atmen», sagte ich.

«Nein. Aber ich schluck irgendeinen Scheiß, die Schlaftabletten meiner Mutter. Oder ich schlitz mir die Pulsadern auf.»

«Nein», sagte ich. «Du würdest dich nicht umbringen. Meine Großmutter sagt, wenn man Selbstmord begeht, stirbt man nicht richtig. Ich meine, dein Körper stirbt zwar, aber deine Seele ist dann verloren und irrt umher.»

«Prima. Dann seh ich was von der Welt. Ich könnte dann nach Paris oder Rom. Vielleicht sogar nach Amerika. Dieser sozialistische Scheiß ist so was von langweilig. Man wird in einem Loch geboren, lebt in einem Loch und stirbt in einem Loch. Wenn es keine Bücher und Filme gäbe, wüssten wir gar nicht, dass noch was anderes existiert.»

Plötzlich kam Wind auf, der uns das Haar zerzauste – weswegen ich meine freie Hand seitlich an meinen Kopf drückte. Doch Milka hob das Kinn direkt in den Wind, sodass ihr Haar bei jedem Windstoß nach hinten geschoben und ihr blasses, verletzliches Gesicht entblößt wurde. Ich dachte daran, dass alles Mögliche es verletzen konnte: ein Stock, ein Kiesel, ein Grashalm.

«Aber glaubst du nicht, dass jede Existenz besser ist, als nicht zu existieren?», fragte ich. «Das sagt meine Mama.»

«Nein. Wenn dein Leben nämlich die Hölle ist und das der anderen großartig, dann wird dein Leben sogar noch mehr zur Hölle. Du wirst dauernd Vergleiche ziehen und denken: Warum wurde ich geboren? Warum sollte ich leben? Wozu soll diese Hölle gut sein?»

«Und wenn das Leben *keinen* Sinn hat? Keinerlei Bedeutung?»

«Warum gibt es uns dann?»

«Ich weiß es nicht. Aber wenn wir erwachsen sind, finden wir es vielleicht heraus.»

«Ich will nicht erwachsen werden.»

«Nein?» Ich zog die Augenbrauen hoch. «Warum nicht?»

«Weil man dann keinem anderen mehr die Schuld für den Scheiß geben kann, der passiert. Man trägt selbst die Verantwortung.»

Wir standen ewig in Milkas Hof und der Abend brach herein mit seinen dunklen Schatten. Die Bäume rauschten und verhakten die

Äste ineinander, noch mehr Blätter fielen zu Boden und einen Augenblick lang fühlte es sich an, als seien wir die letzten beiden Menschen auf Erden. Ich breitete die Arme aus und drückte Milka, so fest ich konnte. Unsere Herzen schlugen dicht beieinander.

«Ich will nicht sterben», flüsterte ich ihr ins Ohr. «Und ich will nicht, dass du stirbst. Ich will, dass wir alt und dick werden, meinetwegen mit ausgeleierter Haut, Glatze und ohne Zähne, Hauptsache, wir sind zusammen.»

«Gut», flüsterte Milka zurück. «Du kannst dick und alt sein und riesige Titten haben. Und ich werde dünn und bezaubernd schön sein, mit falschen Zähnen und Perücke.» Lachend rannte sie die Treppe hoch und verschwand, während ich allein im Dunkel zurückblieb, mit einem Strauß Blätter, den ich mir immerfort fest an die Brust drückte.

# 9

Der Herbstwind fegte uns von der Straße. Wir zitterten noch stundenlang und mussten eine Tasse Hühnerbrühe nach der anderen trinken, um wieder zum Leben zu erwachen. Wir rieben uns Brust und Füße mit Menthol oder Eukalyptussalbe ein und kuschelten uns in Wollpullovern und Socken unter die Decke. Wir nahmen lange, heiße Bäder, badeten genüsslich in Kamille und Lavendel, Kräuter, die meine Großmutter im Sommer gesammelt hatte und in Kopfkissen verborgen unter den Betten aufbewahrte. Wir stopften alte Lumpen und Schaumstoffstreifen in die Fensterritzen, damit die kalte Luft nicht hereindrang. Wir legten uns Vorräte von *Swesdotschka*-Balsam an – dem vietnamesischen Golden Star Balm – und von *Gortschitschniki* – Senfpflastern, die man sich bei Erkältung und Husten auf Rücken und Brust legte. Wir waren darauf vorbereitet, alles zu überleben: Krankheiten, Wirbelstürme, Dauerfrost.

Als die Stürme endlich aufhörten, suchten heftige Regengüsse die Erde heim wie der Zorn Gottes. Meine Großmutter sprach über die Sintflut, und dass wir alle irgendwann weggespült würden. Der Regen peitschte gegen Bäume und Häuser, hämmerte stundenlang auf die Dächer und an die Fenster, und man hörte und sah nichts anderes. Der Strom ging blinkend an und aus, doch wir hatten Kerzen und einen Gasherd, sodass wir weiterhin Dinge klein schneiden, kochen, braten und backen konnten.

Bestürzt über die Bockigkeit der Natur, saßen wir in solchen Regennächten stumm am Abendessenstisch. Eines Samstags jedoch stand mein Vater auf und machte den Fernseher an, weil er hoffte, die Nachrichten sehen zu können, doch man sah nur ein wirres Chaos aus blauen und grünen Linien, eine Art unheimliche Leere, ein Loch, das in eine andere Welt führte. Er schlug ein-, zweimal mit der Faust auf das Gerät, aber der Bildschirm tat keinen Mucks; mein Vater drosch weiter auf den Fernseher ein, bis meine Mutter ihn am Hemd packte und fortzog.

«Wahrscheinlich steht der Fernsehturm unter Wasser», sagte sie. «Es ist Wochenende. Niemand arbeitet jetzt.»

«Sei nicht albern», sagte mein Vater. «Sie können uns nicht zwei Tage im Dunkeln sitzen lassen. Was ist, wenn es einen Atomangriff gab und wir nichts davon erfahren?»

«Erstens sitzen wir bereits seit fünfundsechzig Jahren im Dunkeln, seit der Revolution. Und zweitens kann bei einem Atomangriff keiner auch nur das Geringste tun. Die Regierung wird sich im Bunker verstecken und wir werden wie alle anderen vom Atompilz erstickt. Unser Tod wird langsam und schmerzvoll sein, wie alles in diesem Land.»

«Du mit deinen Theorien. Hör auf, so was zu sagen. Du machst Anja Angst», erklärte mein Vater. Er stand am Fenster und machte eine Miene, die die Dunkelheit einsog. «Es wird keinen Angriff und keinen Atompilz geben. In nächster Zeit stirbt erst mal niemand.»

Ich suchte für meine Großmutter die Gräten aus dem Fisch und häufte sie neben meinem Teller auf, damit sie sie nicht aus Versehen verschluckte. Es waren haarfeine Gräten, die sich nur schwer entfernen ließen. Als ich endlich damit fertig war, sahen unsere Teller völlig verwüstet aus, voller stinkender Fischgerippe und Berge von Haut. Meine Großmutter saß zusammengekrümmt am Tisch und trennte die Bratkartoffeln mit den Fingern vom Blumenkohl. Sie konnte immer noch Formen und Farben erkennen, jedoch nicht mehr die Beschaffenheit, und damit sie sich weiterhin wenigstens beim Essen unabhängig fühlte, pürierten wir ihr Essen nicht. Für meine Großmutter war Abhängigkeit gleichbedeutend mit Tod, denn das Leben endet immer so, wie es begonnen hat: Man war in vollkommener Dunkelheit und auf andere angewiesen, um existieren zu können.

«Hast du mitbekommen, dass unsere Piloten irgendwo bei Sachalin ein koreanisches Flugzeug getroffen haben?», fragte meine Mutter und kratzte ihren Teller mit einem Messer ab. «Über zweihundert Leute sind gestorben. Wo sind ihre Leichen? Warum tut unsere Regierung nichts? Warum wird nicht ermittelt? Ist Andropow wirklich krank? Oder spielt er ein Spielchen mit der restlichen Welt?»

Ich hörte auf zu kauen und sah meinen Vater an, der an den Tisch zurückgekehrt war, sich aber nicht hinsetzte. Er zog die Augenbrauen hoch; seine Augen bebten und seine Pupillen verdunkelten sich und ähnelten denen der toten Fische auf dem Tisch. Sein Gesichtsausdruck wurde erst unzufrieden, dann düster, dann wütend. In seinem Inneren zog ein Gewitter herauf, mit Regen, Hagel und wildem Sturm. Ich duckte mich und tat, als sei ich unsichtbar. Meine Großmutter lehnte schweigend in ihrem Stuhl, zog an den Enden ihres Schals und wickelte sie um ihre großen Brüste.

«Wovon redest du eigentlich, Ljuba?» Mein Vater gab sich Mühe, nicht zu schreien, doch seine Stimme klang wie ein Blechteller, auf den ein Hammer geschlagen wird. Sie hallte durch das Schweigen im Raum. «Bist du eigentlich völlig übergeschnappt? Sieh dich mal an. Eine Irre, die glaubt, die ganze Welt sei hinter ihr her.»

«Nicht die ganze Welt», erwiderte meine Mutter, «sondern ein Land, das sich manchmal anfühlt wie die ganze Welt, mit seinen lächerlichen Tabus und Verschwörungen und seiner Propaganda.»

«Halt den Mund. Bitte halt den Mund. Sonst tue ich was, was wir beide bereuen werden.»

«Was sind ein paar hilflose Schläge im Vergleich zum Wohlstand unseres gesegneten, herrlichen Staats?»

«Was ist eigentlich in dich gefahren? Ich dachte, du magst Andropow? Der Mann bekämpft die Korruption, versucht, das Land auszunüchtern, handelt sogar eine Art Abkommen mit den Amerikanern aus, mit diesem Hollywood-Clown Reagan. Wieso willst du das nicht anerkennen?»

«Was soll ich anerkennen? Dass all diese Menschen in dem Flugzeug gestorben sind und unsere Regierung nicht mal ermittelt? Den Verwandten nicht erlaubt zu wissen, was mit ihren Liebsten geschehen ist? Sie sollten zumindest etwas wiederbekommen.»

«Vielleicht ist nichts mehr da», sagte mein Vater. «Keine sterblichen Überreste. Das Flugzeug ist ins Meer gestürzt. Sie wurden dabei zerschmettert.»

«Du hast also davon gewusst? Und kein Wort gesagt?»

«Was hätte ich sagen sollen? Warum ist dir das so wichtig?»

«Ich nehme alles wichtig, ganz im Gegensatz zu dir! Du gibst ja nicht mal zu, dass Andropow für den Einmarsch in Ungarn 1956 verantwortlich war. Sie haben Leute hingerichtet, samt Imre Nagy, dem Ministerpräsidenten.»

«Aber das hat nichts mit uns und unserer Familie zu tun.»

«Was ist mit Sacharow, mit Solschenizyn? Haben die nichts mit uns zu tun?»

«Das waren Dissidenten. Sie haben bekommen, was sie verdient haben.»

«Und wenn Anja und Milka zu Dissidentinnen werden? Wirst du dann zulassen, dass man sie hinrichtet oder dass sie in Gulags landen oder des Landes verwiesen werden, ohne je zurückkehren zu dürfen?»

Mein Vater drehte seinen Teller um, sodass die Fischreste sich über den Tisch verteilten. Ich zog den Kopf ein und versuchte zu verschwinden.

Wenn meine Eltern sich stritten, fing es meistens so an: Mein Vater gab einen Kommentar zur Politik ab, und meine Mutter revanchierte sich mit einem Gegenangriff oder indem sie ihm etwas Schockierendes entgegnete. Manchmal war es, als sagte mein Vater absichtlich etwas, um seine Ideen zu überprüfen, als bräuchte er meine Mutter, um die Gegenargumente zu hören. Als Raumfahrtingenieure, die für die Regierung tätig waren, erforderte ihre Arbeit eine gewisse Geheimhaltung. Sie hatten nicht die Freiheit, ihre

Projekte mit anderen zu besprechen oder mit ihren Kollegen und Nachbarn über Politik zu sprechen. Diese Regel, die ihnen zur Gewohnheit geworden war, stammte aus der Zeit Stalins, als jeder ausspioniert, angeklagt und ins Gefängnis geworfen werden konnte. Man hatte Angst, mit den Nachbarn zu sprechen, weil sie am nächsten Tag verschwunden sein konnten und man ihre ganze Habe und ihre Wohnung Fremden übertragen würde. Meine Eltern sagten mir oft, dass alles, was ich zu Hause während der Mahlzeiten oder hinter verschlossenen Türen hörte, unter uns bleiben sollte, hermetisch abgeriegelt. Es war unser Zuhause, unser Leben, es ging um unsere Geheimnisse und unser Wohlergehen. Indem ich nicht nach außen trug, worüber sich meine Eltern stritten, schützte ich in Wirklichkeit mich und meine Zukunft.

Immer wieder fragte sich meine Mutter, ob unsere Wohnung abgehört wurde. Mein Vater sagte grinsend, keiner von ihnen wisse Dinge, die so wichtig seien, dass sie die Sicherheit unseres Landes sabotieren könnten, und dass es eine Riesengeldverschwendung wäre, uns pinkeln und streiten zu hören. Während er redete, ging er von einem Zimmer ins andere, hob Möbel und Bilderrahmen an, blickte unter Betten und Frisierkommoden, klopfte an Wände, alles in Vorgaukelung einer Ermittlung. Wie viele sowjetische Männer konnte er derb sein, stolz und theatralisch, auch wenn er gleichzeitig klug und gelassen war. Wenn man sich mit ihm anlegte, musste man stundenlange Geschichtslektionen und politische Auseinandersetzungen durchstehen. Nach den meisten Streitigkeiten hatte ich das Gefühl, dass, falls er noch ein einziges unbedachtes, gehässiges Wort sagte, meine Mutter ihn entweder verlassen oder ihr Streit sich zu einem blutigen Faustkampf ausweiten würde.

Ihre Meinungsverschiedenheiten waren zwar ohrenbetäubend laut, aber nicht gewalttätig – nie überschritten sie die Grenzen des menschlichen Anstands oder die des gesunden Menschenverstands. Meine Eltern stritten stolz, doch dieser Stolz war weder hasserfüllt noch verletzend, und ihre privaten Befindlichkeiten wurden auf dem Altar der Wahrheit geopfert. Sie konnten die Welt unversehens auf eine seltsam gleichgültige, höfliche Art betrachten, ihre Ansichten vor Kollegen schönen und über eine Geschmacklosigkeit oder eine verstörende Bemerkung die Achseln zucken, doch untereinander verzichteten sie auf jede List oder Verstellung und bevorzugten die Wahrheit, die Wucht des aggressiven, aber gerechten Wortgefechts. Früher hatten sie gedroht, sich scheiden zu lassen, und es hatte Tränen gegeben, doch am Ende entschuldigte sich mein Vater immer und meine Mutter verzieh ihm jedes Mal.

Meine Großmutter sparte sich gewöhnlich jeden Kommentar, obwohl meine Mutter mit aller Kraft versuchte, sie mit hineinzuziehen. «Hab ich nicht recht, Mama?», fragte sie dann. «Meinst du nicht auch, dass die Wahrheit auf meiner Seite ist?» Meine Großmutter schwieg entweder oder sagte kopfschüttelnd: «Das sag ich dir in zehn Jahren, falls ich so lange lebe.»

Doch nachdem meine Mutter an jenem Samstagabend ihre Vermutungen zum Ausdruck gebracht hatte, woraufhin sich nicht nur die Miene und die Laune meines Vaters verdüsterten, sondern auch alles andere im Raum – die Wände, die Vorhänge, die Luft, die plötzlich schwer und bitter war und an unseren Lippen klebte –, hob meine Großmutter die Hand und bat um das Wort. Merkwürdigerweise sah sie dabei wie ein Schulmädchen aus: Ihr volles Haar, das sie seit dem Krieg nicht mehr geschnitten hatte, war zu schulterlangen Zöpfen geflochten. Milka hatte einmal gesagt, das Haar meiner Großmutter zeuge davon, dass ihr Wille und ihr Charakter nach wie vor stark und unnachgiebig seien.

«Es ist etwas Seltsames passiert», sagte meine Großmutter schließlich. «Seit einer Ewigkeit habe ich nichts mehr geträumt. Früher hat mir das etwas ausgemacht, doch dann habe ich gedacht, dass mir die Träume einfach ausgegangen sind. Wenn man älter wird, geht einem eine Menge aus: Haare, Zähne und Jahre, warum also nicht auch Träume? Deshalb kam ich zu der Überzeugung, dass es keine Rolle spielte, schloss jeden Abend die Augen und stürzte ins Dunkel. Gestern Nacht jedoch habe ich von meinem Sohn geträumt. Er war am Leben und gesund, und er wohnte in einem großen leeren Haus und schlief auf dem Boden. Es war Ostern, und er bat mich, ihm einen *Kulitsch* zu backen. Mit Rosinen und kandierten Orangenschalen. Ich sagte immer wieder zu ihm, dass wir schon länger keine Orangen mehr gegessen hätten, doch er war nicht davon abzubringen. Als ich dann den Kühlschrank aufmachte, purzelten die Orangen heraus und hüpften wie Gummibälle auf dem Boden umher. Ich versuchte, sie aufzufangen, aber sie schlüpften mir durch die Finger und rollten überallhin.»

«Und dann?», fragte mein Vater mit vor Neugier gedämpfter Stimme.

«Ich hatte nicht nur einen Traum», erwiderte meine Großmutter, «sondern habe auch in Farbe geträumt. Nur Verrückte träumen in Farbe. Ihr müsst euch allmählich nach einem Platz in einer Klinik oder einem Heim für mich umsehen. Ich möchte nicht, dass ihr mich füttern oder mir den Hintern abwischen müsst. Das soll der Staat tun. Dafür haben wir ja den Sozialismus – damit der Staat deine Scheiße riechen und dafür bezahlen kann.»

Fast hätte ich losgelacht, drehte mich dann aber zu meiner Mutter um, die ihr linkes Auge zusammenkniff und mit dem rechten, weit aufgerissenen Auge meine Großmutter ungläubig anstarrte. Sie hatte nicht nur bewerkstelligt, den Streit meiner Eltern aus der Welt zu räumen, sondern uns auch ihre Präsenz spüren lassen, was es für uns hieß, sie bei uns am Abendessenstisch zu haben. Mein Vater ging zu ihr und berührte sie an der Schulter, meine Mutter fasste sie bei der Hand, während meine Großmutter ihre andere Hand nach mir ausstreckte. Wegen der vielen regenwurmartigen Adern hatte ich Angst, ihre Hand zu berühren. Ganz sanft streichelte ich ihre Fingerknöchel mit meinen Fingerspitzen und spürte die harten Furchen. Mir fiel ein, dass Milka einmal gesagt hatte, einen alten Menschen zu berühren, mit seinen verdrehten, knotigen Gliedern und einer Haut wie trockene, schuppige Rinde, sei, als berühre man einen alten Baum. Sie hatte aber auch noch gesagt, meine Großmutter zu umarmen sei, als umarme man einen alten, geliebten Roman, dessen Geheimnisse und Weisheit man auf jeder Seite einatmet.

In jenem Herbst war ein neuer, billiger, niedrigprozentiger Wodka namens Andropowka in aller Munde, benannt nach unserem Generalsekretär, der den stetig steigenden, problematischen Alkoholkonsum des sowjetischen Volkes zu bekämpfen versuchte. Außerdem sprachen alle über Tschechows *Kirschgarten*, darüber, warum dieses Stück nach achtzig Jahren immer noch von Bedeutung war, wofür der Kirschgarten, um den es geht, eigentlich stand und warum er abgeholzt werden musste. Unsere Klasse sah sich das Stück sogar im Moskauer Künstlertheater an, wo 1904, ein halbes Jahr, bevor Tschechow starb, die Uraufführung in der Inszenierung von Stanislawski stattgefunden hatte. Es war Tschechows letztes Meisterwerk, eine Feier des Lebens, während er selbst an Tuberkulose starb. Er hatte das Stück als Komödie gedacht, in der die russische Aristokratie, ihre Faulheit und Eitelkeit, ihre Unfähigkeit, mit Kummer und finanziellen Belastungen umzugehen, lächerlich gemacht werden. Doch wir konnten über die Personen des Stücks nicht lachen, schon gar nicht über Madame Ranewskaja, die Hauptfigur, die aus dem Ausland zurückgekehrt und im Begriff ist, ihr Landgut und den Kirschgarten zu verlieren. Genauso wenig konnten wir mit Lopachin anfangen, einem Geschäftsmann aus der Mittelschicht und Sohn eines ehemaligen Leibeigenen, der jedoch ein besessener, geiziger Kaufmann ist und zukünftiger Eigentümer von Ranewskajas Gut.

Das Verschwinden unseres Klassenkameraden Jaschka Rutschnik war das Dritte, worüber in jenem Herbst alle sprachen. Die meisten Schüler vermieden es, die Lehrer zu fragen, ob sie wüssten, was mit

Jaschka geschehen sei. Weil die meisten immer noch Angst vor dem KGB hatten, sprachen sie auch am Telefon nicht über solche Dinge. Jaschka war in der fünften Klasse zu uns gekommen. Seine Eltern hatten erst in England und dann in Amerika gearbeitet, und Jaschka lebte bei seiner Großmutter. Er war ein munterer Schlingel mit rauem Mundwerk und schlechten Manieren, eine Attitüde, die er sich, wie wir dachten, auf seinen sommerlichen Auslandsreisen angeeignet hatte und die wir für übertriebene Unerschrockenheit und freie Meinungsäußerung hielten. Die Lehrer machten die kapitalistische Welt mit ihrem todgeweihten Ethos und lockeren Lebenswandel für Jaschkas bockiges Verhalten verantwortlich. Er kam oft zu spät zur Schule, lümmelte verschlafen und träge auf seinem Stuhl, kaute Kaugummi, mit dem er große rosa Blasen machte, die mit lautem, dumpfem Knall wie aus einer Pistole zerplatzten. Die Lehrer erschraken, die Schüler wurden abgelenkt – und wollten alle ein Stück Kaugummi probieren. Er verteilte ihn widerwillig, manchmal nahm er den Klumpen aus dem Mund, teilte ihn in zwei Stücke und gab einem Jungen, der ihn wollte, das kleinere Stück.

Obwohl Jaschka kleiner war als die meisten Mädchen, wirkte er riesig und unerreichbar, voll von Geheimnissen und Gefahren und etwas Unaussprechlichem. Er sah nicht gut aus, hatte rote Haare, Sommersprossen und dicke Lippen, war aber klug und unabhängig und tat mit seinen neuen weißen Nike- oder Adidas-Tennisschuhen groß. Die meisten von uns hatten nie Tennisschuhe besessen, schon gar keine weißen. Jaschka war sich seiner Überlegenheit bewusst und feilschte oft mit amerikanischen Stiften, Briefmarken oder Radiergummis – die fruchtig und samtweich waren – um Lunch-Snacks oder Bonbons oder sogar um Rosinenbrötchen, die in der Schulcafeteria verkauft wurden. Dann begann er, an größeren Tauschaktionen zu verdienen, indem er *Playboy*-Hefte gegen Schreibaufgaben oder Physikklassenarbeiten eintauschte und Marlboros, Make-up und Spitzenunterwäsche gegen Zungenküsse. Ein paar Mädchen ließen sich von ihm befummeln und bekamen dafür Kleider, ausländische T-Shirts oder getragene Bluejeans.

Als Jaschka fünf Tage hintereinander nicht zur Schule kam, dachten wir zuerst, er sei bei seinen Eltern in Amerika. Doch als er dann weder in der nächsten Woche noch in der darauffolgenden zurückkehrte, machten wir uns Gedanken. Ein paar Jungen versuchten ihn anzurufen, doch niemand ging ans Telefon. Andere gingen vergeblich zu seiner Wohnung, denn keiner öffnete ihnen. Uns beschlich die Vermutung, dass Jaschkas unverschämtes, laszives Benehmen unserer Direktorin Galina Iwanowna gemeldet worden war, einem Hai von einer Frau, die keine Liebe kannte, nur ihre Pflicht. Ihr Gang war schwerfällig und ihre eigenwillige, volltönende Stimme schallte durch die Korridore, die Cafeteria und die Turnhalle. Alle hatten Angst vor ihr, und alle waren neidisch auf sie. Wir dachten, sie hätte vielleicht von den *Playboy*-Heften und den unanständigen Berührungen erfahren, die meist in den Umkleideräumen oder hinter dem Schulgebäude stattfanden, doch es gab keine Beweise für unsere Vermutungen. Sie konnte auch unmöglich Gewissheit darüber haben, es sei denn, sie hatte Jaschka dabei ertappt, wie er einem Mädchen unter den Rock fasste. Wir stellten uns also weiterhin Fragen und riefen bei ihm an, bis eines Tages die Wahrheit auf einer eilig einberufenen Komsomolversammlung ans Licht kam: Jaschkas Eltern waren offiziell geflüchtet und daher durfte er fortan weder auf unsere noch auf irgendeine andere sowjetische Schule gehen.

«Als zukünftige kommunistische Führer», sagte Galina Iwanowna, über ein großes Holzpult gebeugt, das mitten auf der Bühne stand, «müsst ihr immer die Gemeinschaft über die eigene Person stellen. Verantwortung kommt vor Verlangen. Aufopferung vor dem eigenen Vorteil. Was die Familie Rutschnik getan hat, ist beschämend und unverantwortlich. Sie hat ihrem Sohn die Zukunft gestohlen. Ihr müsst immer daran denken, dass eure Entscheidungen sich nicht nur auf euch auswirken, sondern auf ganze Generationen. Dieses Land hat euch alles gegeben: kostenlose ärztliche Behandlung, kostenlose Ausbildung, kostenlose Wohnungen, kostenlose Ferien. Es ist also die unerlässliche Pflicht eines jeden Sowjetbürgers, dafür zu sorgen, dass sein Land stolz auf ihn ist, statt sich für ihn schämen zu müssen. Wir sind alle Teile desselben Systems, desselben Körpers. Nur gemeinsam können wir persönliche Schwierigkeiten und kapitalistische Angriffe überwinden, um nicht versklavt zu werden. So wie in Amerika, wo man die Menschen zu Sklaven macht. Das hat auch Hitler versucht, als er uns erobern wollte. Seid hart, seid stolz, seid stark. Erliegt nicht der seichten materialistischen Ideologie, lasst euch nicht gehen. Denkt an unser Land, unsere Nation und an die anderen, die beschlossen haben, unseren rechtschaffenen Weg zum kommunistischen Ideal zu gehen. Wir müssen führen und wir müssen uns durchsetzen.»

Im Gründersaal standen wir schweigend da und grübelten über die Neuigkeiten, die uns immerfort durch den Kopf donnerten. Ich dachte auch an unseren Brief an Ronald Reagan, den wir Jaschka am Anfang des Schuljahrs gegeben hatten und den zu expedieren er uns versprochen hatte. Was wäre, wenn Jaschka verhaftet würde und man seine Wohnung nach Indizien antisowjetischer Propaganda durchsuchte? Wenn sie den Brief fänden? Weil Milkas Handschrift viel besser war als meine, hatte sie ihn geschrieben, und wir hatten ihn beide unterzeichnet – wir würden nicht abstreiten können, dass wir uns schuldig gemacht hatten, dass wir unser Vaterland bereitwillig verraten würden. Mich schauderte und kalter Schweiß bedeckte meine Achselhöhlen. Mein Herz begann heftig zu pochen. Ich flüsterte Milka das mit dem Brief ins Ohr, doch sie zuckte nur die Schultern und machte ein finsteres Gesicht, so wie alle anderen.

Niemand von uns, auch nicht unsere Lehrer oder Galina Iwanowna, konnten ahnen, dass in nicht einmal zwei Jahren Gorbatschow an die Macht kommen würde und die Perestroika beginnen würde, dass der Eiserne Vorhang fallen und unsere Befürchtungen und pubertären Unsicherheiten wegfegen würde, dass wir ins Ausland reisen und Ausländer heiraten konnten, dass wir in der Lage sein würden, Amerikaner, Franzosen, Italiener oder Schweizer zu werden, die Heimat einzutauschen, ohne unser Zuhause oder unsere Verwandten, unseren Stolz und unser Erbe zu verlieren, dass wir das Recht haben würden, auf jede beliebige Schule oder Universität zu gehen. Doch in dem Augenblick, als Galina Iwanowna ihre Schmährede beendet hatte, als wir hörten, dass Jaschkas Eltern die Flucht gewagt hatten und Jaschka deswegen von der Schule verwiesen wurde, mussten wir uns einmal mehr die allgegenwärtige unumschränkte Macht unserer Regierung eingestehen sowie unsere Verletzlichkeit und Machtlosigkeit. Diese Erkenntnis ließ uns erzittern, sodass wir unsere Schultaschen holten und den Saal wortlos verließen und wie Geister in unser Klassenzimmer flohen: still, bleich, matt und dazu verurteilt, in der Welt umherzuschweben, ohne jegliches Recht, sie zu sehen oder ihre Geheimnisse zu erfahren, ihre Schönheit, ihr Versprechen und ihre Möglichkeiten. Einem solchen Leben konnte man nur auf zwei Arten entrinnen: indem man starb oder indem man flüchtete, was ebenfalls Sterben war, nur langsam und würdelos, vom Heimatland, von Freunden und der Familie verstoßen, von allen, die man liebte und von denen man geliebt wurde.

Als mein Vater erfuhr, was mit Jaschka geschehen war, schrie er, Jaschkas Eltern seien egoistische Arschlöcher, die ihr Leben verplempert hätten, doch meine Mutter sagte, es sei schließlich ihr Leben, und sie könnten damit machen, was ihnen gefiel.

«Ja. Nur können sie nicht in ihr Land zurück und ihr Kind wiedersehen.»

Woraufhin meine Mutter sagte: «Vielleicht wollen sie ja gar nicht in ein Land zurück, das Kinder für die Entscheidungen ihrer Eltern bestraft, ganz gleich, wie falsch sie entschieden haben.»

«Man kann sich nicht aussuchen, wo man geboren wird, Ljuba. Genauso wie man sich seine Eltern nicht aussuchen kann.»

«Aber man kann sich zumindest aussuchen, wo man leben will. Schön für sie.»

«Schön für solche Verräter? Vielleicht willst du ja auch weg von hier?»

«Ja, vielleicht, das geht aber nicht», sagte meine Mutter und rieb sich die Hände mit Lotion ein, die in der ganzen Wohnung Lavendelduft verbreitete. «Etwas zu wollen und in der Lage zu sein, es zu tun, ist zweierlei. Vielleicht erleben nur ein paar Glückskinder beides zusammen. Vielleicht ist es das, was man Glücklichsein nennt: die Fähigkeit, seine Wünsche mit den eigenen Fähigkeiten in Einklang zu bringen. Aber oft liegt es ja gar nicht an uns.»

Als es Winter wurde, sprach niemand mehr in der Schule über Jaschkas Schicksal, und nach der Neujahrspause war sein Name aus der Klassenliste getilgt worden und jemand anders saß an seinem Platz. Gelegentlich stellte ein Lehrer auf einer Komsomolversammlung fest, dass ein Schüler fehlte, nachdem er die Köpfe mehrmals gezählt hatte, er wurde dann jedoch von einem anderen Lehrer darauf aufmerksam gemacht, dass unsere Klasse jetzt einen Schüler weniger hatte. Von ein paar Klassenkameraden, die es wagten, mit Jaschka in Verbindung zu bleiben, erfuhren wir, dass er immer noch im Land war und auf sein amerikanisches Visum wartete. Doch wie er seine Zeit zubrachte und ob er seine Wohnung verlassen oder seine Eltern anrufen durfte, wussten wir nicht. Milka und ich beschlossen, bei einem Verhör über unseren Brief an Präsident Reagan so zu tun, als sei er nur ein Scherz gewesen – eine Englischhausarbeit, die wir nie abgegeben hatten.

# 10

Der 9. Februar 1984 war ein eiskalter Tag, der vierzigste Tag im Jahr. In der Nacht zuvor hatte es stundenlang geschneit, sodass die Stadt alle Farbe verloren und neue, üppigere Formen bekommen hatte. Die Luft war schneidend, klar und schwer zu schlucken. Sie reizte den Rachen, und wenn wir ausatmeten, bildeten sich weiße Wölkchen und unsere Schals und Kragen bekamen eine Borte aus Eiszapfen. An diesem Morgen stellten Milka und ich uns unter die Bäume und schüttelten sie, bis blendendes Schneegestöber sanft um uns herumtrudelte, Flocken wie winzige Blumen, wie Schleierkraut- oder Vogelkirschblüten. Als das Flockengestöber zu Wasser wurde und uns die Wangen hinunterrollte, sahen wir beide wie schmelzende Snegurotschkas aus.

Weil die Sonne nicht schien und viele Tage nicht scheinen würde, war es, als sei die Stadt in den Schlaf gelullt worden und dann in der Wiege der Zeit erstarrt. Die Straßen waren fast leer, die Läden dunkel, die Leute kamen zu spät zur Arbeit. Doch die Amtsstuben schlossen nie, ebenso wenig wie die Schulen. Bei Wirbel-, Schnee- oder Eisstürmen war der Unterricht nie ausgefallen, höchstens dann, wenn arktische Kälte herrschte, dreißig Grad unter null oder noch weniger. Man hatte uns immer erzählt, unsere Winter, unser raues Klima seien einer der Gründe, warum Napoleon und Hitler den Krieg verloren hatten – ausländische Soldaten konnten die gnadenlose, ins Mark dringende Kälte nicht aushalten, während unsere Soldaten hinter steif gefrorenen Bäumen pinkeln und vögeln konnten.

«Selbst wenn ihre Schwänze zu Eiszapfen wurden und abbrachen, konnten sie immer noch auf Leben und Tod kämpfen und den Feind besiegen», sagte Milka. «So ist ein russischer Soldat geartet.» Sie hob die Fäuste hoch und schüttelte sie. Ihre Fausthandschuhe waren eis-

verkrustet. «Lass uns den Unterricht schwänzen und ein paar Jungen einladen. Meine Eltern sind noch bei einer Besprechung. Aber wir brauchen eine Ausrede – wir sagen einfach, du hättest Geburtstag.»
«Warum das denn?»
«Damit es nicht so ins Auge springt. Außerdem ist dein Geburtstag im Sommer, da kannst du nicht feiern.»
«Wir haben doch auf der Datscha gefeiert.»
«Aber nicht mit unseren Klassenkameraden.»
«Dann wollen sie sicher Geschenke mitbringen.»
«Schön für uns.» Sie grinste übers ganze Gesicht, mit einer irritierenden Ehrlichkeit.

Die beiden Jungen, die Milka einladen wollte, waren Alexei Lopatin und Petja Trifonow, die so verschieden waren wie Tag und Nacht. Lopatin war schon sechzehn, er war der Älteste in unserer Klasse und sah aus wie ein Krieger – groß, dickhäutig, mit ausgewachsenen Füßen und Armen, mit denen er ein Mädchen vollständig umschlingen konnte. Er hatte eckige Schultern und eine breite, gewölbte Brust, und deshalb stellten wir uns vor, dass er ein Walherz hatte, das den riesengroßen Raum ausfüllte. Seine Haare waren schlammbraun und gelockt. Er hatte einen breiten Mund und ein verschmitztes Lächeln, jedoch etwas schiefe Zähne, die sein Gesicht aber nicht entstellten, sondern es noch markanter machten, ihm etwas Ungestümes verliehen. Doch am auffälligsten waren seine Augen: tief liegend, unruhig und moosgrün. Sie waren voller Inbrunst und Vitalität, die wir spürten, wenn sich unsere Blicke versehentlich in den Pausen oder beim Mittagessen trafen und wir sofort zu fantasieren begannen, begierig, Lopatin durch Wälder und durchs Gestrüpp zu folgen, durch Flüsse und durchs Gebirge, durch hüfthohen Schnee, zu Pferde oder zu Fuß, bis nach Sibirien, wie die Frauen der Dekabristen ihren Männern nach dem Aufstand von 1825 gefolgt waren. Das würde natürlich nie geschehen, denn Lopatin hatte weder den Ehrgeiz noch die Tapferkeit und Intelligenz der Dekabristen. Doch die naiven, pubertären Mädchen in unserer Klasse fanden, dass er die verträumten Blicke und sehnsüchtigen Seufzer wert war.

Es war kein Geheimnis, dass Lopatins Vorfahren aus einer Kleinstadt in der Nähe von Jekaterinburg im Ural stammten und dass seine Großeltern und Urgroßeltern mütterlicher- und väterlicherseits Bauern waren, die beim Sturz des Zaren 1917 geholfen hatten. Heute hatten Lopatins Eltern als Mitglieder der Kommunistischen Partei eine gemütliche Stelle in einer gemütlichen Regierungsbehörde, obwohl jemand in unserer Klasse mutmaßte, dass sie in Ungnade gefallen seien, seit Andropow an die Macht gekommen war. Lopatins arrogante Haltung seinesgleichen gegenüber blieb jedoch unverändert. Lopatin war kein Musterschüler; er schrieb bei Klassenarbeiten oft ab oder vergaß seine Hausaufgaben. Doch er kam nie zu spät und trug immer eine gebügelte Schuluniform und gestärkte weiße Hemden, deren Kragen weiß wie Neuschnee waren. Seine schwarzen Schuhe musste er jeden Morgen poliert haben, denn wir konnten uns, das schwöre ich, tatsächlich in ihnen spiegeln.

Petja Trifonow hingegen war völlig anders. Er war ein Bücherwurm, der sich einen Weg durch den Schmutz der Geschichte bahnte und nach verbotenen Texten suchte, dem Schlüssel zu einem besseren Leben.

«Und was machst du, wenn du den Schlüssel gefunden hast?», fragte Milka einmal.

«Dann suche ich die Tür, die man mit ihm öffnen kann», antwortete er.

Wir wussten, dass er Herzen, Belinski, Tschernyschewski und andere berühmte russische Denker las. Es war keine Seltenheit, dass Oberschüler sich zu überlegenen Geistern hingezogen fühlten, vor allem zu denjenigen, die für die Freiheit eintraten, die auf Geist, Humanismus und Bildung basierte. Seltsamerweise hatte jedoch jemand die Bibel in Trifonows Schultasche entdeckt. Wir wussten, dass die meisten großen Denker Gott verachteten. Auch das Sowjetsystem tat das und verbot den Religionsunterricht in der Schule.

Trifonow wirkte weder stark noch attraktiv. Er war groß, schlaksig, hatte einen langen, blonden, zur Seite gekämmten Pony, ein blasses, anämisches Gesicht und blaue Augen mit braunen Sprenkeln, die wie Sandkörner wirkten. Wenn er blinzelte oder der Wind ihm die Tränen ins Gesicht trieb, sah es aus, als würden die Sprenkel von der Bewegung in Gang gesetzt und schwebten umher. Das war uns unheimlich und beunruhigte uns, machte ihn aber auch irgendwie unwirklich, zu einem Geist in einem kurzen, abgetragenen Mantel und ungeputzten Schuhen und Hosen, die ihm kaum bis zu den Knöcheln reichten.

In der achten Klasse bekam Trifonow Asthma und musste nicht mehr am Sportunterricht teilnehmen; wir sahen ihn am Rand des Fußballfelds mit einem Buch in der einen Hand und dem Inhalator in der anderen. Die Mädchen hatten auf eine mütterliche Art Mitleid mit ihm, brachten ihm Bonbons und Obst mit. Im Arbeitsunterricht, bei dem Jungen und Mädchen getrennt waren, um ihre jeweiligen zukünftigen Pflichten als Ehemänner und Ehefrauen zu erlernen, strickte ihm ein Mädchen einen blau-roten Schal. Die Mädchen lernten Kochen und Nähen, die Jungen Werken und Gestalten. Doch selbst in diesen Unterrichtsstunden mieden die Jungen Trifonow oder knurrten ihn an und hackten auf ihm herum wie Tiere, die Krankheit in ihren Reihen als etwas erachteten, was ausgerottet werden musste. Aber vielleicht verhielten sich manche Jungen so, weil sie neidisch auf Trifonow waren, dessen Krankheit ihm einen Freibrief verschaffte, was bedeutete, dass er nie zur Armee eingezogen werden würde. Der obligatorische zweijährige Militärdienst in der Sowjetunion konnte brutal und entmenschlichend sein. Er ging mit Prügeln einher, mit dem Verlust von Gliedmaßen, mit Vergewaltigung und sogar mit dem Tod, besonders während des Krieges in Afghanistan.

Trotz seiner Krankheit hieß es immer wieder, Trifonow sei adeliger Herkunft. Der Name Trifonow, der vor der Revolution ‹Trifonoff› geschrieben wurde, gehörte einem alten Aristokratengeschlecht, von denen die meisten zwischen 1915 und 1917 emigriert waren, oder aber sie waren hingerichtet worden, nachdem die Arbeiter und Bauern den Winterpalast gestürmt und die Macht ergriffen hatten. Man munkelte auch, Trifonows Großonkel habe Tschechow gekannt, und die Familie sei im Besitz von ein paar Originalseiten des *Kirschgartens*.

Milka und Trifonow tauschten oft Bücher aus und führten heftige Diskussionen über Plot, Thema und die Glaubwürdigkeit der Figuren, besonders der weiblichen. Im Gegensatz zu Trifonow hatte Milka jedoch nicht viel für endlose historische Romane übrig und übersprang bei der Lektüre von *Krieg und Frieden* kurzerhand Tolstois Schlachtenbeschreibungen und seine Grübeleien über Freimaurerei und Religion. Es störte sie auch, dass große Teile des Romans auf Französisch geschrieben waren, deren Übersetzung nur in winziger Schrift als Fußnoten vorlag.

«Tolstois Frau hat den Roman zwölf verfluchte Male neu abgeschrieben», hatte Milka einst zu mir gesagt. «Sie hätte ihn ruhig kürzen können. Ich glaube kaum, dass er was gemerkt hätte.»

«Vielleicht hat sie das ja», sagte ich. «Vielleicht war er ursprünglich zweitausend Seiten lang.»

«Vielleicht hätte sie ihm auch einfach sagen sollen, dass er das verfluchte Buch selbst abschreiben soll. Er hat Frauen gehasst.»

«Das stimmt nicht.»

«Doch. Sieh dir doch an, wie er Frauen beschreibt – als hilflose Schlampen. Ach ja, und dann bestärkt Fürst Bolkonski den Grafen Besuchow auch noch und warnt ihn vor einer Heirat. Das hat das Verhalten unserer Männer stark beeinflusst. Nicht der Krieg war ausschlaggebend, sondern Tolstoi.» Milka lachte ihr feuchtes, entschlossenes Lachen, und ich stimmte in das Gelächter ein, vor Freude über ihre Aufsässigkeit und spöttische Ehrlichkeit.

An dem Tag kamen wir früher aus der Schule zurück und bereiteten uns auf den Besuch der Jungen vor. Wir legten uns in Milkas Wohnung zusammen in die Badewanne und ließen unsere Brüste im Seifenschaum schwimmen. Wir schlürften den Wein von Milkas Stiefvater und rauchten seine Zigaretten zur Musik von Queen, die wir immer wieder abspielten, *Bohemian Rhapsody* und *Somebody to love*, umgeben von Schwaden aus Träumen und Rauch. Ich spürte, wie Milka mit dem Fuß langsam an meinem Fuß entlangstrich und ihn mir zwischen die Beine zwängte. Ein spielerisches Kitzeln mit den Zehen. Ihre rosa Nägel sahen aus wie unter Wasser schimmernde Muscheln. Statt zusammenzuzucken, schwebte ich weiter und bot ihr meinen Körper zur Erforschung an. Wie klitzekleine Bläschen stieg ein Prickeln an die Wasseroberfläche. Ganz sanft erkundete sie mein Bein mit dem großen Zeh, berührte meine Schamhaare damit und grub ihn in mich. Ich schluckte Rauch und stieß ein winziges Atemwölkchen aus. Wir wurden ganz still, während Freddie Mercury «*Mama mia, mama mia, let me go ...*» sang. Milka starrte mir in die Augen, mit einem Blick, der herausfordernd und voller Lust und Neugier war. Ich war erregt, nicht so sehr durch die subtilen Bewegungen als vielmehr von ihren Absichten, ihrer Ungeniertheit und ihrem dreckigen Starren. Mit jeder Berührung von ihr intensivierte sich meine Fantasie von einem Mann mit bleicher Haut und Haaren wie dunkler Lehm, einem schmalen Schnurrbart, Ketten und einem T-Shirt mit abgeschnittenen Ärmeln, mit hautengen Jeans, die seine faustgroße Erektion betonten. Ich schloss weder die Beine noch öffnete ich sie weiter. Milkas große Zehe fuhr an meinem Spalt auf und ab. Ich schwitzte im Gesicht, vor meinen Augen verschwamm alles, ein Schleier aus winzigen Seifenschaumbläschen trennte mich von Milka. Sie führte ihren Zeh tiefer ein, so dass ich auffuhr und meine Zigarette ins Wasser fiel.

«Hab ich mir gedacht. Immer noch Jungfrau.»

Wie gebannt vom Augenblick, vom Versprechen eines verlorenen Vergnügens, gab ich keine Antwort.

«Da muss sich was ändern, Mädchen. So geht's einfach nicht.» Sie kicherte wie eine frei rollende Meereswelle.

Ich nahm eine Ladung Schaum, machte einen Ruck nach vorn und rieb ihr selbstgefälliges Gesicht damit ein.

Eine Stunde später waren wir angezogen und herausgeputzt, hatten das Essen gekocht und den Tisch gedeckt. Wir hatten kein Geld für ein ausgeklügeltes Mahl, deshalb brieten wir Kartoffeln mit Zwiebeln und machten Brote, die wir mit Fleischwurst und Käse und frischen Gurkenscheiben belegten, was im Winter eine Delikatesse war. Milka beschaffte auch ein Glas eingemachten Kürbis, das sie unter dem Bett ihrer Eltern hervorzog, und machte einen Salat aus gekochter Roter Bete, die wir im Kühlschrank fanden und mit einer Soße aus Knoblauch und Mayonnaise anmachten. Kurz bevor Trifonow und Lopatin kamen, entdeckte Milka eine Dose Sprotten und kochte noch ein paar Eier. Sie richtete die öligen Fische auf Eischeiben an, hielt eine Sprotte hoch und bewegte sie hin und her.

«Woran erinnert die dich?» Sie lächelte wieder ihr schlaues Lächeln.

«An dich», sagte ich und lächelte ebenfalls.

«Falsch. Sie erinnert an einen Babypenis.»

«Ist bei dir alles Sex?»

«Jawohl.»

Als Milka Trifonow und Lopatin für den Nachmittag zu sich einlud, bat sie Trifonow, ihr etwas zu lesen mitzubringen, was er liebend gerne tat. Er brachte ihr Michail Bulgakows *Hundeherz* mit. Milka hielt das Buch in der Hand, als wolle sie seine Bedeutsamkeit anhand des Gewichts ermessen.

«Gutes Buch, oder?», fragte sie. Trifonow nickte und wartete darauf, seinen Mantel ablegen zu dürfen.

«Es ist allerdings für Anja», sagte er. «Aber ihr könnt es ja beide lesen.»

«Vielen Dank», sagte ich.

«Bevor ich's vergesse.» Er holte ein puppengroßes Sträußchen gelber Mimosen aus seiner Brusttasche. Sie hatten niedliche, flaumige Blüten, kaum größer als Erbsen, und dufteten süß und schwer.

«Sind die für mich?», fragte Milka mit leicht verschmitztem Lächeln.

«Nein, für dich, Anja. Mehr hab ich nicht gefunden», sagte er.

«War ja auch nicht viel Zeit.» Ich warf Milka einen vorwurfsvollen Blick zu.

«Stimmt», erwiderte sie.

«Ach ja, und das hier.» Er griff tief in die andere Hosentasche und zog eine kleine rechteckige Schachtel mit gezuckerten Preiselbeeren hervor.

«Wo hast du die her?», fragte ich voller Entzücken über die Geste.

«Aus dem Schrank meiner Mutter. Wenn sie das rausfindet, wird sie sicher böse.» Ein Lächeln zog über sein Gesicht. «Aber das macht ja nichts, oder?»

Dann klingelte es an der Tür und Lopatin kam herein, Schnee und kalte Luft im Schlepptau. Sein langer Tweedmantel war aufgeknöpft, um den Hals hatte er einen roten Schal geschlungen. Er trug keinen Hut, und in seinen braunen Locken hingen Schneeflocken, die aussahen, als sei er vorzeitig ergraut. Er wirkte größer und breiter, aber auch sanfter als sonst, wie ein Krieger ohne Rüstung. In der Hand hielt er fünf weiße, in Zeitungspapier gewickelte Nelken.

«Ich wollte keine roten», sagte er. «Die erinnern mich an Beerdigungen.»

«Eigentlich ist es umgekehrt», erklärte Trifonow.

«Ach ja? Hab ich nicht gewusst.» Er wickelte sie aus und warf das Zeitungspapier auf den Boden. Mit der Anrede «Madame» überreichte er mir die Blumen, beugte sich hinunter und küsste mir die Hand.

«Mademoiselle», korrigierte Trifonow. «Sie ist noch nicht verheiratet.»

«Feinheiten dieser Art entgehen mir. Schließlich bin ich ein Bauernsohn.» Lopatin richtete sich auf und zog eine Flasche armenischen Cognac aus einer verborgenen Manteltasche. «Mädchen, französischen konnte ich nicht beschaffen. Jaschka hat keinen mehr.»

«Hast du Kontakt zu ihm? Wie geht es ihm denn?», fragte ich.

«Gut, er gibt sich selbst zu Hause Unterricht.»

«Ganz schön diszipliniert! Wer hätte das gedacht», sagte Milka, nahm Lopatin die Flasche ab und klemmte sich das Buch unter den Arm.

«Keiner kann es sich leisten, ungebildet zu bleiben», erwiderte Lopatin. «Unser ewiger Student hier wird dir das bestätigen.» Er nickte Trifonow zu, der ein schwaches, wenig überzeugendes Lächeln mit geschlossenen, gedehnten Lippen zustande brachte.

«Habt ihr Hunger?», fragte Milka, und sie senkten das Kinn bejahend an die Brust. «Dann kommt mit.»

In ihren schwarzen Strümpfen und einer fließenden Seidentunika, die meine Großmutter aus einem alten Stoffrest genäht hatte, stolzierte Milka in die Küche. Ich trug einen schwarzen Rock und die rosa Bluse von Milkas Mutter, die säuerlich nach ihrem Zitrusparfum roch. Zwischen den Knöpfen klafften Lücken, sodass man meinen BH und meinen Brustansatz sah. Mein Gesicht kribbelte vor lauter Make-up und Rouge, und meine getuschten Wimpern klebten bei jedem Zwinkern zusammen. Milka hatte mein bereits lockiges Haar mit einer Lockenschere bearbeitet, um ihm mehr Form und Fülle zu geben, und danach hatte sie es kräftig eingesprüht. Milka meinte zu mir, ich sähe verführerisch aus.

Bevor die beiden Jungen zu uns kamen, hatten Milka und ich darüber gesprochen, welche Möglichkeiten wir hatten. Wir sehnten uns natürlich beide nach Lopatin, nach seinen breiten, beschützenden Armen. Doch Trifonow wirkte klug und freundlich und ein wenig schüchtern. Sein Asthma ängstigte uns etwas, denn wir stellten uns dauernd vor, wie er beim Küssen plötzlich die Hand nach seinem Inhalator ausstreckte. «Und was ist, wenn man mit der Zunge zu weit vordringt – dann kann er ersticken», hatte Milka gesagt. «Stell dir bloß vor, wie die Schulzeitung titeln würde: ‹Trifonow in den Armen seiner Geliebten gestorben.›»

«Warten wir es ab. Vielleicht geht es ja gar nicht so weit», sagte ich.

«Halt das, wie du willst. Es geht so weit, wie du willst. Jemand muss deine kostbare Blüte pflücken.» Wieder lachte sie, und in ihrem rauen Lachen war ein Gran Grausamkeit, auch wenn mir das vielleicht nur so vorkam, weil ich meine eigene Unerfahrenheit deutlich spürte.

Lopatin und Trifonow setzten sich an den Küchentisch und ich stellte die Blumen in zwei Vasen, die ich aus Platzmangel auf der Anrichte stehen ließ. Lopatin goss den Cognac in vier silberne Fingerhüte. Milka behauptete, sie stammten aus der Tatarenzeit und seien von ihrer Familie seit Generationen weitervererbt worden. Es war ihre einzige Erbschaft und ihre Mitgift. Der bernsteinfarbene Alkohol bebte und reflektierte glitzernd das Deckenlicht.

«Der erste Trinkspruch geht an Ranewa», sagte Lopatin und erhob einen der Fingerhüte. Er trug ein blaues Hemd und ein paar neue, dunkle Levis. Die Hemdsärmel hatte er bis zu den Ellenbogen hochgekrempelt; seine Arme waren mit langen, goldbraunen Haaren bedeckt. «Du bist jetzt so alt wie ich – sechzehn. Nach sowjetischem Recht können wir sogar heiraten», sagte Lopatin.

«Ich will nicht heiraten», erwiderte ich. «Vorerst nicht.»

«Ich auch nicht», sagte Lopatin. «Niemals.»

«Soll mir recht sein», sagte Milka.

«Wie schrecklich», sagte Trifonow. Er roch an seinem Cognac und tauchte dann die Zunge hinein. Er trug braune Hosen und ein kariertes Flanellhemd. Seine Ärmel waren zugeknöpft, wodurch seine Hände lang und schmal aussahen und seine Haut fast durchsichtig wirkte, so dass man ein Geschlängel blauer Adern sah.

«Dieser Cognac kommt gleich nach dem französischen», erklärte Lopatin.

«Es ist schrecklich, dass ihr beide keine Familie haben wollt», sagte Trifonow.

«Das finde ich auch», sagte ich. «Eine Familie zu haben ist wichtig.»

«Kommt auf die Familie an», sagte Milka.

«Genau. Meine besteht aus lauter betrunkenen Arschlöchern», erklärte Lopatin.

«Meine aus Irren», sagte Milka.

«Macht ruhig so weiter, ihr beiden, genießt euer liebloses Dasein. Ich möchte lieber ein gutes Gespräch mit Anja führen.»

«Trifonow, bist du eigentlich blöd oder tust du nur so?», fragte Lopatin. «Wer will denn mit sechzehn gute Gespräche führen? Sex, mein Freund, ist das einzige Vergnügen, das wir uns in diesem Land leisten können. Wenn man keine Drogen nimmt.»

«Ich nehme keine Drogen», erwiderte Trifonow.

«Hätt ich nicht gedacht.» Lopatin stand auf und erhob seinen Fingerhut. «Auf dich, Ranewa.» Er kippte den Cognac hinunter und griff nach den Sprotten. Dann nahm er ein paar Stängel Frühlingszwiebeln und steckte sie sich in den Mund.

Milka und ich nahmen winzige Schlucke und schauderten. Der Alkohol schmeckte bitter und würzig, ein wenig nach Zeder und Kardamom. Von Lopatin inspiriert, trank Trifonow den Cognac in einem mutigen Zug aus. Er wurde rot, umklammerte seine Kehle mit seinen spindeldürren Fingern und versuchte tief durchzuatmen. Dann fing er an zu husten und die Augen traten ihm aus dem Kopf.

«Scheiße», sagte Lopatin. «Scheiße noch mal. Warum hast du das ganze Scheißding in einem Zug runtergespült?»

Trifonow schüttelte den Kopf und hustete weiter.

«Wasser», sagte ich. «Gebt ihm Wasser, schnell.»

Milka sprang auf und füllte am Spülbecken eine Tasse mit Wasser.

«Hose», keuchte er.

«Was?», fragte Lopatin. «Hose?»

«Inhalator.» Mit zittriger Hand wühlte Trifonow in seiner Hosentasche.

«Er braucht seinen Inhalator», sagte ich und tastete die Nähte seiner Hosenbeine ab. Ich spürte etwas Hartes, Rundes und fiel fast hintenüber. Dann gelang es mir endlich, ein kleines Plastikröhrchen herauszubugsieren. Es war recht leicht und sah aus wie die Miniaturausgabe einer Haarspraydose. Trifonow schnappte sie sich. Zuerst sahen wir zu, wie er besorgt und tief inhalierte, dann drehten wir uns weg. Wir blickten aus dem Fenster, auf die Stadt, die unter Schnee begraben war, auf das weiche Weiß. Es war, als seien wir in einer Jurte oder einer Eishöhle.

Milka zitterte und holte die Zigaretten, doch ich schüttelte den Kopf. Sie legte die Schachtel auf den Tisch. Lopatin rieb und drückte unsere Schultern, dann blickte er kurz zu Trifonow hinüber.

«Mir geht es schon besser», sagte Trifonow mit schwacher Stimme und voller Bedauern.

«Mann, du hast uns einen ganz schönen Schreck eingejagt», antwortete Lopatin.

«Ich weiß nicht, wie das kam», sagte Trifonow. «Plötzlich bekam ich keine Luft mehr. So was hatte ich noch nie.»

«Scheiße», erwiderte Lopatin. «Ich dachte immer, das mit dem Asthma hättest du erfunden. Um nicht zum Militär zu müssen.»

«Ich wollte niemandem Angst machen. Mir geht's wieder gut. Essen wir was.»

«Die Kartoffeln sind jetzt kalt», sagte ich. «Soll ich sie warm machen?»

«Ja, bitte», sagte Trifonow. «Das wäre toll.»

«Ich brauche eine Zigarette», sagte Milka. «Aber natürlich nicht hier. Wenn ich das Fenster in meinem Zimmer einen Spalt öffne und die Tür zumache, stört euch der Rauch dann noch?»

«Nein, geht schon», sagte Trifonow.

«Ich geh mit dir rauchen», sagte Lopatin.

Milka nickte und nahm die Schachtel vom Tisch. Sie deutete auf den Aschenbecher neben dem Herd und Lopatin schnappte ihn sich.

Schweigend blieben Trifonow und ich am Tisch sitzen. Wir tranken nicht mehr und aßen nichts, obwohl ich die Kartoffeln aufgewärmt und ihm ein paar auf den Teller gelegt hatte. Er stocherte mit der Gabel darin, aß aber keinen einzigen Bissen. Die Minuten verstrichen, fast eine halbe Stunde verging, doch Milka und Lopatin kamen nicht zurück. Je länger sie fortblieben, desto stiller wurden wir. Unsere Gesichter und Leiber waren angespannt vor Konzentration. Dann hörte man ein leichtes Schlurfen, als würden Blätter aufgerecht, und ich stellte mir hungrige, ungeduldige Finger vor, Kleider, die ausgezogen werden und auf dem Boden landen, Milkas Seidentunika am Bettfußende, Lopatins Hemd wie ein Hütehund daneben. Und dann ein gleichmäßiger Rhythmus, leise, aber deutlich, wie Pulsschläge. Ich stellte mir Milkas mageren, biegsamen Körper vor, ihre Arme und Beine um Lopatin geschlungen, ihr schwacher nasser Geruch gemischt mit Lopatins starkem, strengem. Ein Rinnsal seines Schweißes zwischen ihren Brüsten. Ich stellte mir vor, wie sein langer, harter Penis in sie hineingelangte, in dieses Dunkel, das reife weiche Fleisch, so tief hinein, dass sie ein-, zweimal stöhnte.

Im Bewusstsein meiner eigenen unbehaglichen Sehnsucht tauschte ich Blicke mit Trifonow. Ich wollte das Gleiche erleben wie Milka, begehrte Trifonow aber nicht. Er spürte meine Vorbehalte, stand auf und ging ans Fenster, wo er an einem tragbaren Radio herumfummelte. Draußen wurde es dunkel, die Fensterscheiben begannen an den Rändern zu beschlagen, Windstöße brachten die Fensterrahmen zum Klappern. Das Radio lief, doch Trifonow änderte immer wieder die Sender, schüttelte das Plastikgehäuse, fummelte an den Knöpfen herum, verstellte die Antenne, bis wir schließlich unter dem Geräuschdurcheinander und den Satzfetzen eine englische Radiostation hören konnten.

«Der Feind?», fragte ich, an einer Gurkenscheibe kauend.

«Voice of America», erwiderte Trifonow. «Hörst du das manchmal?»

«Nein. Wozu? Sind ja doch nur Lügen.»

«Vielleicht», sagte er und pflanzte sich auf Lopatins Stuhl. «Vielleicht auch nicht.» Er hörte auf zu sprechen und hielt sich das Radio ans Ohr.

«Ich meine, nicht dass das irgendwas ändert. Wieso –»

«Psst!» Trifonow legte den Finger auf meine Lippen. Es hatte nichts Erotisches, wärmte mich aber innerlich. Plötzlich stieg ein köstliches Prickeln meine Wirbelsäule hinauf.

Ich kaute so leise wie möglich, las die Gurkenscheiben von allen Broten und dann die Kartoffeln von Trifonows Teller. Sie krachten zwischen meinen Zähnen und ich hielt mir die Hand über den Mund und bewegte die Kiefer langsamer. So saßen wir eine Weile da, Trifonow starrte in die Dunkelheit vor dem Fenster und ich blickte verstohlen auf sein angespanntes, bedrücktes Gesicht. Trotz seiner langen Nase war er nicht unattraktiv. Er war von einer Traurigkeit und Zartheit, die den meisten Jungen seines Alters fehlten. Auch hatte er eine Art weltfremdes, antiquiertes Ehrgefühl, das seit seiner frühen Kindheit unangetastet geblieben sein musste. Auch wenn ich mir nicht vorstellen konnte, dass Trifonow wegen eines Mädchens eine Prügelei auf der Straße gewinnen konnte, glaubte ich auch nicht, dass er vor ihr weglaufen würde.

«Das gibt's ja gar nicht», sagte Trifonow mit weit geöffnetem Mund.

«Was denn?», fragte ich, erschrocken über die Schärfe in seiner Stimme, die sich anfühlte wie ein Eiszapfen auf nackter Haut.

Er winkte ab.

«Was ist los?»

Er stellte das Radio hin und stellte es stumm. Sein Gesicht war schmerzverzerrt wegen der Nachrichten, die er gehört hatte.

«Du siehst aus, als hättest du gerade deine gesamte Familie zu Grabe getragen», sagte ich.

«Vielleicht ist es etwas noch Schlimmeres.»
«Was könnte noch schlimmer sein?»
«Andropow ist gestorben.»
«Mach keine Witze.»
«Was für ein Witz wäre das denn?»
«Ein trauriger.»
«Oh ja.» Trifonow rieb sich die Stirn und schob seinen zerzausten Pony zur Seite hinauf. Seine Haare gehorchten jedoch nicht und standen in einer aufsässigen Welle von seiner Stirn ab. «Schtscholokows Frau hat ihn von hinten erschossen, nachdem er ihren Mann gefeuert und einen neuen Innenminister ernannt hat.»

«Aber das ist doch schon acht Monate her, oder sogar noch länger! Vielleicht ist es nur ein Gerücht», erwiderte ich.

«Nein, es stimmt. Es wurde soeben bestätigt. Unsere Presse wird behaupten, er sei krank gewesen, da bin ich mir sicher.»

«Vielleicht war sie es nicht. Ich meine, warum sollte sie so dumm sein? Vielleicht hat ihr jemand die Schuld in die Schuhe geschoben. Jemand, der wollte, dass er verschwindet.»

«Schon möglich. Pfui Teufel, all das ist so aussichtslos. *Leb wohl, du ungewaschen Russland, / du Land der Sklaven, Land der Herrn, / ihr himmelblauen Uniformen, / auch du, Volk, dienst da doch zu gern.*»

«Wie schön. Du liebst Lermontow wirklich sehr», sagte ich und stand auf. «Wir wollen es Putowa und Lopatin sagen. Während das Land trauert, sind sie fröhlich am Vögeln.»

«Nur die Funktionäre wissen davon, und wir. Es ist ein schneebedecktes Geheimnis.» Trifonow tat, als lächelte er.

«Der Schnee schmilzt, Trifonow. Es gibt Hoffnung», antwortete ich ihm und ging aus der Küche.

Ich klopfte an Milkas Zimmertür, drehte den Türknauf um, stieß die Tür auf und ließ einen fingerbreiten Lichtstrahl über den Boden fallen. Im Flüsterdunkel des Zimmers konnte ich das Bett ausmachen und ein Knäuel aus Körpern, die noch warm waren vom Sex. Es roch nach Rauch und nach Fleisch, süß und scharf, und nach Moschus.

«Wacht auf», sagte ich. «Andropow ist gestorben.»

# 11

Als Konstantin Tschernenko zum Staatsoberhaupt der Sowjetunion ernannt wurde, wuchsen unter den Erwachsenen Furcht und Angst. Meine Eltern hörten auf zu streiten und starrten aus dem Fenster in den trübseligen Himmel, der wie eine festgefrorene graue Eisscholle über der Stadt lag. Mein Vater vermied es zu sprechen und stand ketterauchend auf dem Balkon. Wochenlang lag unsere Wohnung in tiefem Schweigen, bis auf das leise, rhythmische Geratter der Nähmaschine und das Geklapper des Fußpedals. Meine Großmutter nähte und flickte Kopfkissenbezüge, Bettlaken und Federbettenbezüge, lauter große Stoffstücke, die ihre Augen nicht zu sehr beanspruchten und bei denen sie nicht auf Details achten musste. Weil sie fast nichts mehr sah, das Nähen jedoch nicht aufgeben wollte, musste sie meinen Eltern versprechen, dass sie sich nur an die Nähmaschine setzte, wenn jemand zu Hause war. Meine Mutter half ihr beim Einfädeln des Fadens und beim Anlegen des Stoffs, damit ihre Finger nicht unter die Nadel gerieten. Sie half meiner Großmutter auch beim Baden, Nägelschneiden und bei der Identifikation des Essens, das auf ihrem Teller lag. Nicht dass es furchtbar viel Verschiedenes gegeben hätte, aber anscheinend hatte sie vergessen, was was war. Während des Essens bat sie plötzlich um Seltsamkeiten wie kandierte, saure *Alycha* – Kirschpflaumen –, selbst geflochtene *Kalatschi* mit Honig oder einen ganzen gefüllten Hecht. Sie erinnerte sich an Dinge, die ihr als junge Frau geschmeckt hatten, bei Rendezvous mit meinem Großvater. Dann und wann erzählte sie von alten Zeiten, fing aber immer damit an, was sie als Kind gegessen hatte, und hörte mit dem Krieg auf. Wenn meine Mutter beispielsweise Büchsenerbsen servierte, sprach meine Großmutter von ihrem Erstgeborenen und dass er die Erbsen liebend gerne einzeln aus einer Schüssel las und auf der Zungenspitze balancierte. Oder dass meine Mutter als kleines Kind immer einen Teelöffel Essen für ihn auf ihrem Teller übrig ließ, noch lange nach seinem Tod.

Wenn meine Großmutter redete, musste ich immer ihre Hände ansehen – braune, krumme Hände voller Furchen und Adern, die Haut so staubtrocken wie Maishüllblätter. Wenn sie die Hände aneinanderrieb, raschelten sie, und ich stellte mir vor, wie die Hautschuppen herabrieselten. Unauffällig ließ ich den Blick zu den Händen meiner Mutter wandern – die rosa und breit waren, mit hervortretenden Knöcheln und wund geriebenen Stellen von der ganzen Kocherei und Wascherei. Danach betrachtete ich meine Hände, die immer noch seidig waren – wie ein Baum ohne Rinde. Nachts strich ich sie dick mit Glyzerin ein, zog alte Handschuhe an, lag im Dunkel da und hoffte, dass die Salbe meine Hände vor dem Altern bewahren würde.

Weil mein Vater sich plötzlich so mürrisch verhielt, dachte meine Mutter, er hätte eine Affäre. Wenn er zurückschnauzte und sie ‹mieses Miststück› nannte, war sie irritiert, weil er ihr gegenüber derlei Schimpfwörter früher nie benutzt hatte. Seit Beginn ihrer Ehe fluchte er kräftig, beschimpfte jedoch nie meine Mutter. Er schlug sie auch nie, doch als sie ihm Vorträge über Tabak und Krebs hielt, und dass sie ihn nach einer Behandlung nicht mit dem Löffel füttern oder ihm den schwachen, schwitzigen Arsch nach einer Operation abwischen würde, wurde er wütend und trat sie beinahe. Ich machte an dem Nachmittag meine Hausaufgaben in der Küche und aß eine Scheibe Schwarzbrot mit *Salo*. Mein Vater stand vor dem Balkon und meine Mutter hatte sich mit in die Hüften gestemmten Armen vor ihm aufgepflanzt.

«Halt bloß deine Füße und Hände unter Kontrolle, Genosse Ranew», sagte meine Mutter. «Siehst du die Bratpfanne hier – mit der hau ich dich sonst windelweich.» Sie legte die Hand fest um den Bratpfannenstiel und wendete die Fischfrikadellen um.

Mein Vater zündete sich eine Zigarette an. Er verschlang eine Rauchwolke, zog dann noch einmal und stieß den Rauch aus. «Zum ersten Mal im Leben habe ich Angst», sagte er mit heiserer, dünner Stimme. «Angst um dich, Ljuba. Angst um Anja. Das ist wirklich das Ende einer Epoche, das Ende der Welt, die wir kennen. Was an die Stelle dieser Welt tritt, ist schwer zu sagen, aber viele werden dabei zugrunde gehen. Anja, Milka – die armen Mädchen. Ihre Generation, die Jungs, mit denen sie befreundet sind, werden bei ihren Überlebensversuchen am meisten leiden.» Und dann fing er an zu weinen, was ich nie zuvor an ihm erlebt hatte, außer vielleicht, wenn er seine Lieblingskriegsfilme sah – *Siebzehn Augenblicke des Frühlings* und *Die Kraniche ziehen*.

Meine Mutter ließ den Spachtel in die Spüle fallen und eilte zu ihm, um ihn zu trösten. Meine Hand kritzelte aufs Papier, doch die Buchstaben wurden zu riesigen Stachelmonstern, wie Bomben, die gleich explodieren würden.

In der elften Klasse mussten wir im Frühjahr alle eine Militärausbildung machen, die NWP genannt wurde, Nachalnaja Woennaja Podgotowka. Man brachte uns bei, wie man Gasmasken trug und einfache Aufgaben ausführte. Wir mussten mit schweren Tornistern von A nach B rennen und unter einer Stacheldrahtdecke entlangrobben, die über das Fußballfeld gespannt war. Wir lernten, wie man ohne medizinische Hilfe auskam, wie man Verbrennungen und Stichwunden verarztete und wie man verstümmelte Körperteile bandagierte. Oft zwickten die Jungen die Mädchen oder griffen ihnen in den Ausschnitt, wenn sie auf Bänken saßen oder auf dem Boden knieten, die Köpfe mit Watte und Gaze verbunden. Irgendwann erwartete man von uns, dass wir eine Kalaschnikow säubern und zusammensetzen konnten, doch außer Milka beherrschte kein Mädchen aus unserer Klasse diese penible Prozedur. Kein anderes Mädchen konnte ein Übungsgewehr richtig halten oder damit eine Pappzielscheibe treffen – einen ausgeschnittenen Männerkopf mit schwarzer Volltreffermitte statt eines Gesichts. Als ich von Milka wissen wollte, woher sie so gut schießen konnte und selbst aus der Ferne noch traf, erklärte sie: «Ganz einfach. Ich stell mir vor, dass es das Arschloch meines Stiefvaters ist.»

«Wie grässlich», sagte ich.

«Sag das meiner Mutter.»

Die meisten Jungen konnten jedoch gut schießen, auch Lopatin, der mit geschultertem Gewehr über das Areal lief. Trifonow war natürlich freigestellt und ging an solchen Tagen entweder nicht zur Schule oder half freiwillig, die Verwundeten zu pflegen oder die zerfetzten Papierköpfe auszutauschen. Er stritt auch mit Lopatin über seine Haltung gegenüber der Wehrübung. «Leg das Gewehr ab oder halte es richtig», sagte er zu ihm. «Sonst verletzt du noch jemanden.»

«Verpiss dich, Trifonow. Lern erst mal, deine Pfeife zu halten.»

Eines Tages sagte Trifonow nach der Wehrübung: «Wenn der Eiserne Vorhang fällt, wird das viele Licht uns alle erblinden lassen.»

«Und wenn wir dann blind sind, wird alles wieder dunkel und hoffnungslos?», witzelte Milka.

«Oder hell und herrlich», sagte Lopatin.

«Nichts wird je wieder so», erwiderte Trifonow. «Denkt doch mal nach. Du bist ein Krüppel, hast keine Beine. Aber nur du und deine Verwandten wissen es, weil du nie vor die Tür gehst. Aber wenn du rausgingst und die anderen deine Behinderung sehen ließest, würdest du dich dann anders fühlen? Oder sogar noch schlechter, weil du dem Rest der Welt ausgesetzt wärest? Schließlich kann die Welt dir keine neuen Beine wachsen lassen. Sie kann nichts weiter tun, als dein Dasein als Krüppel zu bemitleiden. Manchmal denke ich, wir sind wie Gogols tote Seelen – wir leben nicht, sondern existieren nur auf Papier. Wenn wir dann sterben, wird daher niemand Notiz davon nehmen. Niemand wird sich an uns erinnern.»

«Das ist ein schrecklicher Gedanke», sagte Milka. «Und wenn das Gegenteil ebenfalls stimmt, wenn wir entdecken, dass die Welt ein Krüppel ist und wir uns die ganze Zeit geirrt haben? Dass diejenigen, die sich hinter dem Eisernen Vorhang befinden, ganz gleich, wer sie sein mögen, gar keine Supermacht sind und weder eine besondere Absicht noch ein besonderes Schicksal haben.»

«Ich persönlich glaube, dass wir uns ohne großes Geschrei ergeben werden, wenn der Vorhang fällt und die Amerikaner beschließen, uns zu erobern», sagte Lopatin.

«Sprich für dich selbst, Verräter», erwiderte ich.

«Du hast keinerlei Patriotismus, Lopatin. Wieso nicht? Deine Leute sind doch bei der Partei; sie haben sich doch bereits lange vor deiner Geburt mit Kotaus Zugang zu den Regierungsbehörden verschafft», sagte Trifonow. «Da sollte man doch meinen, sie hätten dich das ebenfalls gelehrt.»

«Verpiss dich, Mann. Ich bin ich. Ich mach vor keinem einen Kotau. Ich sage dir – alles wird anders werden. Natürlich nicht über Nacht, auch nicht in einem Jahr. Aber sehr bald. Wer jetzt auswandert und in zwanzig Jahren wiederkommt, wird dieses Land nicht mehr wiedererkennen. Es wird sich fremder anfühlen als je zuvor.»

«Da bin ich anderer Meinung», sagte Milka. «Dieses Land wird mir nie fremd vorkommen, egal wie sehr es sich verändert. Ich werde keinem anderen Land gegenüber dasselbe empfinden. Das hat mit der Luft zu tun, mit den Birken, den ungepflasterten Straßen. Mit allem. Ist vielleicht nicht so toll hier, aber es ist das einzige Land, das wir gleichzeitig lieben und hassen. So wie man seine Mutter liebt und hasst – sie mag ein Scheusal sein, eine blöde Sau, die dich um den Verstand bringt, aber sie ist auch diejenige, die einen gefüttert und gebadet hat und die einem getrockneten Senf in die Socken getan hat, wenn man krank war. Deshalb haben wir den Krieg gewonnen, mit bloßen Händen gegen die Panzer der Nazis, auf der ganzen Linie – ‹Fürs Heimatland! Für Stalin›, hieß es gebetsmühlenartig.»

«Er hat mehr Menschen getötet als gerettet», erwiderte ich. «Sag das nicht noch mal.»

«Nein. Wir haben vor, das dieses Jahr beim Schulball zu verkünden», erklärte Lopatin unter schallendem Gelächter, während der Rauch in Stößen aus seinen Nasenlöchern drang.

«Sprich weiter. Milka schläft dann nie wieder mit dir», sagte ich.

«Stimmt das, Baby?», fragte er und schlang den Arm um Milka, unter dem sie beinah verschwand. Er rieb mit seinem Gesicht über ihr Haar, gab ihr ein Küsschen und zog an seiner Zigarette.

«Ja.» Sie nahm ihm die Zigarette ab, paffte ein wenig und gab sie wieder zurück. «Ranewa ist meine beste Freundin. Ich tue, was sie sagt.» Milka grinste und ich sah Rauchkringel unter ihrer Zunge.

«Ich beneide euch um eure Freundschaft», sagte Trifonow. «Ich wünschte, jemand würde sich auch so viel aus mir machen.»

«Es ist Liebe», sagte ich.

«Wahre Liebe», sagte Milka.

«Wittere ich hier vielleicht Gruppensex?», fragte Lopatin.

«Verpiss dich, Lopatin», sagten wir einstimmig. «Widerlich.»

«Macht, was ihr wollt», sagte er. «War nur ein Angebot.» Er lachte sein Kriegerlachen – laut und heftig wie ein Donnerkrachen am Nachmittagshimmel.

In dem Jahr kam es zu einer anderen wichtigen Veränderung: Ich verlor meine Jungfräulichkeit an Trifonow. Milka hatte uns ihre Wohnung zur Verfügung gestellt, während ihre Eltern bei der Arbeit waren und sie und Lopatin Jaschka besuchten. Er wartete immer noch auf sein amerikanisches Visum, doch in der Schule hatten ihn anscheinend alle vergessen.

«Hat er noch unseren Brief an Reagan?», fragte ich Milka.

«Ja. Er sagt, er schickt ihn ab, sobald er diese Hölle verlassen hat.»

«Vielleicht sollte er den Brief zerreißen oder verbrennen», sagte ich. «Sonst bekommt er – oder wir – noch Ärger, wenn sein Koffer durchsucht wird.»

«Glaub ich nicht. Im Moment können sie ihm nicht viel anhaben, nur sein Visum hinauszögern. Seine Eltern sind keine Russen mehr, sie sind jetzt Amerikaner, und er wird früher oder später wieder bei ihnen sein.»

«Falls nicht einer von ihnen vorher stirbt», sagte ich.

«Die Möglichkeit besteht immer.»

Es war Ende April und die Luft duftete nach Frühling und nach Hormonen. Vögel drehten Schleifen durch die Wolken; Bäume barsten beinah vor Knospen. Als Milka und ich klein waren, fassten wir sie liebend gern an, ließen die Hände an ihren weichen, knorrigen Ästen auf und ab gleiten. Jedes Jahr warteten wir darauf, dass die Bäume neues Leben aus dem dumpfen, nackten Holz bildeten, und jedes Jahr verpassten wir den Augenblick, in dem die Knospen aufbrachen und ihre zarten grünen Bäuche entblößten.

«Wenn ich wiederkomme, will ich einen Beweis sehen», erklärte Milka, bevor sie mir den Wohnungsschlüssel gab. «Blutige Bettlaken und so weiter, wie in alten Zeiten, als die Schwiegermütter sie im Garten aufhängten, damit alle Nachbarn sie sehen konnten.»

«Ich bring meine eigenen Laken mit, die darfst du nicht anrühren. Was ist mit seinem Asthma?»

«Anscheinend ist alles in Ordnung. Obwohl der Frühling schwierig sein kann. Leg seinen Inhalator griffbereit unters Kopfkissen, neben das Kondom hier.» Sie gab mir ein glänzendes goldenes Päckchen. «Mit den besten Empfehlungen von Jaschka.»

«Du hast es ihm gesagt?»

«Nein, natürlich nicht. Lopatin kauft sie ihm ab. Einen hab ich für dich abgezweigt.»

«Danke. Ich wollte schon welche in der Drogerie kaufen.»

«Iii! Der sowjetische Gummi ist so dick wie Knetteig. Wie wenn man dir eine Pirogge in die Möse steckt.» Sie lachte und tätschelte meine Schulter. «Das wird schon. Denk nicht zu viel drüber nach.»

«Ich weiß auch nicht. Ich hab das Gefühl, ich sollte noch warten.»

«Wie lang denn? Bis zur Uni oder bis du heiratest? Willst du es für deine zukünftige Schwiegermutter aufheben?»

«Nein. Aber Trifonow und ich sind nicht ineinander verliebt. Er sagt, wir seien zu gut dafür. Und sollte es beim ersten Mal nicht Liebe sein?»

Milkas Miene trübte sich kurz; ihre Oberlippe zuckte. «Das erste Mal ist keine große Sache. Du musst den Schmerz vergessen, es heilen lassen. Dann kannst du das Ganze genießen, wenn es mal ernst wird. Denk auch mal an Trifonow. Wer außer dir würde mit ihm ins Bett gehen?» Sie zündete sich eine Zigarette an, reichte sie mir und nahm sich dann selbst eine.

«Das verschafft mir kein besseres Gefühl», sagte ich und stieß den Rauch durch die Nasenlöcher aus.

«Sollte es aber. Es ist Nächstenliebe, und die fühlt sich immer gut an. Es ist egoistisch und gleichzeitig selbstlos. Wenn du ihn nicht ranlässt, stirbt er vielleicht als Jungfrau. Und was ist, wenn dir dieser Einzigartige auch in den nächsten zehn Jahren nicht beggegnet? Dann verfault deine Muschi vor lauter Kummer.» Sie versuchte zu lachen, verschluckte sich aber am Rauch und hustete.

«Siehst du – das war die Strafe dafür, dass du so schreckliche Sachen gesagt hast.»

Milka hustete und würgte weiter, und ich schlug ihr ein paarmal auf den Rücken. Als sie sich endlich beruhigt hatte, schnipste sie ihre Zigarette in die Bäume, rieb mit der Hand über den nächsten Ahornstamm, der dick war und voller Rillen, und drückte das Gesicht an die Rinde.

«Riecht nach Büchern», sagte sie. «Nach allen Büchern, die ich noch nicht gelesen habe.»

Als Trifonow an jenem Nachmittag in Milkas Wohnung kam, achtete er peinlich genau darauf, dass er nicht nervös klang oder wirkte. Ich fragte ihn, ob er hungrig sei, und schlug vor, dass er sich einen Brathähnchenschenkel mit mir teilte – den letzten von Milkas Abendessen, das sie uns freundlicherweise angeboten hatte. Aber Trifonow wollte nichts. Er hängte seinen Mantel an den Kleiderständer, zog die Schuhe aus und stellte sie neben meine an die Wand. Er fuhr sich durch seinen Pony und versuchte, die Falten in seinen Kleidern zu glätten. Er trug seine marineblauen Schuluniformhosen und ein blaues Jeanshemd, in dem ich ihn noch nie gesehen hatte. Sein feines, frisch gewaschenes Haar fiel ihm wieder übers Gesicht und verlieh ihm einen Ausdruck von Schuld oder Scham.

Er holte ein kleines Glas Kirschmarmelade aus seiner Manteltasche.

«Die habe ich selbst entsteint», sagte er.

Ich schraubte den Deckel ab, und der Flur füllte sich sofort mit Sommer, mit dem Duft reifer, süßer Früchte.

«Danke», sagte ich und fuhr mit dem Finger in die dicke dunkelrote Konfitüre. Ich ließ Trifonow versuchen, und er leckte meinen Finger genüsslich ab.

«Jetzt du», sagte er und lud ein bisschen Marmelade auf seinen Finger.

Ich zögerte, schloss jedoch die Augen und lutschte seinen Finger ab, so schnell ich konnte. Es schmeckte köstlich. Ich schraubte das Glas wieder zu und bat Trifonow, im Flur zu warten. Ich zog mich in Milkas Zimmer aus, und er gehorchte stumm, während er die ganze Zeit meine Schulter anstarrte.

Die Vorhänge waren bereits zugezogen; ich warf meine Kleider auf den Boden und schlüpfte zitternd unter die Decke. Ich hatte vergessen, meine Laken mitzubringen, und Milkas Laken roch nach ihrem Apfelshampoo und nach Zigaretten. Ich stellte mir vor, dass sie sich irgendwo unter dem Bett versteckt hatte und mir Anweisungen zuflüsterte wie sonst bei Klassenarbeiten. Ich war angespannt; meine Wangen wurden rot, nicht aus Scham oder vor Hitze, sondern weil der Sex zum Greifen nah war. Nach einem schüchternen Klopfen trat Trifonow ins Zimmer. Er war bereits nackt, sein Leib war so weiß wie ein Birkenstamm und er trug einen Stapel Kleider auf dem Arm.

«Darf ich?», fragte er, ließ dann die Kleider auf den Boden fallen und schlüpfte unter die Decke.

Ich nickte, brachte jedoch kein Wort heraus. Meine Kehle schnürte sich zu, mein Herz raste wie wild.

Als er plötzlich kühn anfing, mich zu küssen, dachte ich nicht mehr an seinen Inhalator. Seine Hände waren kühl und wider Erwarten stark, wie die eines Klavierspielers, die vom stundenlangen Üben hart geworden waren. Ein Gefühl der Lust durchströmte meinen Körper vom Mund bis zu den Fußsohlen, und eine köstliche Wärme breitete sich in meinem Unterleib und zwischen meinen Beinen aus. Er liebkoste mich so gekonnt und hingebungsvoll, dass meine Haut unter seinen streichelnden Fingern dahinzuschmelzen schien. Ich gab ihm das Kondom und schloss die Augen, verirrt im Nebel eines Begehrens, das so rein und stark war, dass ich nicht mehr Trifonow spürte, sondern ein Meer aus Molekülen, unendlich kleinen Atomen, die sich verschoben und vermischten und neue Muster bildeten. Er war so dünn, dass man seine aufgefächerten Rippen sah, doch in meiner Fantasie war er muskulös und hatte einen breiten Brustkorb und war ein Baum von einem Mann. Ich griff nach seinem Penis, der mir unverhältnismäßig groß vorkam, ein gesunder, gebogener Ast, doch er führte meine Hand sanft zu seiner Hüfte und streifte meine Brustwarze mit den Lippen. Dann schob er sich in mich hinein, fing mein Stöhnen, meinen Schmerz, mit dem Mund ab und küsste mich pausenlos, die eine Hand unter meinem Kopf, die andere als Stütze unter meinem angehobenen Po. Er hielt einen Augenblick angespannt inne, bebende Muskeln, ein Gebilde aus zwei ineinander verschlungenen Körpern, dann ließ er los.

Danach lagen wir schweigend da und beobachteten die Fische in Milkas Aquarium. Ein paar versteckten sich unter den Steinen, andere labten sich an den winzigen Pflänzchen, die an der Scheibe wuchsen – man sah ihre schleimigen Lippen am Glas picken. Draußen war es immer noch hell und die schwindende Sonne glitt durch den schmalen Schlitz zwischen den Vorhängen und wölbte sich zum Abschied faul übers Bett.

Trifonow berührte mich am Arm. «Tut es weh?», fragte er mit schüchterner Zärtlichkeit.

«Nicht sehr. Es ist nur unangenehm.»

«Tut mir leid. Ich hab versucht, sanft zu sein, so sanft wie möglich.»

«Du warst sanft», sagte ich und hielt inne. «Es war nicht das erste Mal für dich, oder?»

«Ist das wichtig?»

«Nein. Aber ich war überrascht. All die ausgefallenen Bewegungen.»

«Ach, das ... Ich hab mir kürzlich ein Buch besorgt: *Modern Sex Techniques*, von Robert Street. Da steht viel Nützliches drin.»

«Kann ich das auch lesen?»

«Klar. Wir können es auch zusammen lesen und dann Sachen ausprobieren, wenn wir uns nächstes Mal treffen. Vielleicht bei mir, wenn meine Mutter Spätschicht hat.»

«Hat sie schon immer Spätschicht gearbeitet?»

«Nein, erst seit dem Tod meines Papas. Davor hatten wir mehr Geld.»

«Woran ist er gestorben?»

«An einer Blinddarmentzündung. Man konnte ihn nicht retten. Ich war sieben.» Seine Stimme zitterte ein klein wenig. Ich kuschelte mich an seine Schulter und er hob den Arm, sodass ich darunterschlüpfen und mein Kinn auf seine Brust legen konnte. Ich ließ meinen Finger über all die eingebildeten Muskeln wandern, die Trifonow fehlten. Ich blies auf die wenigen goldenen Kräuselhaare rings um seine blassen Brustwarzen.

Trifonow legte meine Hand in seine und betrachtete sie ausgiebig.

«Was siehst du?», fragte ich.

«Dass wir glücklich bis ans Ende unserer Tage zusammenleben und auf demselben Kissen alt werden.» Er legte meine Hand auf seine Augen.

«Im Ernst?»

«Nein. Dein Leben wird voller Abenteuer sein, und du wirst mich um fünfzig Jahre überleben. Außerdem wird es ein einsames Leben sein», fügte er glucksend vor Lachen hinzu.

«Du bist ein richtiger Quatschkopf, Trifonow», sagte ich und zog meine Hand mit einem Ruck weg.

«Das stimmt allerdings. Aber nicht halb so schlimm wie Lopatin. Was Milka an dem findet, werde ich nie verstehen.»

«Er ist stark und sieht gut aus. Alle Mädchen wollen mit ihm ins Bett.»

«Er ist dumm. Und sie ist schlau, aber ungehemmt. Und zerbrechlich.»

«Milka ist nicht zerbrechlich. Sie ist hart im Nehmen.»

Er drehte sich zu mir um, sah mich an, legte die Hände um mein Gesicht und küsste mich auf die Nase. «Du bist diejenige, die hart im Nehmen ist», erwiderte er. «Du bist imstande, großen Schmerz zu ertragen.»

«Ich mag keine Schmerzen.»

«Wer nicht leidet, kann sich auch nicht freuen.» Er küsste mich nochmals und bedeckte mein Gesicht mit warmen, weichen Schmuseküssen. Er fuhr mir mit den Händen durchs Haar, was mich an den Wind erinnerte, der durch die Apfelbaumzweige mit ihren jungen, seidenen Blättern fegte.

# 12

Bald kam der Mai und unsere Klasse plante eine achttägige Reise ans Schwarze Meer. Es war eine Studienreise auf die Krim, und wir ergriffen selbstverständlich die Gelegenheit, der Stadt zu entkommen und unser Wissen über die Geschichte unseres Landes zu erweitern. Zu viert belegten wir im Zug ein ganzes Coupé mit zwei oberen und zwei unteren Etagenbetten, zwischen denen sich ein winziger quadratischer Tisch am Fenster befand.

«Ich persönlich würde gern das Schwalbennest sehen», sagte Milka. «Es steht direkt am Rand einer Klippe mit weitem Blick über das Schwarze Meer. Wie haben sie so was damals überhaupt gebaut?»

«Das ursprüngliche Gebäude hieß Liebesschloss», sagte ich. «Ein General hatte es als Geschenk für seine Geliebte gebaut, die er im Krieg gefangen genommen hatte – ich glaube, es war der Russisch-Türkische Krieg. Er hat sie auch geheiratet.»

«Was für eine hübsche Art, eine Familie zu gründen», sagte Lopatin.

«Ist die Frau nicht kurz danach verschwunden?», fragte Trifonow.

«Ja, aber das ist eine Legende – es gibt keine Belege dafür», sagte ich.

«Ist sie weggelaufen oder hat sie sich umgebracht? Aus dem Fenster direkt ins Meer zu springen ist ja nicht schwer.» Lopatin schnitt eine Grimasse: Er zwickte sich in die Backen, zog sie auseinander und kniff die Lippen zusammen.

«Du bist wirklich ein Clown, Lopatin», sagte Trifonow.

«Und du bist ein Langweiler, Trifonow. Dich interessiert doch nur Tschechows Datscha. Wo sind denn die Seiten, die dein Großonkel von Tschechow gestohlen hat?»

«Mein Großonkel hat gar nichts gestohlen. Tschechow hat seine Tochter behandelt, die später an Schwindsucht starb. Tschechow selbst starb ein Jahr später.»

«Lügner.»

«Ich lüge nicht.»

«Dann zeig uns doch die Seiten», sagte Lopatin.

«Nein.»

«Du hast sie nämlich gar nicht.»

«Halt den Mund.»

«Hey, habt ihr gewusst, dass Tschechows Leichnam per Zug aus Deutschland überführt wurde, und um ihn zu konservieren – es war Juli –, hat man ihn in einen Waggon gelegt, in dem sonst Austern transportiert wurden. Er hat höllisch gestunken», sagte Milka.

Wir verzogen das Gesicht, einerseits aus Ekel, aber auch, weil wir nicht glauben konnten, dass unser berühmter Schriftsteller ein solch schändliches Schicksal erlitten hatte.

Eine Weile sagten wir nichts, sondern sahen nur aus dem Fenster und nahmen die vertraute sowjetische Landschaft in uns auf, Birken- und Kiefernwälder, Farmland, Bäche und Flüsse, die in die Ferne flossen, bis nach Sibirien. Der Himmel sah aus wie das Aquarellbild eines Hobbymalers: schüchterne ungleichmäßige Rosatöne in einem Tümpel aus dunklem Blau. Vögel rauschten durch die Luft, Hunde jagten ihnen hinterher. Hier und dort ein paar Hütten, die sich hinter verkrüppelten Zäunen duckten, Schornsteine, aus denen Rauchsäulen aufstiegen. Gefangen hinter hohen, dürren Bäumen blitzte das goldene Antlitz der Sonne hervor wie in einem zu schnell laufenden Film. Es war, als machten wir eine Zeitreise zurück ins zaristische Russland, zu Schotterstraßen und Pflügen, die von Pferden gezogen wurden, zu Mistgabeln und Sensen, quietschenden, heubedeckten Holzrollwagen, ungewaschenen, bärtigen Bauern und dem Elend der Leibeigenschaft. Alles wirkte friedlich, als sei es seit Jahrhunderten nicht mehr gepflegt worden, irgendwie nostalgisch und liebenswert.

Ich fragte mich, wie ein so großes, mächtiges, reiches Land so bescheiden und arm sein konnte. Und warum wir trotz allen Leids und aller Entbehrungen so stolz auf unser Heimatland waren, es beschützen wollten – nicht nur wegen seiner Geschichte und großen Kunst und Kultur, sondern auch wegen der dürftigen Birken, der trostlosen Felder voller Unkraut und der Höfe in Not. Wie Kinder, die ihre kranken, behinderten Eltern liebten und bedauerten, so liebten und bedauerten wir unser Land. Wir machten uns Sorgen um dieses Land, wir verehrten es, und wir wünschten uns verzweifelt, dass es ihm wieder gut ging.

Der Zug ruckelte dahin, die Waggons schaukelten und ratterten, und wir begannen, die dürftigen Essensvorräte hervorzuholen, die unsere Eltern uns eingepackt hatten: ein halbes Brathähnchen, vier harte Eier, ein Stück Schwarzbrot, ein Bund Frühlingszwiebeln, saure Gurken, geschnittene Fleischwurst, ein Stück Jantar-Schmelzkäse und ein Sack gekochter, noch warmer Pellkartoffeln mit Schale. Lopatin hatte auch Bier mitgebracht und eine Büchse Sprotten. Er reichte sie Milka mit den Worten: «Mehr konnte ich dir nicht kaufen. Manche schenken Schlösser, andere Fisch.»

Sie kicherte und küsste ihn auf den Mund, und dann holte Trifonow eine ganze Tafel Slawa-Schokolade heraus, platzierte sie auf seinem Handteller und legte sie mir dann in den Schoß.

«Meine Lieblingssorte. Sie hat innen kleine Luftlöcher», sagte Milka. «Gibt's fast nirgends mehr.»

«Weiß ich», erwiderte er. «Finde sie auch sehr gut.»

«Wir teilen sie uns», sagte ich.

«Freilich», erklärte Lopatin und begann Bier in Teegläser einzuschenken, die in verzierten Zinnglashaltern steckten. «Trinkt schnell, sonst erwischen uns die Lehrer.»

«Ich möchte nichts.» Trifonow hielt die Hand über sein Glas.

«Einverstanden. Schließlich wollen wir nicht den Zug anhalten müssen, weil du Erstickungsanfälle kriegst.»

Milka und Lopatin lachten, doch Trifonow wandte sich achselzuckend zum Fenster.

Die Sonne war fast untergegangen und der Himmel trübte sich bis auf einen schmalen roten Streifen, der dort warnend verweilte. Ich rieb Trifonows Schulter und berührte sanft seinen warmen Hals. Zwar wirkte er schwach und blass, doch aus seinem Gesicht sprachen Mut und eine Art ewiges Elend, das Lopatin sarkastisch mit demjenigen des gekreuzigten Christus verglich. Doch in Wahrheit fühlten wir uns in der Nähe von Trifonow oft unsicher, fanden unser Denken, unsere Haltung unbedeutend, geschmälert durch seine Weisheit, die er durch all die Bücher samt der Bibel aufgesogen hatte. Als Teenager glaubten wir weder an Gott noch glaubten wir nicht an ihn. Wir schlossen die Existenz eines geheimnisvollen Lichts nicht aus, das in die Dunkelheit unseres sozialistischen Weltalls leuchtete – ob es erlosch oder nicht, lag jedoch an den Menschen. Wir glaubten nicht an Wiedergeburt, und weil wir davon ausgingen, dass sich an den unglückseligen Umständen nichts ändern würde, waren wir nicht darauf aus, ein Leben nach dem anderen zu leben. Alles fing irgendwann irgendwo an, und alles ging zu Ende, auch wenn für uns das meiste beendet worden war. Das war uns bewusst. Wir wussten, dass unser Schicksal in den Händen der Kommunistischen Partei lag und so unwiderruflich war wie der Mond und die Sterne, wie das Leben selbst.

Auf der Krim hatten wir das Glück, in Artek zu wohnen, im selben Pionierlager, in dem Samantha Smith im Sommer zuvor eine Woche gewesen war. Ihr zu Ehren hatte man eine Baumallee gepflanzt, und an einem der Schlafsäle war eine Tafel mit ihrem Namen angebracht worden; wir schliefen jedoch nicht in diesem Gebäude, das eigens für sie renoviert worden war und wichtigeren Gästen vorbehalten blieb. Bald würde das Lager für die Sommersaison öffnen, doch bis dahin wurde es als Jugendherberge für Schulklassen verwendet, die die Gegend besuchten.

Die folgenden Tage waren voller Sonnenschein, Wind und salziger, feuchter Luft – ein balsamischer Duft des nahen Sommers. Bei der Abreise in Moskau hatten wir dünne Jacken und Schuhe mit dicken Sohlen getragen, doch in Gursuf und Jalta hatten die Leute sich ausgezogen und trugen nur noch Badeschlappen und Shorts und große, sonnenblumengelbe Strohhüte. Unsere Haut leuchtete; wir fühlten uns schwerelos, durchsichtig, weit weg von unseren Betonwohnungsgewölben und von der Steeldrum der Stadt. Hier, zwischen Bergen und hohen, schmalen Zypressen, war es, als würde das Leben langsamer, als hielte es inne und verdichtete sich wie in Träumen. Wir fuhren mit Reisebussen und stapften in Auflösung begriffen wie im Fieberwahn hinter unseren Lehrern her. Unsere Augenlider flatterten, wir lallten und unsere Gesichter brannten von der Brise. Das Licht war wie dickflüssiges Gold, das aus einem verborgenen Brunnen quoll und uns blendete, bis wir matt und bewusstlos waren. Die Wolken schwebten wie durchsichtige Schals über den Himmel und streiften die Berge: den Ai-Petri mit seinem strahlend weißen Kalksteingipfel und den Scharten und Zacken, und den Aju-Dag, der an einen bäuchlings aus dem Meer trinkenden Bären erinnerte. Die Farbe des Wassers war intensiver geworden, und wo die Sonne auf die Oberfläche fiel, war ein Leuchten. Es wirkte wie eine Malachittafel, aus der der Wind Seepferdchen, Tintenfische, Delfine und andere Geschöpfe ausgeschnitten hatte.

Wir nahmen an einer privaten Führung durch den Liwadija-Palast teil, der Sommerresidenz des letzten russischen Zaren. Nach der Revolution diente der Palast als Tuberkuloseheilanstalt für Bauern und später als Datscha für Parteifunktionäre. Auch die Konferenz von Jalta fand dort 1945 statt, bei der Roosevelt, Churchill und Stalin über das Schicksal von Nazideutschland und Nachkriegseuropa bestimmten. Während wir von einem protzigen Zimmer zum nächsten gingen – alle besaßen noch die Originaleinrichtung: Säulen aus Carraramarmor, handgewebte Orientteppiche und mahagonigetäfelte

Wände –, sagte Lopatin immer wieder: «Hier haben die großen Führer geschlafen, gegessen und gekackt, während sie die Welt zerstückelten. Was für eine Macht! Einfach unfassbar!» Er trug eine neue Sonnenbrille, die er bei Jaschka gegen eine kleine Büchse roten Kaviar eingetauscht hatte. Kaum waren wir beim Schwalbennest angelangt, riss Milka ihm die Brille vom Gesicht und setzte sie auf.

Das Schlösschen war 1912 von Baron von Steingel, einem Ölmagnaten, vollständig umgebaut worden und hatte keinerlei Ähnlichkeit mehr mit dem ursprünglichen Bauwerk aus Holz.

Der graue neogotische Steinbau mit Blick auf das Ai-Todor-Kap thronte hoch oben auf der Auroraklippe und ähnelte tatsächlich einem Schwalbennest, das über einem Abgrund hängt. Es war ein zweigeschossiges Miniaturschlösschen von nur zwölf Metern Höhe, mit einem Empfangsraum, drei Schlafzimmern und einer Treppe, die in den Turm hinaufführte. Es war ein Wunderwerk der Architektur, das zart und graziös wirkte und doch robust und solide war. Als wir aber mit dem Boot näher kamen, sahen wir einen großen Sprung im Felsen, durch den ein Großteil der Klippe ins Meer zu stürzen drohte, sodass man die Wände mit Stahlträgern und Haken verstärkt hatte. Der Anblick war beängstigend und viele weigerten sich, die Treppenstufen hinaufzugehen oder sich gar bis zur Schlossfassade zu begeben.

Am letzten Tag unserer Reise besichtigten wir Tschechows Datscha, ein zweistöckiges, graues, rankenüberwuchertes Steinhaus. Von außen wirkte es zwar groß und imposant, doch das Innere des Hauses war eher klein und bescheiden. Nachdem Tschechow 1904 gestorben war, hatte seine Schwester Maria dafür gesorgt, dass die Innenräume und der schöne Garten samt der Kirschbäume genau so erhalten blieben wie zu Lebzeiten des Schriftstellers. Nach der Revolution eröffnete sie die Weiße Datscha als Museum, verteidigte sie während des Bürgerkriegs und bewahrte sie später vor den Nazibesatzern. Tschechow hatte in diesem Haus *Die drei Schwestern* geschrieben, außerdem den *Kirschgarten* und *Die Dame mit dem Hündchen*. Die meisten von uns fanden seine Bücher ein bisschen öde und altmodisch. Auch wenn wir uns Mühe gaben, konnten wir unsere Schnelllebigkeit in der starren Zerbrechlichkeit der Tschechow'schen Welt nicht wiederfinden. Es war dasselbe Elend, dieselbe Armut und Düsternis, doch die Figuren bewegten sich so steif und zurückhaltend, dass wir uns von unserem kulturellen Erbe abgekoppelt fühlten, von unseren herrlichen Ahnherren, ob Monarchen oder dreckigen, verhungerten, ungebildeten Bauern.

«Aber sie sind unsterblich, versteht ihr das nicht?», sagte Trifonow.

«Für mich ist es, als hätten sie nie gelebt», erwiderte ich.

«Die Reichen haben immer nur gegessen und Feste gefeiert. Und die Armen haben immer nur getrunken und geschaufelt», sagte Lopatin und nickte.

«Ist das nicht heutzutage immer noch so?», fragte Milka.

«Nein, heute sind wir alle gleich, wir sind alle gebildet und arm», sagte ich.

«Das stimmt doch nicht», sagte Trifonow. «Lopatin isst Kaviar und ich esse Schwarzbrot.»

«Ich esse auch Schwarzbrot», sagte Lopatin. «Schmeckt mir sehr gut.»

«Das ist dein Bauernblut», sagte Milka.

«Zumindest jammere ich nicht rum wie Trifonow. Oder wie die Figuren bei Tschechow. Wozu auch? Ändert ja doch nichts.» Lopatin zuckte die Schultern und schlurfte davon, die Hände in den Hosentaschen.

Die Führung durch Tschechows Haus war ziemlich eintönig und kaum beeindruckend, sodass wir noch weniger an seinem Werk interessiert waren. Nur Trifonow steuerte wie gebannt durch die Räume, in denen noch die Originalmöbel aus dem neunzehnten Jahrhundert standen. Er schlingerte zwischen dreibeinigen, klauenfüßigen Ecksesseln und schmalen Veloursofas, schweren Bücherregalen und zierlichen Couchtischen entlang, einem glänzenden Mahagonischrank und einem runden Esstisch mit weißem Tischtuch und staubigen Kristallkelchen.

Eine ganze Weile stand er vor einem dunklen Garderobenständer in einer Dielenecke und musterte das schwarze Cape und den Hut des Schriftstellers. Unter dem Ständer befand sich ein Koffer aus gegerbtem Leder, und auf einem Beistelltisch waren ein paar primitive medizinische Instrumente: ein Thermometer, ein Stethoskop, ein Zungenspatel, ein Ohrenspiegel, ein Augenspiegel und ein Perkussionshammer. In einer flachen Metallschale entdeckten wir fingerlange Glasröhren, die wie wuchernde Eiszapfen wirkten.

«Die hat er benutzt, um den Schleim aus dem Rachen eines kranken Jungen abzusaugen», murmelte mir Trifonow ins Ohr. «Erinnerst du dich an die Geschichte? So hat er Tuberkulose bekommen.»

«Hab ich nicht gelesen», gestand ich. «Klingt fürchterlich.»

Wir sahen uns die Bilder an der Wand an, auf denen Tschechow erst als pummeliger kleiner Junge, dann als gelangweilter Gymnasiast und schließlich als nachdenklicher junger Arzt zu sehen war, rustikal gekleidet mit dichtem, dunklem Haar und weichem Vollbart. Auf einem Bild wirkte Tschechow dünner und hatte tiefe Falten und stellenweise weißes Haar. Er schielte in die Kamera und sah verhärmt und misstrauisch aus. Niemand käme darauf, dass er erst vierundvierzig war und ein halbes Jahr später sterben würde. Auch sah man ihm nicht an, dass er ein lasziver Egozentriker war, ein regelrechter russischer Don Juan.

Als wir Tschechows Büro betraten, näherte sich Trifonow aufgeregt einem kleinen vollgepackten Schreibtisch, auf dem man zwischen Büchern und Briefumschlägen den Zwicker und das Vergrößerungsglas des Schriftstellers sehen konnte, sowie einen Brieföffner aus angelaufenem Silber mit einer Gravur am Griff, eine dazu passende Schreibfeder und ein gläsernes Tintenfass mit Silberrand, alles Geschenke von seiner langjährigen Geliebten Lika Misinowa. In einer Glasvitrine an der Wand stapelten sich ihre Briefe: siebenundneunzig von ihr und siebenundsechzig von ihm. Über der Vitrine hing ein Foto von Misinowa und Tschechow, das 1897 aufgenommen worden war, kurz bevor sie ihre Beziehung beendeten und Lika für immer nach Paris zog. Auf dem Foto beugt sie sich zu ihm vor, doch Tschechow sieht aus, als lehne er sich weg, fast, als schrecke er vor ihr zurück, den Blick abgewandt, die Beine übereinandergeschlagen, die Hände fest über den Knien gefaltet. Seine Miene ist streng und unnachgiebig.

«Sie wollte, dass er sie heiratet», sagte Trifonow. «Aber er wollte nicht.»

«Seit Tschechows Zeiten hat sich nicht viel geändert», sagte Milka. Sie und Lopatin waren wieder bei uns und standen vor der Glasvitrine.

«Er hat Olga Knipper geheiratet», sagte ich.

«Als sein Leben beinah vorbei war», fügte Trifonow hinzu. «Er schrieb seinem Bruder, dass sich dadurch nichts für ihn ändere. Seine Frau solle wie der Mond am Nachthimmel sein – manchmal da, manchmal nicht.»

«Typisch Mann», sagte Milka. «Aber dass er Misinowa all diese fantastischen Liebesbriefe geschrieben hat, ist trotzdem schwer zu begreifen. *Anscheinend habe ich dich übersehen, liebe Lika, so wie meinen Bazillus.*»

«Er war Schriftsteller. Sich fantasievoll auszudrücken, verschaffte ihm einen Ständer. Irgendwo steht, dass er ins Bordell ging, seit er ein Teenager war. Seine Eltern ließen ihn in Taganrog, damit er dort auf ihre Sachen und auf seinen jüngeren Bruder aufpasste», sagte Lopatin leicht süffisant lächelnd. «Ich wüsste wirklich gern, wo er den Bruder ließ, wenn er die Prostituierten vögelte. Hat er ihn mitgenommen und ihm gesagt, er soll die Augen zumachen?»

«Du denkst immer nur an Sex, noch dazu auf die dreckigste Art. Nur dafür lebst du», sagte Trifonow.

«Wenigstens lebe ich», erwiderte Lopatin. «Im Gegensatz zu manchen Leuten, die dauernd nur knutschen und lutschen wollen.» Er war jetzt mürrisch und Milka hielt ihm die Hand über den Mund.

«Sei still», sagte sie. «Du machst alles kaputt. Wir haben alle wüste Wesenszüge. Und selbst wenn Tschechow ins Bordell ging, ist er immer noch Tschechow. Er darf so geil sein, wie er will. Vielleicht hat er ja deshalb so gut geschrieben.»

«Apropos», sagte Trifonow rot vor Aufregung und wühlte mit eingezogener Unterlippe in seinem Jackett. «Ich muss euch was zeigen.» Mit zitternden Händen durchsuchte er seine Taschen. «Wo zum Teufel sind sie bloß?»

«Was suchst du denn?», fragte ich.

«Die Seiten aus dem *Kirschgarten*. Ich hab sie mitgenommen. In Moskau war der Umschlag noch in meiner Jackentasche.»

«Vielleicht in einer anderen Jacke», sagte ich.

«Nein, ich hab nur eine. Ist mir ein Rätsel.»

Er schlug sich mit der Hand an die Brust. «Ich hab die Jacke nie ausgezogen, nur zum Schlafen.»

«Das ist uns nicht entgangen», sagte Lopatin. «Als alle anderen schon in T-Shirts herumliefen, warst du immer noch in deiner Winterjacke eingepackt.»

«Mir ist einfach kalt, ich kann nichts dafür.»

«Vielleicht ist der Umschlag mit den Seiten herausgefallen, als du dich heute Morgen angezogen hast. Vielleicht ist er noch im Zimmer», sagte Milka und rieb Trifonow sanft den Rücken.

Er zuckte mit den Schultern. «Nein, das hätte ich gemerkt.»

«Vielleicht sind sie im Bus», sagte ich. «Ich weiß noch, dass du deine Jacke kurz ausgezogen hast. Reg dich nicht auf.»

«Wenn ich die Seiten nicht zurückbringe, ermordet mich meine Mutter.»

«Bist du sicher, dass du sie dabeihattest?», fragte Lopatin.

«Wie meinst du das?» Trifonow starrte ihn an, und sein Blick war der eines hilflosen Welpen, der dabei ertappt wird, wie er seinem eigenen Schwanz hinterherjagt.

«Ich meine, dass du vielleicht lügst. Vielleicht tust du ja nur so, als hättest du ein wichtiges historisches Dokument bei dir, weil du die Mädchen beeindrucken willst.»

«Halt die Klappe, Lopatin. Ich hasse deine dummen Witze und deine schrecklichen Bauernmanieren.» Trifonow ließ uns stehen und verschwand mit hängenden Schultern und Armen, die wie gebrochene Äste hin und her schwangen. Ich sah auch, dass er in seine Hosentaschen griff und nach seinem Inhalator suchte.

«Manchmal bist du wirklich unmöglich, Lopatin», sagte Milka. «Warum musst du andere verletzen?»

Er stand da, in ganzer Länge, schamlos, mit herausgedrückter Brust und einem Gesichtsausdruck, aus dem vollkommene Libertinage und ein anmaßendes Selbstvertrauen sprachen.

«Scheißkerl», sagte ich schließlich. «Arschloch. Von jetzt an sind wir geschiedene Leute.»

«Tut mir leid», sagte er. «Echt, ich hab's doch nicht ernst gemeint. Warum sind alle plötzlich so todernst?»

«Manche Dinge sind nicht witzig», sagte ich. «Wenn du das nicht kapierst, wirst du es wahrscheinlich nie lernen. Leg dir einen Hund zu, Lopatin, und misshandele den. Vielleicht wehrt er sich nicht. Und liebt dich weiterhin.»

# 13

Es war unsere letzte Nacht auf der Krim, und wir schliefen schon beinah, als wir ein leises Kratzen neben unseren Köpfen am Fenster hörten. Milka richtete sich im Bett auf und rieb sich die Augen. Ich blinzelte und versuchte herauszufinden, woher das Geräusch kam. In unserem Zimmer schliefen noch vier andere Mädchen, die aber nicht wach geworden waren und mit den Decken über den Köpfen weiter vor sich hin schnarchten. Milka hantierte an ihrem Haar herum, das ihr an Wangen und Stirn klebte. Ich hatte immer noch einen Pferdeschwanz, den ich vor dem Zubettgehen vergessen hatte aufzubinden. Wir trugen verkrumpelte Frotteeshorts und alte, verfleckte, viel zu große T-Shirts, die uns auf einer Seite über die Schulter rutschten.

Das Geräusch wurde lauter, und als ich das dunkle Fenster berührte, spürte ich fast die Finger, die von draußen rhythmisch klopften. Ich klopfte ein paarmal sacht ans Fenster. Das Klopfen wurde einen Augenblick später erwidert und mündete in einem schnellen Trommeln.

«Wenn das Lopatin ist, werd' ich sauer», sagte Milka und stieg aus dem Bett.

«Ich komme mit.» Ich zog meine Schuhe an, schlang mir eine dünne Decke um die Schultern und ging hinter Milka auf den Flur hinaus.

Wir steckten die Köpfe aus der Eingangstür und sahen Lopatin und Trifonow, die erschrocken einen Sprung zurück machten. Lopatin ließ eine Plastiktüte fallen, die klirrend erst auf seinen Fuß und dann auf einen Stein prallte. Beide trugen an den Knien ausgeleierte Jogginghosen und völlig verwaschene Hemden. Trifonow hatte außerdem seine Jacke angezogen, die schlottrig an ihm herunterhing, sodass er wie ein Bettler aussah.

«Mist», sagte Lopatin. «Jetzt ist sie wahrscheinlich kaputt.» Er hob die Tasche hoch und sah voller Freude, dass nichts zerbrochen war.

«Was soll das?», fragte ich. «Ich hab dir doch gesagt, dass wir nicht mehr mit dir sprechen wollen.»

«Stellt euch nicht so an. Ich hab mich entschuldigt, und Trifonow hat mir verziehen. Stimmt's, Kumpel?» Er blickte flehentlich zu Trifonow, der nickte und sich an seiner Jacke festklammerte.

«Also ich verzeih dir nicht. Ich hasse die Art, wie du mit uns sprichst und uns herumkommandierst», sagte ich. «Und Milka auch.»

«Stimmt», sagte sie.

«Aber es ist unser letzter Abend und wir sind doch Romantiker. Ich hab uns vom Hausmeister Wein und Kirschen besorgt. Frische Kirschen. Das ist doch was, oder? Gehen wir zum Strand und feiern ein bisschen. Vögeln ein bisschen. Betrachten die Sterne. So eine Gelegenheit kommt so schnell nicht wieder. Wie viele Reisen machen wir noch vor der Abschlussprüfung? Bevor wir getrennte Wege gehen? Keine einzige. Null Reisen.» Er machte mit Daumen und Zeigefinger ein O und hielt es wie ein Monokel dicht vor sein rechtes Auge. Dann schloss er das andere Auge und musterte uns.

Milka und ich tauschten Blicke aus. Wir mussten uns eingestehen, dass Lopatin nicht unrecht hatte und dass uns sein überraschender Auftritt beide bezaubert hatte, seine Aufgelöstheit und sein Bedauern. Wir beschlossen, unsere Badeanzüge besser nicht zu holen, weil sonst die anderen Mädchen aufgewacht wären. In unsere Decken gehüllt, stapften wir hinter den beiden Jungen her, erst zur Cafeteria und dann die unzähligen kaputten Stufen zum Meer hinunter. Wir hatten keine Taschenlampen, deshalb zündete Lopatin, der voranging, immer wieder sein Feuerzeug an, und Trifonow reichte mir und Milka immer wieder die Hand.

Es war eine warme, stille Nacht mit dicken Sternen, die wie Marshmallows aussahen. Der Mond warf Wellen aus silbernem Licht aufs Wasser und in der Ferne sah man die Schatten der Berge. Der verlassene Strand war felsig und es gab zwei steinerne Molen, die wie Arme ins Wasser reichten, mitten ins Meer hinein. Überall lagen nasse, schleimige Algenbüschel im Weg. Fischgeruch breitete sich aus. Wir fanden zerbrochene Muscheln zwischen den Kieseln und glattgewetzte Flaschenglasscherben.

Wellen rollten an Land und schlugen sanft an die Felsen und an unsere Füße. Wir setzten uns auf eine Decke und ließen die Weinflasche herumgehen. Selbst Trifonow erlaubte sich ein paar Schlucke. Milka und ich schaufelten Kirschen aus der Tüte, schoben sie in den Mund und spuckten die Kerne ins Wasser, das wie Öl war – schwarz, glitschig und von penetrantem Geruch. Das Meer selbst war ein lebendiger Körper, der auf unsere Berührung und Präsenz reagierte. Es spürte unsere Nähe und Wärme, unser Begehren, das Verlangen jungen ungeduldigen Fleisches an seinem nassen Rand. Wenn wir flüsterten, verfiel es ebenfalls in ein Raunen, doch wenn wir die Stimmen hoben, häuften sich die Wellen und stießen im Sturzflug auf die Kieselsteine.

«Solaris», sagte Milka. «Es befasst sich mit uns und unserem Unterbewusstsein und speit dann alles zurück.»

«Ich mag dieses Buch sehr», sagte Trifonow.

«Wovon handelt es?», fragte ich.

«Von einem Wissenschaftler, der zu einer Raumstation geschickt wird, die um einen fernen Planeten kreist. Er soll herausfinden, warum die anderen Astronauten an Bord alle wahnsinnig wurden. Sie behaupten nämlich alle, das Meer von Solaris sei ein lebendiges Wesen, das ihre Gedanken lesen könne und ihre Wünsche kenne und ihnen zurückgebe, was sie verloren hätten – auch Menschen.»

«Wie soll das gehen?», fragte Lopatin.

«Es ist Science-Fiction, da geht alles», erwiderte Milka.

«Und – hilft ihnen der Typ?», fragte ich.

«Nein», sagte Milka. «Weil seine Freundin sich umgebracht hat und er sich die Schuld dafür gibt, und weil das Meer das weiß und ihm die Freundin zurückgibt. Das heißt, eine Version von ihr. Er versucht, sich dagegen zu wehren, sie loszuwerden, aber sie kommt immer wieder zu ihm, das Meer erschafft sie immer wieder neu. Doch dann erinnert sie sich an immer mehr und wird immer lebendiger. Es ist sehr seltsam.»

«Wie kannst du so ein Buch mögen?», fragte Lopatin.

«Wieso nicht? Wenn man in einer Scheißwohnung festsitzt und den ganzen Tag nur Fleischwurst isst?»

«Sieh dir den Himmel an», sagte Trifonow. «Siehst du, wie hell dieser Stern ist? Der direkt über uns? Da gehen wir hin. Vorwärts, zu den Sternen.»

«Stimmt», sagte Lopatin. «Wenn ich tot bin.»

«He, hast du den Umschlag mit den Seiten gefunden?», fragte ich Trifonow.

«Nein. Wir haben überall gesucht.»

«Ja», pflichtete Lopatin ihm bei. «Auf allen vieren. Der Scheißumschlag hat sich in Luft aufgelöst.»

«Wahrscheinlich ist er im Zug herausgefallen», sagte Milka. «Tut mir leid. Ich weiß, dass dich das sehr trifft. Wir können versuchen, eine Kopie anzufertigen. Ich bin ganz gut im Handschriftenfälschen.» Sie zwang sich ein hilfloses Lächeln ab.

«Nein. Wir können Papier und Tinte nicht um achtzig Jahre altern lassen.»

«Das weiß ich. Ich wollte nur, dass du dich besser fühlst.»

«Gehen wir schwimmen», sagte Trifonow.

«Du nicht, mein Junge», erwiderte Lopatin. «Wir können dich hier nicht retten. Außerdem muss jemand auf unsere Sachen aufpassen.»

«Wir haben keine Sachen. Und hier ist keiner. Mir passiert schon nichts. Ich gehe jede Woche schwimmen.»

«Das stimmt», sagte ich. «Im ASLK. Sie haben dort ein riesiges neues Schwimmbecken.»

«Schwimmbecken sind unbedenklich, die freie Wildbahn nicht», sagte Lopatin.

«Ich hatte schon seit Monaten keinen Anfall mehr. Meine Mutter hat mich zu einer alten Frau gebracht, einer Handauflegerin. Seitdem fühle ich mich sehr viel besser.»

«Du warst bei einer Medizinfrau? Einer Heilhexe?», fragte Lopatin. «Was hat sie mit dir gemacht? Dich schlafen gelegt und dann mit ihren knotigen kleinen Händen berührt? Hat sie deine Eier angefasst? Hat dich das erregt?»

«Halt die Klappe», sagte Trifonow.

«Uhhh, du fühlst dich jetzt sehr viel besser.» Lopatin ließ die Hände vor Trifonows Gesicht in der Luft kreisen. «Wenn du aufwachst, hast du kein Asthma mehr. Du bist dann geheilt, geheilt, geheilt.»

«Halt den Mund, Lopatin. So war es nicht. Sie hat ein paar Kräuter aufgebrüht, die teuflisch bitter waren. Außerdem hat sie mir ein paar Körperstellen gezeigt, auf die ich drücken soll.»

«Mittelalterlich», sagte Lopatin.

«Mag sein. Aber es funktioniert. Ich gerate nicht mehr so leicht außer Atem wie früher. Ich kann jetzt viel mehr unternehmen, nächstes Jahr vielleicht sogar Sport treiben.»

«Trotzdem gehst du jetzt nicht schwimmen, wenn das Wasser mehr als kinntief ist.» Lopatin nahm einen großen Schluck aus der Flasche und trank sie dann aus. «Ich will keine Verantwortung tragen, für –»

«Sachte», ermahnte ihn Milka.

«Für niemanden», fuhr er fort. «Mehr hab ich nicht zu sagen.» Er stieß mit dem Fuß gegen die Flasche, die über die kleinen Kiesel knirschte. Dann zündete er sich eine Zigarette an, beugte sich zu Milka vor und saugte mit den Lippen an ihrem Ohr. «Stimmt's, Mädchen? Willst du auf die Mole raus?» Sie nahm ihm die Zigarette aus dem Mund und zog ein paarmal daran.

Sie verschwanden für eine Weile. Alles, was wir von ihnen sahen, war ein kleiner Berg bleichen, nackten Fleisches, der auf den Steinen bebte und immer neue Formen annahm. Als Trifonow mir die Hände zwischen die Beine legte, ließ ich ihn gewähren, auch, als er meine Frotteeshorts sanft beiseite schob und seine Finger in mich hineinsteckte und wieder hervorzog. Er legte mich vorsichtig auf die Decke und bettete meinen Kopf auf seine zusammengeknäulten Kleider. Ich war feucht, geschmeidig und gelöst, als er sich mit seinem Mund, seiner Zunge, seinem Penis näherte. Ich schlang die Beine um ihn und fuhr mit den Fußsohlen über seinen Hintern. Der Himmel über uns schwankte, der Vollmond hing faul zwischen den Sternen. Trifonow hob mich hoch und drückte mich kraftvoll und zärtlich an seine Brust. Er hatte starke Arme, die einen umhüllten und von der Dunkelheit und Kälte abschirmten. So lagen wir eine Weile da, wiegten uns leicht hin und her, bis wir neben unseren Köpfen das Knirschen von Fußschritten auf den Kieselsteinen hörten.

«Wir gehen schwimmen», flüsterte Milka und tippte mir mit dem Finger auf die Schulter.

«Warte auf mich», sagte ich, immer noch unter Trifonows Schutzschild.

«Beeil dich», sagte sie und rannte in die Wellen hinein.

Lopatin war schon im Wasser und spritzte ihr das Gesicht nass. Wir stützten uns auf die Ellenbogen und sahen zu, wie sie sich rittlings auf ihn setzte, mit dem Rücken zu uns, während er ihre Taille mit den Händen umfing.

«Sie sind nackt», sagte ich.

«Na klar», sagte Trifonow. «Wir ja auch.» Er stand auf, und sein in hellbraunes Haar eingebetteter erschlaffter Penis baumelte ihm zwischen den Beinen. Er streckte die Hand nach mir aus und zog mich hoch.

Das Salzwasser kribbelte auf der Haut. Wellen schlugen uns ins Gesicht, Sandkörner und fein gemahlene Muscheln bedeckten unsere

Körper. Wir spürten immer noch die glitschigen Steine am Meeresboden. Milka war kleiner und stand deshalb auf Zehenspitzen. Lopatin musste sie ab und zu hochheben und wie ein Kind auf seine Hüfte setzen. Sie kicherte und sah zu dem Teppich aus Sternen hinauf, die so tief hingen, dass man sie fast berühren konnte. Sie schrie aus voller Brust: «He! He! Heda!» Das Echo ihrer Stimme wurde übers Wasser getragen: «He! He! Heda!»

Wir schrien abwechselnd in den Weltraum hinaus. Wir standen im Kreis, hielten uns an den Händen, sprangen auf und ab, bespritzten einander – ohne uns für unsere Nacktheit zu schämen, für unsere unterschiedlichen Körper und deren seltsame Glucksgeräusche. Unsere Haare klumpten sich über unseren Mündern und Wangen, sodass wir wie Irre aussahen. Wir wirbelten erst in die eine Richtung, dann in die andere, mit oder gegen die Strömung. Laut lachend sprangen Lopatin und Trifonow hoch und berührten einander mit dem Oberkörper, und Milka und ich taten es ihnen nach.

«Wie hieß noch mal dieses Kinderspiel?», fragte Milka. «Irgendwas mit wogender See.»

«Die See wogt einmal, die See wogt zweimal, die See wogt dreimal», sagte ich.

«Beim dritten Mal mussten alle stehen bleiben und ein echtes oder mythisches Meeresgeschöpf verkörpern.»

«Das machen wir jetzt», sagte Lopatin. «Die See wogt einmal, die See wogt zweimal, die See wogt wieder. Alle erstarren.» Er posierte als Riese mit erhobenen, angespannten Armen, deren harte Muskeln mit Tropfen bedeckt waren. Hocherhobenen Hauptes tat er seine Überlegenheit kund und hatte Mühe, sich das Lachen zu verkneifen.

Trifonow hatte sich über das Wasser gebeugt und ließ die Arme schwingen, als seien sie zig Tentakel. Wir sahen sein gekrümmtes Rückgrat und seine abstehenden Ohren. Sein übriger Körper wirkte regungslos. Ich stand bis zum Hals im Wasser und nur mein Kopf flog heftig hin und her. Milka dagegen stand nur halb im Wasser, ihre

Brüste hockten wie zwei kalte Vögel auf ihrem Brustkorb, und die dunklen Brustwarzen zeigten auf uns. Man sah ihren Bauchnabel, aber nichts unterhalb davon. Sie plätscherte mit den mageren Armen im Wasser, was wirkte, als schwämme dort Haar.

«Du bist eine Meerjungfrau», sagte ich zu ihr.

«Lopatin ist Neptun», erwiderte Milka.

«Trifonow ist ein Tintenfisch», sagte Lopatin.

Sie sahen eine Weile zu, wie ich mit dem Kopf ruckte und im Wasser trampelte.

«Wir kommen nicht drauf», sagte Trifonow.

«Ich bin eine Kaulquappe, kapiert ihr das nicht?»

«Im Meer gibt's keine Kaulquappen. Nur in Flüssen», erklärte Lopatin.

«Klar gibt's die im Meer», sagte ich.

«Nee, glaub ich nicht.»

«Egal. Ich habe gewonnen», sagte ich.

«Zu dem Felsen dort», sagte Trifonow und deutete auf ein Stück Klippe in der Ferne. Der obere Teil war flach, mit der Zeit erodiert oder vielleicht durch einen Sturm gestutzt. Bevor jemand protestieren konnte, hatte sich Trifonow aus dem Wasser erhoben und war wieder hineingehechtet, den dünnen, gelenkigen Körper gewölbt, ließ er die Arme wie Windmühlenflügel kreisen.

Natürlich schwammen wir ihm hinterher, und er wartete auf uns, indem er sich auf dem Rücken treiben ließ und sich ausruhte, während das Meer kälter wurde und stärker glitzerte. Die Klippe war nicht sehr weit weg. Wir kamen mühelos dort an, und nachdem wir ein paarmal abgerutscht waren und uns die Beine an Seepocken und Muscheln zerkratzt hatten, erklommen wir sie schließlich. Als wir oben standen, kitzelte der weich bemooste Stein uns an den Füßen.

An den Seiten klatschten und krachten die Wellen an die Klippe, spuckten Schaum aus und dann und wann einen Kieselstein. Nackt stellten wir uns alle vier der Dunkelheit, der fürchterlichen Unendlichkeit des Wassers und dem Nachthimmel.

«Das ist wie das Ende der Welt», sagte Trifonow und atmete aus. «Findet ihr nicht?»

Wir sagten nichts, standen nur weiter da, bebend, mit vor Kälte und Angst taub gewordenen Herzen und Zungen. Vor uns lagen in weiter Ferne die Länder, die wir vielleicht nie sehen würden. Im Hintergrund lag das Land, das wir niemals verlassen konnten.

# 14

Als Protest gegen den Einmarsch der Sowjets in Afghanistan hatte Amerika die Sommerolympiade in Moskau boykottiert. Die Reaktion darauf war, dass die UdSSR und vierzehn europäische Länder ihre Teilnahme an der Sommerolympiade von 1984 in Los Angeles verweigerten. Viele Sowjetbürger brachten offen zum Ausdruck, dass sie die Entscheidung unserer Regierung nicht guthießen. Meine Mutter war eine von ihnen. Sie sagte, alles, was unsere Regierung in den letzten vierzig Jahren getan habe, habe einzig dazu gedient, die Amerikaner auszutricksen oder zu bestrafen, doch in Wirklichkeit habe sie uns bestraft. Wir litten am meisten darunter, dass wir der Welt den Rücken zugekehrt hatten.

Da mein Vater die Vorbehalte meiner Mutter gegenüber jeglicher Politik kannte, hörte er ihr anfangs ohne Begeisterung zu. Doch als sie immer wieder über Afghanistan sprach, darüber, wie viele Soldaten dort im Kampf um das Land eines anderen Volkes gestorben waren – Unmengen waren gefallen –, beugte er sich vor und fasste sie an der Schulter. Sie hielt ganz still und ich hörte nur, dass sie schwer atmete. Ich wusste, dass es sie große Mühe kostete, ihn nicht zu ohrfeigen oder seine Hand von ihrer Schulter zu schütteln. Ihr Gesicht sah aus, als sei sie innerhalb weniger Minuten gealtert. Angst zeichnete sich darin ab, jahrelanger Kampf und Hunger, jedoch nicht die Art Hunger, die sie während der Blockade erlebt hatte – an die sie sich gar nicht erinnern konnte –, sondern der Hunger danach, etwas Neues zu entdecken, neue Orte, neue Wünsche; der Hunger danach, die freie Wahl zu haben, zu gehen, wohin man will, oder einfach zu existieren. Auch in mir kam dieser Hunger allmählich auf, war aber ein ganzes Leben jünger: ein tapferer, aufsässiger, drängender Hunger, im Gegensatz zu ihrem, der müde und empfindlich war. Ihr Hunger sagte zu ihr: Wenn du nicht ans Essen denkst, brauchst du kein

Essen. Meiner sagte: Du musst um jede Krume kämpfen, um jeden Fitzel Essen, der dir begegnet.

Meine Eltern arbeiteten weiterhin hart, härter als je zuvor, und weiterhin verschwanden die Dinge aus den Regalen und die Preise stiegen. Es gab Gerüchte, dass kein Geld mehr im Land sei, um die Renten und Gehälter zu zahlen, was völlig unverständlich war. Ich versuchte mir leere Gewölbe vorzustellen, in denen früher zu Pyramiden aufgestapelte Goldbarren aufbewahrt wurden, oder kahle Tresore, die einst vor Kronjuwelen und alten Münzen überquollen, oder unbewohnte, fensterlose Zimmer, in denen neues Geld gedruckt wurde, das noch nach Druckerschwärze und Papier roch. Meine Eltern hoben das wenige Geld, das sie besaßen, von der Bank ab und bewahrten es zu Hause auf, unter wackligen, losen Parkettbrettern. Wegen einer Börsenreform verloren sie es dann in den Neunzigerjahren vollständig. Aber damals, im Winter 1984, legte mein Vater einen Teppich über die Dielen und stellte einen Sessel darauf, in dem er fernsah, auch wenn er die Lautstärke nur selten aufdrehte, weil er sich vor den Nachrichten fürchtete: Jeden Tag wurde ein anderer Regierungsbeamter gefeuert und ein neuer politischer Richtungswechsel eingeführt. Nach der Arbeit ließ er sich in den Sessel fallen und erhob sich erst wieder, wenn meine Mutter ihn zum Abendessen rief. Wie ein Schatten saß er im Dunkeln, man sah seine müden Konturen kaum.

Ihn so zu erleben, war traurig – er interessierte sich weder für meine Mutter noch für meine Großmutter oder gar für mich. Er fing an, mehr zu trinken, hielt nach der Arbeit an Bierständen, goss sich Wodka in den Bierkrug, bis meine Mutter ihm irgendwann mit der Scheidung drohen musste, falls er nicht zur Vernunft kommen und Verantwortung für sein Leben übernehmen würde.

«Welches Leben?», fragte er. «Wovon sprichst du, Ljuba? Es ist aus. Aus und vorbei. Sie haben uns zerstört. Uns seelisch gebrochen. Uns alle Träume genommen. Die nächste Generation wird heranwachsen, ohne zu wissen, was Russischsein heißt.»

«Ist das zu ändern?», fragte meine Mutter. «Nein. Also hör auf, Dinge zu bedauern, die nicht in deiner Macht stehen. Anja braucht ihren Vater. Sie redet nicht mehr mit uns. Trifft sich dauernd mit diesen beiden Jungen, Trifonow und Lopatin. Ich habe Angst, dass sie schwanger wird.»

«Keine Sorge!», rief ich von meinem Zimmer aus. «Milka und ich kriegen keine Kinder, sondern brennen nach Paris durch oder nach Rom.»

«Hast du das gehört? Keine Kinder. Paris. Rom. Das *ist* Anlass zur Sorge.»

In den Wochen darauf schlief mein Vater nicht mehr. Ich hörte, wie er die ganze Nacht durch sein Zimmer schlurfte und zum Rauchen auf den Balkon ging. Wir wohnten im fünften Stock, aber es kam mir nie in den Sinn, dass er Selbstmordgedanken gehabt haben könnte, bis meine Mutter ihn eines Abends deswegen ohrfeigte. Nie werde ich vergessen, wie sich ihre Blicke begegneten: ihre zornigen, kalten Augen und seine, die hilflos und müde aussahen; dann das Geräusch, als sie ihn kurz ohrfeigte. Sein überraschtes Gesicht, der plötzliche Schmerz, so als habe man ihn in Eiswasser getaucht. Hinterher sprachen sie zwar eine Weile nicht mehr miteinander, aber er wanderte auch nicht mehr schlaflos umher. Bei Tisch hörte er zu, wenn sie über die Schlangen im Lebensmittelladen sprach, oder darüber, dass sie bald anfangen müsse, ihr Eingemachtes vom letzten Sommer zu verkaufen, damit wir uns Fleisch leisten konnten, falls nicht alle anderen Einwohner Moskaus bereits auf dieselbe Idee gekommen seien, oder dass wir auch auf Fleisch verzichten und Vegetarier werden könnten, was angeblich sowieso gesünder sei. Mein Vater äußerte sich nicht dazu, schnitt jedoch sein Essen in winzige Stückchen, genau wie für meine Großmutter – er hatte nicht das Bedürfnis, sich am Gespräch zu beteiligen, saß geistesabwesend da, mit seinen Gedanken in einer völlig anderen Welt. Er begann auch, nach dem Essen das Geschirr zu spülen und abzutrocknen, und er wischte sogar den Tisch und den Herd ab, was meine Mutter genauso irritierte, wie wenn meine Großmutter im Schlaf sprach und nach ihrem toten Sohn rief.

Meine Großmutter war damals fast blind und ihre Augen bewegten sich in den Augenhöhlen unter den dünnen zitternden Lidern, als versuchten sie, sich aus dem Dunkel loszureißen. Ihr eingefallenes Gesicht glich einem verschrumpelten, erfrorenen Apfel vom vorigen Jahr.

Nicht nur, dass Milka und ich uns die Gespräche über Kriege, Hunger und unser Überleben als Nation und als Gattung anhören mussten, wir konnten auch unseren sechzehnten Geburtstag nicht feiern: Ich war krank und lag eine Woche lang in der Datscha im Bett, und Milka ging nach Hause zurück. Als die Schule wieder begann und sie Geburtstag hatte, regnete es entnervende drei Tage lang – der Himmel war aschig und aufgequollen und nicht mehr von der Erde zu unterscheiden. Milkas Periode kam eine Woche zu spät, was ihr schreckliche Kopfschmerzen und eine Stinklaune bescherte, für die sie ihre Hormone, ihre Eltern und unser lausiges Land verantwortlich machte. Ich hatte den Verdacht, dass sie auch mich verantwortlich machte, es mir aber nicht sagte. An solchen Tagen vermied ich es, mit ihr zu reden, weil alles, was ich sagte, eine ungewollte Reaktion erzeugte, wie wenn man Hering isst und danach Milch trinkt. An jenem Morgen rief ich sie kurz an, blieb aber ansonsten in meinem Zimmer und machte Hausaufgaben. Wir hatten erst Mitte September, doch die Aufgaben häuften sich immer weiter an wie fallendes Laub. Jeden Tag kam eine neue lästige Schicht hinzu.

Die Monate danach glichen sich wie ein Ei dem anderen: nicht weiter bemerkenswert und mit Bergen von Hausaufgaben, die wir zur Vorbereitung auf unser Abschlussexamen und für die Aufnahmeprüfung an der Universität abarbeiten mussten. Wir vier hatten uns nur einmal auf ein Milkshake getroffen. Milka und ich sahen uns meistens nur in der Schule, und aus irgendeinem Grund war sie mürrisch und reizbar geworden. Sie mochte immer noch derbe Witze und gute Bücher, diskutierte immer noch wie besessen mit Trifonow über Literatur, hatte mich aber nicht mehr zu sich eingeladen, und als ich eines Nachmittags vorschlug, zu ihr zu kommen, damit wir eine Geschichtsarbeit über den Zweiten Weltkrieg zu Ende schreiben konnten, sagte sie, wir sollten zu mir gehen. Ich versuchte ihr zu entlocken, was los war, oder ob ihre schlechte Laune mit mir zusammenhing, doch sie schüttelte nur den Kopf und sagte, sie habe ihre Tage, und ich solle aus einer Mücke keinen Elefanten machen.

Langsam aber sicher wurde es Winter. Die Bäume warfen die Blätter ab, die auf den Straßen herumwirbelten. Es wurde immer kälter, und als ich eines Morgens aufwachte, hatte es geschneit. Die Fensterscheibe war voller Raureif, an den Rändern hatten sich winzige Eiskristalle gebildet, und ich fuhr mit dem Finger von einer Ecke in die andere. Seit meiner Kindheit liebte ich die frühen Morgenstunden, wenn der Tag neu war und Hunderte kleiner, zusammengefalteter Träume enthielt, wie Blütenblätter in einer Blume. Zu wissen, dass sie da waren und auf mich warteten, wenn der Tag begann, machte mich glücklich. Außerdem fühlte ich mich stark, ich hatte ein Ziel vor Augen, selbst wenn es einzig darin bestand, die Schule zu beenden, mich an einer guten Universität einzuschreiben, eine Arbeit zu finden, einen Ehemann und Kinder zu bekommen. Darin, unseren sozialistischen Himmel mit noch mehr Mutterleibern und Arbeiterhänden anzufüllen, die heranwachsen und an einer noch strahlenderen kommunistischen Zukunft bauen würden.

Im Gegensatz zu Milka und Lopatin schafften Trifonow und ich es nicht, eine leere Wohnung aufzutreiben, in der wir Sex haben konnten. Meine Großmutter ging nicht mehr aus dem Haus, und Trifonows Mutter war im Herbst oft krank und blieb zu Hause. Manchmal gingen wir in Milkas Wohnung, aber nur, wenn sie und Lopatin nicht da waren – Trifonow konnte sich sonst nicht entspannen und seine Erektion nicht aufrechterhalten, weil er dauernd damit rechnen musste, dass Lopatin zur Tür hereinplatzte und sich erwartungsgemäß wie ein Irrer benahm. Ich fand nicht, dass sich Lopatin wie ein Irrer verhielt – sein Verhalten war eher unverschämt und bis zu einem gewissen Grad gedankenlos. Er tat so manches aus einer Laune heraus, was für Trifonow gar nicht ging, der nicht nur seine Entscheidungen abwägte, sondern auch jedes Wort auf die Goldwaage legte. Er hatte Angst, andere zu verletzen, selbst Fliegen und Kakerlaken, die er für wichtige Glieder unserer Nahrungskette erachtete. Sie seien die älteste und unverwüstlichste Spezies, sagte er. Sie könnten den Atem vierzig Minuten lang anhalten, einen Monat ohne Nahrung auskommen und eine Woche ohne Kopf überleben. Woraufhin Lopatin erwiderte: «Verdammtnochmal! Eine Kakerlake ist stärker als ein Mensch!»

«Vielleicht haben unsere Kommunistenführer ein Kakerlakengen», sagte Trifonow. «Vielleicht sind sie genetisch mutiert und jetzt so gut wie unzerstörbar. Um sie töten zu können, muss man sie zuerst hundert Jahre einfrieren. Ach, und außerdem lieben diese Schädlinge Alkohol.»

«Kakerlaken trinken?», fragte ich. Wir standen alle in einem Lebensmittelladen, beäugten die halb gefüllten Regale und suchten nach Essen.

«Vögeln sie auch?», fragte Milka und knöpfte ihren langen, viel zu großen Mantel auf.

«Ist nicht bekannt», erwiderte Trifonow. Er zog seine Fausthandschuhe aus und rieb die Hände aneinander, um sie warm zu bekommen. Seine langen, spindeldürren Finger und knallroten Knöchel erinnerten mich an Suppenknochen, an denen noch ein bisschen Fleisch klebte. «Aber es gibt auf der ganzen Welt viertausend Arten von Kakerlaken», fuhr er fort. «Ein Kakerlakenbaby wird in gerade einmal sechsunddreißig Tagen erwachsen. Doch selbst als Baby kann es bereits so schnell rennen wie seine Eltern.»

«Zur Hölle mit ihnen», sagte Lopatin. Er hatte sich einen Bart wachsen lassen und trug einen dieser Nerzhüte mit Ohrenklappen.

«Ja», sagte Milka. «Ich hasse sie. In unserer Wohnung wimmelt es von den verdammten Viechern. Nachts trau ich mich nicht in die Küche. Wenn man auf sie tritt, knirscht es schrecklich.

«Und doch brauchen wir sie», erwiderte Trifonow.

«Wieso?», fragte ich.

«Halt so. Es sind unsere Vorfahren.»

«Deine vielleicht», sagte Lopatin.

«Was glaubst du, von wem du abstammst?», fragte Trifonow.

«Von einem Affen?», fragte Lopatin, setzte den Hut ab und stopfte ihn in seine Schultasche.

«Und davor? Vor den Affen?»

«Kamen die Kakerlaken vor den Affen?», fragte Lopatin mit schmerzverzerrtem Gesicht.

«Da-a-a.»

«Scheiße. Habt ihr das gewusst?» Er blickte Milka und mich an und kratzte sich am Hinterkopf.

«Natürlich», sagten wir wie aus einem Mund. «Lebst du auf dem Mond?»

«Ich hab *Krieg und Frieden* gelesen. Verdammt langer Roman. Wenn ich mich mit Tolstoi vollstopfe, kann ich nicht an Kakerlaken denken. Er nimmt jeden Zentimeter in Anspruch. Der hier ist nicht aus Gummi und dehnt sich nicht, kapiert ihr?» Er tippte sich mit seinem Finger, der doppelt so dick war wie meiner oder der von Milka, an den Kopf.

«Er ist nicht aus Gummi?», fragte Trifonow. «Wer hätte das gedacht.»

Lopatin blickte mürrisch drein und fing dann an zu grinsen. Er schlang die Arme um Milka und drückte die Lippen auf ihren Kopf.

«Auch wenn ich einen Gummikopf hätte, würde sie mich noch lieben. Stimmt's, Kleine?»

«Ja. Aber noch viel mehr, wenn dein Kopf aus Schokolade wäre», sagte sie.

«Ach ja?»

Er blickte sich im Lebensmittelladen um, der bis auf ein paar Leute, die die wenigen Produkte befingerten, leer war. Er ging schnell durch die Gänge, bis er eine Schachtel Kakao entdeckte. Er riss sie auf und streute sich das Pulver auf den Kopf. Eine Verkäuferin sah ihn, doch bevor sie uns anschreien oder um Hilfe rufen konnte, gingen wir rückwärts zum Ausgang und rannten aus dem Laden. Ein Hauch Schnee legte sich auf unsere lachenden, erschrockenen Gesichter.

## 15

Silvester stand vor der Tür, und wir beschlossen, erst bei mir zu feiern und dann zu Trifonow zu gehen und dort zu übernachten, da seine Mutter, die als Krankenschwester arbeitete, Nachtschicht hatte. Bei uns zu Hause war der Silvesterabend ein Familienfest, und ich musste bei meinen Eltern sein, doch da meine Mutter normalerweise ein Festessen zubereitete, schlug sie vor, dass ich meine Freunde einlud. Vermutlich wollte sie die Jungs besser kennenlernen. Milka hatte angeboten, beim Füllen der Ente und bei der Zubereitung des Oliviersalats zu helfen. Mein Vater kümmerte sich um den Festtagsbaum, den er immer in letzter Minute besorgte, um kein Geld für eine tote Tanne zu verschwenden. Als er dann endlich eine hereinschleppte, wirkte sie mickrig und schief. Zudem hatte sie eine Spur aus Nadeln auf dem Fußboden hinterlassen. Meine Großmutter nahm Schaufel und Besen und kehrte hinterher, übersah aber die Hälfte. Milka hockte sich neben sie, um ihr zu helfen, las mit den Händen auf, soviel sie konnte, stand auf und warf die Nadeln ins Klo.

«Spül sie nicht runter. Im Bad soll es riechen wie im Wald», sagte meine Mutter.

Sie hatte den Heringssalat angemacht, und die Rote Bete hatte Flecken auf ihren Händen hinterlassen.

«Sieht aus, als hättest du jemand umgebracht», sagte mein Vater.

«Wart's ab», sagte sie. «Wenn du den Baum nicht rechtzeitig schmückst, bist du dran.»

Sie lachte, und ihr glückliches Gluckern tönte durch die Wohnung. Einen Augenblick lang war es, als sei ich in meine Kindheit zurückversetzt, als sie mehr Scherze machten und weniger stritten. Mit gekrümmtem Finger richtete meine Mutter ihr Haar, das sie morgens gewaschen und frisiert hatte. Sie vermied es, sich mit ihren Rote-

Bete-Händen ins Gesicht zu fassen, hinterließ aber dennoch einen rubinroten Abdruck auf ihrer Stirn. Mein Vater streckte die Hand über den Tisch und wischte den Fleck mit dem Daumen ab. Aus seiner Geste sprach eine Zärtlichkeit, die mir neu an ihm vorkam, weil ich sie nicht mehr in Erinnerung hatte. Sie verursachte mir leichtes Unbehagen, sodass ich wegsah, auf die Stelle neben dem Spülstein, wo Milka die Ente außen und innen gewaschen und für die Füllung vorbereitet hatte.

Ich halbierte die Äpfel und schnitt die Kerngehäuse heraus. Milka rieb die Haut des Vogels gründlich mit Salz und Pfeffer ein, ölte sich die Hände mit Sonnenblumenöl und griff ins Innere der Ente.

«Gib mir die Äpfel», sagte sie. «Und halt die Keulen auseinander, wenn ich das Vieh fülle.»

Als der erste Gast kam, war der Tisch gedeckt, die Kartoffeln für den Oliviersalat waren geschnitten und die Ente brutzelte im Ofen. Milka und ich duschten und zogen uns um. In allen Sowjethaushalten gab es Unmengen von Gewohnheiten und abergläubischen Bräuchen, die sich von Familie zu Familie unterschieden, aber das Feiertagsbrauchtum war bei allen gleich: Man musste tagelang kochen und sich festlich anziehen. Wer das neue Jahr im Schlafanzug begrüßte, so glaubte man, würde die restlichen 364 Tage krank im Bett verbringen. Also trug ich an jenem Abend, dem letzten Tag des Jahres 1984, die eierschalfarbene Bluse meiner Mutter, die gleich beim ersten Waschen eingegangen war, dazu einen Rock in dunklem Kastanienbraun, den sie mir geliehen hatte. Milka trug mein rubinrotes Samtkleid, das mir an der Brust zu eng geworden war und ihr viel besser passte. Meine Großmutter hatte es an der Taille abgeändert und an beiden Seiten ein paar Zentimeter eingenäht. Da Milka kleiner war als ich, reichte ihr das Kleid zudem bis über die Waden und sie sah darin fast aus, als sei sie kostümiert. Wir machten uns mit der Brennschere Locken, doch eine Stunde später wirkte Milkas Haar wieder genauso glatt wie zuvor.

Als Lopatin in unsere Wohnung kam und die Tür hinter sich zumachte, war kein Platz mehr, um im Gang zu stehen. Milka und ich bewegten uns ganz langsam rückwärts in Richtung Küche. Lopatin war rasiert, roch übel nach teurem Rasierwasser und trug ein weißes Hemd und einen grauen Anzug, der ihm über der Brust ein wenig zu weit war, was mich auf den Gedanken brachte, dass er ihn vielleicht von seinem Vater geborgt hatte. Seine Schuhe waren neu und aus glattem, schwarzem Leder, und er bat darum, sie anbehalten zu dürfen und trat sich die Füße dreimal an der Fußmatte ab. Er hatte einen roten Beutel über der Schulter hängen, den er mir gab. «Geschenke», sagte er.

«Was für Geschenke? Keiner hat von Geschenken gesprochen», sagte ich perplex. Ich hatte etwas für Milka und Trifonow, das eingepackt unter dem Baum versteckt war, an Lopatin hatte ich jedoch überhaupt nicht gedacht.

«Keine Sorge. Es ist was zum Essen.»

«Guten Tag, Alexei», sagte meine Mutter, die durch die Küchentür spähte.

«Wie heißt deine Mutter noch mal?», flüsterte Lopatin mir ins Ohr. «Ich hab's vergessen.»

«Ljubow Andrejewna», flüsterte ich zurück.

«Guten Tag, Ljubow Andrejewna», sagte er laut und mit Nachdruck, als sei dies die Überschrift eines Gedichts, das er gleich vortragen würde. Er gab Milka ein Küsschen auf die Wange, nahm mir den Beutel aus der Hand und schritt in die Küche. Er stellte den Beutel auf den Tisch und packte ihn aus: eine Schachtel Schokoladenbonbons, Mandarinen, eine Büchse Krabbenfleisch, eine Büchse schwarzen Kaviar und eine Flasche Krimsekt – der sogenannte sowjetische Champagner. «Von unserem Tisch zu Ihrem», sagte er. «Ein frohes neues Jahr!»

Meine Mutter faltete die Hände vor der Brust und lächelte abwesend, als hätte sie gerade ein Kästchen Juwelen in ihrer Küchenwand entdeckt. «Was für Reichtümer», sagte sie und nahm die Büchse Kaviar in die Hand. «Ich wusste gar nicht, dass man so was noch kaufen kann.»

«Meine Eltern schon.»

«Sie kaufen in einem speziellen Lebensmittelladen ein, stimmt's?», fragte mein Vater und trat in die Küche. «Einem für Regierungsangestellte?»

«Ich glaube, ja.»

«Na ja, die Regierung können wir nicht hungern lassen, oder?», sagte mein Vater mit dem Anflug eines süffisanten Lächelns.

«Ich glaube, wir haben uns noch nicht kennengelernt. Sie sind Anjas Vater?» Lopatin streckte meinem Vater die Hand hin, der sie schüttelte und fest drückte, was Lopatin kaum zu merken schien. Seine Hand war im Vergleich zu der meines Vaters eine Löwenpranke. «Ich heiße Alexei. Ich gehe in dieselbe Klasse wie Ihre Tochter.»

«Das weiß ich. Und ich habe deine Eltern vor einer Weile bei einer Schulversammlung getroffen, auf der besprochen wurde, wie das Geld für eine neue Turnhalle gesammelt werden sollte.»

«Bewegung ist wichtig», sagte Lopatin. «An einem Menschen sollte alles schön sein – das Gesicht, die Kleidung, die Seele und der Körper. Von wem ist das?»

«Von Tschechow», sagte ich.

«Es heißt nicht ‹der Körper›, sondern ‹die Gedanken›», sagte Milka lachend und stibitzte ein Stück Käse vom Teller auf der Anrichte.

«Gehen wir zu Tisch», sagte ich. «Petja ist noch nicht da, aber wir können ohne ihn anfangen.»

«Wahrscheinlich liest er ein wichtiges Buch. Oder schreibt eine Doktorarbeit über Kakerlaken», erwiderte Lopatin.

«Über Kakerlaken?», fragte mein Vater. «Wird verdammt Zeit, dass sich mal jemand um das Thema kümmert. Das Vieh ist unzerstörbar.»

«Meine Eltern kaufen diese Zaubermixtur, die alles tötet, was damit in Berührung kommt», erklärte Lopatin. «Ich frag gerne nach.»

«Diese Mixtur ist aber nicht radioaktiv, oder?», fragte mein Vater. «In hundert Jahren könnten die Dinger nämlich so groß wie Dinosaurier werden und den ganzen Planeten besiedeln.»

«Ist das Ihr Ernst?», fragte Lopatin.

«Natürlich ist das mein Ernst.»

«Das dürfen wir nicht zulassen.»

«Manche Dinge stehen nicht in unserer Macht, weißt du», sagte mein Vater.

«In Ihrem früheren Leben waren Sie Boxer, stimmt's?», fragte Lopatin.

«Ja. In meinem früheren Leben. Als wir noch in Boxringen kämpften und uns nicht in Lebensmittelläden um Zucker und Toilettenpapier balgten.»

«Seine Beinarbeit war eindrucksvoll», sagte meine Mutter. Sie hatte Weißbrot in Scheiben geschnitten und strich erst Butter darauf, dann Kaviar. «Aber er war zu nett. Konnte andere nicht leiden sehen.»

«Nett bin ich immer noch», erwiderte mein Vater. Er las einen Krümel Kaviar mit dem Finger auf und leckte ihn ab. «Aber Nettsein ist nicht gefragt. Heutzutage geht es darum, wer besser drängeln kann und schneller ist.»

«Wohin drängeln wir?»

«Gute Frage. Stell die mal deinem Vater.»

«Mein Vater ist nie da, und wenn er da ist, ist er betrunken.»

«Eine Schande», sagte meine Mutter.

«Schande hin oder her, ich brauch jetzt auch was zu trinken», verkündete mein Vater.

«Gute Idee», sagte Lopatin und schlug sich auf den Mund. «Ich meine, *irgendwas*. Limonade oder Baikal.»

«Klar. Ich seh dich schon Limonade trinken», sagte mein Vater lachend und schüttelte den Kopf. Wir folgten ihm ins Wohnzimmer.

Der Festtagsbaum stand aufgebockt in der Ecke auf einem alten Koffer, in dem meine Mutter den Kram aufhob, den sie im Urlaub gekauft hatten, als sie noch herumreisten. Ab und zu holte sie den Koffer unter dem Bett hervor und sah die Sachen durch, wobei sich die Erinnerungen unter ihren Berührungen wie Laubbäume entfalteten. Sie saß dann mit meinem Vater auf dem Boden und beide reichten einander die Souvenirs und versuchten, sich zu erinnern, wo sie genau herstammten: ein Druck mit einer aus dem Meer ragenden Klippe, ein Foto von meinen Eltern, die in einem Park Eichhörnchen fütterten, eine zerbrochene Schneckenmuschel, ein Strohhut mit breiter, ausgefranster Krempe, eine Tonpfeife in Vogelform. Postkarten, Briefe, gebrauchte Theaterkarten, Perlen, Buchzeichen, alte Stofffetzen, Knöpfe – all das hatte meine Mutter aufgehoben. Der Koffer speichere ihr Leben, sagte meine Mutter. Sie müsse ihn nur aufmachen und erinnere sich sofort, wie etwas ausgesehen oder gerochen habe, und wisse dann wieder, dass auch sie einmal jung gewesen sei. Sogar hinter unserem Baumschmuck verbargen sich Geschichten. Meine Mutter hatte ihn nach der Hochzeit zu sammeln begonnen. Die ersten paar Spielzeugsachen hatte mein Papa aus Baumrinde oder dicken herabgefallenen Ästen geschnitzt. Andere Dekorationen waren in Geschäften oder auf Vernissagen erstanden worden. Immer, wenn wir ein Schmuckstück an einem Festtagsbaum aufhängten, erzählte uns meine Mutter, was sich in jenem Jahr Wichtiges ereignet hatte: meine Geburt, der Tod meines Großvaters, die erste Fahrt zur Datscha, das erste Auto, mein erster Schultag, die ersten Äpfel, der zehnte Hochzeitstag meiner Eltern.

Die Tanne war an der Stelle, wo mein Vater sie an den Koffer gebunden hatte, mit einem weißen Laken bedeckt, damit man das Seil nicht sah, aber auch, um Schnee zu imitieren. Um den Baum herum lagen kleine und große Pakete, die in Zeitungspapier oder in bunten Stoff aus zerschnittenen alten Hemden eingewickelt waren. Die meisten Geschenke waren für Milka und mich, ein paar von ihr für meine

Familie, die für sie wie ihre eigene war. Die Geschenke meiner Eltern überraschten uns oft, weil sie so sinnvoll waren. In diesem Jahr hatten meine Mutter und ich für Milka die gesammelten Werke von Ray Bradbury besorgt. Meine Mutter hatte sie zufällig in einem Antiquariat entdeckt, in das sie oft nach der Arbeit ging. Von Milka bekamen meine Eltern eine Garnitur Gartenwerkzeuge, die ich mit ausgesucht hatte. Sie waren nicht teuer, aber schwer zu finden, weshalb Milka fast jeden Tag vor demselben Geschäft stehen blieb, bis die Werkzeuge im Angebot waren. Ich hatte angeboten, die Hälfte zu bezahlen, aber das wollte sie nicht. Sie sagte, meine Eltern hätten ihr immer so schöne Geschenke gemacht; die meisten ihrer Bücher hatten wir für sie gekauft. Und diejenigen, die wir ihr nicht gekauft hatten, borgte sie sich von uns.

Solange ich zurückdenken kann, fühlte man sich in unserem Wohnzimmer beengt, weil überall an den Wänden Regale voller Bücher standen. Mein Vater sagte im Scherz, falls uns der Staat eines Winters die Heizung abdrehen würde, würden wir nie frieren, weil wir dann anfangen könnten, die Bücher zu verbrennen. Meine Mutter fand das gar nicht witzig und meinte, lieber wollte sie erfrieren. Denn was wäre ein Leben ohne Bücher? Bücher waren das Tor zur Ewigkeit, unsere Brücken von der Vergangenheit in die Zukunft, vom Schmerz zur Freude.

Jetzt, wo wir unseren Esstisch vom Fenster bis zum Bett meiner Großmutter ausgezogen hatten, wirkte das Zimmer noch kleiner. Über dem Bett hing eine alte Wanduhr, die meine Großeltern vor dem Krieg gekauft hatten, eines der wenigen Dinge, die während der Blockade nicht zerkleinert und verbrannt worden waren. Die Uhr war mechanisch und meine Mutter musste sie jeden Abend aufziehen. Meiner Großmutter war es wichtig, dass die Uhr nie stehen blieb, sie hatte nämlich Angst, dass sonst auch die Zeit stehen bleiben würde, zusammen mit ihrem Leben und ihren Erinnerungen.

Als wir ins Wohnzimmer traten, saß meine Großmutter gehorsam wie ein Schulmädchen und sehr aufrecht mit den Händen auf den Knien vor dem ausgeschalteten Fernseher. Einen Moment lang war es, als würde sie schlafen, doch als wir näher kamen, sah ich, dass ihre Lider bebten. Sie waren dünn und farblos wie verwelkte Blütenblätter. Ihre Haare waren halb geflochten und lagen in silbern glänzender Fülle auf ihren Schultern. Sie trug eines von ihren alten Kleidern, das meine Mutter gewaschen und gebügelt hatte. Es war dunkelgrün mit weißen und gelben Blumen, sodass es von Weitem wie eine Wiese wirkte. Es erinnerte mich an den Sommer, daran, dass sie uns beigebracht hatte, Kränze aus Löwenzahn und Glockenblumen und Vergissmeinnicht zu flechten, und dann keine dieser Blumen je wieder sehen konnte.

«Sie ist fast blind», flüsterte ich Lopatin zu, der sich zu ihr hinunterbeugte, um sich vorzustellen.

Ohne sich umzudrehen, berührte meine Großmutter seine Hand und tastete seinen Unterarm ab. Dann zog sie die Hand wieder zurück und sagte zufrieden: «Ein starker Mann.»

«Ein Riese», erklärte mein Vater. «Aber das spielt eigentlich keine Rolle, oder? Solange du hier» – er zeigte auf Lopatins Kopf – «Grips hast, ergibt sich der Rest ganz von selbst.»

«Oh, davon hab ich jede Menge», erwiderte Lopatin.

«Natürlich», sagte meine Mutter, «du bist wahrscheinlich einer der Klügsten in deiner Schulklasse.»

«Nein, Anja und Milka. Das sind unsere Stars, Sterne, die im Dunkeln leuchten.»

«Stimmt», sagte ich und stupste ihn in den Rücken. «Machen wir den Fernseher an und essen einen Happen. Milka und ich haben den ganzen Tag geschuftet.»

«Am liebsten würde ich euch beide heiraten», sagte Lopatin.

«Das geht nicht», sagte ich. «Bigamie ist rechtswidrig.»

«Schade. Aber seht euch all das Essen an», erwiderte Lopatin. «Und es heißt, die Leute seien am Verhungern.»

«Manche schon», sagte mein Vater.

«Ja, in Afrika.»

«Nein, bei uns.»

«Im Ernst?», fragte Lopatin völlig verdutzt.

«Ja, im Ernst», antwortete mein Vater.

«Aber ich dachte immer, dafür sei der Sozialismus da – dass alle genug zu essen haben, eine Ausbildung bekommen und versorgt sind. Kostenlose ärztliche Behandlung, kostenlose Wohnungen.»

«Kostenlos ist gar nichts. Weder die Bäume noch die Äpfel, die daran wachsen. Erst muss man Setzlinge kaufen, dann ein Reis auf eine Unterlage pfropfen, die Erde bearbeiten, düngen, einzäunen, damit die Stämme nicht angenagt werden, sie gegen Ungeziefer und Krankheiten mit Pfefferminzöl besprühen, die Zweige hochbinden und zurückschneiden. All das ist mit Geld und Arbeit verbunden. Einer Menge Arbeit.»

«Mannomann», sagte Lopatin und rieb sich sein rasiertes Kinn. «So ausgedrückt klingt alles sehr kompliziert. Und alles ist sehr teuer. Selbst kacken – Verzeihung – ist nicht umsonst, weil wir Wasser und Klopapier verwenden.»

«Wenn man Glück hat. Manche haben nicht mal Klos – Leute ganz in der Nähe von Moskau. Und Klopapier haben sie todsicher nicht.»

«Was nehmen sie dann? Zeitungspapier?»

«Woher sollten sie das haben?», fragte ich. «Denk mal nach, Lopatin.»

«Was dann?», fragte er.

«Blätter», antwortete Milka. «Und alte Lumpen, wenn sie welche haben.»

«Wie in aller Welt kommen wir eigentlich auf dieses Thema?», fragte meine Mutter. «Es ist wirklich sehr unpassend.»

«Nein, es ist genau das richtige Thema», sagte mein Vater. «Essen wird zu Scheiße, Entschuldigung, also sind wir zwangsläufig darauf gekommen.»

Milka und ich warfen uns Blicke zu, weil uns das, was jetzt kommen würde, allzu vertraut war. Ein beiläufiges Gespräch über Toilettenpapier konnte einen Dauerstreit über sozioökonomische Ungerechtigkeit und die Unfähigkeit unserer kommunistischen Führer auslösen und den Esstisch in ein Kriegsgebiet verwandeln. Wenn wir Glück hatten, würde das Wortgefecht meiner Eltern um Mitternacht enden, wenn die Glocken des Kreml erklingen und wir alle aufstehen würden, um die Sektgläser zu erheben.

Meine Großmutter wedelte mit der Hand. «Darf ich was sagen?»

«Natürlich, Mama», sagte meine Mutter. «Du brauchst nicht um Erlaubnis zu fragen.»

«Gott sei Dank», sagte sie. «Und jetzt wollen wir gemeinsam beten.»

«Aber ich dachte, wir hätten Gott 1917 getötet?», erwiderte Lopatin. Brennend vor Fragen beugte er sich direkt vor mein Gesicht: *Meint sie das ernst? Betet ihr vor jedem Essen? Wieso glaubt sie noch an Gott, wo alle anderen im Land nicht mehr an ihn glauben? Muss ich jetzt mitbeten?*

Doch dann fragte meine Großmutter, die Lopatins Gesicht natürlich nicht sehen konnte: «Kennst du den Witz mit den zwei Männern, die sich darüber streiten, ob es Gott gibt oder nicht?»

«Nein, nie gehört», antwortete Lopatin.

«Dann hör zu. Ein Mann fragt den anderen: ‹Weißt du, warum Geißen kleine, runde Steinchen kacken und Kühe dicke, heiße Fladen, und warum Pferdescheiße eiförmig ist?› Der andere Mann antwortete: ‹Nein, keine Ahnung.› Daraufhin erwiderte der erste: ‹Siehst du! Beantworte erst mal die Fragen über die Scheiße, danach kannst du dich mit der Gottesfrage befassen!›»

Meine Mutter lachte als Erste, dann stimmten Milka, Lopatin und ich mit ein. Mein Vater hatte eine Flasche Sekt in der Hand, die er gerade öffnen wollte, und als er loslachte, sprang der Korken, auf den er die Hand gehalten hatte, bis an die Zimmerdecke; der Sekt floss an der Flasche hinunter aufs Tischtuch, und der Fleck wurde sofort so groß, dass wir ihn nicht mehr mit den Servietten aufwischen konnten. Ich rannte in die Küche, holte das Geschirrtuch, und dann noch ein zweites aus der Schublade. Beide Tücher warf ich Lopatin und Milka zu, die das Geschirr hochhoben und sie unter die Tischdecke schoben. Meine Mutter hielt einen leeren Teller unter die Flasche, die mein Vater immer noch in der Hand hielt. Als der Sekt nicht mehr tropfte, schenkte er ihn aus, und weil wir nur fünf Sektgläser hatten, träufelte er etwas Sekt in ein Schnapsglas.

«Das nehme ich», sagte er. «Ich brauche Wodka. Sekt ist für die Bourgeoisie.»

«Es ist noch zu früh, um auf das neue Jahr anzustoßen», sagte meine Mutter.

«Stoßen wir deshalb aufs alte Jahr an. Auf all die Scheiße in allen Formen und Größen, durch die wir kriechen mussten.»

Lopatin, Milka und ich standen auf, immer noch lachend, und erhoben die Sektgläser. Meine Mutter reichte auch meiner Großmutter ein Glas, die sitzen blieb, jedoch ebenfalls lächelte. Zu gerne hätte ich diese schlichte, schöne kurze Szene mit einer Polaroidkamera festgehalten. Alles war wie in Zeitlupe, als sei die Zeit stehen geblieben, als dehnte sich der Augenblick ins Unendliche. Nie werde ich unsere Gesichter vergessen: den über und über warmherzigen Gesichtsausdruck meiner Eltern, den blinden, orientierungslosen Blick meiner Großmutter, Milkas vertrautes, verschmitztes Grinsen und Lopatins wohlwollende und doch wilde, selbstgefällige Miene. Wir verstummten auf einmal und tranken, und ich hörte, wie die Wanduhr die letzten Stunden des Jahres abzählte.

Das Telefon klingelte und ich ging in die Küche und hob den Hörer ab. Es war Trifonow, dessen Husten im Lauf des Abends schlimmer geworden war, weshalb ihm seine Mutter verboten hatte, die Wohnung zu verlassen. Sie hatte Angst, er könne sich eine Lungenentzündung holen. Sie wollte auch nicht, dass wir ihn besuchten und unsere Keime verbreiteten. Er würde Silvester allein verbringen. Dank Lopatin, der ihm am Abend davor ein paar Esssachen als Obolus für die Party vorbeigebracht hatte, war er versorgt.

«Jetzt fällt unsere Party aus», sagte ich und setzte mich wieder. «Sehr traurig.»

«Er tut mir leid», sagte Milka. «An Silvester allein zu sein. Was Schlimmeres gibt's gar nicht.»

«Oh, ich kann eine Menge Dinge aufzählen, die noch schlimmer sind», sagte Lopatin leise.

«Zum Beispiel?», fragte ich ebenso leise.

«Zum Beispiel, in der Wohnung deiner Eltern festzusitzen», flüsterte er mir ins Ohr. «Ich finde, wir sollten trotzdem zu Trifonow gehen. Je früher, desto besser.»

«Das würde meinen Eltern nicht behagen.»

«Überlass mir das», sagte Lopatin und stand auf. «Ich möchte einen Trinkspruch ausbringen: Auf die Freundschaft, die für mich das Wichtigste im Leben ist.» Er richtete sich auf und rückte sein Jackett zurecht. Sein langes, lockiges Haar war zur Seite gestrichen, was ihn altmodisch, ja ritterlich aussehen ließ. Ein Hauch gespielter Unschuld und Bescheidenheit sprach aus seinem Blick. «Ich glaube, wegen Anja, Milka und Petja bin ich jetzt ein besserer Mensch. Vor allem wegen Petja, der die Welt zu heilen versucht, wie diese allumfassende Intelligenz.»

«Wahnsinn», sagte ich. «Jetzt bin ich aber beeindruckt. Trifonow sollte erfahren, was du in Wirklichkeit von ihm hältst.»

«Was ich in Wirklichkeit von ihm halte, würde ich ihm gern persönlich mitteilen, und das bringt mich zu meinem nächsten Punkt – würden Sie, Ljubow Andrejewna, Ihrer Tochter erlauben, jetzt aufzustehen und ihren kranken Freund zu besuchen, der nicht zu unserer Party kommen kann? Ich halte es für unsere unbedingte Pflicht, ihm behilflich zu sein, sodass er das neue Jahr stilvoll angehen kann und nicht allein und im Bett.»

«Was ist mit mir? Fragen Sie mich nicht um Erlaubnis?»

«Doch, natürlich. Nur hat man mir beigebracht, die Königin zuerst zu fragen.» Er nahm sein Sektglas und prostete mit meiner Mutter. Dann machte er eine leichte Verbeugung und trank sein Glas aus.

«Ich sehe, dass Ihre Eltern Ihnen auch beigebracht haben, wie man trinkt», sagte mein Vater.

«Nein, das habe ich mir selbst beigebracht. Alles Gute kommt von ihnen, alles Schlechte hab ich mir ganz allein angeeignet.»

«Sie sind ein Clown, Lopatin», sagte mein Vater. «Aber ich mag Sie. Und Ihren alten Herrn mag ich auch, trotz der Politik.»

«Ja, davon sprechen wir besser nicht», sagte meine Mutter. «Natürlich darfst du gehen, du kannst ja deinen Freund in Not nicht allein lassen. Aber was ist mit der Ente? Sie muss gleich fertig sein.»

Lopatin zögerte. Schließlich war er ein Mensch, für den das Essen noch vor der Liebe und der Freundschaft kam.

«Ich esse Ente für mein Leben gern», sagte er. «Mein absolutes Lieblingsessen.»

«Wir müssen sie einfach nächstes Mal probieren», sagte Milka. «Aber könnten wir vielleicht ein bisschen Oliviersalat mitnehmen? Sie machen ihn am besten.»

«Ja. Nehmt ihn mit», sagte meine Mutter. «Im Kühlschrank steht noch mehr davon.»

«Sagt Petja ein frohes Neues Jahr!», sagte mein Vater.

«Und erzählt ihm den Witz», echote meine Großmutter. «Humor ist die beste Medizin.»

# 16

Staubzuckerfeiner Schnee rieselte vom Himmel, polsterte die Straßen, durch die wir gingen, und bildete neue Schichten, die unsere Fußstapfen auffüllten. Milka und ich öffneten den Mund und fingen das ganze Schneegestöber ein, während Lopatin mit Einkaufstaschen voller Essen voranging. Alle Häuser leuchteten festlich; in den Fenstern blinkten Fernseher und Festtagsbäume, die in Lametta und bunte Lichterketten gehüllt waren. Die Straßen waren menschenleer, bis auf ein paar wenige Autos, die dem Schnee trotzten. Während Lopatin nach einem Taxi Ausschau hielt, stellten Milka und ich uns unter ein Bushaltestellendach und setzten die Taschen mit den Geschenken auf einen der mit Schnee bestäubten Holzsitze. Die Bradbury-Bücher waren schwer, und ich hatte noch einen Schal für Trifonow und für Lopatin *Hundeherz* dazugelegt, in der Hoffnung, dass Trifonow, der mir das Buch einst geschenkt hatte, nichts dagegen haben würde. Milka hatte das Schachspiel für Lopatin mitgebracht. Er hatte erst kürzlich Schachspielen gelernt, und sie dachte, es sei von ideellem Wert für Lopatin, das Schachspiel ihres Vaters zu besitzen. Sie hatte die fehlenden oder kaputten Figuren durch neue ersetzt, die ebenfalls aus Holz waren, sodass das Schachspiel wieder vollständig war.

Lopatin begrub die Hoffnung auf ein Taxi und brachte einen Typen in einem zerkratzten, zerbeulten Schiguli dazu, uns mitzunehmen. Trifonow hatte keine Ahnung, dass wir kommen würden; wir wollten ihn überraschen, weil wir hofften, ihn damit aufzuheitern und zu seiner Genesung beitragen zu können. Bei Wetterveränderungen erkältete sich Trifonow normalerweise. Wenn es windiger wurde und sich frühmorgens die ersten Eisblumen an den Fenstern bildeten, setzte

Trifonow eine Mütze auf, band sich einen Schal um den Mund und ging krumm und gebeugt wie ein alter Mann zu Fuß in die Schule. Ein harmloser Katarrh, den andere mühelos überstanden, bedeutete für ihn wochenlange Bettruhe, weil seine laufende Nase sich dann in eine schlimme Nasennebenhöhlenentzündung verwandelte und aus seinem Husten eine Bronchitis wurde. Wenn seine Mutter nichts dagegen hatte, besuchten wir ihn nach der Schule und brachten ihm *Baba au rhum* mit oder andere süße Stückchen aus der Cafeteria. Manchmal durften wir aber nicht zu ihm gehen, damit wir keine Keime einschleppten und die fragile Gesundheit des gerade Genesenden erneut gefährdeten. Trifonows Mutter war eine müde, stille Frau, die für ihren Sohn keine Mühe scheute und ihm ihre gesamte freie Zeit widmete. Ständige Sorge sprach aus ihrem Gesicht und erfüllte ihre kalten, traumlosen Nächte. Sie sprach leise und hatte eine sanfte Art. Sie schrie nie und wirkte nie wütend – alles, was sie tat, ihr ganzes Verhalten verströmte Fürsorglichkeit: Sie kümmerte sich um Trifonows Essen, seine Gesundheit, seine Schulbildung, sein Wachstum, seine Zukunft. Nach dem Tod von Trifonows Vater arbeitete sie als Schulkrankenschwester und später in einem Krankenhaus. Dort verdiente sie mehr, aber die Arbeitszeiten waren schlechter. Statt drei Monaten hatte sie im Sommer nur noch vier Wochen Ferien, und an den Feiertagen im Winter war sie mehr als beschäftigt, weil die Sowjetbürger zu dieser Zeit am meisten aßen und tranken. Es gab viele Lebensmittelvergiftungen und häufig Leberversagen, ganz zu schweigen von erfrorenen Fingern, Ohren, Nasen und ganzen Gliedmaßen. Im Dezember und Januar nahm die Zahl der Alkoholtoten stark zu; manch ein Betrunkener verschwand und wurde erst im nächsten Frühjahr gefunden, wenn der Schnee schmolz.

Aus Treue zu ihrem verstorbenen Mann hatte Trifonows Mutter sich seit zehn Jahren mit keinem Mann mehr getroffen. In unserem Land hatte es zu wenig Männer gegeben, und die guten waren alle vergeben. Für eine sowjetische Frau war ein guter Mann jemand, der arbeitete und nicht trank und der sein gesamtes Gehalt nach Hause brachte. Ob dieser Mann gewalttätig, dumm und treulos war oder weniger verdiente als sie, war den meisten Frauen egal. Zur Not konnten sie ein Nest aus Lehm und Zweigen bauen. Den Mann platzierte sie dann in die Mitte des Nests und ließ ihm, solange er dort blieb, Essen in den Mund fallen. Doch Trifonows Mutter war anders. Obwohl sie bei der Arbeit von Männern umgeben war, lebte sie freiwillig als Witwe.

«Sie liebt meinen Vater immer noch», hatte Trifonow einmal zu uns gesagt.

«Du Glückspilz», hatte Milka erwidert. «Meine hat bei der erstbesten Gelegenheit diesen Schwachkopf angeschleppt.»

«Manche Frauen können nicht allein sein», hatte ich geantwortet.

Im Gegensatz zu Milka konnte sich Trifonow jedoch sehr gut an seinen Vater erinnern. Er sprach oft voller Ehrfurcht von ihm, so wie sie Toten gebührt, vor allem denjenigen, die früh verstorben waren. Auch darüber hatte Trifonow eine Theorie. Wenn jemand jäh sterbe, sagte er, entstehe ein Riss in der Zeit, ein offenes Ende. In jenem Moment werde unser Leben von demjenigen des Verstorbenen abgetrennt. Doch weil wir weiterlebten, projizierten wir weiterhin Erinnerungen, die mit uns weiterwüchsen. Ein vorzeitiger Tod zwinge uns zur Romantisierung, dazu, Bilder zu ergänzen und die Abwesenheit aufzufüllen. Irgendwann fingen wir an, Dinge zu beklagen oder zu vermissen, die nie geschehen seien, weil sie bloßen Projektionen entsprungen seien, die wir als Realität im Gedächtnis behalten hätten.

All dies war Lopatin zu verzwickt. Er bestand darauf, dass wir alles und jeden vergaßen, ganz gleich ob tot oder lebendig, und dass wir uns nur an diejenigen Momente erinnerten, in denen wir uns wahnsinnig gut oder wahnsinnig schlecht fühlten, alles andere werde weggeworfen, unters Bett gefegt oder dort aufbewahrt, schmutzige Socken beispielsweise oder alte Fotos. Beides sei ihm verhasst: Socken stanken und alte Fotos erregten Mitleid oder panische Angst. Mitleid, weil man das Leben ebenso wenig unter Kontrolle hatte wie die erstarrten Gesichter auf den Fotos. Panische Angst, weil eines Tages jemand dasselbe über uns sagen würde und man daran nicht das Geringste ändern konnte. Lopatins Worte klangen zugegebenermaßen glaubhaft, doch was Trifonow gesagt hatte, ebenfalls. Milka fand, Fotos fingen Teile unserer Seele ein, und deshalb sähen alte Menschen so traurig aus – all ihr Glück sei in die Fotos entwichen, die man von ihnen gemacht hatte. Und ich fand, dass Fotos, vor allem alte Fotos, ein Tor zu einer anderen Welt waren: Bröckchen der Vorstellungskraft, Geschichten, die zu erzählen waren und mit denen man rechnen musste. Wenn ich Schriftstellerin wäre, hätte ich diese Menschen zu Romanfiguren gemacht und sie zum Sprechen gebracht. Doch dafür fehlte mir das Talent, und wenn jemand zum Schriftsteller taugte, dann war es Trifonow. Er hatte ein scharfes Auge für Schönheit – in der Natur und in der Literatur – und war eine sanfte, rechtschaffene Seele: Er sorgte sich um Kakerlaken und um die Erde, eine riesige Ökosphäre, die er retten musste.

Die Wohnung, in der er mit seiner Mutter wohnte, war nicht anders als Milkas Wohnung: zwei spärlich beleuchtete Zimmer, ein Bad, eine Küche, nicht größer als ein Sarg. Die Fenster waren alle mit Papierstreifen abgeklebt, damit keine Zugluft hereindrang, und schwere Veloursvorhänge hingen bis zum Boden herab. Der Stoff war von einem tiefen Seetanggrün, der Farbe des Schwarzen Meeres, wenn die Sonne aufs Wasser fällt. Ich stellte mir vor, wie meine Großmutter aus den Vorhängen ein schönes Jackett und vielleicht einen Rock nähte, und Trifonow versprach, sie mir zu geben, falls seine Mutter irgendwann neue Vorhänge kaufen würde. Doch da die durchschnittliche Einrichtung einer durchschnittlichen sowjetischen Wohnung so beschaffen war, dass sie ihre Bewohner überlebte, war dies höchst unwahrscheinlich. Das Mobiliar hielt Jahrhunderte. Meine Mutter sagte immer, wir müssten auf die Dinge besser aufpassen als auf die Menschen, weil Menschen auf sich selbst aufpassen konnten, doch auch, weil meine Kinder irgendwann am selben Tisch sitzen würden, von denselben Tellern essen und im selben Bett schlafen würden wie ich, nur die Matratze, das Kopfkissen oder die Decke würden vielleicht neu gekauft werden.

Als Trifonow nach dem fünften Klingeln die Tür aufmachte, stand er groß und bleich vor uns, in grauen Flanellhosen und einem ausgefransten Wollschal um den Hals. Seine Füße steckten in viel zu großen Socken. Sein Aufzug und seine ausgemergelte Erscheinung weckten mütterliche Instinkte in mir, sodass ich, kaum waren wir in seiner Wohnung, versuchte, ihn ins Bett zurückzuschicken. Zudem schlug ich vor, ihm die Füße mit *Swesdoschka*-Tigerbalsam einzureiben und ihm eventuell Senfbrustwickel zu machen. Er schüttelte lächelnd den Kopf, sichtlich aufgemuntert von unserem Anblick, davon, dass wir mit Taschen beladen und kalten, roten Gesichtern treu vor ihm standen. Lopatin half uns aus den Mänteln, wischte den Schnee ab und hängte sie an die Garderobe. Milka und ich zogen unsere Stiefel aus, brachten das Essen ins Wohnzimmer, packten alles aus und legten die Sachen neben die vielen Arzneien auf einen langen Couchtisch, der vor einem wuchtigen braunen Sofa stand, auf dem Trifonow geschlafen hatte, bevor wir kamen.

«Ich freue mich sehr, dass ihr da seid», sagte er, setzte sich und rieb sich das Gesicht. «Das war doch nicht nötig.»

«Doch, natürlich war das nötig», erwiderte Lopatin. «Ranewas Eltern sind so verflucht ernst. Wir mussten woandershin.» Er beugte sich hinunter und massierte sich die Füße. «Mist, die neuen Schuhe bringen mich um.»

«Wo ist denn euer Baum?», fragte Milka Trifonow. «Wo soll ich die Geschenke hinlegen?»

«Wir haben keinen Baum. Ich bin gegen Holzverschwendung.»

«Heißt das, du hattest kein Geld für einen Baum?», fragte Lopatin. «Wenn du was gesagt hättest, hätte ich dir einen gekauft.»

«Du kannst nicht alles bezahlen», sagte Trifonow.

«Wieso denn nicht, zum Teufel?»

«Ja, wieso denn nicht, zum Teufel?», äffte Trifonow ihn mit leiser, sonorer Stimme nach, dann musste er husten und lehnte sich in sein Kissen zurück.

«Wir sollten dir heiße Milch machen», sagte ich und legte die Geschenke unter den Couchtisch. «Hast du Kakao?»

«Ich glaube schon.»

«Das ist das Beste bei Bronchitis», sagte Milka.

«Wodka ist das Beste», sagte Lopatin.

«Deshalb warst du so erpicht darauf, von meinen Eltern wegzukommen – damit du dich betrinken kannst», sagte ich.

«Ich habe gemeint, Trifonows Brust sollte mit Wodka eingerieben werden. Aber ich will auch einen Schluck.» Lopatin holte ein Fläschchen Stolitschnaja aus seinem Jackett. «Zieh dich aus. Wir reiben dich ein», sagte er zu Trifonow.

«Die Brust reibst du mir nur ein, wenn ich tot bin und im Leichenschauhaus liege», erklärte Trifonow.

«Keiner würde mich zu deiner Leiche lassen», sagte Lopatin.

«Hab ich ja gerade gesagt – du wirst mir nie die Brust einreiben. Du rührst mich nicht an. Basta.»

«Das wird sich zeigen.» Lopatin beugte sich dicht über Trifonow, sodass man nur noch seinen Oberkopf und sein Haar sah, das wie ein Strohbündel spitz in die Höhe stand.

«Hilfe», flehte er mit verzweifelter, ersterbender Stimme und erstickte fast vor Lachen und Husten bei dem Versuch, Lopatin abzuwehren. «Du tust mir weh, du Idiot.»

Lopatin fuhr mit beiden Händen unter Trifonows Schlafanzugjacke.

«Hör auf», sagte Trifonow leise, und seine Stimme versagte fast, «ich bin zu schwach für einen Streit.»

Milka und ich versuchten, Lopatin von Trifonow wegzuziehen, doch er bewegte sich keinen Zentimeter. Milka rannte in die Küche, schnappte sich einen Teekessel und goss Wasser über Lopatins dickes Haarnest. Er sprang vom Sofa auf und schüttelte den Kopf hin und her.

«Scheiße, was soll das», sagte er. «Glaubt ihr, ich bin eine Palme?»

«Nein, viel schlimmer», erwiderte Trifonow. «Du bist ein Affenbrotbaum, der allen anderen den Platz wegnimmt.»

«Den Affenbrotbaum nennt man Baum des Lebens», sagte Milka, die den Oliviersalat in eine Kristallschale schaufelte. «Der älteste dieser Art ist sechstausend Jahre alt.»

«Wir sollten Menschen nicht mit Bäumen vergleichen», erwiderte Lopatin. «Auch wenn ich mich ziemlich mächtig fühlen würde, wenn ich sechstausend Jahre alt werden könnte.»

«Was würdest du tun, wenn du so alt werden würdest?», fragte ich.

«Dasselbe wie jetzt auch – essen, trinken, schlafen, vögeln. Was denn sonst?»

«Typisch für dich.»

«Also ehrlich – ich kann doch nicht so tun, als würde ich mich für was weiß ich was interessieren.»

Er ging zum Fernseher, schaltete ihn ein und wartete auf das Bild, doch der Bildschirm blieb schwarz. Er schlug mit der Faust auf die Flimmerkiste. «Nur noch fünf Minuten bis Mitternacht. Ich will Tschernenkos Rede hören.»

«Wieso das denn?», fragte Trifonow. «Die ist dir doch sowieso egal. Außerdem ist es jedes Jahr dieselbe Rede, egal wer am Ruder ist.»

«Ich will ihn auch hören», erklärte ich. «Es heißt, er sei krank gewesen, vielleicht vergiftet.»

«Bald machen sie die Gulags wieder auf», sagte Milka.

«Sag so was nicht», erwiderte Trifonow. «Das ist kein Witz.»

Lopatin drehte den Fernseher um und starrte die Rückseite an, fingerte an ein paar Drähten herum und schüttelte sie. Einen riss er heraus, rieb ihn ab und steckte ihn wieder ein. «Können wir bitte aufhören, über Geschichten aus der Sowjetgruft zu reden, und lieber langsam an den Sekt denken? Vielleicht holt jemand die Sektgläser?»

«Im Schrank», sagte Trifonow. «Der Sekt ist im Eisfach, da, wo du ihn gestern hingetan hast. Meine Mutter war übrigens nicht sehr froh darüber.»

«Ist sie das je?»

Trifonow zuckte die Schultern, kratzte sich am Kopf und schob sich das Haar aus der Stirn. «Vielleicht an ihrem Geburtstag.»

«Meine Mutter hasst ihren Geburtstag», sagte ich. «Sie versucht jedes Mal, nicht daran zu denken oder fortzugehen.»

«Zum Glück für sie», sagte Trifonow. «Meine hört Musik und tanzt dazu.»

«Allein?», fragte Milka und leckte den Löffel ab. «Das ist geisteskrank.»

«Ich tanze mit ihr», erklärte Trifonow.

«Das ist ja noch geisteskranker», sagte Lopatin.

Ich holte den Sekt, Teller und Gabeln, und Milka fand die Sektgläser und stellte sie auf den Couchtisch, nachdem sie Trifonows Arzneien aufs Fensterbrett geräumt hatte. Nur den Inhalator ließ sie stehen. Trifonow steckte ihn unter sein Kopfkissen auf dem Sofa und wischte alle Sektgläser mit dem Saum seiner Schlafanzugjacke ab. «Seit letztem Jahr hat sie keiner mehr benutzt.»

«Wir wussten ja, dass du seltsam bist. Jetzt haben wir es schwarz auf weiß. Du trinkst nicht, du rauchst nicht, du treibst keinen Sport, du siehst nicht fern. Deshalb liest du die ganze Zeit», sagte Lopatin. «Was für ein Scheißleben.»

«Halt die Klappe», sagte Trifonow und stand vom Sofa auf. «Dein Leben ist genauso beschissen. Oder noch viel beschissener – weil du nämlich die Lust am Lernen nie für dich entdeckt hast. Das ist das Allerschlimmste.»

«Verpiss dich, Trifonow. Du lernst und ich lebe. Du liest und ich spiele. In zwanzig Jahren sprechen wir uns wieder und sehen, wer das beschissenere Leben gehabt hat.»

«Abgemacht. Wir treffen uns in zwanzig Jahren. Das ist 2004. An Silvester.»

«Sehr gut. Aber kann ich jetzt endlich was zu trinken haben?», fragte Lopatin und rückte den Fernseher wieder in seine ursprüngliche Position. Dann stellte er ihn mehrmals an und aus und gab dann auf. «Scheißlang. Tun wir einfach so, als hätten wir die Rede gehört und feiern wir weiter.» Er nahm die Sektflasche aus der Folie, drehte den Draht auf und zog vorsichtig am Korken. «Ich muss die Kremlglocke hören oder so», sagte er. «Sonst komm ich nicht in die richtige Stimmung.»

«Bam, bam, bam», sagte Milka.

«Bam, bam, bam», wiederholten Trifonow und ich.

«Und jetzt unsere sozialistische Hymne», sagte Milka. «*Sojus neruschimy respublik swobodnych Splotila naweki Welikaja Rus –*»

«Scheiß drauf», sagte Lopatin. «Ich hab' eine neue Zoi-Kassette dabei. Die sollten wir hören. Wir können auch diesen Irren hören, euren Lieblingssänger Freddie.»

Der Korken knallte, flog aber nicht von der Flasche. Ein weißes Wölkchen entwich und ein wenig Schaum sickerte heraus, bevor der Sekt in unseren Gläsern landete. Er war klar und golden, und winzige Perlen stiegen zischend an die Oberfläche, als wir die Gläser erhoben und anstießen.

«Auf uns! Dass wir Abitur machen, uns an Topunis einschreiben und Freunde bleiben», sagte ich.

«Auf Trifonow, dem ich wünsche, dass er ein großer Gelehrter wird und viele wichtige Bücher schreibt, die ich dann lesen kann», sagte Milka lachend.

«Darauf, dass Milka mich nie verlässt», sagte Lopatin mit einem furchtbar dämlichen Grinsen. Dann wurde er wieder ernst, schloss die Lippen und blies die Backen auf.

«Darauf, dass dieser Augenblick überdauert. Dass er seine Wahrheit und Bedeutung auch in zwanzig Jahren noch hat», sagte Trifonow.

«Prost Neujahr! Und scheißfrohes Vögeln!», schrie Lopatin und küsste erst Milka und dann mich, bevor er Trifonow zu küssen versuchte, der diesem Schicksal entrann, indem er sich wieder aufs Sofa zurückzog. Er trank einen Schluck Sekt, verzog das Gesicht und stellte das Glas sofort auf den Couchtisch zurück. Wir gingen zu ihm. Ich warf mich aufs Sofa und Milka und Lopatin ließen sich vor uns auf den Boden sacken. Lopatin lud sich einen Löffel Oliviersalat in den Mund und kaute heftig.

«Traumhaft», sagte er. «In meinem nächsten Leben möchte ich deine Mutter heiraten, nur damit sie mir das Zeug kochen kann.»

Wir lachten und griffen nach dem Kartoffelsalat.

«Packen wir die Geschenke aus», sagte ich und schnappte mir ein Stück Salami vom Teller.

«Ja», sagte Lopatin. «Wenn ich einen Wodka getrunken habe. Der Sekt ist für euch Mädchen.»

Er schenkte sich ein Gläschen ein, kippte es herunter und griff nach einer sauren Gurke. «Die hat meine Mutter gemacht. Sie sind auch verdammt gut.»

«Stimmt», sagte Milka und biss ein Stück von Lopatins Gurke ab.

Ich holte die Geschenketaschen, die unter dem Couchtisch lagen, und Trifonow zerrte seine und Lopatins unter dem Sofa hervor. Er fing wieder an zu husten, und wir sagten ihm, er solle nicht mehr reden und sich hinlegen. Er tat wie geheißen und stopfte sich die Kissen in den Rücken.

Wir verteilten die Geschenke, zählten bis drei und rissen das Zeitungspapier und die Plastiktüten auf. Jeder hatte zwei, drei Sachen bekommen: Milka hatte mir einen Mohairschal in dunklem Burgunderrot geschenkt und Lopatin eine Flasche Fidji – ein französisches Parfum. Er wiederum hielt Milkas Geschenk – das Schachspiel ihres Vaters – kindlich gefühlvoll an seine breite Brust gepresst. Von mir bekam er Bulgakows *Hundeherz* und versprach mir, es in den Ferien zu lesen. Trifonow hatte offenbar nicht gemerkt, dass ich sein Buch weiterverschenkt hatte, oder war zu höflich, um etwas zu sagen. Milkas Schal war bis auf die Farbe fast derselbe wie derjenige, den ich Trifonow geschenkt hatte – wahrscheinlich hatte sie ihn wie ich bei GUM gekauft und dafür stundenlang angestanden. Er zog seinen alten Schal aus und schlang sich den neuen um den Hals. Das matte Blau passte zu seinem Teint, ließ ihn aber auch trauriger und zerbrechlicher wirken, genau wie die Porzellanvase meiner Großmutter, die mit den Jahren graublau geworden war und feine Sprünge bekommen hatte.

Lopatin und Milka hatten Trifonow ein Buch geschenkt, das mehr Bewunderung erntete: eine ausländische Ausgabe von Nabokovs *Lolita*, die sie mit Rutschniks Hilfe besorgt hatten. Milka hatte den Roman gleich gelesen und dann als Geschenk verpackt. Übertroffen wurde es von meinem Geschenk für Milka: den Ray-Bradbury-Büchern, die weder Trifonow noch ich gelesen hatten. Lopatin kannte noch nicht einmal den Namen dieses Autors, was uns nicht besonders erstaunte. Seine Geschenke waren prosaischer: Für Milka hatte er Climat besorgt, ein anderes französisches Parfum. Sie entfernte die Plastikfolie von der Schachtel, öffnete sie und hielt die Flasche vor ihr Gesicht. Als sie mit geschlossenen Augen den Duft roch, entspannte sich ihr Gesicht. Lopatin massierte ihre Schulter, spielte mit den winzigen Perlenknöpfen, bückte sich und tat, als wollte er sie mit den Zähnen abreißen.

Trifonows Geschenke hatten wir immer noch nicht aufgemacht. Jeder von uns hielt eine durchsichtige Plastikhülle mit einer Kassette in der Hand, die mit dem Etikett «Der Kirschgarten, 1983» versehen war. Lopatin hielt sie ans Licht. «Was zum Teufel ist das?», fragte er.

«Erinnert ihr euch noch daran, dass wir dieses Stück letztes Jahr im Unterricht gelesen haben?», fragte Trifonow.

«Klar erinnern wir uns», antwortete Milka. «Du warst Trofimow, der ewige Student, und Lopatin war der Kaufmann, der Anja, ich meine, Ranewskaja, das Grundstück abkaufte. Und ich war Warja.»

«Ich habe auch Gajews Rolle übernommen», sagte Lopatin.

«Das stimmt. Na ja, ich hab alles aufgenommen und dann kopiert. Ich habe das Stück in vier Teile geteilt, je ein Teil für jeden von uns. Nur wenn wir zusammen sind, können wir das ganze Stück hören.»

«Fangen wir an», sagte ich. «Wo ist dein Kassettenrekorder?»

Trifonow stöberte unter dem Sofa und fand schließlich einen ramponierten silbernen Kasten. Wir stellten ihn auf den Couchtisch, schoben das Essen beiseite – den Kartoffelsalat, die Sprotten, das Schwarzbrot, einen Teller mit Bratenaufschnitt –, und dann legte Lopatin als Erster seine Kassette ein, klappte den Deckel zu und drückte auf ‹Play›. Die Kassette schleifte kurz, doch dann hörten wir Lopatins Stimme durch das Dunkel zu uns dringen.

LOPACHIN Unser ewiger Student spaziert dauernd mit den jungen Damen herum.

TROFIMOW Das geht Sie gar nichts an.

LOPACHIN Er ist bald fünfzig, aber immer noch Student.

TROFIMOW Lassen Sie Ihre blöden Witze.

LOPACHIN Wieso ärgerst du dich denn, du komischer Kauz?

TROFIMOW Lass mich einfach in Ruhe.

LOPACHIN *lacht* Gestatten Sie die Frage – was denken Sie über mich?

TROFIMOW Ich, Jermolai Alexejitsch, sehe das so: Sie sind ein reicher Mann, werden bald Millionär sein. Und so wie im Kreislauf des Lebens Raubtiere ihre Berechtigung haben, die alles verschlingen,

was ihnen gerade in den Weg kommt, so hast auch du deine Berechtigung. *Alle lachen.*
WARJA Petja, erzählen Sie uns lieber etwas über die Planeten.
LJUBOW ANDREJEWNA Nein, lasst uns das Gespräch von gestern fortsetzen.
TROFIMOW Worüber denn?
GAJEW Über den stolzen Menschen.
TROFIMOW Wir haben gestern lange geredet, sind aber zu keinem Schluss gekommen. Der stolze Mensch, wie Sie ihn verstehen, hat etwas Mystisches an sich. Vielleicht haben Sie ja auf Ihre Weise recht, wenn man es aber realistisch betrachtet, ohne Spitzfindigkeiten, von welchem Stolz soll da die Rede sein? Welchen Sinn soll er haben, wenn der Mensch physiologisch unzureichend konstruiert ist, wenn er in seiner überwiegenden Mehrzahl roh, unfähig, zutiefst unglücklich ist? Wir sollten aufhören, uns selbst zu beweihräuchern. Das Einzige, worauf es ankommt, ist die Arbeit.
GAJEW Man stirbt sowieso.

Gebannt von unseren eigenen Stimmen, die sich auf Band so ganz anders anhörten, nämlich theatralisch und laut, ja stoisch, hörten wir uns Tschechows Stück an. Jede Zeile stach klar und präzise hervor, und alle waren sie miteinander verwoben, durch ihre Logik ebenso verbunden wie durch den tiefen Einblick in die russische Kultur und eine genaue Kenntnis der Menschen, ihrer Eitelkeiten und Paradoxa, und all der kleinen trivialen Augenblicke, von denen es in unserem Leben von der Geburt bis zum Tod mehr als genug gab. Wir tranken weiter Sekt und Wodka und labten uns am Oliviersalat meiner Mutter und an Lopatins sauren Gurken, während es weiter schneite und der Schnee Spitzenschals um uns hüllte.

Das neue Jahr war da – 1985. Es hatte uns einen neuen Präsidenten beschert, eine neue Regierung, ein neues Land. Doch in jener Nacht wussten wir davon noch nichts. Wir lauschten Tschechow und dann Freddie Mercury und Zoi mit seiner tiefen, kehligen Stimme, wie sie nur jemand haben konnte, der rauchte und trank und niemals schlief. Seine Songs platzten vor ätzenden Fragen, die eher an diejenigen gerichtet waren, die für uns die Verantwortung trugen, als an uns. Wir liebten die Wörter ‹Sonne› und ‹Kampf›, und seine Stimme war scharf und spitz wie eine Nadel, die gleich abbricht. Seine Musik schlang sich um unsere Herzen wie eine Schlange, füllte uns mit Erregung, Wagemut, Verlangen, Angst und Stärke. Sie war roh, unverfroren, ja animalisch, brachte jedoch zum Ausdruck, dass ein Wandel im Gange war: Wenn es möglich war, die sowjetischen Statuten herauszufordern, indem man derartig gewalttätige Strophen sang, dann war auch alles andere möglich – ins Ausland reisen, in Amerika leben, Bluejeans und Hamburger kaufen, die Gulags und Diktatoren loswerden, die Kommunistische Partei, unsere Lehrer, unsere Eltern, die uns immer an unsere Pflicht erinnerten gegenüber unserer Nation, unserem Land, unserer Geschichte und allem, was wir Heimat nannten.

Also tanzten wir und rauchten und rissen Witze und waren unendlich glücklich. Und wir fühlten uns frei: frei davon, erwachsen werden zu müssen, frei davon, lügen oder schicksalverändernde Entscheidungen treffen zu müssen, frei von jeglicher Verantwortung. Wir mussten nichts sein als Teenager, die ins Leben verliebt waren, in alles, was es gerade zu bieten hatte: Musik, Alkohol, Essen, Zigaretten, Sex und Freundschaft – das größte Geschenk, das wir kennen würden.

# 17

Mitten in unserem letzten Schuljahr vor dem Abschlussexamen wurde Tschernenko schwer krank und starb. Als Gorbatschow – Michail mit dem Muttermal – im März 1985 sein Amt antrat, war unser Land von Kummer und Zweifeln zerfurcht. Wir hatten einen kommunistischen Führer nach dem anderen zu Grabe getragen und rechneten eigentlich nicht damit, dass Gorbatschow sich lange halten würde. Manche fingen an, aus Nostradamus und der Bibel zu zitieren, und behaupteten, Michail mit dem Muttermal würde dort als letzter Herrscher Russlands erwähnt. Andere nannten ihn – da ihm dieser leberförmige Fleck auf der Stirn glänzte – einen Kurier des Teufels, der unser Land mit seinen steinernen Hufen zertrampeln und zerschlagen werde.

Meine Eltern wurden von Tag zu Tag trübsinniger. Zum einen machten sie sich Sorgen darüber, ob sie ein Jahr später noch Arbeit haben würden, und außerdem wussten sie nicht, ob sie zu der neuen Welt passen würden, die Gorbatschow aus den Trümmern der alten Welt zusammenkratzen wollte. Das sei, sagten sie, wie wenn man fast siebzig Jahre im Koma gelegen habe und dann wieder laufen lernen müsse. Meine Mutter stand Veränderungen offener gegenüber als mein Vater – ihre Erklärung dafür war, dass Frauen von ihrem zwölften Lebensjahr an mit Hormonumstellungen zu kämpfen haben. «Man lernt, sich anzupassen», sagte sie, «zu manipulieren und sich etwas vorzumachen. Das Denken muss weiterfunktionieren, selbst wenn sich der eigene Körper so fremd anfühlt wie die Wolken dort oben – aufgedunsen, geschwollen, kaum vom Fleck kommend.» Sie stand am Fenster, ließ den besorgten Blick über den Himmel streifen, vergrub ihr Gesicht fest in beiden Händen und rieb es heftig, als wollte sie das Bild auslöschen.

In jenem Frühjahr waren wir noch keine siebzehn, unser Wortschatz hatte sich um zwei Wörter erweitert – *Perestroika* und *Glasnost* – und unsere Geschichtsprüfung sollte gestrichen werden. Wie sich herausstellte, hatten wir nämlich keine Geschichte mehr: Die Vergangenheit unseres Landes musste gründlich revidiert oder sogar völlig neu geschrieben werden. Da wir nicht für die Prüfung lernen mussten und obendrein dazu auserkoren waren, die Verwandlung eines verarmten, terrorisierten Landes in ein freies, wohlhabendes, demokratisches Land mitzuerleben, schwankten wir zwischen Glücksgefühlen und unserer eigenen Bedeutsamkeit. Wir begriffen nicht, dass es sehr lange dauern und ungeheuer anstrengend sein würde, unser Mutterschiff zu überholen – und es war uns auch egal. Meine Eltern sagten immer wieder: «Kein Krug lässt sich immer weiter füllen. Wenn man ihn neu füllen will, muss man erst etwas ausgießen.» Doch erpicht darauf, uns jedem zu widersetzen, der nicht an die Zukunft unserer gerade entstehenden Demokratie glaubte, wiesen wir ihre Worte weit von uns.

Der Frühling atmete kalt, windig und unruhig in unserer Brust. Das Wetter war launisch, und die Sonne hatte es nicht eilig, die taube, verkrustete Erde aufzuwärmen. Wenn wir morgens aufwachten, lag dichter Schnee, und am nächsten Tag hatten sintflutartige Regenfälle ihn fortgespült. Wie große geschwollene Hüte hingen die Wolken über der Stadt und wurden jeden Tag größer und grauer, bis sie den ganzen Himmel einhüllten. Bisweilen war uns, als befänden wir uns in einem Dinosaurierei, eingeklemmt zwischen Membranen und Schleim, und als würde dieses Ei niemals ausgebrütet werden, als würden wir nie zur Welt kommen oder sterben, sobald wir ausschlüpften. Dennoch war es unser Frühling, und wir dachten an unseren Schulabschluss, an ein Leben ohne Schule und ohne Lehrer und ohne Schulbücher. Im Sommer würden wir uns an der Universität bewerben und nach der Einschreibung weitere fünf erbärmliche Jahre voller Examen und Hausarbeiten fristen. Doch so weit voraus wollten wir nicht denken, denn so lebten die meisten Russen – morgen war Lichtjahre entfernt, und mehr als das Heute hatte man nicht.

«Liebt den Augenblick, denn er kommt nie wieder», sagte meine Mutter zu uns, als wir eines Tages aus der Schule nach Hause kamen. Woraufhin Milka erwiderte: «Und wenn ich das Leben hasse? Was ist, wenn ich nicht will, dass es sich wiederholt?» Meine Mutter hatte zwar Mitleid mit Milka, weil ihr Vater so früh gestorben war, aber gelegentlich hegte sie auch Abneigung gegen sie, weil sie mit der Wahrheit so herausplatzte, Anfälle ‹intelligenter Wut› hatte, die meine Mutter als unfreiwillige Selbstverteidigung interpretierte, als Überlebensinstinkt und darüber hinaus als Impuls, andere davon zu überzeugen, dass Verlust und Leid schließlich edle russische Eigenschaften seien.

«Sprichst du mit deiner Mutter je über deinen Vater?», fragte meine Mutter sie.

«Wozu? Niemand erinnert sich mehr. Ich erinnere mich nicht, meine Mutter erinnert sich nicht, und für meinen Stiefvater hat dieser Mann nie existiert.»

«Das ist nicht gut», sagte meine Mutter.

«Wieso? Wozu sollte er wieder auferstehen? Er ist nicht Jesus.»

«Das bedeutet nicht, dass er dich nicht geliebt hat oder dass er nicht litt.»

«Meine Mutter sagt, er sei auf der Stelle tot gewesen.»

«Vermisst sie ihn denn nicht?»

«Ich glaube nicht. Das ist jetzt sechzehn Jahre her und die Vermisserei ist längst vorbei.»

«Bist du dir sicher?», fragte meine Mutter.

«Ein halbes Jahr nach der Beerdigung hat sie wieder geheiratet.»

«Allein leben ist schwer, besonders mit einem kleinen Kind.»

«Aber wer hat das Kind denn gefragt? Vielleicht wollte ich gar keinen neuen Vater.»

«Ist er denn so schlimm?», fragte meine Mutter und stellte uns einen Teller frisch gebratene Arme Ritter hin.

Ich steckte mir einen zusammengeklappt in den Mund. Milka zog die Unterlippe ein und fuhr sich mit dem Finger über den Mund. Sie wirkte besorgt oder irritiert. «Er ist ein Mann», sagte sie schließlich. «Er isst eine Menge. Sie gibt ihm all das Essen, damit er stark bleibt und sie befriedigen kann. Nicht dass er dazu imstande wäre – sie ist nämlich immer heiß.»

Ich blickte kurz zu meiner Mutter, die für einen kurzen, kläglichen Augenblick rot geworden war – gerade lang genug, dass ich es bemerken konnte. «Hat sie dir das erzählt?», fragte sie.

«Nein. Aber man braucht nicht alles auszusprechen, damit es die anderen verstehen.»

Ich nahm mir noch von dem süßen, klebrigen Brot, doch Milka schnappte mir die Schnitte aus der Hand. Sie aß mit Genuss, leckte sich die Lippen und Finger ab, als sei sie soeben aus einem einjährigen Schlaf erwacht. Ein nervöses Zucken lief ihr den Hals hinab und verschwand zwischen ihren Brüsten, die sich schließlich doch noch voll entwickelt hatten.

Als Milka an jenem Abend gegangen war, sagte meine Mutter immer wieder, etwas stimme nicht mit ihr, sie wirke zu reif für ihr Alter und gleichzeitig zu zornig, zu unbeirrbar. Meine Mutter wollte sogar Milkas Mutter anrufen und mit ihr darüber sprechen, doch ich konnte sie davon abbringen, weil es Verrat an meiner besten Freundin gewesen wäre.

Dann kamen die Osterferien und in den Häusern duftete es nach *Kulitsch*, dem sonnengelben kuppelförmigen Kuchen, den die Frauen stundenlang vorbereiteten. Erst wenn der Teig dreimal aufgegangen war, konnte man Nüsse und Rosinen hinzufügen und alles in eine hohe Form geben. Dann musste der Teig noch einmal aufgehen, weshalb alle Fenster geschlossen wurden, durch die Zugluft dringen konnte.

Ich durfte die Küche nicht betreten und die Tür nicht auf- oder zumachen, damit der Kuchen nicht zusammenfiel oder in der Mitte ein Loch bekam. Meine Großmutter verglich den *Kulitsch* mit dem Leben der Menschen, das süß und buttrig sein konnte oder bei der ersten Berührung zerbröckelte. Bevor meine Großmutter mit dem Osterkuchen begann, bekreuzigte sie sich immer dreimal vor der Ikone. Auch stand sie eine Minute schweigend da, bevor sie alle Zutaten mischte und zu einem Teig knetete, den sie dann unermüdlich faltete und aus Leibeskräften schlug. Ihrer Meinung nach konnte eine Frau eine hervorragende Köchin sein, aber einen guten *Kulitsch* zu backen, war der Höhepunkt kulinarischer Meisterschaft, eine Kunst des Himmels. Für einen perfekten *Kulitsch* brauchte man ein Dutzend Eier, ein Stück Butter und drei Handvoll Zucker, ein bisschen Hefe, eine Prise Salz und so viel Mehl, wie man einkneten konnte. Meine Großmutter dachte immer in diesen Maßeinheiten, selbst als sie noch gut sehen konnte: nicht in *Cups*, sondern in Stück, Handvoll und Prise. Alles andere blieb dem Geschick und der Fantasie der Köchin überlassen. In jenem Jahr gab es jedoch nicht genügend Lebensmittel, sodass manche Familien ihre spärlichen Vorräte zusammenlegten, um einen perfekten Kuchen zu backen, während andere eine schlichtere ‹Kriegs›-Version backten: aus Margarine, billigem, ungebleichtem Weizenmehl, das manchmal mit anderen Mehlsorten gemischt wurde, und ein, zwei Eiern. Diese Kuchen gingen nicht gut auf und waren daher nicht sehr hoch, sie hatten auch keine süße Vanilleglasur, sondern waren nur mit ein wenig Puderzucker bestäubt. Neben den wenigen gefärbten Eiern, die in Zwiebelschalen gekocht worden waren und wie blutrote Steine aussahen, wirkten solche Kuchen eingeschrumpft und traurig.

In jener Woche gingen mehr Menschen, selbst die Ungläubigen, in die Kirche und standen Schlange, um ihre Kuchen und Eier weihen zu lassen. Wie jede Ostern trug meine Großmutter ihr fliederfarbenes Kleid mit dem cremefarbenen Kragen und den dazu passenden Knöpfen an den Ärmeln, und obwohl es zu dieser Jahreszeit immer kalt war, weigerte sie sich, etwas anderes überzuziehen als ihr Lieblingsschultertuch, das mit einer Bernsteinbrosche festgesteckt wurde. Sie zündete die Kerze unter der Ikone in der Küche an und ließ sie bis zum Montag brennen. Sie hatte wie immer vierzig Tage lang gefastet und nur Wasser, Brot und Wurzelgemüse zu sich genommen, sodass ihre Haut weiß wie Märzschnee war und sie noch schwächer und zerbrechlicher wirkte.

Meine Eltern versuchten sie zwar zu überreden, Fisch oder Käse zu essen, doch sie schüttelte nur den Kopf und sagte: «Der Herr litt nicht Hunger, sondern Durst.» Mein Vater versuchte es kein drittes Mal, doch meine Mutter lockte sie weiterhin mit diversen Leckerbissen, die sie aufgehoben oder kurz vor Ostern besorgt hatte. Sie hatte das Glück, eine winzige Büchse roten Kaviar kaufen zu können. Nachdem sie ihn dünn auf Weißbrotscheiben gestrichen hatte, wischte sie die letzten salzigen Rogen mit dem Finger auf und platzierte sie auf ihrer Zunge. Einen Moment lang sah sie dann aus wie ein kleines Mädchen, das gerade etwas Köstliches entdeckt hat. Als wir alle im Wohnzimmer am Tisch saßen und den Kaviar aßen, hörte meine Großmutter ohne das geringste Interesse zu und konzentrierte sich mit ihrem guten Auge, das noch Formen erkannte, auf die Baumgruppe vor dem Fenster.

«Sie denkt an die Blockade», sagte meine Mutter zu mir, als wir wieder in der Küche waren, um Abendessen zu machen.

«Woher weißt du das?»

«Ich weiß es eben. Mein Bruder starb im Januar 1942, aber sie bewahrte seinen gefrorenen Leichnam auf dem Balkon auf, um ihn im Frühling, wenn Ostern näher kam, begraben zu können.»

«Das ist schrecklich. Ich möchte nichts davon hören.»

«Es ist die Wahrheit. Manche Leute versteckten ihre Toten zu Hause, damit sie deren Lebensmittelkarten weiterverwenden konnten. Weißt du noch, wie es war, als wir nach Leningrad fuhren? Wie lange ist der Krieg her? Doch die Stadt hat immer noch etwas Trauriges, trotz all der schönen Häuser und der Kunst. Auch die Menschen dort sind traurig.»

«Warum gehen sie nicht fort? Ich meine, sie können doch nach Moskau ziehen oder in eine andere Stadt.»

«Warum denn? In dieser Stadt sind alle ihre Erinnerungen aufbewahrt, gute und schlechte – sie würden die Stadt ja verraten und damit sich selbst. Deine Großmutter hätte Leningrad nie verlassen, wenn man deinem Großvater nach dem Krieg nicht diese Arbeitsstelle angeboten hätte.»

«Trotzdem – wollen nicht alle glücklich sein?»

Meine Mutter gab keine Antwort, sondern betrachtete mein Gesicht eine ganze Minute lang ausgiebig. Sie steckte mir mein lockiges Haar hinter die Ohren und sagte: «Glück bedeutet für jeden etwas anderes. Ich hoffe, du findest heraus, was dich glücklich macht, und bleibst dann dabei. Ich hoffe, dass dein Leben und das deiner Freunde mehr Sinn ergibt als unseres. Dass deine Träume nicht von all dem Schnee erdrückt werden.»

Meine Mutter begann, das Huhn auszunehmen: Sie steckte die Hand in die Bauchhöhle und zog die Leber und das Herz heraus, die sich wie schleimige Kiesel in ihre Hand schmiegten. Sie wusch sie ab, schnitt sie auf und rief Rasputin. Träge sprang der Kater von seinem Stuhl und strich zwischen ihren Beinen umher, während er auf die Hand meiner Mutter wartete, die seinen Napf großzügig mit rohen, blutigen Innereien füllte.

Milka, Trifonow, Lopatin und ich verabredeten uns für die Nacht vor Ostern an der alten Kirche in Taganka, in der Milka und ich als Babys heimlich getauft worden waren. Wir vermuteten, dass die meisten unserer Klassenkameraden sich demselben Ritual unterzogen hatten, dies jedoch nie zugeben würden. Lopatin war nicht getauft worden, da alle Männer in seiner Familie treue Kommunisten waren. Trifonow dagegen hatte sich mit dreizehn Jahren entschieden, Christ zu werden, und hatte die gesamte Zeremonie durchlitten: Er hatte nackt vor dem Pachra Fluss gestanden, war in die kalte Frühlingsströmung gewatet und wurde dreimal hintereinander untergetaucht.

Auf dem Kirchhof waren gelbe Fußspuren im Schnee zu sehen; man hatte ihn zuvor mit der Schaufel bearbeitet und dann mit Sand bestreut, der unter den Füßen knirschte. Die Kirche stammte aus dem letzten Jahrhundert und hatte allen Glanz verloren. An den Mauern sah man abgenutzte braune Stellen und die stumpfen, eingedellten Messingkuppeln ähnelten Samowaren. Die bunten Glasfenster waren dunkel, und man sah das Muster kaum, lauter Nähte und Rillen wie Bruchstücke kostbarer Keramik, die jemand versucht hatte wieder zusammenzusetzen und die jetzt im schwachen Licht des schwindenden Tages aussahen, als würden sie nicht zusammenpassen; sie wirkten geradezu bösartig, wie eine Warnung an die Welt, die schiefgegangen war.

Es war kalt, aber klar; schmutziger Schnee häufte sich vor den Häusern und auf den Straßen an. Es war fast acht Uhr abends und immer mehr Menschen versammelten sich zum *Krestny Chod*, der liturgischen Feier vor Sonnenaufgang, darunter auch kleine Kinder und sogar Babys, die sich an die Brust ihrer Mutter schmiegten. Ein paar Frauen hatten Ikonen und leuchtende Kunstblumen dabei; andere hielten Kerzen mit winzigen wackelnden Flämmchen, die sie mit den Händen gegen den Wind abschirmten. Wenn ich mich auf die Zehenspitzen stellte, konnte ich im Inneren der Kirche Hunderte von brennenden, zweigdünnen Kerzen in großen, flachen Schalen stehen sehen. Zwei Geistliche mit dicken Lippen in grauen Bartnestern trugen bodenlange Gewänder in Weiß und Gold und zylinderförmige Hüte, die mit Edelsteinen geschmückt waren. Sie schwangen rauchende *Kadilos* an langen, dicken Ketten, und als sie sich den Kirchentüren näherten, begann es nach Myrrhe oder anderem Räucherwerk zu duften, das bei Beerdigungen verwendet wurde. Mit sonoren

Stimmen und unterstützt von einem Chor, den wir nicht sahen, stimmten die Männer Gebete an.

«Mir ist nicht gut», flüsterte Milka mir ins Ohr. Sie trug immer noch ihren Wintermantel aus schwerem braunem Tuch mit einem Schalkragen aus weißem Kaninchenfell, außerdem ein Kopftuch, dessen dicke Fransenenden hinten zusammengebunden waren und wie Scheren hervorstachen.

«Was ist los? Bist du krank?», fragte ich, zog mir die Mantelkapuze tiefer ins Gesicht und den Schal bis über den Mund.

«Ich weiß nicht. Mir ist irgendwie übel.»

«Ich frage mich, wie viel die Kreuze wohl kosten, die sie um den Hals tragen», sagte Lopatin in unser Geflüster hinein. «Glaubt ihr, die Scheißdinger sind echt?» Er trug den Lammfellmantel seines Vaters, der an den Ellenbogen und Taschen glänzende Stellen hatte, dazu Handschuhe, einen leichten karierten Schal und keinen Hut.

«Kannst du deine Flucherei in so einer Nacht mal bleiben lassen?», fragte Trifonow.

«Gut. Aber mir wird langsam kalt und ich habe Hunger. Ich würde sagen, wenn sie anfangen, um die Kirche herumzugehen, hauen wir ab.»

«Ich will nicht nach Hause», sagte Milka.

«Ich auch nicht», sagte ich zustimmend.

«Wie wär's mit einer Datscha? Eure vielleicht, Ranewa? Die ist doch ganz in der Nähe, oder?»

«Wie sollen wir denn da hinkommen? Und wieder zurück? Die Züge fahren nur bis Mitternacht.»

«Ich finde schon irgendeine Niete mit einem Auto», erwiderte Lopatin.

«Nieten haben keine Autos», sagte Trifonow.

«Da hast du recht, Trifonow. Deshalb wirst du nie ein Auto haben.» Er lachte lauthals und ein paar Leute blickten uns streng und vorwurfsvoll an. Manche drückten einen Finger fest an den Mund

und zwangen uns, zur Seite zu treten, in Richtung Straße, die bis auf eine am Bordstein parkende Wagenkolonne leer war. Auf der anderen Seite ragten junge Ahornbäume und Pappeln in den offenen Himmel. Wind wehte und die Bäume rangen wie Leiber mit ihm.

«Lasst uns nicht streiten», sagte Milka. «Ich habe Kopfschmerzen.»

«Ich hab das Gefühl, du bekommst deine Tage», sagte Lopatin. «Wir müssen schnell machen, sonst komme ich eine ganze Woche lang nicht mehr in den Genuss deiner Muschi.»

Sie gab ihm eine leichte Ohrfeige, doch er lächelte nur und machte dann einen Schmollmund, als sei er beleidigt.

«Geschieht dir recht», sagte sie.

«Einverstanden», erwiderte er. «Seht euch das Haus da an. Was für wichtige Menschen wohnen dort?»

Wir drehten uns alle nach dem hohen, breiten, eindrucksvollen Bau um, einem der Stalin-Hochhäuser. Im Gegensatz zu den gesichtslosen *Chruschtschowki*, den Ameisenhaufen, in denen die meisten von uns wohnten, hatte es Säulen und Bogenfenster und sogar Skulpturen irgendeiner Art – was sie genau darstellten, sah man im Dunkeln nicht so genau.

«Da wohnen die Leute von der Partei», sagte Trifonow. «Die hochrangigen.»

«Vielleicht auch Wissenschaftler. Alle, die wichtig sind», sagte ich.

«Ich bin wichtig, oder nicht?», erwiderte Lopatin. «Eines Tages ziehe ich dort ein.»

«Nein, niemals. So wichtig wirst du nie sein», sagte Trifonow.

«Leck mich am Arsch. In diesem neuen Land tu ich, was mir gefällt. Ich stell dich als Türsteher ein.»

«Ich will nicht in die Datscha. Ich bleib lieber hier», sagte Trifonow.

«Das geht nicht», sagte Lopatin. «Nicht, wenn Ranewa hingeht, und sie wird gehen, weil wir ohne sie nicht in die Datscha können. Das wäre wie Einbruchsdiebstahl.»

«Das wäre bestimmt nicht dein erster», sagte Trifonow.

«Ich frage mich, was Jaschka jetzt macht», sagte ich. «Ich meine, sie sollten ihm erlauben, seinen Schulabschluss zu machen, wenn er alle Prüfungen besteht.»

«Hat Milka dir nichts gesagt?», fragte Lopatin. «Jaschka ist in Amerika und suckelt Coca-Cola in Brighton Beach. Sie haben sein Visum letztendlich anerkannt. Aber ich habe eine Idee. Lasst uns zuerst zu mir gehen. Meine Eltern gehen bald ins Bett. Ich kann etwas zu essen holen und die Wagenschlüssel meines Vaters. Dann fahren wir zu Ranewas Datscha und übernachten dort. Morgen fahren wir ganz früh zurück und niemand wird etwas davon erfahren. Alle glauben sowieso, dass wir bei dieser Scheißsonnenaufgangsosterfeier sind.» Er hielt inne. «Du weißt doch, wie man zu eurer Datscha kommt, Ranewa?»

Ich nickte. «Es ist bei Kaschirka. Höchstens eine halbe Stunde von hier.»

«Die Straße finde ich. Du zeigst mir dann die Abzweigung. Wahrscheinlich liegt dort noch eine Menge Schnee.»

«Ja, wahrscheinlich», erwiderte ich. «Meine Eltern gehen erst in ein, zwei Wochen wieder hin.»

«Du setzt dich nicht ans Steuer», sagte Milka zu Lopatin.

«Oh doch. Ich habe den ganzen Herbst geübt. Sobald ich achtzehn werde, mach ich den Führerschein.»

«Ich setz mich nicht zu dir in den Wagen», sagte Trifonow. «Das ist mir zu gefährlich, Lopatin.»

«Ich fahr vorsichtig, das verspreche ich.» Er kicherte und sagte dann: «Wir wollen doch ein bisschen Perestroika-Spaß haben, oder? Das ganze Land verändert sich. Wir können tun und lassen, was wir wollen. Wir sind frei.»

«Man kann nicht in einer Gesellschaft leben und frei von ihr sein», erwiderte Trifonow.

«Wenn du noch einmal Lenin oder Marx oder ein anderes dieser Arschlöcher zitierst, drück ich dir persönlich die Gurgel zu», erklärte Lopatin.

«Deine Leute haben diese Arschlöcher ihr Leben lang verehrt und du willst mir die Gurgel zudrücken? Dass ich nicht lache!» Trifonow stellte den kurzen Kragen seines ewig braunen Mantels hoch und rieb sich die Ohren.

Lopatin zündete sich eine Zigarette an. «Und? Wie lautet das Urteil?»

Milka war ungewöhnlich blass, doch ihre Lippen waren strahlend saftig wie immer, vielleicht, weil sie sie ununterbrochen geleckt hatte. «Ich fahre mit», sagte sie schließlich.

«Und du, Ranewa?», fragte Lopatin.

Ich sah zu Trifonow hinüber, dessen Gesichtszüge unter meinem flehentlichen Blick weich wurden.

«Na gut. Ich glaube, mir geht es besser, wenn ich auch mitkomme», sagte er. «Damit will ich sagen, dass ich mich dann nicht zu Tode ängstige.»

## 18

Lopatins Fahrstil war vertrauenerweckend, obwohl wir das nur ungern zugaben. Er saß träge ausgestreckt da, die eine Hand am Steuer, die andere auf dem Knie. Wenn ich ihn ab und zu auf Spurrillen oder Schlaglöcher hinwies, hielt er das Lenkrad mit beiden Händen fest. Ich saß neben ihm und war anfangs nervös, entspannte mich dann aber, als wir in vertraute Umgebung kamen. Lopatin unterhielt uns mit Geschichten, großartigen Epen, in denen er immer als stolzer Held auftrat, der gegen die Khane der Goldenen Horde kämpfte, immer auf einem Schimmel und mit einem Schwert oder einer Lanze, die kein anderer hochheben konnte.

«Stark und mächtig ist der russische Krieger», erklärte er. «Er ist größer als ein Wald, und wenn er die Schultern strafft, reicht er bis zum Himmel. Die Erde bebt unter seinen Füßen, und wenn er am Strand entlanggeht, wogt und wütet das Meer.»

«Bild dir nichts ein, Lopatin», sagte Trifonow. «Du kannst keine Berge mit den Schultern stemmen. Du bist kein russischer Krieger, sondern ein Sowjetmensch, und das heißt, dass du so klein mit Hut bist.» Er zeigte ihm mit Daumen und Zeigefinger einen Lopatin, der nicht größer als ein kleiner Finger war.

«Scheiß drauf», sagte er. «Wenn wir in damaligen Zeiten leben würden, wären Ranewa und Milka meine Huren. Ich würde beide vögeln.»

«Lieber bringe ich mich um», sagte ich.

«Und ich will Lopatin mit niemandem teilen», echote Milka. «Wenn du eines Nachts betrunken bist und nach dem Sex mit Ranewa tief schläfst, würde ich mich im Dunkeln mit einem Messer anschleichen und es dir direkt ins Herz rammen.» Sie beugte sich so weit wie möglich vor und schlug Lopatin auf die Brust. Er drückte die Hand auf die eingebildete Wunde, umfasste den eingebildeten Griff und riss das Messer heraus.

«Hör zu. Ich habe das Igorlied gelesen – *Slowo o polku Igorewe*», sagte Trifonow. «Feudalkriege zwischen den alten Rus-Fürstentümern im Jahr 1185. Knjas Igor verliert gegen die Polowzer. Was besagt das?»

«Dass es genau vor achthundert Jahren passiert ist?», sagte Milka.

«Ja, schon. Aber auch, dass es unweigerlich wieder passiert, weil die Geschichte sich wiederholt.»

«Willst du damit sagen, dass Russland wieder feudal wird?»

«Mehr oder weniger. Aber seine Völker werden sich trennen und einander bekämpfen.»

«Das glaubt mein Vater», sagte ich. «Meine Mutter ist jedoch der Meinung, dass dies so wahrscheinlich ist wie der dritte Weltkrieg.»

«Beides kann durchaus passieren», sagte Trifonow.

«So ein Quatsch», erwiderte Lopatin. «Hör endlich auf, all die Bücher zu lesen. Da stehen lauter Lügen drin. In den alten Büchern sowieso. Die werden bald umgeschrieben, es wird eine neue Geschichte geben, eine neue Wahrheit.»

«Wenn man das deinen Leuten überlässt, haben wir bald überhaupt keine Geschichte mehr.»

«Wie lange soll ich mir diesen Mist eigentlich noch anhören?», fragte Lopatin.

«Bis zu unserer Abschlussprüfung», sagte ich. «Danach kannst du deinen kommunistischen Stars folgen.»

Milka lachte und Trifonow ebenfalls, doch Lopatin schwieg, den Blick auf die Straße konzentriert. Wir verstummten alle und betrachteten die Schneefelder, die wogend vor den Fenstern vorbeizogen. Dürre kahle Bäume. Die Landschaft war düster und trostlos, genau wie die Vergangenheit unseres Landes und wie seine Zukunft, auch wenn wir das zu dem Zeitpunkt noch nicht wussten. Ebenso wenig wussten wir, dass wir das letzte Mal zusammen waren, auf dieser

Fahrt in Lopatins Auto – als unser Leben, unser Schicksal noch unentdeckt und unvorstellbar vor uns lag.

«Die Ära der Lopatins geht bald zu Ende», sagte Trifonow schließlich. «Wir bewegen uns auf eine höhere Wahrheit zu, das höhere Glück, und ich werde dabei ganz vorne gehen.»

«Du glaubst, du schaffst es?», fragte Lopatin.

«Wenn nicht ich, dann andere», sagte Trifonow.

«Du wirst wie ein räudiger Hund verrecken», erwiderte Lopatin.

«Mag sein», sagte Trifonow. «Aber was bedeutet das eigentlich – zu sterben? Körper verwesen, Gefühle nicht. Wie unsere Seelen schweben sie irgendwo im Weltraum umher.»

«Mir ist schlecht», sagte Milka.

«So ein Mist», sagte Lopatin. «Soll ich anhalten? Wir dürfen den Wagen nicht versauen.»

«Mach einfach das Fenster auf», sagte Trifonow. «Hier, nimm meinen Hut.» Er setzte ihn ab und reichte ihn Milka. «Kotz da rein, das macht gar nichts.» Das hintere Fenster wurde heruntergelassen und kalte, messerscharfe Luft schnitt durch den Wagen. Milka steckte den Kopf nach draußen und holte tief Luft.

Eine Weile sagte niemand etwas und wir blickten alle wie gebannt in das Schwarz, das sich vor uns ins Nichts zog. Als wir uns der Datschasiedlung näherten, konzentrierte sich Lopatin immer mehr auf die Straße, um die Abzweigung nicht zu verpassen. Es herrschte nicht viel Verkehr, aber es war kälter geworden und die Straße glitzerte vor vereisten Stellen. Auch hatte es angefangen zu schneien, ein Sprühnebel feiner Flocken, die an Staubmilben erinnerten. Auf der Windschutzscheibe verknüpften sie sich zu Spitzengewebe und schmolzen dann.

Milka brach schließlich das Schweigen. «He, hast du *Lolita* zu Ende gelesen?», fragte sie Trifonow. «Ein sehr trauriges Buch.»

«Anstrengend», sagte Trifonow. «Ich hab länger dafür gebraucht als für andere Bücher, kam dann aber zu dem Schluss, dass Humberts

Gefühle für Lolita eigentlich Nabokovs Gefühle für Russland waren, das er erst liebte, dann verlor und vermisste und das ihn dann später enttäuschte.»

«Humbert hat Lolita gevögelt», sagte Milka.

«Sie hat ihn verführt», erwiderte Trifonow. «Ein Mädchen hat manchmal alle Macht.»

«Aber nicht mit zwölf Jahren. Er war ein Menschenleben älter als sie.»

Unter den Bäumen bei der Datscha und auf den Dächern ringsum lagen Schneeklumpen, aber der meiste Schnee war bereits geschmolzen und man sah kahle Stellen am Erdboden. Die Apfelbäume hatten noch keine Knospen und ihre bebenden Zweige schlugen an den Geräteschuppen. Als wir aus dem Wagen gestiegen waren, füllte Milka ihre Lungen mit der eiskalten Landluft und breitete die Arme so weit aus, wie es ihr Mantel erlaubte.

«Ich liebe diesen Ort!», rief sie. Dann bückte sie sich und zog zwei Zaunlatten auseinander, hinter denen ein versteckter Eingang zum Vorschein kam.

In einer roten Plastikkanne an der Wand des Toilettenhäuschens bewahrten meine Eltern die Ersatzschlüssel auf. Ich tastete mich durch das Dunkel und fand sie schließlich. Dann schloss ich das Haupthaus auf und holte ein paar kurze Holzscheite und eine Axt aus dem Geräteschuppen. Ich entdeckte eine Taschenlampe, und als ich sie anknipste, malte sie ein Mondgesicht in den Schnee.

Trifonow holte die Taschen mit dem Essen und den Getränken aus dem Kofferraum und schleppte sie ins Haus, während Lopatin einen großen Emaileimer fand und Wasser aus dem Brunnen auf der anderen Zaunseite pumpte. Die Pumpe hatte einen langen, rostigen Arm, den Lopatin immer wieder fest nach unten stieß, bis das Wasser auf den Boden schwappte.

«Lass es eine Weile laufen!», rief ich. «Sonst schmeckt es wie Blut.»

«Es sieht aus wie Blut.» Er hatte eine Zigarette im Mundwinkel klemmen und knipste sein Feuerzeug an und aus.

Um ein Feuer machen zu können, kratzten Milka und ich Schnee und Blätter von der Feuerstelle im Garten, die nichts weiter war als ein Haufen kreisförmig angeordneter alter Backsteine. Ich sah eine Kiste mit Holzspänen durch, die mein Vater unter den Verandastufen aufhob, während Milka Zeitungspapier zusammenknüllte, das sie im Geräteschuppen entdeckt hatte. Ich legte ein kleines Scheit auf einen Baumstumpf und schlug mit der Axt darauf ein, traf aber daneben: Das Holzscheit fiel zu Boden und die Axt blieb stecken.

«Brrrrr», sagte Lopatin. «Lass den Scheiß, Ranewa. Ich mach das schon.» Er trug den Eimer zu den Verandastufen und verschüttete Wasser.

«Ich kann's auch machen», ergänzte Trifonow.

«Du – hältst dich da raus», sagte Lopatin. «Du kannst diese Axt gar nicht heben, ohne jemand zu verletzen.»

«So ein Quatsch.»

«Warum hilfst du nicht mit dem Essen? Ich hab von zu Hause mitgebracht, was ging. Es ist sicher eine Menge.» Lopatin zog sich die Handschuhe an und umfasste den Griff der Axt. «Haltet verdammt noch mal Abstand.» Er riss die Axt heraus und hob sie hoch über den Kopf.

«Sieht er nicht toll aus?», fragte Milka.

«Aggressiv sieht er aus, so als würde er gleich ein Dorf zerstören», sagte ich.

«Was sind das für Bäume?», fragte Trifonow. «Apfelbäume?»

«Ja», sagte ich.

«Im Spätfrühling, wenn all die Bäume blühen, muss der Obstgarten wunderschön sein.»

«Ganz zauberhaft», sagte Milka. «Als würde man in einem Traum wandeln – alles ist dann schneeweiß und gespenstisch.»

«Es duftet auch wunderbar», sagte ich.

«Warum sind wir dann nie eingeladen worden?», fragte Lopatin.

«Du bist doch jetzt da», erwiderte ich.

«Stimmt», sagte Trifonow. «Aber im Sommer ist es wärmer.» Er rieb die Hände aneinander, hielt sie sich an den Mund und blies hinein.

«Irgendwann wird all das hier Ranewa gehören», sagte Lopatin und spaltete das Holzscheit. Er bückte sich nach der größeren Hälfte, legte sie auf den Baumstumpf und ließ die Axt nochmals darauf niedersausen. Diesmal bewegte sich das Scheit nicht von der Stelle und die Axt blieb darin stecken. «Wenn du dich beeilst und sie jetzt heiratest, Trifonow, gehört all das hier dir – die Datscha und der Obstgarten und außerdem Ranewa. Du kannst alles verkaufen oder vermieten. Oder du trägst deinen Teil bei, indem du kleine Trifonows zeugst, die allen Scheißvorträge halten.» Er schmetterte das Holzscheit auf den Baumstumpf, der Sprung wurde tiefer, das Scheit brach jedoch immer noch nicht entzwei. Er schwang es ein paarmal vorsichtig über seinem Kopf und schlug es dann mit aller Kraft auf den Stumpf. Es zerbarst und ein paar Späne versanken unter den Apfelbäumen im Schnee, ein paar landeten vor unseren Füßen. Milka ging in die Hocke und sammelte sie auf.

Schneeschauer stoben vom Himmel, sprenkelten unsere Haut und schmolzen zu winzigen Wassertröpfchen. Als ich die Taschenlampe auf die Gesichter meiner Freunde richtete, sahen sie nass und glänzend aus.

«Du hast sehr wenig Fantasie, Lopatin», sagte Trifonow. «Aber ich mag dich trotzdem. Nur ein kleiner Rat: Hör auf, mit den Armen zu wedeln. Gewöhn dir das ab. Pläne wie Heiraten, Verkaufen, Vermieten fallen auch unter dieses Wedeln.»

«Leck mich doch, Trifonow. Wir sprechen uns in zwanzig Jahren wieder. Meine Leute waren Bauern – deine Apotheker. Wer weiß, was unsere Kinder sein werden.» Er schaufelte das gespaltene Holz in die Feuerstelle und knipste sein Feuerzeug an, doch das Zeitungspapier fing nur kurz Feuer und schrumpfte dann zu einer schwarzen Faust zusammen.

«Zu feucht», sagte Milka. «Auch das Holz. Aus dem Feuer wird heute nichts.»

«Wir machen ein Feuer», sagte ich. «Wir kippen ein bisschen Wodka hinein.»

«Ich hab keinen mitgebracht», sagte Lopatin. «Nur Bier.»

«Wir wär's mit Benzin?»

«Zu gefährlich», erwiderte Trifonow.

«Da bin ich ausnahmsweise deiner Meinung», sagte Lopatin. «Außerdem stinkt das wie Hühnerarsch.»

«Wir müssen es nur ankriegen», sagte ich fröstelnd.

Milka blies auf ihre Hände und massierte sich die Wangen. «Mir ist kalt und ich habe Hunger.»

Lopatin nahm seinen Schal ab, schlang ihn Milka um den Hals und wickelte ihn bis über ihre Ohren. «Macht schon mal belegte Brote», sagte er und trottete zum Zaun. «In der Tasche ist lauter verdammt gutes Zeug», rief er, quetschte sich durch die Holzpfosten und ließ den Kofferraumdeckel aufspringen.

In der Küche zündeten wir eine Kerze an und Milka und ich schnitten Salami und Käse in dicke, ungleiche Scheiben, die Trifonow auf den Brotscheiben anordnete. Er schälte hart gekochte Eier und platzierte sie auf einer Plastiktüte.

«Sieh mal, wie die Zwiebelschale sich beim Färben in das Ei geätzt hat», sagte er. «Es muss winzige Risse gehabt haben.»

«Sieht wie Marmor aus», sagte Milka und wiegte das Ei in der hohlen Hand. «Viel zu schön, um es zu essen.» Sie rollte es auf den Tisch zurück. «Trotzdem – es ist ein totes Kind.»

Wir machten zwei Büchsen Sprotten in Öl auf und ein Glas eingelegte Gurken und Tomaten, die Lopatin aus der Speisekammer seiner Mutter stibitzt hatte. Außerdem hatte er Orangen mitgebracht, eine Schachtel Schokolade und einen in ein Leinenhandtuch gehüllten halben *Kulitsch*, dessen Vanilleduft mit dem Geruch des Räucherfischs kollidierte.

«Vielleicht legen wir den Kuchen erst mal beiseite», sagte Milka.

«Ja», sagte ich. «Wir essen ihn später zum Tee. Wenn Lopatin das Feuer ankriegt.»

«Können wir nicht den Herd benutzen?», fragte Trifonow.

«Nein. Der Gaszylinder ist nicht angeschlossen.»

«Mmmh, diese sauer eingelegten Tomaten sind einfach göttlich», sagte Milka, die sich eine davon in den Mund gesteckt hatte. «Köstlich. Probier mal.» Sie hielt mir ein fleischiges, tief kastanienbraunes Gemüsestück vor die Nase. Ich machte den Mund weit auf und die Tomate verschwand.

«Wie könnt ihr so was essen?», fragte Trifonow. «Zu viel Essig verdirbt den Magen.»

«Du bist ein viel zu sanftes Geschöpf», sagte Milka. «Und wir sind robust.» Sie lachte, und rote Stückchen Tomatenhaut leuchteten zwischen ihren Zähnen hervor.

«Ja, das sind wir», sagte ich. «Wir überleben alles, genau wie diese Bäume. Sie mussten sich gegen Dürre und Krankheiten behaupten, und die Schneestürme haben sie nur noch widerstandsfähiger gemacht.»

«Und doch kann man sie mit einer einfachen Axt zerstören», sagte Trifonow. «So wie alles andere ringsum.»

«Manchmal bist du wirklich pessimistisch», sagte ich. «Freude oder gar Liebe kommen bei dir nicht vor.»

«Liebe tangiert mich nicht. Sie fördert Kleinlichkeit und falsche Vorstellungen und ist damit ein Hindernis für die Freiheit und das Glück – den Sinn unseres Lebens.»

«Das klingt sehr nach Tschechow», sagte Milka und fischte flink eine zweite Tomate aus dem Glas. «Um den Sinn des Lebens herauszufinden, muss man leben.»

«Stimmt», sagte ich. «Außerdem ändert sich dieser Sinn. So wie dieser Obstgarten – momentan sieht er tot aus, aber in zwei Monaten ist er lebendig und berstend voll von schwellenden Blättern und Blüten. Dann ist er der allerschönste Ort auf Erden.»

«Das ganze Land ist wie dein Apfelgarten. Aber wie kommt ihr zu dem Grundstück, Anja? Denk mal nach. Deine Großeltern und deine Urgroßeltern waren wahrscheinlich pflichtbewusste Revolutionäre. Sie sangen kommunistische Loblieder und bespitzelten ihre Nachbarn und Freunde, um zu überleben und weiterzukommen. Wer kann es ihnen verdenken? So waren die Zeiten nun mal, stimmt's? Aber sie haben auch viele verraten und begraben und sind über Leichen gegangen. Die Toten blicken dich an, flüstern aus jedem Apfelbaum und jedem Zweig. Wir verdanken unser Leben den Toten und haben uns dennoch mit der Vergangenheit nicht abgefunden, wir wissen nichts von ihr. Wir reden immer nur und betrinken uns. Aber damit uns die Gegenwart gehört, müssen wir die Vergangenheit besitzen.»

«Hör mit dem hochtrabenden Scheiß auf, Trifonow, sonst stopf ich dir einen Lappen in den Mund und verbrenn dich auf dem Scheiterhaufen», rief Lopatin ihm vom Eingang aus zu. «Deine Leute haben genauso viel Schuld auf sich geladen wie meine oder Ranewas. Alle waren Spitzel, alle haben gemordet, und alle haben Blut gepinkelt, wenn sie verhaftet wurden. Kommt jetzt raus, Leute, und seht euch diese heiß lodernde Schönheit an! Und bringt Bier und was zu essen mit.»

In der Feuerstelle flackerte ein Feuer; Lopatin legte Holzspäne nach und Zeitungspapier, das er wahrscheinlich in der Truhe gefunden hatte. Die Flammen wurden immer höher und er ging in die Hocke und wärmte sich die unbehandschuhten Hände an den brennenden Holzscheiten. Von dem Haufen Holz, das er gehackt hatte, holte er sich einen Stock und stocherte damit in den Scheiten, bis die Funken flogen. In Lopatins Gesicht strahlte ein protziges Lächeln, das gleichzeitig boshaft wirkte. Da er sich nicht rasiert hatte, sahen seine Wangen schmuddelig aus und sein zerzaustes Haar stand in Büscheln von seinem Kopf ab. Sein Schatten kauerte am Boden und wenn Lopatin aufstand, stand auch sein Schatten auf und wurde an den Geräteschuppen geworfen. Er beugte sich vor, nahm das Papier, das auf dem Baumstumpf lag, zerriss und zerknüllte es und heizte damit das Feuer an.

«Schön trocken», sagte er.

Milka reichte ihm ein belegtes Brot und ich gab ihm ein Bier. Er kippte die halbe Flasche hinunter und biss dann zweimal gierig in sein Brot. Ich steckte mir ein ganzes Ei in den Mund. Trifonow schälte eine Orange, warf die Schalen ins Feuer und teilte die Frucht dann mit seinen langen, grazilen Fingern in perfekte, fleischige Sicheln. Trotz des Geruchs nach brennendem Holz lag ein beißend scharfer Zitrusduft in der Luft.

«Könntest du die Tomaten mitbringen?», bat Milka. Trifonow aß schnell seine Orange zu Ende und schlenderte dann ins Haus. Kurz darauf tauchte er wieder auf, ein belegtes Brot zwischen die Lippen geklemmt und ein Glas eingelegtes Gemüse unter dem Arm. Sein Mantel war aufgeknöpft, sodass man seinen hellbraunen Pullover sah, der abgetragen und viel zu kurz war.

Lopatin warf Holz auf die Feuerstelle und griff nach dem Papier. Doch Trifonow, der das Gemüseglas bereits auf eine der Bänke gestellt hatte, fing seine Hand ab.

«Bist du verrückt geworden?», fragte er, spuckte das belegte Brot aus und hob ein Buch über Lopatins Kopf. «Du verbrennst Bulgakow?»

«Na und? Ich hab nur ein paar Seiten herausgerissen. Ihr habt es doch alle gelesen. Ranewa hat mir das Buch zu Silvester geschenkt. Ich hab versucht, es zu lesen, hab aber kein Scheißwort verstanden. *Hundeherz* – man kann keinen Menschen in einen Hund verwandeln, das ist Schwachsinn.»

«Mehr hast du nicht mitbekommen?», fragte Trifonow.

«Jede Menge. Du brauchst es mir nicht unter die Nase zu reiben.»

«Du bist ein ignorantes Bauernschwein, Lopatin.»

Lopatin schlürfte sein Bier aus, schwenkte die leere Flasche hin und her und stellte sie schließlich auf den Baumstumpf. «Ich bin ein Schwein. Das leugne ich nicht. Aber wenn du glaubst, meine Bauerngroßeltern seien an allem schuld, was in diesem Land geschehen ist, dann streng deinen Grips an. Sie haben nicht damit angefangen, so intelligent waren sie nicht. Deine Leute haben den ganzen Scheiß angefangen, der jetzt alles einstänkert. Verdammte Intelligenzija. Soll ich dich daran erinnern, wer die Dekabristen waren? Grafen, Prinzen, das Königshaus, die Elite. Sie machten sich Sorgen um die Armen, die verschwitzte Plebs, die Trunkenbolde, und wollten etwas Prächtiges aus ihnen machen. Warum eigentlich? Vielleicht wollte der Pöbel gar keine Bildung oder Verwandlung? Haben sie sich das je überlegt? Haben sie bedacht, dass man einen Bauern ebenso wenig in einen Prinzen verwandeln kann wie einen Affen in einen *Homo sapiens,* obwohl der funktionelle Anteil der menschlichen DNA zu 98,4 Prozent mit der von Schimpansen identisch ist? Du siehst, dass ich mich mit der Sache befasst habe, Trifonow, im Gegensatz zu dir. Wessen Schuld ist es also? Deine Leute haben dieses Land ziemlich vermurkst und dann versucht, meine Leute dafür verantwortlich zu machen. Aber damit ist jetzt Schluss. Wir schaffen ein neues Land, ein neues Reich. Wir pflanzen einen neuen Scheißobstgarten. Gib mir das Buch.» Lopatin streckte die Hand aus, doch Trifonow ging einen Schritt zurück und hielt das Buch noch höher. Lopatin sprang in die Höhe und versuchte, es Trifonow aus der Hand zu schnappen, verfehlte jedoch sein Ziel, rutschte aus und fiel in den Schnee.

«Hört sofort mit dem Scheiß auf», sagte Milka. «Ich hasse das. Immer musst du alles verderben. Verdammt noch mal, Lopatin, wie kannst du bloß Bücher verbrennen? Das ist, als würdest du Bäume verbrennen. Sie sind lebendig. Sie haben Seelen. Wenn du das nicht verstehst, heißt das noch lange nicht, dass du sie zerstören kannst.»

«Du hast ein hündisches Herz, Lopatin», sagte Trifonow. «Du wirst immer nur ein Hund sein. Das neue Land, von dem du redest, gibt es erst, wenn der letzte Kommunistenhund, das letzte KGB-Schwein gestorben ist.»

Lopatin spuckte durch die Zähne, kniete sich zuerst hin und stand dann auf. Mit einer langsamen, bedächtigen Handbewegung wischte er die Hände an seinem Mantel ab, knöpfte ihn auf und hängte ihn locker über die Schultern. Seine Miene war ruhig und bitter, seine Augen verdunkelten sich. Ich sah einen Funken Abscheu darin; aus seinem Blick sprach nicht mehr der übliche harmlose Spott, sondern blanker Hohn. Es war, als hätte er sich immer unter der Last seiner Masken dahingeschleppt und sei nun von dieser Last ebenso befreit wie von der Notwendigkeit, seinen Hass auf Trifonow zu verbergen oder zu kompensieren.

«Ich gehe», sagte ich. «Ich schließe alles ab. Milka und ich gehen zum Bahnhof und trampen in die Stadt. Ihr zwei könnt euch umbringen, ist mir scheißegal.»

Keiner von beiden hörte, was ich gesagt hatte. Meine Worte wurden von den Faustschlägen übertönt, die Lopatin Trifonow verpasste und die ihn erst an der Backe trafen, dann am Kinn und schließlich an der Stirn. Milka und ich schrien, als die beiden sich unter den Bäumen wälzten, aufeinander eindroschen, sich umklammerten und zerkratzten. Trifonow schleuderte das Buch fort, das beinahe im Feuer gelandet wäre; ich stürzte mich darauf und hob es auf, während Milka alle Kraft zusammennahm, um Lopatin von Trifonow fortzuzerren, der angefangen hatte zu keuchen. An seinem Hals sah ich Blut tröpfeln.

«Hört auf!», brüllte ich. «Hört auf, verdammt noch mal!»

Trifonow schwang jetzt weder Arme noch Beine, sondern lag mit dem Kopf tief im Schnee, begraben unter Lopatins Gewicht. Seine Augen traten hervor, sein Gesicht war kreidebleich. Wie ein sterbender Fisch schnappte er nach Luft, lautlos und sehr angestrengt.

«Du bringst ihn um, verdammt!», brüllte Milka. «Du Scheißkerl!» Sie packte Lopatin am Kragen und versuchte, ihn wegzuzerren.

Er kroch am Ende unter den Baum und lehnte sich keuchend an den Stamm. Aus dem Hass in seinem Gesicht war Furcht geworden. Seine Lippen waren aufgeplatzt und sein linkes Auge begann anzuschwellen. Seine Jeans und sein Pullover waren mit Erde und Blut beschmiert. Er massierte sich die Hand, die zerkratzt und geschwollen war.

«Wo ist sein Inhalator!», schrie ich. Ich hatte mich hingekniet und hielt sanft Trifonows Kopf. Blut tropfte aus seiner Nase, die gebrochen war und wie ein geplätteter Klumpen wirkte. «Er ist weder in seinem Mantel noch in seiner Hose.»

«Im Auto?», fragte Lopatin, und Milka rannte zum Zaun und schlüpfte zwischen den Zaunlatten durch. «Da ist er nicht!», rief sie einen Augenblick später.

«Scheiße», sagte ich. «Vielleicht ist er ihm aus der Tasche gefallen. Sieh nach, Lopatin. Bitte. Sitz nicht bloß da.»

Die Zeit blieb kurz stehen, während Milka und Lopatin den Erdboden auf allen vieren absuchten. Das Feuer war beinahe heruntergebrannt, sodass man nur mit dem Feuerzeug etwas sah, das jedoch nur ein erbärmlich kleines Stück Land erhellte, nicht größer als ein Apfel. Trifonow keuchte weiter und wurde immer schwächer, und ich streichelte weiter seinen Kopf auf meinen Knien. Tränen tropften mir übers Kinn, ein paar plumpsten ihm aufs Gesicht, und er schlug die Augen auf und blinzelte erschöpft und verwirrt. «Bitte stirb nicht», sagte ich und beugte mich zu ihm hinunter, küsste ihn zart auf den Mund, der nach meinen Tränen und seinem Blut schmeckte, salzig und nach Eisen und Erdkrümeln. «Bitte, bitte stirb nicht.» Ich zerrte mir den Schal vom Hals und wischte ihm das Gesicht ab.

«Steh auf, Ranewa. Überlass ihn mir.»

Lopatin bewegte sich wie ein großes verletztes Tier, als er Trifonow vom Boden aufhob, mit ihm zum Auto humpelte und auf dem

Weg die Zauntür mit dem Fuß niederstieß. Trifonows Körper war ein jämmerlicher Anblick – wie ein entwurzelter junger Baum, der verwelkt in Lopatins Armen hing. Milka hatte eine Wagentür offen gelassen und Lopatin legte Trifonow auf den Rücksitz und setzte sich dann ans Steuer.

«Steigt verdammt noch mal ein!», sagte er und schlug die Wagentür zu.

Ich eilte ins Haus, warf alle Essenssachen in die Taschen, und Milka stampfte die Flammen aus und packte die Flaschen und die Gläser mit dem Eingelegten zusammen. Mit zitternden Händen ließ ich das Türschloss einrasten, als sie plötzlich brüllte: «Ich hab ihn gefunden! Ich hab ihn gefunden!»

Trifonows Nase hatte endlich aufgehört zu bluten, doch trotz Inhalator bekam er kaum Luft und keuchte auf dem Weg ins Krankenhaus ununterbrochen. Sein Haar war von einem schmutzigen Rosa und klebte ihm feucht an der Stirn. Bevor wir einstiegen, presste ich etwas Schnee in Milkas Taschentuch und legte es auf Trifonows Nase und zerschrammte Wange. Er hatte die Augen geöffnet, doch seine dunklen, glasigen Pupillen bewegten sich nicht. Wir merkten erst jetzt, dass wir Lopatins Mantel vergessen hatten, doch Lopatin meinte, er komme ihn später holen. Ansonsten sagten wir kein Wort, sondern starrten grimmig auf die Straße, die sich wie ein schwarzes Band vor uns ausrollte.

Ich schlug erst vor, in die Stadt zu fahren, das hätte aber bedeutet, Zeit zu verlieren, ganz davon abgesehen, dass Lopatin besorgt war, dass man ihn zu dieser späten Stunde anhalten und verhaften könnte. Er ähnelte einem gemeinen Straßenräuber: verdreckte Kleider, zerzaustes Haar, zerkratztes Gesicht, ein Auge völlig zugeschwollen, das andere blutunterlaufen. Er saugte fortwährend an seinen Lippen und berührte die Wunde mit dem Finger.

Ich erinnerte mich an ein kleines Krankenhaus auf dem Land, das ganz in der Nähe war, in Belije Stolbi. Meine Eltern hatten meine

Großmutter einmal im Sommer dort hingebracht. Das Krankenhaus war lang und schmal und mit seinen Metallgitterstäben an Fenstern und Türen leicht mit einem Gefängnis zu verwechseln. Als wir dort angekommen waren, half uns Lopatin aus dem Wagen und wartete sogar, bis wir geklingelt hatten und jemand die Verandalichter anmachte. Wir drei, Milka, Trifonow und ich, stellten uns an die Wand und Milka und ich stützten Trifonows schwachen, schwankenden Leib mit unseren Körpern. Sein ganzes Gesicht war lilarot und auf Kürbisgröße angeschwollen.

Lopatin steckte sich eine Zigarette an und schlurfte zu seinem Wagen.

«Wo fährst du hin?», fragte ich.

«Zur Datscha und dann nach Hause. Ich kann kein Risiko eingehen. Wenn mein Vater dahinterkommt, macht er Hackfleisch aus mir, ein Scheißkebab.»

«Und wie sollen wir nach Hause kommen? Und das Ganze erklären?», fragte Milka. «Geh nicht weg.»

«Ruft Trifonows Mutter an. Sagt, ihr seid von ein paar betrunkenen Arschlöchern angegriffen worden und Trifonow hat versucht, euch zu beschützen. Macht ihn zum Helden.»

«Du bist ein widerlicher Scheißkerl, Lopatin», sagte Milka.

Er zuckte die Schultern. «Bestreit ich ja gar nicht. Echt nicht.»

Es muss Mitternacht gewesen sein. Die Tür zum Krankenhaus ging endlich auf und ein großer Mann mit gepflegtem Spitzbart und forschendem Blick stand vor uns. Er trug einen Arztkittel und eine kleine randlose Brille und hatte ein Stethoskop um den Hals hängen. Sein dunkles schütteres Haar war nach hinten gekämmt.

«Kann ich euch helfen?», fragte der Mann ruhig, aber eindringlich. «Ist irgendwer krank?»

Wir gaben keine Antwort, blickten ihn aber schweigend an, zitternd und überbordend vor Angst, Ungewissheit und der drohenden Strafe – vor all dem, was wir würden durchstehen müssen. Ich streckte die Arme aus und berührte Milka mit der einen Hand und Trifonow mit der anderen. In dem Augenblick atmete der Mann hörbar ein und sagte: «Kommt rein, aber macht schnell.»

# 19

Meine Eltern verziehen uns, dass wir uns nachts unerlaubt auf die Datscha geschlichen hatten. Außerdem glaubten sie uns die Geschichte mit den Betrunkenen, die uns angegriffen hatten, als wir die Landstraße entlanggingen und versuchten, per Anhalter zu fahren. Doch weder Lopatin noch Trifonow kamen wieder zum Unterricht. Trifonow war zu krank und Lopatin war auf dem Rückweg in die Stadt verhaftet worden, weil er ohne Führerschein fuhr. Wir vermuteten, dass er entweder im Gefängnis war oder dass man ihn von der Schule verwiesen hatte, oder beides. Milka sagte, was aus ihm würde, sei ihr schnurzegal, er habe uns verraten. Wegen Trifonow fühlten wir uns jedoch furchtbar und machten uns Vorwürfe, weil wir zugelassen hatten, dass Lopatin ihn verprügelte. Jeden Tag gingen wir nach der Schule zu Trifonow nach Hause, doch seine Mutter ließ uns nicht zu ihm. Er wurde jetzt bis zum Ende des Monats zu Hause unterrichtet und würde erst während der Prüfungswoche wieder in die Schule kommen. Wir sparten unser Mittagessensgeld und kauften ihm in einer Bäckerei vor Ort, die wie viele alte sowjetische Geschäfte bald schließen würde, seine Lieblings-*Baba au rhum*, oder *Pontschiki*, dicke Krapfen mit Puderzucker. Trifonows Mutter machte die Tür nur einen Spalt weit auf – nur so weit, wie es die Sicherheitskette zuließ – und nahm die süßen, noch warmen Stückchen entgegen, die in Butterbrotpapier gewickelt waren. Dabei sagte sie kein Wort und in ihrem verhärmten Gesicht zeigte sich kein Lächeln, nur Missbilligung. Sie wirkte doppelt so alt, wie sie war, hatte trübe Wangen und eine teigige Haut, auf die nie ein Sonnenstrahl fiel, und in ihren Augen lag immer ein Rest von Kummer. Wenn sie die Päckchen durch die Öffnung zog, zitterten ihr die Hände. Sie gab uns nie die Schuld für irgendetwas, doch ihre Miene brachte zum Ausdruck, dass wir schuldig waren. Genau wie damals in Jalta, als Trifonow die Seiten aus dem *Kirschgarten* verloren hatte.

Überall ringsum erzeugte der Wunsch nach politischem und wirtschaftlichem Wandel nur noch mehr Verzweiflung und Verwirrung. Die Lehrer blieben im Unterricht stecken, weil sie nicht wussten, was sie als Nächstes unterrichten oder als Hausaufgabe geben sollten. In der Pause berieten sie sich in der Cafeteria oder der Turnhalle oder im Rektorat; sie gingen mit hängenden Köpfen durch die Gänge, den Blick auf den Boden geheftet, als würden sie nach etwas Richtigem suchen, das dort zu finden war, und das sie uns geben konnten. Wir wurden still und wachsam und kamen uns manchmal wie Maschinen vor, wie Roboter mit rostigen Teilen und defekter Schaltung. In dem Wissen, dass wir alles Gelernte wieder verlernen mussten, schlurften wir von einem Klassenzimmer ins nächste. Wir tratschten auch und brodelten vor Fragen, auf die keiner eine Antwort wusste: Sind wir jetzt frei? Können wir nach Lust und Laune überall hinfahren? Können wir offen Zoi hören und Queen? Können wir Levis-Blue-Jeans kaufen? Und wenn Lenin und Stalin abscheuliche Tyrannen waren und die Millionen Menschen, die an sie glaubten, betrogen hatten und so viele unschuldige, aber ungehorsame Russen ermordet hatten, wer war dann noch übrig, um das Land in Zukunft zu regieren? Was bringt die Zukunft? Können wir den Gulags jetzt einen Besuch abstatten?

Es wurde allmählich wärmer: Der Frühling zeigte sein neues, mildes Gesicht und der Himmel war lebhaft blau getüncht. Die Bäume regten sich sacht im Wind und streiften Fenster und Häuser. Es war das endgültige Ende des Winters, und wir feierten es wie immer, indem wir unsere Pelzmäntel gegen Trenchcoats und Jacken austauschten und unsere Wollstrumpfhosen gegen Nylonstrümpfe. Wir lernten weiter für die Abschlussprüfungen und probten weiter *Hamlet*. Das Stück war unsere Abschiedsaufführung und man erwartete von den meisten Schülern der Oberstufe, dass sie mitspielten. Ich hatte keine große Lust, Theater zu spielen, doch Milka stand leidenschaftlich gern auf der Bühne und war eine hinreißende Schauspielerin, sodass ich mich bloßgestellt fühlte – nicht so sehr durch ihre Begabung als durch ihren sturen Wunsch, alles unbedingt verstehen zu wollen. Außerdem war ich eifersüchtig: Nicht auf die Gabe meiner Freundin, sich den Text einprägen und unverfroren aufführen zu können und dabei mit ihrem Wissen und ihren schauspielerischen Fähigkeiten zu prunken; ich war eifersüchtig auf sie als Mensch, der keine Angst davor hatte, sich vor den Klassenkameraden oder vor anderen Leuten lächerlich zu machen. Es war nicht so, dass sie sich nicht unsicher gefühlt hätte, wenn sie altmodische Wörter in einer Fremdsprache aussprach, oder dass sie sich für fraglos begabt gehalten hätte; die Wahrheit war, dass sie sich auf der Bühne all dieser Dinge nicht bewusst zu sein schien; es war, als sei sie mit dem Text auf einer ganz anderen, vertrauteren Ebene beschäftigt, für die ein ganz bestimmtes, subtiles Verständnis nötig war, das mir fehlte.

Weil alle fanden, ich sei reif genug und hätte eine frauliche Figur, spielte ich Königin Gertrud. Milka übernahm die Rolle von Prinz Hamlet, weil kein Junge sie spielen wollte – unsere Diskussionen im Unterricht hatten nämlich ergeben, dass Hamlet die Königin begehrte. Alle Jungen in unserer Klasse hatten erklärt, sie würden nie mit ihrer eigenen Mutter schlafen, nicht einmal für eine Million Dollar. Wir brachten Stunden damit zu, unseren Text auswendig zu lernen und zu proben. Wir sahen uns sogar Гамлем von Grigori Kosinzew an, eine Filmadaptation von 1964, zu der Dmitri Schostakowitsch eigens die Musik komponiert hatte. Meine Mutter hatte mir und Milka Kostüme genäht, und wir konnten uns sogar aus dem Fechtverein ein Florett leihen. Mit ihrem kinnlangen Haar, dem alten weißen Hemd meines Vaters, an dem meine Mutter sogar Spitzenrüschen und Manschetten angebracht hatte, mit dem roten Samtcape, den passenden Pantalons, einer weißen Strumpfhose und dem Florett an der Hüfte sah Milka wirklich wie ein Prinz aus. Sie stolzierte durch unser Wohnzimmer, und ihr Gang hatte die gelassene Würde, mit der Königskinder geboren werden. An den Füßen trug sie schwarze Männerslipper, die sie mit zerknülltem Zeitungspapier ausstopfen musste, um sie nicht dauernd zu verlieren.

Ein paar Tage vor der Aufführung gingen wir nach der Schule zu Milka. Die Luft war mild und duftete nach frischem Grün. Alle Bäume trieben aus und trugen Knospen; wie Babyzungen rollten sie die Blätter langsam auf. Die Sonne stand hoch am Himmel und brachte die letzten aschgrauen Schneekrusten an den Bordsteinen zum Schmelzen. Ich platzte vor Energie und quasselte davon, dass wir als Land neu aufleben würden, als neues Volk, das die Welt in Erstaunen versetzen würde – die Generation Perestroika –, dass wir uns beide an der Fremdsprachenfakultät der Universität einschreiben und vielleicht im Ausland studieren würden. Milka sagte nicht viel dazu, sondern nickte nur dann und wann und war mit ihren Gedanken so weit weg wie die Pappelkronen, die sich in der Ferne verneigten. Als wir zu ihrem Haus kamen, sagte sie, sie habe Wodka und Zigaretten und wir müssten feiern.

Wie schon seit Jahren vergruben wir uns in ihrer Wohnung und brieten Kartoffeln, während Queen aus dem Kassettenrekorder plärrte. Wir schenkten uns aus der Flasche ihres Stiefvaters Wodka ein und füllten die Flasche mit Wasser nach. Milka war ungewöhnlich still und schlurfte wie eine alte Frau in Slippern herum, die wie Pantoffeln hinten heruntergetreten waren. Sie hatte sich umgezogen und trug ein Hauskleid aus Baumwolle. Mir fiel auf, dass sie ein paar Rundungen bekommen hatte. Ich witzelte sogar, dass sie nicht mehr wie eine Sprotte aussah, sondern wie ein ausgewachsener Hering. Sie zwang sich zu einem säuerlichen Lächeln, und in der Hoffnung, sie zum Lachen zu bringen, zwickte ich sie in den Po. Nach ein paar Schlucken war ich beschwipst und mein Herz hämmerte.

In Milkas Zimmer machten wir das Fenster auf, zündeten uns Zigaretten an, hängten uns weit aus dem Fenster und bliesen eine

Reihe zitternder Rauchringe in die Luft. Ich streckte den Finger aus und steckte ihn durch einen von Milkas Ringen. Er sah aus wie ein Ehering, löste sich dann aber vor unseren Augen auf.

«Du musst mir einen Gefallen tun», sagte Milka mit heiserer, krächzender Stimme.

«Und zwar?»

«Du bist meine beste Freundin, oder?»

«Falsch. Ich bin deine einzige Freundin», sagte ich und schnipste die Zigarette nach draußen.

«Ich will, dass du mir in den Bauch trittst.»

Ich drehte mich zu ihr um und sah sie an, doch sie rauchte weiter, den Blick auf den Fliederbaum vor dem Fenster gerichtet, dessen schlanke, krumme Zweige mit jungen Blättern bedeckt waren.

«Was soll der Scheiß?», fragte ich. «Bist du betrunken?»

«Schwanger.»

«Nein!»

«Doch. Und das Schlimmste weißt du noch nicht», sagte sie und drückte die Zigarette auf der Fensterbank aus, die voller Taubenmist war.

«Was kann denn noch schlimmer sein?»

«Es ist von meinem Stiefvater.»

Ich blinzelte und hielt mir die Hand vor den Mund. Dann ließ ich sie übers Kinn gleiten und fasste mir an den Hals. «Du machst einen Scherz, oder?»

«Nein.»

«Du vögelst mit deinem Stiefvater? Was ist mit Lopatin?»

«Was soll mit ihm sein? Er ist ein Mistkerl, wie alle. Er hat uns verraten.»

«Bist du sicher, dass das Kind nicht von ihm ist?»

«Ja.»

«Wie grauenhaft. Ich kann nicht glauben, dass du so was machst.»

«Halt verdammt noch mal die Schnauze. Es ist saukompliziert. Du hast keine Ahnung.»

«Was meinst du damit? Du fickst den Mann deiner Mutter. Was gibt es da zu deuten – so was macht man nicht. Bist du völlig übergeschnappt?»

«Als ich klein war, hat meine Mutter mich nackt zwischen sich und ihn ins Bett gelegt. Und wenn er dann einen Ständer bekam, hat sie mich aus dem Zimmer geschickt. Damit er sie schnellstens ficken konnte.»

«Willst du mich verarschen? Bäh, das ist total abgefuckt. Wir müssen es irgendwem sagen.»

«Wem denn? Interessiert doch keinen Arsch, wenn es nicht mal deine eigene Mutter interessiert. Für eine Abtreibung ist es jedenfalls zu spät. Ich bin fast im fünften Monat. In den ersten beiden Monaten hatte ich meine Tage. Zwar nicht sehr stark, aber ich hab nicht richtig darauf geachtet. Deshalb hatte ich keine Ahnung, dass ich schwanger bin. Meine Titten waren wund, aber ich hab gedacht, Wachstumsschmerzen oder so. Als ich es meiner Mutter gesagt habe, hat sie angefangen zu heulen und gebettelt, ihr das nicht anzutun und ihr nicht den Mann zu klauen. Sie hat sonst nichts. Sie kann nicht allein sein. Ich heirate und gehe fort, und wen hat sie? Sie hat gesagt, wir könnten das Baby an ein paar reiche Leute verkaufen, aber dazu müsste ich für eine Weile verschwinden und bis zur Geburt bei meinen Großeltern in Norilsk leben. Weißt du, wo das ist? Scheißweit entfernt: in der Kolymaregion. Gulags. Dauerfrost. Ich muss das Baby loswerden. Ich will es nicht. Und ich will es auch nicht an irgendwelche unfruchtbaren Wichser verkaufen, die es Gott weiß wie missbrauchen können.»

Ich schweig. Die Zunge klebte mir am Gaumen und ich brachte kein Wort heraus. Ich starrte auf ein kleines rechteckiges Aquarium auf ihrem Schreibtisch, dessen Wände voller Algen waren. Durch das grüne, trübe Wasser sah ich ein paar Fischchen, die eigentlich nicht schwammen, sondern auf der Stelle standen, als würden sie einen Sturm aussitzen.

«Ich hab mir alles genau überlegt. Ich habe sogar Kräuter gekauft, die die Wehen auslösen. Das haben die Frauen immer so gemacht – irgendein Zeug getrunken und sich dann mit Steinen oder Eisenstangen auf den Bauch geschlagen. Und zack hatten sie eine Fehlgeburt», sagte sie.

«Ich werde dich nicht schlagen. Ich will damit nicht das Geringste zu tun haben, Scheiße noch mal.»

«Dann bist du nicht meine Freundin.»

«Doch, die bin ich. Aber das ist echter Wahnsinn. Und wohin willst du danach mit dem Baby?»

«Das begraben wir irgendwo.»

«Und wenn es noch lebt?»

«Dann bringen wir es ins Krankenhaus und sagen, wir hätten es in einem Mülleimer im Hof gefunden – so was passiert dauernd.»

«Nein, das stimmt nicht. Was ist bloß mit dir los?»

«Ich bin schwanger und hasse es. Ich hasse alle. Auch dich.»

«Mich? Wieso das denn? Was hab ich dir denn getan? Ich bin diejenige, die wütend sein sollte. Ich erzähl dir immer alles, und du erzählst mir gar nichts. Du hättest mit meinem Papa schlafen können und es wäre dir völlig wurscht gewesen.»

«Der ist auf meiner Liste. Sein Hemd trag ich ja schon.» Milka lachte kurz und schrill.

«Du bist ein verdammtes Aas. Eine blöde Scheißzicke. Wir waren immer beste Freundinnen, wie Schwestern waren wir. Als ich klein war, wollte ich unbedingt, dass meine Mutter dich adoptiert. Und du bist genau wie Lopatin – du hast uns verraten.»

*«An sich ist nichts weder gut noch schlimm; das Denken macht es erst dazu.»* Sie lächelte mich gereizt an, mit kalten, distanzierten Augen, wie die der Fische in ihrem Aquarium.

«Hör auf, dich über mich lustig zu machen. Das hier ist kein blödes Spiel», sagte ich.

«Das Leben ist eine Bühne; alle Menschen sind Schauspieler. Von wem ist das?» Sie streckte die Hand aus und berührte mich an der Schulter. «Tut mir leid. Lass uns einfach Sex haben und nicht mehr dran denken. Hamlet verzieh seiner Mutter, dass sie mit Claudius geschlafen hatte, weil er sie vögeln wollte.»

Mir blieb die Luft weg. Ich trat einen Schritt zurück und stürzte mich dann auf sie, schlug sie ins Gesicht, auf die Brust, an alle Körperstellen, die ich erreichen konnte. Sie verteidigte sich nicht, sondern wich zurück und kauerte sich neben ihr Bett, während ich sie in den Unterleib und in die Rippen trat. Je mehr ich sie schlug, desto weniger wollte ich damit aufhören und desto weniger verteidigte sie sich. Ich wusste, dass ich aufhören musste, bevor es zu spät war und wir beide zusammenbrechen würden: sie vor Schmerzen und ich aus Angst und Reue. Plötzlich stand sie auf und begann wie eine Wilde um sich zu schlagen. Ich bekam ein paar Schläge ab und es gelang mir, sie zu packen und unter Aufwendung aller Kraft an mich zu ziehen und festzuhalten, während sie auf meinen Rücken einprügelte und uns beiden die Tränen über die Wangen liefen.

In dieser Nacht konnte ich nicht schlafen und mein Herz raste. Ich lag in meinem Zimmer und war von Schatten umgeben, die sich an den Wänden krümmten. Es war, als sei alles Helle und Fröhliche aus der Welt verschwunden, weggeprügelt, als würde ich nie wieder die Sonne sehen und spüren, ihr Strahlen und ihre Wärme. Alles war düster, schmutzig, endgültig. Ich wollte es meiner Mutter sagen, brachte es aber nicht über mich, da ich befürchtete, sie würde mir den Umgang mit Milka verbieten. Also blieb ich im Bett liegen, atmete schwer und kaute an meinen Nägeln.

Am nächsten Morgen rief Milka an. Es war noch früh, am Himmel zeigte sich schüchtern die Morgenröte. Ich war schließlich doch noch eingeschlafen, aber als das Telefon klingelte, sprang ich aus dem Bett, rannte in die Küche und griff nach dem Hörer.

«Ich kriege es gerade», flüsterte sie. «Kannst du kommen? Ich sag meiner Mutter, dass ich krank bin, in einer Stunde müssen sie zur Arbeit. Ich lass die Tür auf.»

Ich ging in mein Zimmer zurück, zog meine Schuluniform an und packte mit zitternden Händen und schwachen Knien meine Schultasche. Im Garderobenspiegel entdeckte ich an meiner Wange eine rötliche Schramme, die ich unter einer dicken Schicht aus Make-up und Puder verbarg. Ich wartete bis Viertel vor sieben, dann weckte ich meine Eltern und erklärte ihnen, ich hätte vor dem Unterricht noch eine Theaterprobe. Sie nickten und rieben sich die Augen. «Hast du dir ein Wurstbrot für die Mittagspause gemacht?», fragte meine Mutter, und ich sagte, ich würde in der Schule essen.

Milka wohnte eine Viertelstunde zu Fuß von mir entfernt, aber ich schaffte es in zehn Minuten: Ich rannte, nahm Abkürzungen durch matschige Gärten und Spielplätze, stieg über einen Kindergartenzaun, um auf die andere Seite zu gelangen. Mit hängender Zunge und hervorquellenden Augen kam ich wie ein keuchender Hund vor ihrem Haus an.

In Milkas Wohnung war es still und unheimlich, die Luft regte sich nicht. Unter dem Garderobenständer standen zwei Paar Slipper und jemand hatte eine Zeitung auf den Stuhl geworfen. Milkas Zimmertür war geschlossen. Ohne die Jacke auszuziehen, ging ich auf Zehenspitzen den Gang entlang und lauschte an ihrer Tür, die Schultasche mit den Büchern über der Schulter. Ich glaubte, ein Wimmern zu hören, und drückte die Tür mit den Fingerspitzen auf.

Milka lag halb sitzend auf ihrem Bett und ihr geschwollenes Gesicht war blut- und tränenverschmiert. Um ihren dürren Leib zu schützen, hatte sie die Decke bis zum Hals hinaufgezogen; ihre Knie waren gebeugt, ihre Beine leicht gespreizt. In ihrem ungekämmten Haar war Blut, als sei sie sich mit den Händen durch die Haare gefahren.

«Es ist vorbei», sagte sie.

«Vorbei?», wiederholte ich.

«Ja.»

«Wo ist es?»

«Hier.» Sie deutete mit dem Kinn auf ihre Knie, dann zog sie den unter Decken vergrabenen Arm hervor. Langsam begann sie, eine Decke nach der anderen wegzuziehen, als hätte sie Angst, dass das, was sich darunter verbarg, entkommen könnte.

Ich brachte es nicht über mich, es anzusehen, deshalb schloss ich die Augen, riss mir die Wollbaskenmütze vom Kopf und drückte sie mir ins Gesicht.

«Kannst du es beerdigen?», fragte Milka. «Ich bin zu erschöpft und muss die Scheißlaken waschen.»

«Wo soll ich es hinbringen?», murmelte ich.

«Ich weiß auch nicht. Begrab es einfach an einer Stelle, wo die Hunde nicht drankommen.»

Sie nahm ein altes T-Shirt mit verwaschenem Rosenmuster von der Ablage am Kopfende, wickelte das Baby hinein und gab mir das Bündel. Um es in meiner Schultasche unterbringen zu können, nahm ich ein paar Bücher heraus und legte sie neben das Aquarium auf Milkas Schreibtisch.

Beim Hinausgehen sagte ich: «Geht's dir einigermaßen? Bist du okay? Ich komm dann gleich wieder.»

«Nein, komm nicht.» Sie schloss die Augen, rollte sich in Embryonalstellung und zog sich die Decke über den Kopf.

Über dem Schreibtisch hing das Bild ihres Vaters an der Wand. Es war ein großes, quadratisches Schwarz-Weiß-Porträt in einem Holzrahmen, der an den Ecken beschädigt war. Der Mann auf dem Foto hatte ein glatt rasiertes Gesicht und sein fleischiger, geschwungener Halbmondmund lächelte – in seinen Augen jedoch lag eine tiefe Traurigkeit, so als hätte er bereits gewusst, was ihm, seiner Tochter und seinem Enkelkind widerfahren würde.

Draußen stand ich auf der leeren Straße und beobachtete einen streunenden Hund, der neben einem frisch gestrichenen Abfallcontainer einen Müllhaufen beschnüffelte. Erst wollte ich das Baby dort hineinschmuggeln, doch dann erinnerte ich mich daran, dass meine Mutter meinem Vater immer gepredigt hatte, die Toten müssten begraben werden, zur letzten Ruhe gebettet – sonst kämen sie zurück und suchten einen heim: Wenn der Staat sich die Mühe gemacht hätte, Lenin ordentlich zu begraben, statt seinen elenden Körper zu konservieren und zur Schau zu stellen, dann wäre unser Land nach über sechzig Jahren nicht in einer so erbärmlichen Verfassung.

Ich ging zur Bushaltestelle und überlegte, ob ich in einen Park gehen und das Baby dort unter einem Baum begraben sollte. Aber ich hatte keine Schaufel dabei, und der Boden war zu hart, um ihn mit den Händen aufzuwühlen. Außerdem hatte ich Angst, jemand könnte mich sehen und die Polizei rufen. Am Ende kam ich zu dem Entschluss, dass mir nichts anderes übrig blieb, als zur Datscha zu fahren. Meine Eltern waren noch nicht dort gewesen, um die Bäume zu schneiden oder zu düngen, die Schlüssel würden also noch an derselben Stelle liegen.

Im Bus waren vor allem Frauen und ein paar ältere Männer, die große, stabile Einkaufstaschen dabeihatten, in denen in Zeitungspapier eingewickelte Päckchen lagen und junge Obstbäumchen, die wie Besen herausragten – nackte Zweige, die am unteren Ende zusammengebunden waren. Ich hatte das seltsame Gefühl, alle im Bus würden mich beobachten und hätten erraten, was in meiner vollgestopften Tasche war. Der Bus bebte und rumpelte, und ich hielt mein Bündel noch fester an meinen Bauch gedrückt.

Von der Bushaltestelle bis ins Dorf, das so verlassen dalag wie nach dem Krieg, war es ein strammer zehnminütiger Fußmarsch. Ich sah und hörte weder Hunde noch Vieh, und aus den Schornsteinen kam kein Rauch. Die niedrigen dunkelbraunen Blockhäuser standen stumm da, die Fenster waren mit Gaze verhüllt oder mit Brettern vernagelt. Die Straße war holprig, voller Furchen und Pfützen, bloßgelegter Steine und heruntergefallener Äste. Jahrelang hatten meine

Eltern und ihre Nachbarn versucht, die Behörden dazu zu bringen, die Straße zu pflastern, zumindest das Verbindungsstück zwischen dem Dorf und den Datschas, doch ihr Antrag war auf taube Ohren gestoßen.

In der Datschasiedlung angelangt, ging ich mit gesenktem Kopf am Haus der Garews vorbei und an dem der Chodows, und mied alle, die mich hätten erkennen können, obwohl ich mir eigentlich sicher war, dass niemand gleich zu Frühlingsbeginn an einem Werktag auf seine Datscha fuhr. Vor unserem Haus trat ich durch das Loch, das Lopatin in den Zaun gerissen hatte, als er Trifonow zum Wagen trug. Von unserem Besuch, der drei Wochen zurücklag, war nichts zu sehen, höchstens die paar Holzspäne am Boden und die Axt, die verlassen hinter dem Baumstumpf lag.

Ich holte die Schlüssel aus der Kanne im Toilettenhäuschen und die Schaufel meines Vaters aus dem Geräteschuppen. Ich überlegte, ob ich das Baby auf dem Feld, im Birkenhain oder am Flussufer begraben sollte. Doch wenn Milka irgendwann ans Grab gehen wollte und ich ihr dann nicht zeigen konnte, wo es war? Und wenn mich jemand mit einer Schaufel dort herumlaufen sähe? Sie würden höchstwahrscheinlich meine Eltern anrufen. Ich stand also neben den Blumenbeeten meiner Mutter, die mit Laub und Zweigen und handtellergroßen Schneeresten bedeckt waren, hob die Schaufel hoch und begann unter einem Apfelbaum zu graben, dessen Äste bereits voller fester, perlweißer Knospen waren. Ich rammte die Schaufel in den Boden und hackte auf die harte Erde ein, grub sie um und bearbeitete sie nach und nach, um eine Grube ausheben zu können, die groß genug war.

Als ich fertig war, holte ich das Bündel aus der Tasche. Das T-Shirt war blutdurchtränkt. Ich ging zurück zum Schuppen und suchte nach einer Schachtel, in der ich es beerdigen konnte, fand aber nur Baumaterial, Farben und Pinsel, eine Truhe mit altem Spielzeug, ein Glas Nägel und eine rostige Wanne, in der zerrissene Kleider von meinem Vater lagen, die jetzt als Lumpen dienten. Mir blieb nichts anderes übrig, als das Baby in das Loch in der immer noch gefrorenen Erde zu legen. Bevor ich das Bündel mit Erde bedeckte, holte ich es noch einmal heraus und wickelte es langsam auf, eine Schicht nach der anderen, wie Kohlblätter.

Eingerollt im Inneren befand sich ein Miniaturmensch – ein Junge. Er war scharlachrot und winzig und hatte einen länglichen Eierkopf; die Knie waren angezogen und die Fäuste an den Knopfmund geklammert, als wollte er sich verteidigen. Er lag da wie ein gehäutetes Tier – ein Eichhörnchen oder ein Kaninchen –, ein kleiner Hügel nacktes Fleisch auf einem Streifen Schnee. Er hatte die Augen geschlossen und sein Körper war ganz faltig. Ich fuhr mit dem Finger über seine Schulter, die sich kalt und hart und glitschig anfühlte. Aus seinem Bauch ragte ein winziger Schlauch heraus, der am unteren Ende ausgefranst war, als sei er abgekaut worden. Ich nahm meine Baskenmütze ab und packte das Baby hinein, so wie Milka und ich früher Puppen in Papierboote gepackt und dann in Regenpfützen hatten schwimmen lassen. Ich ließ ihn in die Grube hinab und legte das gefaltete T-Shirt obendrauf.

Tränen strömten mir über die Wangen; meine Haut kribbelte und brannte. Ich sammelte einen Armvoll klumpiger Erde, schaufelte sie darüber, klopfte sie fest und häufte Laub darauf. Ich sah zu, wie die Blätter durch meine erdverkrusteten Finger fielen und unter dem Baum landeten.

## 20

An dem Abend rief ich Milka mehrmals an, aber niemand hob ab, und am nächsten Morgen kam sie nicht zur Schule. Ich stand in der Schultoilette, wo wir vor Jahren unseren ersten Kuss erlebt hatten, lehnte mich aus dem Fenster und rauchte eine Zigarette nach der anderen, in der Hoffnung, ihre schlanke Gestalt würde gleich hinter den Bäumen auftauchen. An der Wand hing derselbe gesprungene quadratische Spiegel, in dem wir einst unsere albernen, Grimassen schneidenden Gesichter gesehen hatten. Wie glücklich wir damals waren, wie unschuldig – und unsere Freundschaft ebenso rein und heil wie unsere Träume. Die Klingel ertönte und ich zog zitternd ein letztes Mal an der Zigarette und warf sie dann ins Klo. Ich ging näher zum Spiegel, so nah, dass er von meinem Atem beschlug. Ich malte ein Gesicht mit zwei schräg gestellten, weit auseinanderliegenden Augen und einem dicken, herzförmigen Mund und beobachtete dann, wie das Gesicht sich in das Nichts hinter der matten Silberoberfläche auflöste.

Im Unterricht blieb die Zeit stehen. Eine Stunde schleppte sich dahin – sechzig Minuten – dreitausendsechshundert Sekunden – während ich Nägel kaute, bis meine Finger wund waren. Im Biologieunterricht wurden wir dann von einer Mitteilung unterbrochen: Das Theaterstück war abgesagt worden, weil Hamlet tot war.

Alle starrten mich an, und ich fing an zu zittern. Eine schreckliche Stille hallte von Milkas leerem Platz wider. Die Lehrerin streichelte mir Rücken und Schultern und gab mir ein Glas Wasser, das ich nicht herunterbekam. Sie umarmte mich und sagte, die Zeit würde die tiefsten Wunden heilen und die größte Kluft überbrücken, und eines Tages würde ich aufwachen und erkennen, dass das Leben wunderbar sei, trotz allem Kummer und Leid. Ich versuchte, ihr zu antworten, brachte aber kein Wort heraus, sah alles verschwommen und Tränen schnürten mir die Kehle zu.

Meine Mutter kam in die Schule und brachte mich nach Hause. Sie sagte, Milka sei an einer Pilzvergiftung gestorben – als ihre Eltern von der Arbeit zurückkamen, sei es zu spät gewesen. Sie bombardierte mich mit Fragen: «Weißt du etwas, was ich nicht weiß? War sie aufgebracht, böse, verletzt? Hast du sie gestern getroffen? Hast du den Unterricht verpasst, weil du mit ihr zusammen warst? Habt ihr gestritten? Ist dieser Kratzer an deiner Wange eine Verletzung? Sagst du die Wahrheit?»

Ich wusste es nicht. Ich kannte die Wahrheit nicht.

In den Tagen danach wollte ich unbedingt mit Milkas Eltern reden, aber sie gingen nicht ans Telefon. Ich klingelte ein paarmal bei ihnen, aber sie machten die Tür nicht auf. Wie Türhüter bewachten sie den Tod ihrer Tochter. Danach kehrte ich immer nach Hause zurück, blieb stundenlang in meinem Zimmer und ließ den Nachmittag, an dem Milka und ich uns geprügelt hatten, noch einmal in allen Einzelheiten Revue passieren, und ebenso den Morgen danach, als sie mich bat, das Baby zu begraben. Ich weigerte mich zu glauben, dass sie an einer Pilzvergiftung gestorben war. Ich fragte mich fortwährend: Hatten ihre Eltern von der Fehlgeburt erfahren? War sie in der Lage gewesen, alles sauber zu machen? Hatten sie Schrammen an ihrem Körper entdeckt? Und was war, wenn ihr Stiefvater Milka umgebracht und ihre Mutter ihn nicht daran gehindert hatte? Doch dann wäre bestimmt die Polizei eingeschaltet worden und die Schule hätte die Wahrheit nicht verheimlichen können.

Nicht zu wissen, was mit meiner besten Freundin geschehen war, machte mich noch besessener. Ich stellte mir vor, Milka sei aus dem Fenster gesprungen oder habe sich die Pulsadern aufgeschnitten oder ein Glas Pillen geschluckt und mit dem Wodka ihres Stiefvaters nachgespült. Ich stellte mir vor, wie sie von der Deckenlampe baumelte oder sich ein Messer in den Bauch rammte. Doch nichts davon stellte mich zufrieden. Ich fühlte mich schuldig und verlassen. Ich starrte aus dem Fenster, in den Himmel und seine Leere, und murmelte: «Es tut mir leid, es tut mir leid, es tut mir leid», während ich mir erst in die Fingerknöchel biss und mich dann auf Brust und Unterleib schlug.

Weil ich mich nicht dazu durchringen konnte, dabei zuzusehen, wie der Sarg ins Dunkel der Erde versenkt wurde, wollte ich nicht zur Beerdigung gehen, doch meine Mutter bestand darauf. Sie sagte zu mir, unsere Freundschaft müsse in Ehren gehalten werden, dass es bei diesem letzten Abschied von meiner geliebten Freundin nicht nur um Achtung gehe, sondern dass darin auch das Versprechen liege, weitermachen zu können – viele Jahre lang Einsamkeit, Leid und Schweigen durchzustehen. Wir trügen für die Toten ebenso viel Verantwortung wie für die Lebenden; wir hätten sie immer bei uns, ganz gleich, wie schwer die Bürde sei. Am Ende würden wir durch unsere Bürden definiert, sie machten uns zu dem, was wir seien.

Auf dem Friedhof, demselben, auf dem Milkas Vater beerdigt worden war, wuchs Gras auf den Gräbern und vereinzelt gab es Beete mit Blumen – Iris und Maiglöckchen –, die ihre Köpfe schüchtern durch das alte Laub stießen. Die Luft roch nach Lehm und jungen Blättern, nach purer Energie, wie sie der Frühling in eine Welt ausatmete, die nach vielen dunklen, eisigen Monaten zu neuem Leben erwachte. Ich entsinne mich, dass Milka immer sagte, wir lebten in einer vollkommenen Welt voller unvollkommener Menschen. Doch diese Welt war auch hässlich, grausam und gnadenlos, eine Welt, die wir nun nicht mehr teilten, in der ihre Witze und ihre Liebe zu Büchern nicht mehr vorkamen, ihr jubelnder Wagemut und die Leidenschaft, mit der sie das Leben und die Romane sezierte, das Schicksal der Figuren, das sie sich als ihr eigenes vorstellte. Nie wieder würde ich sehen, wie Milkas Miene sich durch ein Lächeln oder ihr heiseres Gelächter verwandelte; wie sich Zweifel in ihre kindlichen Gesichtszüge zwängten oder Verachtung oder Wut. Wie ihre Stimme vor Eifersucht in die Höhe schnellte, in ein Donnerwetter ausbrach oder sanft vor Sehnsucht wurde.

Ich drückte den Kopf an eine mächtige Birke, deren Äste sich wie flehende Arme in den Himmel streckten. Die raue, knotige Rinde kratzte mich an der Wange, und ich lehnte mich nur noch fester an sie, sodass mir die Maserung in die Haut schnitt. Direkt darüber kräuselten sich Wolken, zogen sich zusammen, sammelten Regen oder auch Tränen – wie meine Großmutter immer sagte: Man muss weinen, um sich besser zu fühlen, um den Kummer auszuhalten oder zu überwinden. Ich sog die Luft ein, doch wenn ich sie hinunterschlucken wollte – ich versuchte es immer wieder –, kamen keine Tränen.

Vor lauter Blumen war der Sarg fast nicht zu sehen. Er blieb verschlossen. Ich stand hinter meiner Mutter, die neben Trifonows Mutter und Lopatins Eltern stand. Milkas Familie blieb auf der anderen Seite des Grabes, zusammen mit all unseren Klassenkameraden, Lehrern, Nachbarn und Leuten, die ich noch nie gesehen hatte. Ihre Mutter war schwarz gekleidet, wirkte bleich und schwach und drückte sich ein zerknülltes Taschentuch auf das feuchte, verquollene Gesicht. Milkas Stiefvater rieb ihr unaufhörlich die Schultern und richtete ihr Schultertuch. Er trug einen braunen Anzug und ein weißes Hemd und war frisch rasiert. Er schien eher verblüfft als aufgebracht, so als hätte er gerade erst vom Tod seiner Stieftochter erfahren. Er vermied es, mir ins Gesicht zu sehen, doch als sich unsere Blicke versehentlich trafen, schaute er weg. Einmal wäre ich fast zu ihm gegangen, doch meine Mutter, die ahnte, was ich vorhatte, griff nach meiner Hand und hielt mich davon ab.

Unsere Schulrektorin hatte alle ermuntert, ein liebevolles Wort der Erinnerung beizusteuern, und Trifonow, der immer noch geschwächt war und dessen Gesichtsverletzungen noch nicht verheilt waren, hielt eine kurze, bewegende Rede, die mit einem Gedicht von Lermontow endete: «Weiß glänzt auf blauer Wasserwüste / ein Segel fern am Himmelsrand ...» Er trug es auswendig vor und kam dabei fast bis zum Schluss ohne seinen Inhalator aus.

Auch Lopatin war da; er stand turmhoch am Sargende und blickte an allen vorbei. Er sprach nicht und weinte nicht, sondern wirkte irgendwie demütig. Als die Rektorin ihn an der Schulter berührte, bebte er und blinzelte stark. Seine geschlossenen Lippen waren kaum wahrnehmbar, seine roten, trockenen Augen fiebrig. Mir fiel eine wunde Stelle auf der einen Wange auf, eine große Narbe an der Schläfe, die erst vor Kurzem genäht worden war. In der Mitte war eine Blutkruste. Außerdem war er unrasiert, was sein Gesicht wild und feindselig wirken ließ. Er befingerte fortwährend einen Nelkenkopf und ließ die anderen Sargträger nicht an den Sarg. Schließlich bückte er sich und schlang seine kräftigen Arme um den Sarg. Es sah so aus, als würde er sich den Sarg ganz allein auf die Schulter heben.

Als man mich zum Sprechen aufforderte, brachte ich kein Wort heraus, aus Angst, mir würden Steine aus dem Mund fallen und die Blumen zerquetschen, aus Angst, dass alle meine Worte gelogen wären und Milka es irgendwie mitbekäme. Als ich dann zum Sarg ging, traten alle einen Schritt zurück, auch Milkas Eltern und Lopatin. Ich fuhr mit den Fingern über das mit Chintz bedeckte Holz und war erstaunt, wie zierlich der Sarg war, klein wie ein Kindersarg. Auch war er warm, von den vielen Blumen oder von der Sonne, die hinter den Wolken hervorgekommen war. Die Tränen strömten mir über die Wangen, ein salziger Sturzbach, den ich mit den Fäusten aufzuhalten versuchte. Ich biss mich so fest in die Knöchel, dass Blut kam, und hörte auch dann noch nicht auf, sondern nagte weiter, bis meine Mutter mich an den Händen fasste und fortzog.

Nach der Beerdigung konnte ich wochenlang weder essen noch schlafen. Meistens lag ich Tag und Nacht in meinem Zimmer und sah zu, wie die dünnen Gardinen sich wie ein Totenhemd bauschten und wieder erschlafften. Ich lauschte den Bäumen, an denen junge Blätter bebten, und den Hunden, die irgendwo auf der Straße bellten, und meinen Eltern, die im Nebenzimmer über meinen erbärmlichen Zustand sprachen. Sowohl Lopatin als auch Trifonow versuchten, Kontakt mit mir aufzunehmen, und Trifonow schrieb mir Briefe, die ich zerriss und ungelesen in den Müll warf. Einmal hörte ich ihn an der Wohnungstür, wo er sich entschuldigte, als meine Mutter ihm erklärte, dass es nicht der richtige Zeitpunkt für einen Besuch sei – ich sei noch nicht so weit. Aus meinem Schlafzimmerfenster sah ich ihn den Bordstein entlangtrotten, dünn und gebeugt, die Hände in den Taschen. Sein altes Hemd flatterte im Wind, der direkt durch ihn hindurchzuwehen schien, durch sein feines Haar und seine klapprigen Glieder. Ich wollte ihn rufen, doch die Kehle schnürte sich mir zu und meine Zunge war in meinem Mund eingekerkert. Die Tränen tropften mir das Gesicht hinunter und mischten sich auf dem Fensterbrett mit der Zigarettenasche zu einer Pfütze.

Ein Monat taumelte vorbei, und immer noch wollte ich niemanden sehen und nicht aus der Wohnung gehen. Tagelang wollte ich mich weder anziehen noch waschen. Ich wurde blass und dünn, ein Skelett in einem Sack, ein Geist, der durch die Wohnung schwebte und sich in Ecken oder hinter der Tür verbarg. Geräusche taten mir weh, Stille jedoch auch. Manchmal hatte ich das Gefühl, als krabbelten Spinnen in meinen Ohren und webten Labyrinthe in meinem Kopf. Ich schüttelte ihn immer wieder und vergrub ihn unter den Kissen, um das dauernde ermüdende Rauschen zu dämpfen, das sich anhörte wie Regentropfen, die auf Bäume fielen. Meine Lehrer zeigten Mitgefühl und übersahen, dass ich in diesen letzten Wochen vor Ende des Trimesters nicht zum Unterricht kam. Ich bekam mein Abschlusszeugnis per Post und hatte ebenso gute Noten wie zuvor, bevor Milka starb.

Meine Mutter hatte mit dem Schlimmsten gerechnet und ihren gesamten Urlaub darauf verwendet, zu Hause bei mir zu bleiben, sorgte dann aber dafür, dass sie unbezahlt frei bekam. Es war die einzige Zeit, in der sie je rauchte. Wir rauchten sogar gemeinsam, saßen dicht beieinander im Hof oder auf dem Balkon und verrauchten die Tage. Sie kauerte dann neben mir auf einem Hocker, rieb mir die Schultern oder strich mir die Haare hinter die Ohren, was ich ganz unerträglich fand. Ansonsten hatte sie Angst, mich anzufassen, in die Arme zu nehmen oder wie früher auf den Kopf zu küssen. Manchmal gingen wir zusammen ins Kino, und ich ertappte sie dabei, dass sie, anstatt den Film zu sehen, mit angstverzerrtem Gesicht mich betrachtete. Sie griff nach meiner Hand und ließ sie bis zum Ende des Films nicht mehr los. In meiner Handfläche spürte ich ihr Herz pochen.

Auf Drängen meines Vaters und meiner Großmutter hatte meine Mutter einen Arzt gefunden, einen Psychologen, der auf Traumata spezialisiert war. Sie hoffte, er würde mich zum Sprechen ermuntern, dazu, allen Schmerz herauszulassen, damit Platz geschaffen würde, den sie mit Liebe und Essen füllen konnte. Sie begleitete mich zu den Sitzungen und wartete vor seiner Praxis auf mich. Wenn ich dort saß, sah ich sie rauchend unter den Fenstern vorbeigehen. Der Arzt war mittleren Alters und trug einen Nadelstreifenanzug. Er war höflich und ungewöhnlich still. Er bewegte sich mit eleganter Leichtigkeit und hatte eine leise, gütige Stimme. «Wie geht es dir?», fragte er mich. «Möchtest du mir von deiner Freundin erzählen? Vielleicht von dem, woran du dich am ehesten erinnerst?» Ab und zu erlaubte er sich, die Stimme zu heben, dann wurde sein Ton scharf und verzweifelt, und er versuchte sofort, mit einem netten Lächeln gegenzusteuern. «Genug geredet für heute. Machen wir was Schöpferisches.» Er bat mich, bunte Formen zu vergleichen und Bilder zu zeichnen und Tonbänder anzuhören, die mir helfen sollten, meine tragische Erfahrung zu teilen und zu analysieren. Nach jeder Therapiesitzung fühlte ich mich, als sei ein Zug, eine Lokomotive durch meine Brust gefahren, die nichts als Schweigen und Leere hinterließ. Doch ich hatte ihm immer noch nichts von Milkas Schwangerschaft und unserer Prügelei erzählt. Ich hatte Angst, sie zu verraten, sogar jetzt noch, wo sie tot war. Einmal befolgte ich den Rat des Therapeuten und versuchte, Milka einen Brief zu schreiben, aber ich kam nicht über die erste Zeile hinaus, die ich immer wieder schrieb, bis die Seite voll war: *Liebe Milka, Liebe Milka, Liebe Milka, Liebe Milka, Liebe Milka, Liebe Milka, Liebe Milka, Liebe Milka, Liebe Milka, Liebe Milka, Liebe Milka, Liebe Milka, Liebe Milka, Liebe Milka, Liebe Milka, Liebe Milka* ...

Ein ganzes Jahr verging, es wurde wieder Frühling und ich hörte mit den Therapiesitzungen auf. Da meine Eltern mich anflehten, eine Ausbildung anzufangen, machte ich die Aufnahmeprüfung an der Fremdsprachlichen Fakultät der Universität und war danach eine Weile von den aufreibenden Aufgaben und Projekten in Anspruch genommen. Ich kannte niemanden und niemand kannte mich. Ich war wie ein Wölkchen, das von den anderen geschoben und beschattet wurde. Mein Wunsch, etwas zu lernen, beziehungsweise mich in das Werk anderer Menschen zu vergraben, war löblich, und die Professoren unterstützten und ermunterten meine eifrigen Bemühungen. Obwohl ich in der Schule nie eine Musterschülerin gewesen war, wurde ich an der Universität aufmerksamer und fleißiger, bekämpfte Erschöpfung und Kopfschmerzen in der Hoffnung, das Wissen würde meinen Kummer wettmachen.

Ich brachte Stunden in der Bibliothek zu und war bald mit allen sieben Gebäudestockwerken vertraut, den Seminarräumen und Lesesälen, dem Labyrinth aus Bücherregalen und Autoren, deren Schritte in meinen Schritten gespenstisch nachhallten. Ich verschlang die Griechen, deren Samteinbände die Farbe des Meeres am Abend hatten – Homer, Euripides, Sophokles. Ihre immensen Epen machten alles andere zu einem blassen Imitat. Ich las Chaucer, Milton und Shakespeare und war der Auffassung, dass sie von Wahrheiten und Geistern gequält worden waren, sonst wären sie nicht imstande gewesen, derlei Welten heraufzubeschwören und allen Schmerz in Sprache einschrumpfen zu lassen. Aus Dantes *Göttlicher Komödie* sprach für mich, dass dieser Dichter die Liebe bis über den Tod hinaus kannte, über alles hinaus, was sterblich, unbeständig, flüchtig war, während Goethes *Faust* mich davon überzeugte, dass Seelen zwischen den Welten hin und her reisen konnten – wie Gefühle oder der Wind.

Anders, als mein Vater befürchtet hatte, verlor er seine Arbeit dann doch nicht, und an den Wochenenden trank ich mit ihm am Küchentisch, während meine Mutter das Abendessen zusammenkratzte. Wir hatten kaum Geld, doch Wodka war billig und stank nach Äthylalkohol, und kaum hatten wir ihn hinuntergekippt, schnaubten wir beide Schwarzbrot. Wir mampften saure Gurken und saugten an dünnen Zitronenscheiben, die ebenfalls rar geworden waren, genau wie Orangen und anderes Obst, außer Äpfeln – von denen wir eine Menge im Garten hatten. Zu der Zeit hatte meine Großmutter nicht nur Schwierigkeiten mit den Augen, sondern auch beim Gehen und stand daher nur noch vom Bett auf, um zur Toilette zu gehen. Selbst das wurde bald zu einem Problem, sodass mein Vater aus einem Blecheimer und einem alten Plastiksitz eine tragbare Toilette bastelte. Meine Mutter oder ich halfen ihr, sich darauf zu setzen, und dann schloss sie die Augen vor lauter Verlegenheit, dass wir ihr beim Stuhlgang zusehen würden. Doch so war das Leben nun mal, wie meine Mutter zu sagen pflegte. «Uns bleibt nichts anderes übrig, als es zu leben.» Und dann sah sie mich immer mit zusammengekniffenen Augen an und fragte: «Stimmt's?» Und noch einmal: «Stimmt's?»

Wenn es Nacht wurde, der Himmel zur Erde kam – sternenlos, ohne Mond und Schatten –, konnte ich unbemerkt durch die Wohnung schleichen. Ich konnte die Küchenbalkontür öffnen, auf einen Hocker steigen und von dort auf das schmale Geländer, auf dem ich dann eine Ewigkeit stand, barfuß, mit ausgebreiteten Armen die Balance haltend, die ich durch das leiseste Lüftchen verlieren konnte, durch ein paar Regentropfen oder Schneeflocken.

Einmal, es war im Spätherbst, und meine Eltern waren nicht zu Hause, staubte ich die Bücher in den Regalen im Wohnzimmer ab, wo meine Großmutter auf ihrem Bett lag. Ich stellte gerade schwere, zerlesene Wörterbücher zurück ins Regal und legte Ausgaben der Literaturzeitschrift *Nowy Mir* auf einen Stapel, als sie nach meiner Hand fasste und sie festhielt – so fest wie zu Zeiten, als Milka und ich sie aus dem Fluss ziehen mussten und sie auf dem steilen, schlammigen Ufer immer wieder zurückrutschte. Ihre Hände waren blutleer und wie Wurzeln verkrümmt.

«Was ist denn los?», fragte ich. «Habe ich dich geweckt? Musst du auf die Toilette?»

«Nein», erwiderte sie. «Aber ich muss dir was erzählen.» Sie ließ meine Hand los und lehnte sich an die Schneewehe aus Kissen an der Wand. Ihr Gesicht war verdorrt und von Falten zerklüftet. Sie streckte den Arm aus und klopfte aufs Bett, bis ich mich hinsetzte.

Draußen zog ein Gewitter auf; der Himmel schäumte vor Wolken, die wie umgedrehte Schiffe aussahen. Im Zimmer wurde es dunkler, und ich fingerte am Schalter der Nachttischlampe herum, doch meine Großmutter wollte nicht, dass ich Licht machte. Ihr silbernes Haar lag offen über ihrer Schulter und sie durchkämmte es mit ihren krummen Fingern, teilte es in drei gleiche Teile und flocht es zu einem Zopf.

«Während der Blockade in Leningrad», begann sie mit ihrer leisen, verbrauchten Stimme, «sind wir tagtäglich dem Tod begegnet, und jeder Tag wurde für unsere Nachbarn, unsere Freunde und Kinder zum letzten Tag. Aber wir waren weiterhin beschäftigt. Morgens gingen manche in die Fabrik, andere suchten in der Stadt nach Essenskrumen und gingen dabei über Leichen, die wie gefällte Bäume dalagen. Abends trafen wir uns bei jemandem, dreißig, vierzig Leute, und teilten, so viel wir konnten – das, was wir hatten finden können. Wir backten Kuchen aus Silofutter und Kartoffelschalen und gekochter Stärke mit Würfelzucker. Wir aßen Schnee und später unsere

Haustiere, und wir atmeten heftig in die Gesichter unserer Babys, damit sie nicht erfroren. Um Kälte und Hunger zu vergessen, lasen wir uns nachts laut Bücher vor und verbrannten sie dann, um uns zu wärmen, und dann erzählten wir Geschichten – aus unserer Kindheit und Jugend und von den guten Zeiten mit der Familie. Wir wollten, dass die anderen davon erfuhren und alles weitergeben würden, wenn wir gestorben waren. Wer überlebte, sollte sämtliche Geschichten erzählen, damit unsere Ehemänner, falls sie zurückkehrten, und unsere Kinder, wenn sie noch am Leben waren, sich an uns erinnern konnten. Wir verloren die Hoffnung nicht und auch nicht den Glauben, selbst wenn es so aussah, als hätten wir keine Kraft mehr, um überhaupt etwas zu tun oder auch nur am Morgen die Augen aufzuschlagen. Kein einziges Mal hat jemand von uns daran gedacht, aus dem Leben zu scheiden, vom Balkon zu springen oder vom Dach. Wenn wir das getan hätten, hätte Hitler gewonnen. Undenkbar. Wir mussten weiterleben, und sei es auch nur, um unsere Geschichten zu erzählen. Natürlich ist das Leid viel größer, als man sich vorstellen kann, denn jede Geschichte geht weit über das hinaus, was man zu erzählen gewillt ist. Was ich dir jetzt gleich sage, hat keiner in unserer Familie je zu Ohren bekommen. Ich möchte aber, dass du die Wahrheit kennst, denn wenn ich gestorben bin, muss jemand sie weitergeben.»

«Du wirst nicht sterben», sagte ich und berührte sie am Knie, das sich sogar zugedeckt noch spitz und knochig anfühlte. «Ich meine, nicht so bald.»

«Gott gibt und Gott nimmt», sagte sie und hielt inne. «Wenn die Alten sterben, empfinden die Jungen kein Mitleid. Doch wenn die Jungen sterben, sind die Alten untröstlich. Als mein Sohn starb, lebten wir noch zu fünft in der Wohnung und die tägliche Essensration für einen Erwachsenen war nicht mehr als eine Handvoll. Vögel, Hunde, Katzen oder auch nur Ratten suchte man in der Stadt vergeblich. Ich konnte meinen Sohn nicht begraben, weil es so kalt war und weil ich viel zu schwach war und kaum einen Fuß vor den anderen setzen konnte. Also legte ich ihn in ein Laken gewickelt auf den Balkon. Deine Mutter war drei und wurde mit jedem Tag schwächer. Sie bat nicht einmal mehr um Essen, sondern lag nur unter einer Decke auf der Seite. Die Decke war so schwer, dass ich dauernd dachte, sie würde darunter ersticken. Ab und zu legte ich die Wange an ihre Lippen, um mich zu vergewissern, dass sie noch lebte.

Eines Tages konnte sie nicht mehr aufstehen. Ich hielt sie in den Armen und küsste ihr Gesicht, ihre eingefallenen Wangen und ihren kalten Mund – nur ein Fädchen Leben verband ihre Atemzüge noch, und da wusste ich: meine Tochter würde am Leben bleiben; sie würde die Blockade überleben, auch wenn ich sterben würde. Ich bat eine der Frauen, sie warm eingepackt festzuhalten, während ich ein Messer nahm, auf den Balkon hinaustrat und den Leib meines Sohnes auswickelte.»

Die Stimme meiner Großmutter wurde dünn und angespannt, die Worte blieben ihr im Hals stecken.

«Alle haben wir davon gegessen», sagte sie. «Und alle haben wir überlebt.»

# ZWEITER TEIL

# 21

1988 kam ich als Austauschstudentin nach Amerika, heiratete dann aber und blieb dort. Als ich meinen Mann vor neunzehn Jahren kennenlernte, arbeitete er bei einer Baufirma, für die er vor allem Renovierungen ausführte: reparieren und streichen, alte Böden und Küchenschränke restaurieren, Teppichböden ersetzen, Fliesen legen, neue Fenster einbauen und Arbeitsflächen montieren. Er war ein sehr praktischer Mensch und konnte alles, was kaputt war, reparieren. Beide wollten wir Kinder und probierten es anfangs mit der Inbrunst Jungvermählter. Wir waren voller Hoffnung und machten, wenn wir wieder gescheitert waren, jedes Mal Witze darüber. Wir probierten verschiedene Stellungen aus und liebten uns zu jeder Tages- und Nachtzeit; danach blieb ich mit angehobenem Po und Kissen unter den Hüften noch vierzig Minuten lang liegen. Ich maß meine Temperatur mit einem Basalthermometer und zeichnete Diagramme meines Menstruationszyklus, auf denen ich den Eisprung rot markierte. Wir gingen zu mehreren Spezialisten für Gynäkologie und Geburtshilfe, deren Praxen in der Nähe waren. Mike ließ seine Spermienzahl ermitteln und mir blies man Farbe in die Eileiter, um zu überprüfen, ob sie vernarbt oder sonst wie blockiert waren. Meine Mutter hatte in Russland ein paar althergebrachte Kräuter besorgt, die, wie sie behauptete, die Fruchtbarkeit unterstützten. Sie schickte sie uns und drängte mich, einen Tee daraus zu kochen und ihn vor dem Schlafengehen zu trinken. Ohne Resultat. Die Jahre flogen dahin und wurden wieder langsamer, bis wir am Ende aufgaben und die ganze Sache Erinnerung werden ließen – die nicht schmerzlich war, nur vage und fern wie die Berge an einem verschneiten Tag. Auch wenn wir sie nicht sahen, wussten wir um ihre Existenz.

Nach dieser Zeit hatte ich wieder ein Studium aufgenommen und meinen Doktor in Vergleichender Literaturwissenschaft gemacht. Mein Mann sattelte vom Renovierer zum Bauherrn um – meist baute er Wohnhäuser, ab und zu auch ein Restaurant oder eine Fabrik. Er war hoch angesehen in der Region und verdiente weiterhin gut und mit Anstand. Er hatte zugenommen, und seine Haare, von denen er ein paar verloren hatte, waren silbrig geworden und glänzten wie Fischschuppen in der Sonne. Er war groß und kräftig und glich einem Riesen, der ein Haus auf den Schultern tragen konnte. Jede Nacht vor dem Einschlafen legte er seine großen, liebevollen Hände um mich. Er schmiegte die Nase in mein Haar und sagte zum Scherz, es rieche nach Büchern. Wir fühlten uns wohl, stritten selten und hatten fast nie Meinungsverschiedenheiten oder lange leidenschaftliche Gespräche. Manchmal stellte ich mir vor, wir seien die beiden Fische, die in unserem Aquarium durch hohe, schwankende Wasserpflanzen hindurchsteuerten oder in einer Plastikburg überwinterten oder sich, von den Glaswänden ausgegrenzt, unter einem Stein versteckten. Wir waren aufeinander und auf die Wände angewiesen.

Im Herbst begann in Virginia die Jagdzeit, und als Mike eines Abends von der Arbeit zurückkam, zeigte ich durchs Fenster auf die beiden gehäuteten, ausgenommenen Rehe, die im Garten unseres Nachbarn an der Schaukel hingen. Der Mulch und der Sand rings um die Schaukel waren blutbefleckt und direkt unter den Rehkadavern hatte sich eine Blutlache gebildet, an der zwei Hunde gierig leckten.

«Meine Mutter hat angerufen», sagte ich und starrte weiter aus dem Fenster. Die Sonne war noch nicht ganz untergegangen, am Himmel loderten die Farben: ein Schal aus Rot, Malve und Dunkelviolett.

«Ach ja? Und was hat sie gesagt? Kommt sie uns endlich besuchen?» Er zog sein Hemd aus, schleuderte es auf den Stuhl, hob es ebenso schnell wieder auf und warf es in den Wäschekorb – aus jahrelangem Pflichtgefühl mir und unserem ordentlichen Haushalt gegenüber.

«Nein. Aber sie braucht mich in ihrer Nähe. Ein paar Gauner schüchtern sie ein, damit sie ihre Datscha verkaufen. Die Nähe zu Moskau macht den Grund und Boden zu einer Goldmine. Das Haus selbst ist nicht der Rede wert, es ist ziemlich heruntergekommen.»

«Was ist dann das Problem?» Mike war unter der Dusche und hörte meine Worte durch einen Schleier aus Wasser und Seife.

«Der Apfelgarten meiner Eltern. Das Bauunternehmen wird ihn mit Sicherheit abholzen, und diese Vorstellung ertragen meine Eltern nicht. Sie sind alt und sentimental und hängen an jedem Schnipsel Vergangenheit. Das Landhaus, das Stückchen Land und der Apfelgarten ist alles, was sie noch haben. Sie fühlen sich dort zu Hause, im Gegensatz zu Moskau, wo sie sich wie Flüchtlinge vorkommen, die nicht dazugehören.»

«Haben sie denn je dazugehört?» Mike steckte den Kopf durch den Duschvorhang: Haar und Gesicht voller Seifenschaum, die Augen geschlossen, die Nase gerümpft – ein niedliches, hilfloses Riesenhündchen.

«Na klar», erwiderte ich und lächelte das nackte Geschöpf an, das sich abduschen und abtrocknen musste. «Sie sind aus einer anderen Zeit, einer vergangenen Epoche, die es aber mal gab. Für meine Eltern ist sie immer noch die Wirklichkeit. Sie hatte Nachteile, aber welche Zeit hat die nicht? Meine Eltern waren einmal dermaßen leidenschaftlich, dogmatisch und heftig.»

Ohne einen Kommentar verschwand mein Mann wieder hinter dem Duschvorhang.

«Mike?»

«Ja?»

«Warum sagst du nichts?»

«Was soll ich denn sagen?»

«Soll ich zu ihnen fahren?»

«Das überlasse ich dir, Anja. Was ist mit deinem Unterricht?»

«Ich kann in den Weihnachtsferien fahren, nur für ein paar Wochen.»

Ich sah die Umrisse meines Kopfs in dem beschlagenen Spiegel, ein kastanienbrauner Wuschelkopf, der zu einem Knoten aufgesteckt war. Meine Gesichtszüge waren verschwommen und nicht erkennbar.

«Möchtest du mitkommen?», fragte ich.

«Du weißt doch, dass das nicht geht. Zu viele Projekte. Aber ich komm schon zurecht.»

«Meinst du wirklich?»

«Ja. Aber du fährst ja sowieso nicht, deshalb müssen wir auch nicht weiter darüber reden.»

«Wieso bist du dir so sicher?» Ich wischte den Spiegel mit dem Handrücken ab, aber er beschlug sofort wieder. Ich malte ein Gesicht: ein breites Mondgesicht mit zwei kleinen, weit auseinanderstehenden, schräg gestellten Augen und fleischigen Lippen. «Weißt du noch, dass ich dir von meiner besten Freundin erzählt habe, die mit sechzehn starb?», fragte ich und wischte das Bild weg. Es war jetzt verschwommen, eine Nebelschwade.

«Ja. Eine Tragödie. Und du hast nie rausgefunden, was passiert ist.»

«Na ja, es hat sich herausgestellt, dass ihr früherer Freund Lopatin für die Gauner arbeitet, die die Datscha meiner Eltern kaufen wollen.»

«Im Ernst? Das ist ja seltsam. Du solltest unbedingt hinfahren», sagte er und begann, ein Kinderlied vor sich hinzubrummen, ein Wortgegurgel, das ich nicht verstand.

Mike war zwar einfühlsam und nett, jedoch völlig unsentimental. Mit sechzehn hatte er seine Mutter verloren, in einem Alter, in dem ein Teenager mit Liebe überschüttet werden sollte, nicht mit Kummer. Aber wer kann schon all den Kummer kennen, den der andere empfunden und durchgestanden hat? Die Vergangenheit eines anderen Menschen genau zu kennen, ist uns verwehrt, wir können nur Vermutungen anstellen und erhalten immer nur einen kurzen Einblick – bestenfalls in einen Traum, der nicht in Erfüllung ging, schlimmstenfalls in ein trauriges Geheimnis.

Es stimmte ja – ich war seit einer Ewigkeit nicht mehr zu Hause gewesen, und meine Eltern hatten Mike noch nie gesehen. Anfangs konnte ich nicht zu ihnen reisen wegen des ganzen Papierkrams, den mein veränderter Immigrantenstatus mit sich brachte. Doch danach hatte ich Angst – Angst davor, mich den Gespenstern meiner Jugend zu stellen, meinem Schuldgefühl, weil Milka gestorben war. Auch meine Eltern hatten sich geweigert, nach Übersee zu fahren. Sie kümmerten sich jahrelang um meine Großmutter und wollten nicht getrennt zu mir reisen; als meine Großmutter gestorben war, bekamen sie kein Visum und hatten Angst, ihre Wohnung und ihre Datscha zu verlassen, das Stück Land, dem sie ihr Leben verschrieben hatten. Und jetzt, da sie langsam alt wurden, reisten sie nur ungern und schon gar nicht ins Ausland. Meine Mutter sagte immer wieder zu mir, dass in Russland jetzt alles anders sei – die Musik, die Kleidung, das Essen. Die Regale in den Geschäften bögen sich unter der Last der Waren, doch die Preise seien so sehr in die Höhe geschossen, dass sich niemand mehr viel leisten könne. Manche setzten ihre Hunde aus, weil sie sie nicht mehr ernähren könnten, die Stadt sei voller streunender Hunde.

Seit Wladimir Putin Präsident geworden war, sprach er oft davon, dass der Zerfall der Sowjetunion das größte geopolitische Desaster des zwanzigsten Jahrhunderts sei. Viele Russen, einschließlich meiner Eltern, waren derselben Meinung. Geschult vom KGB, versuchte Putin die Korruption zu bekämpfen, indem er eine Reihe von Bildungs- und Strukturreformen einführte; dafür erstarkte aber die Oligarchie und die politischen Morde verdoppelten sich. Er war nun fast acht Jahre im Amt und man munkelte, er wolle die Verfassung ändern, um unbegrenzt an der Macht bleiben zu können. Mein Vater sagte, Putin sei der letzte russische Zar, und meine Mutter sagte, der letzte russische Zar,

Nikolaus II., sei von den Bolschewiken ermordet worden, und Russland sei viel zu groß, um von einem einzigen verrückten Herrscher richtig regiert werden zu können. Früher oder später würden die Leute seiner allgegenwärtigen Macht misstrauen und sich auflehnen.

Meine Eltern waren beide in Pension gegangen und hatten bis vor Kurzem alle Sommer- und Herbstmonate auf der Datscha verbracht, wo sie Blumen und Gemüse anpflanzten, sich um die Bäume kümmerten und Gemüse und Äpfel einmachten. Letztes Jahr, sagten sie, hätten sie einen Apfelbaum fällen müssen und durch eine andere, süßere Sorte ersetzen müssen. Ich hatte jedoch nicht gefragt, um welchen Baum es sich handelte oder welche Sorte sie stattdessen gepflanzt hatten.

«Ich bin jetzt bereit fürs Abendessen, mein Schatz», sagte Mike und ich erschauderte unter dem Gewicht seiner nassen Hand auf meiner Schulter. Ich tätschelte seine Finger, die noch nach Seife rochen. Er trug alte Flanellhosen und ein *Life-is-Good*-T-Shirt, auf dem ein Mann mit Rucksack und Wanderstiefeln zu sehen war, begleitet von einem fröhlichen Hund mit Ringelschwanz. Mein Mann tat seit neunzehn Jahren das Gleiche: duschen, Abendessen, und wenn ein Match gezeigt wurde, ein bisschen fernsehen.

«Ich decke den Tisch. Im Wohnzimmer? Vor dem Fernseher?», fragte er.

«Kommt heute Abend ein Match?»

«Vielleicht. Wir können aber auch einen Film sehen, einen ausländischen – vielleicht was Französisches, was Pikantes.»

«Wieso gerade Französisch?»

«Die Frauen in Frankreich sind sehr schön. Weißt du noch, wie viele wir in Paris gesehen haben?»

«Nicht so viele wie in Rom», sagte ich.

«Rom hat dir gefallen, weil die Männer dort mehr hinter dir her waren. Sie dachten, du seist eine Einheimische – gebräunt und schlank und zauberhaft.»

«Stimmt nicht. Außerdem waren wir in den Flitterwochen. Eine Frau in den Flitterwochen ist immer zauberhaft.»

«Du bist immer noch umwerfend, Liebling.» Mike berührte meine Wange mit dem Mund.

«Wenn du meinst.» Ich zog meine Haarspange heraus, richtete meine Haare und steckte sie wieder hoch. Ich trug schwarze Yogahosen und ein übergroßes Sweatshirt, dessen Ärmel mir bis zu den Fingerknöcheln reichten. Ich hielt die Hände vor Mikes Gesicht, und er krempelte mir die Ärmel hoch.

«Wir könnten uns was mit deiner Lieblingsschauspielerin ansehen, mit der, die im Brunnen gebadet hat.»

«Anita Ekberg?», fragte ich.

«Ja, die. Unglaublich starke Erscheinung. Ich frag mich, wie sie wohl heute aussieht.»

«Dick und ausgeleiert. Mit Perücke.»

«Genau», sagte er kichernd. «Ich liebe deinen russischen Humor.»

«Zum Glück. Sonst wären wir längst geschieden.»

«Ich will keine Scheidung. Und du?»

«Erst mal nicht», antwortete ich.

Bevor ich in der Küche das Essen auf den Tellern anrichtete, spähte ich aus dem Fenster. Es war Abend geworden: Die Sonne war erloschen und nur noch ein Purpurklecks am dämmrigen Himmel. Die Hunde waren verschwunden, doch die ausgenommenen Kadaver hingen noch da und drehten sich leicht im Wind.

In den letzten paar Jahren hatte ich immer wieder denselben Traum: Ich versuche, eine lange, leere Brücke zu überqueren, obwohl auf der anderen Seite niemand auf mich wartet. Meine Beine sind steif und steinschwer. Ich kann mich nicht bewegen. Vor mir befinden sich keine sichtbaren Hindernisse oder Blockaden – die Brückenplanken wirken eben und glatt. Sie sind jedoch nirgends befestigt, so als sei die Brücke vom Himmel herabgelassen worden und als könnte ich nur die Seile nicht sehen. Ich habe keine Ahnung, was sich unterhalb der Brücke befindet oder was genau durch sie verbunden wird oder warum ich sie überqueren muss. Ich stehe deshalb da, verwirrt vor Verlangen, auf die andere Seite zu gelangen.

Mike sagte, ich könne zu einem Seelenklempner gehen und das große postfreudianische Geheimnis meines Traums ergründen. Vielleicht sprach daraus nur meine Sehnsucht, nach Hause zu fliegen, ohne eine so anstrengende Reise auf mich nehmen zu müssen. Vielleicht ging es auch darum, dass wir keine Kinder hatten und keine weiteren Schritte planten – weder eine künstliche Befruchtung noch eine In-vitro-Fertilisation. Darüber, dass wir ein Kind adoptieren könnten, hatten wir nur ein einziges Mal gesprochen und die Sache dann auf unbestimmte Zeit in der Schwebe gelassen.

Nachdem ich ein Hin- und Rückflugticket gekauft hatte, rief ich sofort meine Eltern an. Ich beschloss, Mitte Dezember zu fliegen und vier Wochen lang zu bleiben. Meine Studenten würden mir ihre Abschlussarbeiten per E-Mail schicken, und ich würde ihre Noten online einreichen, falls das Internet in Russland schnell genug war. Meine Mutter strahlte Glückseligkeit aus, obwohl ich hören konnte, dass sie ständig mit dem Telefon hantierte, während sie einen Kuchenteig ausrollte. «Vergiss nicht deinen Wintermantel und die Stiefel», sagte sie und fügte hinzu: «Wenn du welche hast. In Virginia wird es ja nicht so kalt. Ihr habt kaum Schnee, stimmt's? Aber wenn ich mich recht besinne, hängt dein alter Mantel immer noch im Schrank, wahrscheinlich von Motten zerfressen. Wenn du hier bist, musst du dein Zimmer putzen. Ich habe es fast nicht berührt, weil ich nicht genau wusste, was du aufheben und was du wegwerfen willst. Dein Vater findet das lächerlich; wenn es nach ihm ginge, würde alles zur Datscha geschafft und dort verbrannt – aber du weißt ja, wie er ist.»

«Ja», sagte ich und musste lächeln. «Allerdings.» Ich wusste auch, wie meine Mutter war – aufgeregt, anmaßend, an allem herumnörgelnd. Seit dem Tod meiner Großmutter hatte meine Mutter ihre eigene Sterblichkeit bereitwillig angenommen: Sie hatte ein Gefühl für Zeit entwickelt und für die damit einhergehenden Beschränkungen – Fähigkeiten versus Wünsche, Körper versus Seele. Sie fing an, in die Kirche zu gehen, nach allumfassenden Zusammenhängen zu suchen und sich über die geheimen Bedeutungen scheinbarer Absurditäten zu äußern, Kleinigkeiten, die keinerlei Aufmerksamkeit wert waren. Das Leben bestehe aus Formationen und Sprühnebel, gelegentlich sei es auch eine Splittergranate. Und es sei so vollständig und befriedigend, wie man es ihm gestatte.

«Versuch, nicht zurückzuschauen», sagte meine Mutter. «Augen hat man aus gutem Grund im Gesicht und nicht im Nacken. Wir gehen vorwärts, nicht rückwärts. Apropos, was soll ich dir kochen, wenn du ankommst?» Sie hielt den Telefonhörer zu nah an den Mund, und ich konnte hören, dass ihr Atem schnell ging und dass sie ein bisschen aufgebracht war. «Soll dein Vater dich am Flughafen abholen? Er fährt immer noch Auto.»

«Mama, bis dahin sind es doch noch Wochen. Müssen wir das unbedingt jetzt entscheiden?»

«Natürlich. Wir müssen doch alles vorbereiten. In unserem Alter dauert alles doppelt so lang.»

«Soll ich euch irgendwas mitbringen? Geschenke?»

«Geschenke?», wiederholte meine Mutter.

«Nein, nichts», hörte ich meinen Vater in den Hörer brüllen. «Wir haben alles, was wir wollen, und mehr, als wir brauchen. Beweg einfach deinen Hintern hierher, ja? Du hast zwanzig Jahre gebraucht, um endlich den Ozean zu überqueren, und redest von Geschenken? Meinst du, die sind uns wichtig?»

«Was hat er gesagt, Mama?»

«Er sieht zu viel fern. Lauter amerikanische Filme.»

«Lauter Mist!», brüllte er wieder.

«Dann sieh dir die Filme nicht an!», brüllte meine Mutter zurück. «Aber jetzt mal im Ernst, Anja, wir brauchen wirklich nichts. Wir wollen nichts weiter, als dich zu sehen, zu umarmen und mit dir zu reden.»

«Wir reden doch dauernd am Telefon.»

«Das ist nicht dasselbe. Wenn Eltern ihr Kind nicht sehen können, ist das die schlimmste Folter für sie.» Sie seufzte und legte den Hörer auf.

Ich saß in meinem Arbeitszimmer am Schreibtisch und überprüfte einen Stapel Recherchematerial. In diesem Semester unterrichtete ich einen neuen Kurs – Widerstandsliteratur –, für den ich im Jahr zuvor Hunderte von Artikeln und Lebenserinnerungen durchgeackert hatte. Während meiner Recherche hatte ich ein Buch russischer Zeitzeuginnen gelesen, die im Gefängnis saßen und in Arbeitslager geschickt wurden oder ins sibirische Exil. In den Gulags wurden sie alle vergewaltigt, entmenschlicht und vom stalinistischen Regime zu unterwürfigen, trägen Geschöpfen gemacht. Aus ihren Körpern wurde ein öffentliches Pissoir, sie wurden scham- und gefühllos. Die meisten Frauen sagten, ihre Körper hätten unabhängig von ihrem Geist existiert, so als hätte man ihnen die Köpfe abgeschnitten, und ihre Glieder seien taub und fern gewesen. Eine Frau war im sechsten Monat, als sie nach Kolyma kam, und erinnerte sich nicht mehr an den permanenten Hunger oder die Vergewaltigungen oder den Tod der anderen Gefängnisinsassinnen, sondern nur noch an die langsame, stumpfe Unnachgiebigkeit, mit der die Wärter das Baby aus ihr herausgeprügelt hatten. Vor lauter Schreien hatte sie ihre Stimme verloren und konnte nicht mehr sprechen.

Wenn ich auf solche Briefe oder Dokumente stieß, musste ich an all die Scham denken, die es in der Geschichte meines Landes gab, persönliche und gemeinsame Scham, und auch Kummer. Wäre die Geschichte ein Stein, den man uns an die Füße bände, um uns im Fluss zu versenken, dann ertränken wir alle schnell und lautlos, hinabgezogen von der Größe und dem Gewicht unserer jeweiligen Bürde.

Ein paar Tage zuvor hatte einer meiner Studenten gefragt, warum die meisten russischen Dichter entweder ermordet worden seien oder sich umgebracht hätten, und warum die meisten russischen Schriftsteller geistig oder körperlich krank gewesen seien, oder beides: Gogol, Dostojewski, Tschechow, Bulgakow. Und warum die gesamte russische Literatur voller Schmerz und Leid sei – alle wichtigen Figuren stürben oder ihnen drohe der Tod, und am Ende gebe es keine Vergeltung. Ob das Leben die Kunst widerspiegele? Oder die Kunst das Leben? War alles wirklich so hoffnungslos? Im Unterricht hatte es eine hitzige Diskussion gegeben, ein Kreuzfeuer unterschiedlicher Meinungen, doch letztlich hatte ich gesagt: «Lest Shakespeares *Hamlet* – dort findet sich alles: Mord, Tod, endloses Elend. Und wir alle nehmen bereitwillig daran teil.»

Das Garagentor ging auf und zu, und ich hörte ein schweres Schlurfen auf der Treppe. Mike war früher nach Hause gekommen als sonst, weil wir seinen Vater besuchen mussten.

«Bist du bereit?», rief Mike aus der Küche.

«Nein. Ich hatte vergessen, dass wir um fünf verabredet sind. Wer isst denn schon so früh?»

«Die meisten Leute.»

«Ich bin schon unter der Dusche», sagte ich und ließ den Bademantel zu Boden fallen.

Ich stand bereits eine Weile unter dem heißen Wasserstrahl, als Mike durch den Vorhang lugte und zu mir in die Dusche stieg. Er nahm ein Stück Seife in die Hand und fing an, mich einzuseifen und mit den Fingern glitschige Kreise um meine Brüste zu ziehen.

«Wir kommen zu spät», sagte ich.

«Mein Gott, wie ich diese Dinger liebe», murmelte er mit halb geschlossenen Augen. Er ließ die Hand zwischen meine Beine gleiten. «Wenn ein Mann zwischen dem ewigen Leben und dem Vögeln wählen müsste, würde er sich immer fürs Vögeln entscheiden. Wozu ist das Leben sonst da?»

Er atmete schwer in mein Ohr und drückte seinen nackten Körper an meinen. Er war stark, stramm und hatte eine Erektion, was mir sehr recht war, während das Wasser an meine Schenkel schwappte. Wir liebten uns auf eine unspektakuläre, geradezu alltägliche Weise, die jedoch befriedigend war. Das Vertraute war tröstlich, das Bekannte gab Sicherheit. Ich war immer wieder erstaunt, dass Körper so etwas auszudrücken vermochten, dass sie Informationen wortlos und fast lautlos austauschen konnten, dass sie das kleinste Erbeben der Haut eines anderen an der eigenen Haut zu schützen, zu nähren und aufrechtzuerhalten wussten. Ich schloss die Augen und lehnte mich an Mike, der leise stöhnte und noch tiefer versank.

Er fuhr mit den Fingern auf meinem Rücken auf und ab, den Mund dicht an meinem Ohr. «Lass uns In-vitro probieren», sagte er. «Wir sind noch jung.»

«Ich bin fast vierzig», sagte ich und schluckte Wasser. «Und du bist achtundvierzig.»

«Ja, aber wir sind doch gesund.»

Ich gab keine Antwort, sondern griff nach dem Handtuch und stieg aus der Dusche.

## 22

Ich war seit zwei Tagen fertig mit Packen, schmuggelte aber weiterhin Sachen in die Koffer: Desinfektionstücher und Plastikbeutel mit Gleitverschluss und Kortisoncreme. Ich hatte keine Ahnung, was die Moskauer Apotheken verkauften, und ich konnte meiner Mutter nur ein paar wenige Fragen stellen, bevor sie mir zu versichern begann, dass in dem neuen Land, in dem sie lebten, alles möglich war, wenn man nur zu zahlen gewillt war. Man konnte würdevoll sterben – die Sargvielfalt, die Schönheit des Holzes, die Schnitzereien waren alle vorzüglich. Meine Mutter hatte begonnen, über den Tod zu sprechen, als sei er nicht das Ende, das Verlöschen der Existenz, sondern etwas, was man durchleben musste, wie ein weiteres Kapitel in einem Buch, das man nicht überspringen konnte, wenn man das Buch fertig lesen wollte. Ihr ruhiger Optimismus in dieser Angelegenheit verblüffte mich.

Mikes Miene war wie ein Herbsttag – der Blick gedankenverhangen, die Lippen geschürzt, die Mundwinkel gekräuselt wie trockenes Laub. Auch wenn er sicher traurig war, versuchte er, es nicht zu zeigen, und drückte aufs Gaspedal, damit ich zum Flughafen kam. Die In-vitro-Frage war aufgeworfen und wieder fallen gelassen worden wie ein Flusskiesel. Sie war auf den Grund unseres Herzens gesunken und hatte große, dunkle Ringe hinterlassen, die einander überlappten. Vielleicht war es auch nur allmählich aufkommende Angst vor der Trennung. In den letzten neunzehn Jahren hatten wir uns nie getrennt, wir waren nie ohne einander in verschiedenen Städten gewesen, geschweige denn auf verschiedenen Erdteilen.

Der Himmel begann Schnee zu speien und die Flocken wirbelten durch die Luft und landeten auf der Windschutzscheibe. Ich musste an den Schneesturm am Tag unserer Hochzeit denken, als wir in einem Kirchlein auf einem Berg heirateten. Es war dieselbe Kirche, in der Mikes Eltern sich das Jawort gegeben hatten und die Mikes Vater seit dem Tod seiner Frau nicht mehr betreten hatte. Ich weiß noch, wie die Leute in Lkws und Geländewagen bergauf fuhren und dass auf der Straße Sand gestreut worden war. Ich zog mich in einem Kellerzimmer um und Mikes Schwester, meine Brautjungfer und einzige Freundin, half mir in mein Kleid, ohne dass meine Locken zerdrückt wurden, die steif wie Drähte waren. Bevor wir aus dem Haus gingen, hatten wir sie mit Unmengen von Haarspray eingesprüht. Mikes Schwester hatte mir den Schleier am Hinterkopf mit Haarspangen befestigt, die sie unter Schleierkraut verbarg, und dann hielt sie mir den Ring ihrer Mutter hin, ein eingefasster Türkissplitter. Wie ein Gebet sang sie dabei immerzu: «Etwas Altes, etwas Neues, was Geborgtes und was Blaues.» Ich wollte den Ring ihrer Mutter nicht tragen, da meine Großmutter mir gesagt hatte, wenn man den Ring einer anderen Frau anprobiere, probiere man ihr Schicksal an. Andererseits wollte ich auch nicht Mikes Schwester vor den Kopf stoßen und sagte deshalb: «Wie wäre es, wenn ich ihn in meinen BH stecke? Meine Großmutter hat dort ihre Ringe versteckt, wenn sie aus der Wohnung ging.»

Ich hatte den Ring irgendwann nach der Hochzeitszeremonie verloren, als das ganze Spektakel anfing und die Gäste die Kirchentüren öffneten und nichts sehen konnten, nur die beiden Blumentöpfe mit der Hirse, die über die Frischvermählten gestreut werden sollte. Alles andere war im Schnee versunken: die Straßen, die Autos, die Kiefern, die ihre zottigen Pfoten um das Kirchengebäude ausstreckten. Ein paar Gäste hatten Kartoffelchips aus der Kirchenküche geholt, Kräcker, Käsedips und sogar Äpfel, die grün und sauer waren, jedoch nach nichts schmeckten. Mike schälte einen mit seinem Taschenmesser, schnitt ihn mit seiner bärenhaften Riesenhand auf und steckte mir ein Stück in den Mund, bevor er mich küsste und mir den Schleier vom Haar zog.

Eine Pianistin, die dünn und alt und von bläulichen Locken umwölkt war, spielte *No Other Love*, ein liebliches, langsames Lied, das ursprünglich von Jo Stafford gesungen worden war, der Lieblingssängerin von Mikes Mutter. Ein paar Leute erinnerten sich noch an den Text und versuchten mitzusingen, doch ich sah Mikes Kiefer ebenso beben wie den seines Vaters und den seiner Schwester. Als die Frau das Lied zu Ende gespielt hatte, ging ich zu ihr und fragte: «Kennen Sie auch was Modernes wie zum Beispiel *We Are the Champions*?»

«Leider nein», sagte sie kopfschüttelnd.

«Was ist das für ein Song?», fragte Mike.

«Ein alter Song, den ich immer mit meinen Freunden in Russland gehört habe: ‹We Are the Champions› von Freddie Mercury.»

«Den Song kenn ich. Ich hab ihn kürzlich im Radio gehört. Freddie Mercury ist, glaub ich, gestorben ...»

«Oh Gott. Wann denn?»

«Ist noch nicht lange her. Ich kann dir das Album besorgen, ist kein Problem.»

«Nein», sagte ich und setzte mich auf die Altarstufen. «Das will ich nicht. Echt nicht.»

Ich schaute zu Mike hinüber, der den Blick fest auf die Straße gerichtet hatte. Er trug einen groben beigen Pullover und einen Jeansoverall. Er war groß und kräftig, doch hinter dem Lenkrad seines Lastwagens wirkte er irgendwie klein und zerbrechlich. Vielleicht lag es auch an den Bergen zu beiden Seiten der Straße, die sich wie schwarze Granitsäulen in die Wolken hinaufdrehten, vollkommen in ihrem Erscheinungsbild. Wer konnte ihr Alter und ihre Errungenschaften leugnen? Ihr Gewicht und Durchhaltevermögen? Die zahllosen Spalten, die sich in ihre Rücken gruben?

«Ich habe gerade einen interessanten Artikel im *New Yorker* gelesen», sagte ich.

«Worüber?»

«Über Kübler-Ross' letztes Buch, das vom Sinn des Trauerns handelt – *Dem Leben neu vertrauen* heißt es und knüpft an ihre berühmten *Interviews mit Sterbenden* an.»

«Kenn ich beides nicht.»

«Sie sagt letztendlich, dass jemand, der trauert, dieselben fünf Phasen durchläuft wie jemand, der stirbt: Nichtwahrhabenwollen, Zorn, Verhandeln, Depression, Zustimmung. Diese Phasen finden sich auch in der Literatur: Wir können beispielsweise davon ausgehen, dass Hamlets Verhalten in der Trauer um seinen Vater gründete.»

«Klingt einleuchtend. Auch wenn ich mich nicht mehr genau erinnere, wie er sich verhielt», sagte Mike.

«Na ja, manche Kritiker pochen darauf, dass Hamlet seine Mutter sexuell begehrte.»

«Weil er wütend oder depressiv war?»

«Oder beides. Aber ich glaube, Trauer ist mehr als nur diese Phasen. Manche Menschen akzeptieren den Verlust nie, weil ihre Identität sich nicht von derjenigen des Verstorbenen ablösen lässt. Als Milka starb, wollte ich nicht mal zu ihrer Beerdigung gehen. Ich wollte diese Endgültigkeit nicht. Ich war so durcheinander. Ich konnte weder essen noch schlafen und wollte auch nicht darüber sprechen.»

«Ich weiß noch, wie verwirrt meine Schwester und ich waren, als unsere Mutter starb. Meine Schwester entschied sich später gegen Kinder, weil sie nicht wollte, dass sie ihren Tod erleben und dann den gleichen Kummer erleiden müssten. In den Monaten nach dem Begräbnis redete meine Schwester viel mit sich selbst. Wir wussten nicht, ob sie Wahnvorstellungen hatte oder was mit ihr war.»

«Es gibt Kulturen, in denen die Toten nicht wirklich tot sind, und deshalb spricht man weiter mit ihnen. Die Russen glauben, dass die Seele eines Verstorbenen noch neun Tage anwesend ist. Bevor sie endgültig verschwindet, bewegt sie sich noch vierzig Tage zwischen Himmel und Erde hin und her. Doch wenn sich jemand umgebracht hat oder ermordet wurde, schwebt seine Seele unter den Lebenden umher und verlässt die Erde nie. Hier kommen metaphysische Fragen über die Existenz ins Spiel – glaubst du an ein Leben nach dem Tod?»

«Nein. Das gibt es nicht. Das hier ist alles. Meine Mutter hat sich zu Tode getrunken. Heißt das, dass sie sich umgebracht hat? Oder wurde sie von denjenigen vergiftet, die das Scheißzeug hergestellt haben? Manchmal weiß man nicht, wem man die Schuld geben soll.»

«Stimmt.» Ich schwieg einen Augenblick und sagte dann: «Wir müssten eigentlich schon da sein.»

«Ich bin eine andere Strecke gefahren. Die Straßen sind vereist», sagte Mike und drückte mein Knie. «Ich würde liebend gern mitkommen, aber ich muss dieses Haus fertig bauen.»

«Ich weiß, und ein Visum zu bekommen, ist auch sehr mühsam. Außerdem sind vier Wochen wirklich nicht lang.»

«Trotzdem würde ich deine Eltern gern mal kennenlernen.»

«Vielleicht kann ich sie überreden, dass sie im Sommer kommen. Schade, dass du meine Großmutter nicht mehr kennengelernt hast. Sie hatte echte Charakterstärke.»

«So wie mein Vater», sagte Mike. «Siebenundachtzig und noch genauso lebhaft wie früher.»

«Ja, eindeutig.»

«Als wir das letzte Mal bei ihm waren, hat er hinterher gesagt, du hättest traurig gewirkt oder betroffen.»

«Kam dir das auch so vor?»

«Er hat sich immer noch nicht an deine russische Art gewöhnt.»

«Und die wäre?» Ich drehte mich um und blickte Mike an, sein rasiertes Gesicht mit dem Pflaster am Kinn, wo er sich morgens geschnitten hatte. Ich nahm plötzlich sein Rasierwasser wahr, das durchdringend und würzig roch, nach einer Mischung aus Nelken und Wintergrün.

«Na ja, die Menschen aus dem Norden sind nicht sehr fröhlich.

Nachweislich. Da, wo du groß geworden bist, gibt es nicht genug Sonne, und das beeinflusst das Verhalten der Menschen.»

«Aber in Amerika bringen sich mehr Leute um als in Russland, vor allem junge Leute.»

«Gutes Argument. Aber ich meine was anderes, nämlich dass die Russen im Fernsehen fast nie lächeln.»

«Es gibt auch nicht viel, worüber sie lächeln könnten. Aber glaub mir, die Sonne hat damit nichts zu tun.»

Mike schwieg und sagte dann: «Warum versuchst du nicht, schwanger zu werden? Wenn wir es nicht probieren, geschieht es nicht.»

«Wir haben es doch schon probiert und es hat nicht geklappt. Vielleicht sind wir einfach nicht dazu bestimmt, Eltern zu werden.»

«Oder wir müssen es weiter probieren.»

Ich gab keine Antwort. Die Berge draußen wirkten schwarz und verbrannt, ein zerklüfteter Gebirgskamm im bläulich violetten Dämmerhimmel.

Mein Flug nach Moskau hatte fünf Stunden Verspätung, und als ich endlich an Bord ging, hatte ich schreckliche Kopfschmerzen und Atembeschwerden. Während des Flugs fiel ich immer wieder in einen Fieberschlaf, ich konnte nichts essen und bat um heißen Tee, von dem sie mir immer nur winzige Tassen brachten. Ich stürzte sie gierig hinunter und bat um mehr. Ein älterer Russe, der neben mir saß, bot mir Paracetamol an, wofür ich ihm dankbar war, und deckte mich dann mit seiner Decke zu. Als das Frühstück kam, weckte er mich, aber ich wollte nur Tee und noch eine Paracetamol.

Mein Vater war einer der Ersten in der Menschenmenge, der gekommen war, um ihre Angehörigen zu begrüßen, und er umarmte mich so fest, dass ich von dem Druck und der Hitze fast zusammengeklappt wäre und wie ein Schneeball in seinen Armen dahinschmolz. Ich spürte seine nasse Wange an meiner, die glühte, und seine Tränen, die gleichzeitig kalt und heiß waren. Er sah alt aus, hatte sich aber kaum verändert und war immer noch laut und herzlich und ein wenig rau. Ich konnte mir ohne Weiteres vorstellen, dass die zwanzig Jahre, in denen ich in Amerika gelebt hatte, gar nicht vergangen waren, sondern noch in der Zukunft lagen, die gerade begann. Dass ich, statt anzukommen, gerade erst abreiste, und dass mein Vater nicht vor Freude über unser Wiedersehen weinte, sondern weil er traurig darüber war, Abschied von mir nehmen zu müssen.

Auf der Heimfahrt kämpfte ich mit meiner Müdigkeit. Die Landschaft wirkte kahl und unscheinbar, und bis auf die riesigen Reklametafeln, die mit den zahlreichen Birken kontrastierten, war alles wie früher. Als ich ihren schlanken, graziösen Wuchs zum ersten Mal wahrnahm und meinem Vater zeigte, kamen mir fast die Tränen.

«Sie schwächeln», sagte er. «Weil sie so nah an der Straße wachsen und all den Mist einatmen. Die Birken, die in der Nähe unserer Datscha wachsen, sind nach wie vor groß und stark. Ihre Stämme sind so groß und mächtig, dass man sie nicht mit den Armen umschließen kann.»

«Zumindest das ist noch wie früher. Das und der Dreck auf den Straßen.» Ich schloss die Augen und hielt den Atem an und hörte keinen Laut mehr.

Als Nächstes sah ich das müde, faltige Gesicht meiner Mutter. Mit ihren fleischigen, trockenen Fingern, die sehr beruhigend waren, strich sie mir ständig das Haar weg, um mich besser sehen zu können. Sie weinte, und ich weinte ebenfalls und fiel dann auf einen Stapel Decken und Kissen, die wie Wolken waren, weich und aufgedunsen trugen sie mich über weite Strecken, durch Traumphasen und Schlaflosigkeit.

Als man mir mit dem Löffel Fleischbrühe und Himbeertee einflößte, auf dessen dunkelroter Oberfläche Zitronenschalen schwammen, öffnete ich ab und zu die Augen. Ich bekam ein kühles, nasses Tuch auf Gesicht und Hals gedrückt, meine Füße wurden mit fettigen

Salben eingerieben, die nach Eukalyptus und Minze rochen, und man hatte mir ein Senfpflaster auf die Brust geklebt. Ich trug meinen ausgefransten Schlafanzug aus Oberschulzeiten, worüber ich überrascht war, als ich eines Nachmittags endlich vom funkelnden Strahlen der Wintersonne aufgeweckt wurde.

Ich rief meine Mutter, brachte aber nur Fiepsen und Krächzen hervor. Zuerst zwang ich mich, mich aufzusetzen, und zog dann meine Beine unter der Decke hervor. Meine Füße steckten in geflickten Socken aus Hundewolle.

«Endlich bist du aufgewacht», sagte meine Mutter, als ich in der Küche auftauchte. «Hast du Hunger? Ich habe Hühnerleber gebraten.»

«Ich hasse Leber», sagte ich.

«Früher mochtest du sie sehr gern. Du hast sie pfannenweise gegessen.»

«Milka, nicht ich. Und sie hat sie gegessen, weil nichts anderes da war.»

Meine Mutter hörte auf, Karotten zu schneiden, und starrte mich an, das Messer in der Hand, mit ernstem, ausdruckslosem Gesicht.

«Wie bitte?» Ich versuchte, mein schwer zu bändigendes Haar wie einen trockenen Heustapel auf meinen Schultern zu ordnen.

«Wir hatten immer genug zu essen. Immer», sagte meine Mutter. «Du hattest immer alles Nötige.»

«Aber nicht das, was ich wollte.»

«Damals hatte niemand, was er wollte.»

«Und jetzt schon?»

«Alles, was man sich leisten kann. Die Auswahl ist grenzenlos.»

«Wenn man sich etwas nicht leisten kann, gibt es auch keine Auswahl. Verstehst du, was ich meine?»

«Hallihallo!»

«Tut mir leid», sagte ich und hob den Deckel einer Pfanne, die auf der Anrichte stand. Der Duft von fettem Hefeteig stieg mir ins

Gesicht. «Piroggen», sagte ich. «Die hab ich wirklich vermisst.» Mit der Hand fischte ich eine zarte eiglasierte Teigtasche heraus, biss in sie hinein und kaute kräftig. Wie ein gieriger, ausgehungerter Hamster futterte ich immer weiter, bis die ganze Pirogge in meinem Mund verschwunden war.

«Trink ein bisschen Bouillon. Sie steht auf dem Herd», sagte meine Mutter und schnitt weiter Karotten klein. Ich sah, wie alt sie geworden war, die schneeweißen Stellen in ihrem Haar, ihre fleckige, faltige Haut. Ich ging zu ihr, schlang die Arme um ihre Schultern und brachte durch den Teig und das Fleisch in meinem Mund die Worte heraus: «Wirklich schön, wieder zu Hause zu sein.»

«Freut mich», erwiderte sie. Sie schaufelte die Karotten in eine Schüssel. «Ist lange her. Wir wussten nicht, ob wir dich je wieder zu Gesicht kriegen würden.»

Ich kaute und schluckte. «So weit weg ist Amerika nun auch wieder nicht. Mit dem Flugzeug zehn Stunden.»

«Du zählst in Stunden und wir in Jahren – zwanzig Jahre.»

«Neunzehneinhalb. Und ihr hättet ja auch kommen können. Oder wir hätten uns irgendwo in Europa treffen können. Mike hat angeboten, alles zu bezahlen.»

«Dein Vater nimmt keine Almosen an.»

«Das ist kein Almosen. Mike ist mein Mann. Wir teilen alles.»

«Wenn deine Großmutter noch am Leben wäre, hätte sie gesagt: ‹Teilen tust du nur mit deinen Kindern.›»

Ich gab keine Antwort, und einen Moment lang beäugten wir einander nur, nicht wie Mutter und Tochter, die jahrelang getrennt waren, sondern wie Fremde, die sich nie nahe sein würden, ganz gleich, wie viel Zeit sie miteinander verbringen würden. Immer würde es diese Kluft zwischen uns geben, diese Distanz, die wir beide nicht überwinden konnten. Nicht, weil wir nicht wollten, sondern weil wir nicht wussten, wie – ohne Brücke und ohne Seil.

«Es tut mir leid, dass ich nicht auf ihrer Beerdigung war. Terminlich war es sehr schwierig.» Wie traurig und seicht das klang – meine Worte taten mir sofort leid.

«Das Schweigen zwischen uns wurde länger.

«Wo ist Papa?», fragte ich schließlich.

«Bei der Arbeit», erwiderte sie. Sie pellte jetzt gekochte Kartoffeln und die braunen Schalen fielen auf das Schneidebrett.

«Ich dachte, er sei pensioniert.» Ich nahm eine Kartoffel, fingerte an der losen Schale herum und zog sie schließlich ab.

«Ist er ja auch. Aber er arbeitet für irgendeine Genossenschaft und verkauft auf dem Markt Portemonnaies.»

Ich stockte vor Erstaunen. «Wie bitte? Warum das denn? Braucht ihr Geld? Ich hab euch doch tausend Mal Hilfe angeboten.»

«Wir brauchen kein Geld. Aber dein Vater kann nicht still sitzen, du weißt doch, wie er ist. Besonders seitdem er nicht mehr raucht.»

«Mike ist genauso. Da fällt mir ein – ich muss ihn anrufen.»

«Das haben wir schon getan.»

«Aber ihr sprecht doch kein Englisch.»

«Die Tochter unserer Nachbarin spricht Englisch, und die haben wir vor zwei Tagen darum gebeten, gleich nach deiner Ankunft.»

«Zwei Tage ist das schon her?»

«Ja. Neunzehn Jahre, sechs Monate und zwei Tage.» Sie blickte zu mir hoch, und ihre Augen wirkten unendlich gütig. Ich fragte mich, ob es typisch für Mütter war, sich Güte für ihre Kinder zu bewahren, selbst wenn sie von ihnen enttäuscht waren.

«Danke, aber ich sollte ihm zumindest eine E-Mail schreiben. Habt ihr Internet?»

«Ja, dein Vater hat dafür gesorgt, dass alles funktioniert. Er hat notiert, wie du deinen Laptop mit dem Internet verbinden kannst. Die Anleitung liegt auf deinem Schreibtisch.»

«Ich habe noch einen Schreibtisch?»

«Natürlich. Hast du ihn nicht bemerkt?» Meine Mutter war unermüdlich, sie schnitt immer noch Kartoffeln, nahm sich aber auch schon die Eier vor. «Ich mache deinen Lieblingssalat.»

«Oliviersalat? Den mache ich jede Weihnachten für Mikes Papa und für seine Schwester. Aber meiner ist sicher nicht so gut wie deiner.» Das entlockte meiner Mutter ein Lächeln, und einen Augenblick lang war sie wieder jung, als seien die Jahre spurlos an ihr vorübergegangen und als hätte es unsere lange Trennung nie gegeben.

«Was für Fleisch nimmst du?», fragte sie mich.

«Gekochtes Huhn oder Rindfleisch», sagte ich.

«Das ist nicht das Richtige. Du musst Fleischwurst nehmen. Am besten die billigste», sagte sie lachend, und ich lachte auch, ein Strohhalm Fröhlichkeit, an den wir uns beide klammerten.

«Ich sehe nur ganz kurz meine E-Mails an und helf dir dann beim Schnipseln. Und dann sollten wir vielleicht mal rausgehen. Ein paar Lebensmittel einkaufen?»

«Wir brauchen eigentlich nichts.»

«Aber ich würde mir trotzdem gern ein paar Dinge ansehen. Außerdem muss ich Geld wechseln.»

«Man kann fast überall mit der Kreditkarte bezahlen», sagte sie, schlug ein hart gekochtes Ei auf und begann es zu schälen.

«Das ist echt fortschrittlich», sagte ich. «Da hat sich definitiv was geändert.» Ein paar Eierschalenstückchen landeten auf dem Tisch, die ich mit der einen Hand abwischte und mit der anderen auffing und in den Mülleimer warf.

«Oh ja, nur leider nicht immer zu unserem Besten.»

«Und das heißt?»

«Der Zerfall und die Auflösung der Sowjetunion. Wir können nicht mal ohne Visum ins Baltikum fahren.»

«Das ist lächerlich.»

«Und die ganze Einstellung, der Hass – herzzerreißend. Die russische Sprache ist verboten. Auch in der Ukraine.»

«Im Ernst?» Ich schaufelte die restlichen Eierschalen in den Mülleimer.

«Vielleicht war das Land früher doch nicht so schlecht. Zumindest herrschte Ordnung.»

«Es war ein Gefängnis, Mama. Eine Diktatur.»

«Ja, aber unser Land florierte – in den Naturwissenschaften, den Künsten, der Landwirtschaft. Das haben wir alles verloren. Es gibt keinen Stolz mehr und auch keine Liebe. Wir lieben unser Land nicht mehr, und auch einander lieben wir nicht mehr. Das ist unmöglich geworden.»

«Das von dir zu hören, ist seltsam. Ich hätte so was von Papa erwartet, nicht von dir.»

«Dein Vater nimmt es sehr schwer.»

«Das glaub ich. Sein Patriotismus ist krankhaft.»

Meine Mutter blickte zu mir hinauf und sah mich an, als sei ich eine Fremde, die sich unangemeldet in ihre Wohnung gedrängt hat. Sie ließ keine Entschuldigung zu und kein Mitleid. Ich wartete, dass sie noch etwas sagte, doch sie schwieg. Ich streckte die Hand aus und ordnete ihr Haar, strich es ihr aus dem Gesicht, so wie sie es mit meinem Haar getan hatte, als ich ankam. Meine Handbewegung verblüffte sie. Sie legte das Messer auf den Tisch, wischte sich die Hände mit dem Handtuch ab und umarmte mich. Einen Augenblick lang standen wir nur da, umgeben von Schweigen und dem Ticken der alten Wanduhr, das aus dem Wohnzimmer zu uns drang.

## 23

Die ersten zehn Tage in Moskau flogen wie Vögel davon. Einen Moment lang sah ich, wie sich ihre grauen, gespannten Flügel in den Himmel einzeichneten, und im nächsten Moment waren sie bereits hinter den Wolken verschwunden, ließen jedoch einen gespenstischen Atem hinter sich zurück. Spätabends rief ich immer Mike an und dann redeten wir, während er kochte und zu Abend aß, und tratschten über seinen Vater oder die Nachbarn. Erst fiel es mir schwer, mich an den Zeitunterschied zu gewöhnen, doch nach einer Woche hatte ich das Gefühl, nie fortgegangen zu sein, so als hätte ich all die Jahre in Amerika nur geträumt. All der Kram aus meiner Kindheit, die Erinnerungen, die mir von einem Zimmer ins nächste folgten, gaben mir das Gefühl, meine Jugend kehrte aus einem Schattenreich zu mir zurück.

Die Wände in unserer Wohnung waren noch genauso verblichen und voller Risse wie früher, und die Decke im Bad hatte immer noch lauter Wasserflecken, die meine Eltern einst auszubessern und zu streichen versucht hatten. Ich bezweifelte, dass sie während meiner Abwesenheit noch einmal Renovierungsversuche unternommen hatten, vielleicht ganz zu Anfang, doch jetzt sah alles genauso schäbig und heruntergekommen aus wie damals, als ich fortging, auch wenn ich es zu jener Zeit nicht so sah. Unsere Wohnung war bescheiden und normal, so wie die Wohnungen aller anderen, doch es war keine Kommunalka, die U-Bahn war in der Nähe und das Viertel war relativ sicher und eine halbe Stunde vom Stadtzentrum entfernt. Die Wohnung sei meine Mitgift, hatte meine Mutter in meiner Jugend immer wieder betont. Die Wohnung und die Datscha mit dem Apfelgarten, die wir bald verlieren würden, falls wir die Käufer nicht von ihrem Kaufvorhaben abbringen konnten.

Auch in meinem Zimmer sah alles noch genauso aus wie vor zwei Jahrzehnten. Nach meinem Auszug hatte meine Großmutter dort eine Weile gewohnt, doch als sie gestorben war, hatten meine Eltern keine Verwendung mehr für das Zimmer. Wie viele Sowjetbürger warfen sie nie etwas weg – ihre Vergangenheit blieb ihre Gegenwart. In einer Ecke stand ein alter Kleiderschrank, dessen Türen nicht richtig schlossen, weil die Böden uneben waren und meine Eltern den Schlüssel verloren hatten. An den Fenstern hingen noch dieselben Vorhänge – verblichene Blumen auf einem waldgrünen Hintergrund. Gegenüber vom Fenster stand mein Schulschreibtisch mit der Glasplatte, unter die ich immer, das wusste ich noch, Fotos berühmter Stars geschoben hatte – Alla Pugatschowa, Toto Cutugno, Wiktor Zoi – oder seltene Briefmarken und geliebte Gedichte, und sogar eine Haarlocke von Milka als Baby. Bis auf diese Locke war alles noch an seinem Platz, aber ausgeblichen und durcheinander. Der abgelaufene Teppich verrutschte und knäulte sich zusammen, als ich auf ihm zum Nachttisch ging und mir den Schnickschnack ansah: eine Kerze, eine Gschelvase für eine einzige Blume und die Bernsteinbrosche meiner Großmutter, die ich vergessen hatte nach Amerika mitzunehmen. Der Stein war groß und sonnenhell und tränenklar. Im Inneren waren winzige Luftbläschen zu sehen. Auf dem untersten Regalbrett lagen vier seltsam geformte Kiesel vom Strand in Jalta, die einzigen Souvenirs aus meiner Zeit im Gymnasium. Ich nahm einen Kiesel nach dem anderen in die Hand und rieb sie zwischen meinen Handtellern. Die warme Spätfrühlingsnacht durchströmte meine Brust und ich hatte das Rauschen des Schwarzen Meers im Ohr, das Klatschen der Wellen und ihr Gemurmel. Ich konnte fast das Salz auf meinen Lippen schmecken, die feinen Körnchen zerstoßener Muscheln.

An der Wand standen meine Schulbücher auf einem durchhängenden Regal und zwischen ihnen eingequetscht entdeckte ich Bulgakows *Hundeherz*. Ich zog es heraus und fuhr mit der Hand über den verfleckten Einband. Er hatte sich abgelöst und eine zerfledderte

Naht freigelegt; an der Stelle, wo ein paar Seiten herausgerissen worden waren, waren die Buchkanten uneben wie schlecht verheilte Narben. Nach Milkas Tod hatte meine Mutter Angst, dass auch mir etwas Schreckliches zustoßen könnte, und beseitigte daher alles, was mich an meine beste Freundin hätte erinnern können, samt der *Kirschgarten*-Tonkassette und dem Freddie-Mercury-Poster. Doch von der Geschichte mit dem Buch konnte meine Mutter nichts wissen – davon, dass wir den Roman vor Lopatins Zerstörungswut gerettet und ihm aus den Händen gerissen hatten.

Plötzlich hatte ich das dringende Bedürfnis, meine Freunde anzurufen und sie zu bitten, mit mir auf den Friedhof zu gehen, zu Milkas Grab, mit ihnen Wodka zu trinken und am Schwarzbrot zu riechen, zu weinen und in Erinnerungen zu schwelgen. Meine Mutter sagte, Lopatin sei Geschäftsmann geworden und arbeite jetzt als Makler – ja, er sei sogar an dem Angebot für unsere Datscha beteiligt. Über Trifonow wusste sie jedoch nichts, sie hatte den Kontakt zu seiner Familie gleich nach meiner Heirat verloren. Ich erinnerte mich noch an den letzten Abend, den wir vier auf der Datscha meiner Eltern verbracht hatten: an die Rauferei, bei der Lopatin Trifonow die Faust ins Gesicht geschlagen hatte, der dann in einer Pfütze aus Blut und Schnee am Boden lag.

Ich sank aufs Bett und drückte das Buch an mein Herz; die Vergangenheit fletschte ihre fauligen Zähne wie ein wütender, verwundeter Hund.

Im Wohnzimmer schlug die alte Wanduhr nun schon siebzig Jahre lang zu jeder vollen Stunde, und die zarten Porzellantassen mit den modellierten Rändern und gelben und rosafarbenen Rosen gaben immer noch ein leises Klingeln von sich, wenn man sie auf die Untertassen stellte; die Bücher – Gesamtausgaben von Puschkin, Lermontow, Gogol, Tolstoi, Tschechow und anderen – standen immer noch auf denselben durchhängenden Regalen an der Wohnzimmerwand.

Auch der alte Kalmückenteppich hing noch hinter dem Sofa, auf dem meine Mutter nun ihren Mittagsschlaf vor dem laufenden Fernseher hielt. Die Farben des Teppichs waren ausgebleicht, doch das schöne Muster, die goldenen und smaragdgrünen Schnörkel auf tiefem Beerenrot erweckten in mir den Wunsch, mit der Hand darüberzustreichen und die grobe, büschelige Wolle anzufassen. Mir war, als würde ich die Zeit berühren, und einen Augenblick lang vergaß ich, dass meine Großmutter nicht in ihrem Bett lag.

Ich sagte: «Entschuldige, ich wollte dich nicht aufwecken, Baba.»

Meine Mutter, die meiner Großmutter mit ihrem pilzgrauen Haar und ihrer verschrumpelten Haut immer mehr ähnelte, schlug die Augen auf und fragte: «Wie spät ist es? Gibt es schon Abendessen?»

Sie knipste eine altmodische Lampe mit Fransenschirm an, die einen Schatten auf ihr Gesicht warf. Sie blickte auf die Uhr und schwang die Beine mit den handgestrickten, übergroßen Socken vom Bett. Wenn sie zu Hause war, trug sie immer zerlumpte Klamotten, unförmige Pullover mit Flicken an den Ellbogen, ausgefranste Kleider und Pantoffeln. Sie achtete nicht mehr auf ihr Äußeres, Mode und Make-up und ihr ausgeblichenes Haar waren ihr gleichgültig. Sie machte selbst Witze darüber, klang dabei aber so traurig, dass ich an Falten in einer alten Schürze denken musste. Sie war noch keine siebzig, doch ihr Gesicht hatte alle Sorgen ihrer Generation in sich aufgenommen. Alle Freude war aus ihren Augen herausgewaschen – sie waren nicht mehr blau, sondern von einem finsteren Dunkelgrau.

Wir gingen in die Küche, wo mein Vater bereits Brot und Salo aufgeschnitten hatte und nun am Tisch Frühlingszwiebeln klein schnitt. Mit seinen dunkelblauen Trainingshosen und karierten Pantoffeln sah er aus wie eine Figur aus einem sowjetischen Film. Er hatte zugenommen und trug jetzt einen Bart, der silbern war bis auf ein braunes Inselchen an der Seite. Die Stelle wirkte wie ein Muttermal oder wie ein Loch in seiner Wange, sodass ich jeden Augenblick damit rechnete, dort Essen herausfallen zu sehen, das meine Mutter aufzufangen versuchen würde.

«Wenn es einen weiteren Putsch gibt und ich mit entstelltem Gesicht sterbe, dann kannst du mich immer an diesem Flecken identifizieren.» Er lachte und rieb sich den Bart.

«Kein Putsch mehr. Für Protest bist du jetzt zu alt.» Meine Mutter schlug ihn mit einem Handtuch, und er schnappte sich eine Ecke, zog sie an sich und schlang den Arm um sie.

Mir wurde ein wenig unbehaglich. «Warst du an dem Putsch beteiligt?», fragte ich und setzte mich zu ihm an den Tisch. «Warum weiß ich davon nichts?»

«Du weißt vieles nicht. So ergeht es denen, die in Amerika leben. Sie fangen an, unter Gedächtnisschwund zu leiden», sagte er.

«Habt ihr mich nicht deswegen fortgeschickt? Damit ich vergesse?»

«Wir haben dich nicht fortgeschickt, und wir hatten keine Ahnung, dass du fortbleiben würdest. Das war deine Entscheidung.» Er gähnte, um seine aufkeimende Unruhe zu verbergen, eine tief verankerte Angewohnheit, die sich mit den Jahren nicht verloren hatte.

«Aber ihr habt meine Entscheidung doch unterstützt. Ihr wart doch froh darüber», sagte ich, nicht weil mich seine Worte überraschten, sondern weil ich mich über sie ärgerte.

«*Du* warst froh. Und wir haben uns gefreut, dass du jemanden gefunden hast und nicht mehr wie ein Zombie klangst. Du warst begeistert, und wir auch.»

«Was hat sich verändert?»

«Nichts.»

«Wir sollten uns nicht über Dinge aufregen, die längst vorbei sind», sagte meine Mutter und faltete ein frisches Leinentischtuch auseinander, auf dessen Rand ausgeschnittene Schneeflocken gestickt waren. Es war zu groß für unseren Küchentisch, doch sie passte die Länge seitlich immer wieder an und glättete die Falten mit ihren sauberen, trockenen Händen, auf denen kreuz und quer Adern verliefen.

«Es tut mir leid, dass ich euch so lange nicht besucht habe», sagte ich. «Ich dachte, ihr versteht das.»

«Ja, wir haben es verstanden, Liebes. Wirklich», sagte meine Mutter und nickte, doch ich sah, wie sie meinen Vater mit dem Fuß anstieß. «Wir haben dich einfach vermisst, mehr war es nicht. Wir sind froh, dass du jetzt da bist.»

«Ja», sagte er mit einem Zittern in der Stimme, einem Drängen. «Du bist da, das ist die Hauptsache. Das müssen wir feiern, oder?» Er stand auf und holte eine Flasche Wodka aus dem Gefrierfach, schraubte den Verschluss auf und schenkte ihn in drei Kristallschnapsgläser ein.

Meine Mutter hob ihre schütteren Augenbrauen genau so wie vor zwanzig Jahren, mit den Händen in den Hüften und einem missbilligenden, schweigenden Blick.

«Nur eins. Ich muss morgen arbeiten», sagte er und setzte sich wieder.

«Seltsam, dass du das gerne tust – gefälschte Waren auf dem Flohmarkt zu verkaufen», sagte ich.

«Und wenn ich echte Ware verkaufen würde?»

«Darum geht es nicht. Du bist Raumfahrtingenieur. Du –»

«Psst ...» Er lehnte sich zurück, kippte den Wodka hinunter und wischte sich den Mund mit dem Ärmel seines neuen Pullovers ab, den Mike und ich ihm geschenkt hatten. Mike wollte meinem Vater eigentlich eine Anglerweste kaufen, weil ich ihm erzählt hatte, dass wir früher oft an den Fluss gegangen waren, doch in Wirklichkeit war mein Vater schon seit Jahren nicht mehr beim Angeln gewesen, seit ich in Amerika war, deshalb entschied ich mich am Ende für den Pullover. Er war aus reiner Merinowolle, dunkelblau und mit einer kleinen Brusttasche. Mein Vater war kleiner als Mike, aber untersetzt und er hatte eine breite Brust. Deshalb ließ ich Mike den Pullover anprobieren und kaufte am Ende zwei.

«Lasst uns essen, Frauen», sagte mein Vater. «Was habt ihr heute gekocht?»

«Borschtsch», antwortete meine Mutter.

«Kohlpastete», ergänzte ich.

«Schmeckt mir beides sehr gut. Tischt auf.»

Und als meine Mutter sich zum Herd umdrehte, füllte er still sein Schnapsglas nach und schluckte genauso still den Wodka hinunter.

Meine Mutter und ich putzten, gingen einkaufen und liefen durch die Stadt, während mein Vater jeden Morgen zum Flohmarkt eilte, weil in der Zeit vor Silvester die meisten Kunden kamen und er es sich nicht leisten konnte, sie zu verpassen. Alles, was ich sah und hörte, empfand ich als beruhigend und gleichzeitig als Konfrontation: das Brummen des stockenden Verkehrs, die donnernden russischen Stimmen mit ihren rollenden R- und harten D-Lauten, das wilde Durcheinander ernster Gesichter in den Bussen und auf den Straßen, den Geruch von Zigarettenrauch und Abgasen und dann plötzlich ein zarter, lieblicher Duft wie Apfelblüten mitten im Winter.

Für die bevorstehenden zwölf Feiertage war die Stadt festlich beleuchtet. Die Lebensmittelläden quollen über vor Essen und Spirituosen, und in den Schaufenstern waren überall Weihnachtslichter. Aus den Herrenartikelgeschäften waren Luxusboutiquen geworden, die seidene Unterwäsche, schicke Pelzmäntel und elegantes Schuhwerk präsentierten, Schultertücher aus Kaschmirwolle, Hüte und Schals, Baskenmützen und Glockenhüte, die mit Perlen, Edelsteinen und sogar mit Federn verziert waren – wie sie einst die Bojaren und das Königshaus getragen hatten. Die Preise waren himmelhoch, daher wusste ich nicht, wie viele Russen sich diese edlen Dinge leisten konnten, zumal die Mehrheit ein Landhaus oder eine Zweizimmerwohnung in der Stadt immer noch als ihr Lebenswerk betrachteten. Und doch musste irgendjemand genug verdienen, um die Verkäufe zu finanzieren und das Wachstum all dieser Branchen zu fördern. Neue Hotels und Bürogebäude wuchsen in den Himmel. Sie ähnelten Raumschiffen ohne Türen und Fenster, die nur aus nahtlosen Flüssigmetallflächen bestanden. Manche hatten sogar Dachgärten mit Gewächshäusern, zierliche, maßgeschneiderte Oasen, die hinter Glas gediehen.

«Das sind keine Wohnungen, sondern Appartements», sagte meine Mutter und deutete auf zwei hohe, dünne Türme. «Für Leute, deren Hühner silberne Eier legen.»

«Keine goldenen?»

«Die wohnen mit Blick auf den Kreml oder die Moskwa.» Sie lächelte, öffnete jedoch ihre kalten, steifen Lippen kaum.

Wenn mein Vater nicht dabei war, aß ich mit meiner Mutter so oft wie möglich außer Haus. Ich wollte unbedingt neue Restaurants und neue Gerichte ausprobieren, und außerdem sollte meine Mutter nicht dauernd kochen müssen. Seit ich Moskau vor neunzehn Jahren verlassen hatte, war die Stadt ein Bienenstock der Arbeit und leckeren Küche geworden. An jeder Ecke lockte ein Restaurant oder Café: Russisch, Georgisch, Armenisch, Italienisch, Französisch, Deutsch und an den lukrativsten Standorten McDonald's, Subway, KFC und Pizza Hut. Hier, inmitten russischer Kultur, zwischen stolzen alten Fassaden und Kirchen, die kürzlich umgestaltet worden waren und mit ihren goldenen Kuppeln in den Himmel ragten, wirkten die Fast-Food-Ketten wie künstliche Glieder oder bionische Körperteile, die sich, taub vor falscher Perfektion, nie mit dem Körper verbinden konnten. Im Gegensatz zu meiner Mutter weigerte ich mich, in solchen Lokalen zu essen, sowohl in Amerika als auch in Russland, wo ich mich weiter von einheimischen Delikatessen verwöhnen ließ, dem zärtlichen, lange vergessenen Geschmack meiner sowjetischen Kindheit.

Weil es noch nicht geschneit hatte, wurde die Stadt mit jedem Tag unruhiger. Die Bäume und Gebäude waren zwar in Girlanden gehüllt, sie blieben aber grau wie alte Knochen. Die Luft war dick und das Land schwer wie eine Schwangere, die ihren Geburtstermin längst überschritten hat. Auf den Straßen und in den Lebensmittelläden quasselten und nörgelten die Leute, und meine Mutter schwor, dass sie auf der Stelle nach Sibirien ziehen würde, falls es nicht spätestens an Silvester schneite.

## 24

Ich wusste wirklich nicht, warum ich in Milkas Wohnung anrief. Vielleicht aus alter Gewohnheit? Weil mein Gedächtnis darauf beharrte? Oder weil wir diejenigen, die wir immer noch lieben, weiterhin suchen und die Hand nach ihnen ausstrecken, auch wenn sie schon gestorben sind – durch die Zeit hindurch, durch Kummer und Einsamkeit? Bevor jemand den Hörer abnehmen konnte, legte ich auf und wählte dann erneut. Ich wartete eine Ewigkeit und mit jedem langen, trostlosen Klingeln klopfte mein Herz lauter. Als schließlich ein Mann abhob, brachte ich kein Wort heraus. Das Zimmer war vom Widerhall meines Herzens erfüllt, das irgendwo außerhalb meines Körpers schlug. Der Klang war eintönig, dauerte aber an und echote durch das Schweigen der Jahre.

«Hallo?», sagte der Mann schroff, und nochmals: «Hallo? Wer ist am Apparat? Sagen Sie was oder schweigen Sie für immer.» Er lachte schrill und schamlos, auf eine Art, die mich an die Bösewichter in Horrorfilmen erinnerte. Ein aufblitzendes Lächeln. Schiefe, gelbe Zähne. Dann seine Hände: fette, haarige Finger, Schmutz unter den Fingernägeln, sein eigener Geburtstag direkt über den Fingerknöcheln eintätowiert – Tag und Monat auf der einen Hand, das Jahr auf der anderen.

Ich legte den Hörer auf und saß still da. Mein Atem ging flach.

«Ich gehe spazieren», sagte ich ein paar Minuten später zu meiner Mutter und riss meinen Mantel vom Haken neben der Tür. Doch sie war in der Küche mit dem Abwasch beschäftigt und sagte nichts.

Am nächsten Kiosk kaufte ich ein Päckchen Marlboro, ein Feuerzeug und Pfefferminzkaugummis, um den Rauchgeruch zu verdecken. Ich wollte nicht, dass meine Mutter etwas merkte und mir von morgens bis abends Vorhaltungen machte. Ich hatte schon vor Jahren aufgehört zu rauchen, doch seit meiner Ankunft verspürte ich das heftige Verlangen nach einer Zigarette. Als ich auf die andere Straßenseite huschte, fiel mir eine Frau auf, die mit ihren drei kleinen Kindern die Straße in die entgegengesetzte Richtung überquerte. Sie war wie eine Entenmutter, die ihre Küken sicher ans Trottoir führte. Sie mochte so alt sein wie ich, trug aber so viele Kleiderschichten, dass sich ihr Alter schwer schätzen ließ. Ich sah kurz ihre vorsichtigen Augen, die zu weit auseinanderlagen, ihre leichte Stupsnase und die roten, geschwollenen Lippen, die sie immer wieder mit ihrer in einem Fausthandschuh steckenden Hand bedeckte. Auf halbem Weg zueinander wurden wir kurz langsamer und sahen uns gerade lang genug, um zu erkennen, dass wir uns nicht kannten, dass die Vertrautheit, die wir füreinander empfanden, fehl am Platz war. Trotzdem musste ich mich unwillkürlich nach ihr umdrehen und blickte ihrer schlanken Gestalt nach, bis sie am Ende der Gasse hinter einem Haus verschwunden war.

Die Abendluft war bitterkalt und der Boden mit Eissplittern übersät. An den nackten Baumwurzeln klebte abgestorbenes Gras. Die Sterne waren nicht zu sehen, aber ich wusste, dass sie da waren und Löcher in den Weltraum brannten. Nach dem vertrauten Fünfzehn-Minuten-Spaziergang kam ich zu Milkas Haus. In ihrem Zimmer brannte Licht, doch die Vorhänge waren zugezogen. Ich rauchte eine Zigarette. Sie schmeckte bitter wie ein Schluck schlammiges Wasser. Dann ging ich die Treppe hinauf.

Die Tür von Milkas Wohnung war ausgetauscht worden, und die neue Metalltür erinnerte mich an ein Mausoleum oder eine Gruft, in der Geister wohnen. Bebend band ich meinen Schal auf. Mein Herz schlug heftig unter meinem Mantel. Plötzlich wünschte ich, ich hätte meinen Eltern gesagt, wo ich hinging, aber das hatte ich nicht gewagt; meine Mutter hätte mir nie die Erlaubnis gegeben. Fast sah ich ihr Gesicht von 1985 vor mir, das traurig und erschrocken zugleich war, ein Durcheinander unruhiger Muskeln.

Auf mein Klingeln folgte Stille. Niemand eilte zur Tür, man hörte keine Schritte oder Stimmen. An die Wand gelehnt, steckte ich mir noch eine Zigarette an, die ich jedoch auf den Boden warf und mit meinem Stiefel ausdrückte, als die Tür aufging und dieselbe schroffe Stimme fragte: «Was wollen Sie?»

Der Mann, der vor mir stand, war viel kleiner, als ich ihn in Erinnerung hatte. Er war dick und kahlköpfig und ähnelte einem Weinfass. So roch er auch. Er trug ein Paar dunkelblaue Jeans und ein Flanellhemd, das lose herabhing, sodass man seinen Ballonbauch und die grauen Haarbüschel über dem Gürtel sah. Er unternahm keinen Versuch, sein Hemd zuzuknöpfen oder in die Hose zu stecken.

«Anja? Anja Ranewa?», fragte der Mann. «Wie das? Warum?»

«Guten Tag», sagte ich. «Schön, dass Sie mich wiedererkennen.»

«Natürlich! Du hast dich nicht verändert. Noch genauso hübsch. Was führt dich in diesen düsteren Teil der Welt?» Er kicherte kurz und ich sah seine schiefen Schneidezähne. Sie waren nicht gelb, aber die Lücke war größer geworden. «Komm rein. Ich freu mich, dich zu sehen.»

Einen Moment lang dachte ich, ich hätte mich getäuscht. Diesen Mann kannte ich nicht, obwohl er mich irgendwie zu kennen schien. Doch dann, als er mir den Mantel abnahm, entdeckte ich die Tätowierungen auf seinen geschwollenen Fingern – und vor mir stand auf einmal Milkas Stiefvater.

Ich war umgeben von Gerüchen: Alkohol, Rauch und gebratenes Fleisch. Jemand war auf der Toilette; ich hörte das Wasser fließen.

«Meine Freundin», sagte er. «Meine Frau ist vor Jahren gestorben.»

«Ich weiß.»

«Möchtest du was trinken? Wein? Ich mache meinen Wein immer noch selbst. Ihr Mädchen habt ihn mir immer geklaut, weißt du das noch?» Er stolzierte den Gang entlang und ich ging mit kleinen, lautlosen Schritten hinter ihm her.

Die Küche war vor Kurzem umgestaltet worden und die alten Schränke waren durch weiße, glänzende ersetzt worden. Rostfreie Stahlgeräte. Eine Komposition aus orangen und braunen Bodenfliesen. Unter den Fenstern war ein kleines Anbausofa eingepasst worden und davor stand ein überdimensionaler Tisch. Ich sah schmutziges Geschirr im Spülstein, einen Spitzenvolant am Fenster und ein großes Holzkreuz auf dem Fensterbrett.

«Ganz anders als damals, was? Wir sind gerade mit der Renovierung fertig geworden.» Er stellte eine Schachtel Wetschernij-Swon-Pralinen vor mich hin. Aus dem Kühlschrank holte er eine Karaffe Rotwein, der dunkel und dickflüssig wie Blut war.

«Nicht für mich», sagte ich.

«Nein?» Er drehte sich zu mir, blickte mich überrascht an und kratzte sich am Kinn. «Ich habe auch Wodka.»

«Ich möchte keinen.»

«Du bist doch nicht schwanger, oder?», fragte er und schenkte sich ein Glas Wein ein. «Hast du Kinder? Du und Milka, ihr habt immer gesagt, ihr wollt keine. Das weiß ich noch. Wohin wollt ihr noch mal durchbrennen? Nach Rom?»

«Nach Paris.»

«Stimmt. Schöne Stadt. Ich war mal mit meiner Freundin dort.»

Ich sah zu, wie er den Wein hinunterspülte, als sei es Wasser, in lauten Schlucken und ohne die geringste Unterbrechung, und ich bedauerte bereits, dass ich gekommen war. Er sprach mit einer Art von beiläufiger Nonchalance, ja Geringschätzigkeit über die Vergangenheit, als gäbe es diese gar nicht und als hätte es sie nie gegeben. Ich wollte ihn fragen, wie er all die Jahre gelebt hatte; fühlte er sich gar nicht verantwortlich? Wie konnte er so unverschämt großspurig vor mir stehen? Ein alter Mann ohne eine Spur von Reue.

«Schenken Sie mir etwas von Ihrem scheußlichen Wein ein», sagte ich schließlich.

«So ist es recht, Mädchen. Und der Wein ist hervorragend, das schwör ich.» Er stellte ein leeres Glas auf den Tisch und füllte es voll. «Prost!», sagte er und reichte es mir.

Ich trank das Glas aus. Der Wein brannte mir in der Kehle, doch damit kam ich zurecht und ließ zu, dass er mir ein zweites Glas einschenkte. Ich zitterte und mir war taumelig; mein Herz: ein geprügeltes Tier, das durch die Steppen meiner Kindheit raste.

Ich stellte mir den Fliederbaum vor dem Fenster vor, zum Bersten voll mit lila Blüten aus winzigen Kreuzen, von denen Milka und ich immer Unmengen pflückten. Wir stopften sie in unsere Taschentücher und legten sie unter die Laken, sodass alles nach Frühling duftete, nach Träumen und allem, was wir behalten wollten.

«Wie ist es dir denn ergangen?», fragte er. «Wie lebt es sich in Amerika? Üppig und prachtvoll?»

Ich gab keine Antwort, sondern ging zu ihm und blickte in seine betrunkenen Augen. Im Dunkel seiner Pupillen sah ich Milkas bleiches, entsetztes Gesicht gespiegelt. Ich kniff ihn fest ins Kinn, doch er verzog keine Miene; sein Gesichtsausdruck blieb regungslos und stumm. Sein Atem roch säuerlich.

«Sie haben meine beste Freundin sexuell missbraucht», sagte ich. «Und Sie verhalten sich, als wüssten Sie nichts davon. Verdammtes Arschloch. Wahrscheinlich haben Sie sie auch getötet.»

«Wovon redest du da?» Er warf mich gegen den Tisch und ich verlor das Gleichgewicht und fiel zurück aufs Sofa. Der Wein schwappte auf das cremefarbene Polster und färbte die Kissen blutrot.

«Milka ist wegen Ihnen gestorben», sagte ich und stand auf.

«Seltsam, ich erinnere mich an was anderes – sie starb wegen dir.»

«Nein, das ist nicht wahr.»

«Du warst die Letzte, die sie lebend gesehen hat. Ich habe deine Schulbücher auf ihrem Schreibtisch gefunden.»

«Sie sind ein Lügner. Ein verdammter Scheißlügner.» Ich schlug ihm mit all meiner Kraft auf die Brust und er ließ mich gewähren. Ich schlug auf alles ein, was mir unter die Augen kam: auf seinen Unterleib, seine Schultern und sogar auf seine Wangen. Als ich ihn ins Gesicht schlug, taten mir die Hände weh, bis er sie zu fassen bekam und meine Handgelenke fest zusammendrückte.

«Du hast ihr das doch angetan, oder?», fragte er. «Du hast sie verprügelt. Sie hatte Blutergüsse. Die konnte sie sich nicht selbst zugefügt haben. Du warst die Einzige, der sie vertraut hat. Sei dankbar, dass wir deinen Namen nicht an die Polizei weitergegeben haben. Wir haben gesagt, sie sei gestürzt. Und wir wollten nicht, dass jemand in der Schule von ihrer Schwangerschaft erfuhr. Wir haben dir Fragen und Tratscherei erspart.»

Ich starrte ihm in die Augen – die kalt waren und erbarmungslos. Tränen stiegen in mir hoch.

«Sie ekeln mich an», sagte ich. «Dass Milka tot ist und Sie am Leben sind, ist entsetzlich. Ich hasse Ihren widerlichen Gesichtsausdruck, so als hätten Sie die ganze verdammte Welt ausgetrickst. Ich hasse –»

Er zerrte mich an den Handgelenken fast bis zur Tür. «Geh zurück nach Amerika, in dein verwöhntes, glückliches Leben. Iss Hamburger, rauch Marlboro, trink Coca-Cola. Vergiss sie. Sie war eine schmutzige Fotze. Sie vögelte mit allem, was sich bewegte. Es ist nicht deine Schuld oder meine, dass wir eine Nutte geliebt haben. Sie ist tot, mausetot. Sie hat sich umgebracht. Hat die Pillen ihrer Mutter genommen und mit Wodka runtergespült. Wir konnten sie nicht retten. Das konnte keiner.»

Er riss meinen Mantel vom Haken und warf ihn mir zu, doch er landete auf dem Boden. Das Zimmer kippte um und sein Gesicht rutschte auf die Seite. Dieses seichte, höhnische Grinsen, das ich liebend gern ausgelöscht hätte.

«Milka hätte sich nie umgebracht», sagte ich. «Niemals. Sie war wagemutig, das stimmt, doch sie liebte das Leben über alles, auch mehr als mich.»

Wir hielten beide kurz inne und pausierten. Die Tür zu Milkas Zimmer ging auf und ein neun- oder zehnjähriges Mädchen tauchte aus der Dunkelheit auf. Mit der einen Hand rieb sie sich die Augen, mit der anderen umarmte sie ihren Teddy. Sie trug einen gestreiften Flanellschlafanzug und hatte langes goldenes Haar, das wie Sonnenstrahlen über ihre Schultern fiel.

«Was ist denn, Papa?», fragte sie. «Warum schreist du so?»

«Alles ist gut, Liebes. Geh wieder ins Bett. Wir unterhalten uns nur. Wir sind alte Freunde.»

«Ich hab Angst», sagte sie.

«Die Dame geht jetzt. Du brauchst keine Angst zu haben.»

In die warmen, zutraulichen Augen des Mädchens traten Tränen. Er kniete sich vor sie und strich ihr das Haar hinter die Ohren. «Geh zurück in dein Zimmer, Schatz. Deine Mama nimmt gerade ein Bad. Sie ist gleich bei dir, das versprech ich dir.»

Das Mädchen gehorchte, wenn auch widerwillig.

Ich hob meinen Mantel vom Boden auf, ließ aber versehentlich meinen Schal fallen. Er griff danach und reichte ihn mir. Ich musterte sein Gesicht, das alt und erschöpft war, weich geworden vom Wein und von der Stimme des Mädchens.

«Es ist nicht so, wie du denkst», sagte er. «Sie ist die Tochter meiner Freundin und wir lieben sie sehr. Meine Freundin weiß von nichts. Bitte komm nicht wieder. Wir wollen uns an die guten Erinnerungen halten und den Rest vergessen. Was geschehen ist, ist geschehen. Es hat keinen Sinn, jemanden zu verletzen. Bitte.»

«Sagen Sie mir, was Milka widerfahren ist.»

«Warum denn, nach all den Jahren? Warum in der Vergangenheit wühlen?»

«Wenn Sie es mir nicht sagen, erzähle ich alles Ihrer Freundin. Jede blutige Einzelheit. Alles, was ich weiß.»

Er seufzte und blickte über seine Schulter nach hinten. Ein Zittern erfasste sein Gesicht, er zuckte zusammen und stockte. «Sie ist verblutet», sagte er schließlich. «Sie hat irgendwas genommen, Kräuter oder Pillen, um die Wehen einzuleiten. Wir hatten abends eine Besprechung und kamen deshalb spät von der Arbeit zurück. Als wir wieder zu Hause waren, hat sie noch gelebt, war jedoch bewusstlos. Ihre Mutter ließ nicht zu, dass ich den Rettungswagen holte. Sie hatte Angst, ich würde ins Gefängnis kommen. Sie sagte, sie könnte mich nicht auch noch verlieren.»

Meine Hände und Beine begannen zu zittern, ich zitterte am ganzen Körper, sank auf die Knie und übergab mich. Ich hatte das Gefühl, mein eigenes Herz verschluckt zu haben, und würgte weiter, um es auszuspucken.

# 25

Mike rief am ersten Weihnachtstag an. Er war gerade bei seinem Vater gewesen, und wie immer klang er aufrichtig, als er sich nach meinen Eltern erkundigte, nach ihrer Gesundheit und nach meinen Eindrücken. Wir redeten über die Veränderungen im Land, den fehlenden Schnee, und wie alles schmeckte und roch, wenn man so lange fort gewesen war.

«Es ist wie ein Traum», sagte ich zu ihm. «Man will ihn weiterträumen und weiß doch, dass man irgendwann aufwacht.»

«Kannst du nicht länger bleiben?», fragte er.

«Nein. Das Semester fängt am Zwölften an.»

«Konntest du denn die Zensuren rechtzeitig vergeben? Funktioniert das Internet gut?»

«Bestens. Ich hab alle Zensuren eingereicht.»

«Sind gute Hausarbeiten dabei?»

«Ja, ein paar. Eine über Dorothy Allisons *Kuckuckskinder*, die andere über Gulagliteratur – Schalamow und Solschenizyn.»

«Habe ich die gelesen?»

«Ich glaube nicht. Aber meine Studentin erörtert in ihrer Hausarbeit die These, dass man die Beziehung zwischen Stalin und dem restlichen russischen Volk – das den großen Führer verehrt, trotz aller Gräueltaten, die es miterleben musste – mit dem Stockholm-Syndrom erklären könne. Stalin hielt sie alle als Geiseln fest, und zuerst hatten sie Angst vor ihm, entwickelten aber später positive und sogar liebevolle Gefühle für ihren Geiselnehmer.»

«Klingt seltsam, aber nicht abwegig. Findest du ihre These überzeugend?»

«Eigentlich nicht. Aber je länger ich darüber nachdenke, desto mehr betrachte ich diese These als mögliche Erklärung. Und je länger ich hier bin, desto weniger stimme ich ihr zu. So viele Faktoren spielen eine Rolle, so viele widersprüchliche Gefühle. Es ist schwer zu erklären.»

«So sind Imperien nun mal – großartig und gleichzeitig böse. Schwer zu erklären.»

«Wie war dein Weihnachten?», fragte ich.

«Toll. Meine Schwester hat zwei Kürbiskuchen gebacken.»

«Wieso zwei?»

«Einer ist für dich, als Willkommensgeschenk, wenn du wiederkommst. Er ist in der Tiefkühltruhe.»

«Sie ist ein Schatz.»

«Wir sind stundenlang ausgeritten. Es war unglaublich, wie in unserer Kindheit, als unsere Mutter noch lebte und wir immer winkend am Fenster vorbeigaloppiert sind und sie zurückgewinkt hat.»

«Was hat dein Vater gesagt?»

«‹Zieht verdammt noch mal eure Mäntel an. Es ist Winter, ihr dummen Blödmänner.›»

Ich brach in Gelächter aus.

«Das ist nicht witzig. Manchmal vergisst er sein gutes Benehmen. Ich weiß nicht, wie du ihn erträgst.»

«Entweder er oder meine Eltern», sagte ich.

«So schlimm können sie doch nicht sein.»

«Nein, eigentlich ... aber –»

«Wann kommen sie uns besuchen?»

«Vielleicht im Sommer.»

«Ich hab dir ein paar Bergbilder für sie geschickt.»

«Die habe ich ihnen schon gezeigt. Sehr schöne Bilder.»

Es entstand eine Pause, die wir nicht mit Wörtern füllen konnten. Ich stand am Fenster und beobachtete ein paar Spatzen, die in einem Baum hockten. Auch eine Krähe war dabei, die jedoch weiter hinauf flog und sich auf einen der oberen Zweige setzte, wo sie aussah wie eine schwarze verfaulte Frucht, die zwischen kahlen Ästen hing.

«Ich war in Milkas Wohnung», sagte ich schließlich.

«Und?»

«Ihr Stiefvater wohnt immer noch dort, mit einer neuen Frau und deren kleiner Tochter. Sie haben die Wohnung renoviert und neue Möbel gekauft. Es ist, als hätte meine Freundin dort nie gewohnt, als hätte sie nie existiert. Er ist ein derartig dreckiges Arschloch. Ich mache mir Sorgen um das Mädchen.»

«Kannst du mit jemandem reden?»

«Mit wem denn?»

«Mit deinen Eltern?»

«Nein, die wissen gar nicht, dass ich dort war. Sie wären dagegen gewesen. Nicht mal Milkas Namen nehmen sie in den Mund.»

«Als meine Mutter starb, sagte mein Vater nie ‹meine Frau› oder ‹deine Mutter›, sondern nannte sie immer nur bei ihrem Vornamen. Auf diese Weise grenzte er sich emotional ab. Meine Schwester fing dann auch damit an, den Namen meiner Mutter zu verwenden, wenn sie von ihr redete. Es ist sehr seltsam. Manchmal tun sie das immer noch, besonders um die Feiertage herum.»

«Ohne dich ist es einsam», sagte ich nach einer kurzen Pause.

«Komm bald zurück.»

«Ja, bald.»

Ich legte den Hörer auf und starrte auf die grauen Wolkenmassen vor dem Fenster, die sich träge über die Stadt bewegten. Ich dachte daran, dass Dinge, die aus guten Beweggründen ersonnen wurden, sich genauso schrecklich entwickeln konnten wie Dinge, die aus Versehen oder aus Bosheit erdacht worden waren. Und dass man inmitten dieses ganzen chaotischen, brutalen Lebens versuchte, die Kontrolle über eine merkwürdige, andersartige, private Welt zu behalten, und dabei Sehnsucht danach hatte, dass der Wind alle Erinnerungen vertreiben würde, alle Rückstände und Gerüche der tragischen Vergangenheit.

Ich versuchte, Lopatin unter seiner alten Nummer zu erreichen, und sprach mit seiner Mutter. Sie sagte, er sei momentan nicht in der Stadt, und als sie wissen wollte, wer am Apparat sei, legte ich auf. Mir wurde klar, dass er vielleicht nicht über die Datschas reden wollte und eine Auseinandersetzung vermied. Ich überlegte, ob ich Trifonow kontaktieren sollte, entschied mich aber dagegen – er würde nichts mit Lopatin zu tun haben wollen, und ich wollte nicht, dass er sich engagierte oder alte Gefühle für ihn oder mich wieder aufleben ließ. In Wahrheit vermisste ich ihn immer noch manchmal. Nicht sexuell, sondern als einen Menschen, für den das Leben Wissen und ständige Weiterbildung bedeutete. Ich vermisste seine Predigten, seine moralische Rechtschaffenheit, seine Selbstlosigkeit, seinen naiven Ehrgeiz und seinen Wunsch, die Welt zu retten. Ich vermisste seine literarischen und religiösen Erkundungen, seinen Lerneifer, seine Tschechow-Verehrung, seinen Stolz, seine Sturheit, seinen unerbittlichen Geist. Ich weiß noch, dass er im Unterricht bei einer Diskussion über den *Kirschgarten* gesagt hatte, der Garten stehe für die alte Ordnung; er habe gefällt und entwurzelt werden müssen, um uns vorwärtszubringen. Wie immer hatte Lopatin mit ihm über den Unterschied zwischen Tschechows Zeit und der unseren gestritten, in der es seit einem Jahrhundert keine Leibeigenschaft mehr gab. Doch Trifonow hatte gesagt: «Leibeigenschaft – ja; Leibeigene – nein. Dieses Land braucht sie aber. Es muss immer jemanden geben, den man ausbeuten, missbrauchen, aushungern und bestrafen kann.»

Als ich damals nach Amerika ging, besuchte Trifonow meine Eltern gelegentlich, lieh sich Bücher von ihnen, trank Tee und aß den Kartoffelsalat meiner Mutter. Er wagte es sogar, mit meinem Vater über die grauenhafte Vergangenheit des Landes und über die düstere Zukunft zu streiten, wobei aus dem Gesicht meines Vaters erst Neugier, dann Verblüffung und schließlich Zorn sprach. Meine Mutter schilderte mir ihre gutmütigen Streitereien in allen Einzelheiten am Telefon, doch als ich Mike kennenlernte, erwähnte sie Trifonows

Namen nie wieder. Ich wusste nicht, warum – war es, weil sie sich nicht in mein neues Leben einmischen wollte oder weil sie ihn nicht mehr traf? Ich fragte sie lieber nicht danach und ließ diesen meinen Anteil auf immer hinter mir.

Nachdem zwei weitere Tage vergangen waren, stand ich morgens früh auf, zog mich an und verließ die Wohnung auf Zehenspitzen. Meine Eltern schliefen noch, und ich hoffte, wieder da zu sein, bevor sie aufwachten, damit ich sie mit heißen, zuckerbestäubten Pontschiki überraschen konnte, so wie sie damals, als Milka und ich klein waren. Wir hatten dann das Gefühl, königliche Thronerben in Versailles zu sein, umgeben von treuen Dienern, protzigen Möbeln und lebensgroßen Porträts von Königen und Königinnen. Doch dann erinnerten uns die Löcher in unseren Wollsocken an unsere gewöhnliche Bauernexistenz, mit Schwarzbrot und gekochten roten Rüben und Sprotten in Dosen.

Bei Tagesanbruch war die Sonne nicht zu sehen, es war klirrend kalt und die Luft war so weiß, als sei sie aus Schneeflocken zusammengenäht. In der Ferne rumpelten Autos und ein paar Leute standen zitternd unter dem Glasflügel einer Bushaltestelle. Die meisten Wohnungen waren dunkle Höhlen voll schlafender Körper. Ein abgemagerter, struppiger Hund wühlte unter einem Baum in der Erde. Der Boden war so hart und fest, dass er nur ein paar verwelkte Blätter durchscharren konnte. Er wedelte mit dem Schwanz, schnüffelte an der Erde und grub noch ein wenig weiter.

Der Wind drang durch meinen Mantel und meinen Pullover und betäubte mein Gesicht. Der fehlende Schnee war irritierend, die Landschaft wirkte trostlos und öde. Es war, als stürbe die Natur, statt Winterschlaf zu halten. An der Straßenecke ging ich an ein paar Lebensmittelkiosken vorbei, wo man alles kaufen konnte, vom Wodka über heiße Brathühner bis zu Kondomen und Pralinen. Weiter unten erkannte ich Spielplätze mit rostigen Schaukeln und Klettergerüsten, leere Sandkästen, eine halbe Wippe; große Abfallcontainer voller Müll, Bier- und Wodkaflaschen und Unmengen von Zigarettenkippen. Farbe hing in langen, zerfransten, gebleichten Sabberzungen von den Balkonen und Fenstern alter Gebäude, und die Mauern waren mit Flüchen verunstaltet.

Ein wenig traurig ging ich durch das Viertel, in dem ich als Kind Stunden damit verbracht hatte, Sandkuchen zu formen oder einen Schneemann zu bauen und auf Pappe oder Linoleum Eishügel hinunterzurutschen. Das Viertel, in dem ich Wasser gefärbt und in Plastikförmchen hatte gefrieren lassen, die ich am nächsten Tag auf den Schnee schüttelte, lauter Eisfigürchen in allen Regenbogenfarben. Bevor sie in der Sonne schmolzen, glitzerten sie wie Juwelen. Ich erinnerte mich daran, dass Milka und ich und andere Kinder aus der Nachbarschaft Stöcke gesammelt und Feuer gemacht und Kartoffeln gebacken hatten, die wir heiß aßen, halb roh oder verkohlt, ohne Salz und mit der Schale. Mit unseren rußigen Gesichtern und Händen sahen wir aus wie Schornsteinfeger.

Manchmal spielten wir das «Totsein»-Spiel, und immer war es Milka, die so tat, als sei sie tot, nachdem sie sich auf den Boden oder auf eine Bank gelegt hatte, und wir mit den Fingern unter ihren schmalen Körper fuhren und dann versuchten, sie hochzuheben. «*Panotschka pomerla. Panotschka pomerla.* Die Dame ist tot. Die Dame ist tot», sangen wir und warteten darauf, dass sich die Seele vom Körper trennte und in die Wolken entschwebte. Ich weiß noch, wie wir Milka klagend im Kreis um den Hof trugen, während ihr Haar hin und her schwang, sie die Hände auf der Brust gefaltet hatte und statt einer Kerze ein Zweig zwischen ihre Finger geklemmt war.

Ich erinnere mich, dass ich mir noch Wochen und Monate nach dem Begräbnis vorgestellt hatte, Milka sei gar nicht gestorben, sondern vom KGB angeworben und in geheimer Mission ins Ausland geschickt worden, weil sie besser Englisch lesen und sprechen konnte als alle anderen in unserer Klasse. Ich stellte mir vor, sie sei eine Informantin, habe es mir aber nicht sagen können. Vielleicht musste sie in ein Zeugenschutzprogramm aufgenommen werden, und man hatte ihren Namen, ihr Gesicht und ihre Fingerabdrücke geändert, ihr seidiges Haar rot oder schwarz gefärbt, geflochten oder kurz geschnitten. Aus ihr war ein neuer Mensch geworden, sie war neu geboren worden und lebte in Frankreich oder Italien, aß Pizza oder konfettibunte Makronen. Ich stellte mir vor, wie sie durch Paris streifte, mit dem Boot auf der Seine fuhr oder die alten Straßen Roms erkundete, das Pantheon und das Kolosseum, in dem Gladiatoren jahrhundertelang mit Menschen und Tieren kämpften.

Als ich dann später mit Mike an diese Orte fuhr, stellte ich mir vor, ich würde Milka dort finden, während ich mich in Parks und auf Märkten umsah, in Basiliken und Kunstgalerien, in einem Labyrinth aus Museumsräumen, im Vatikan, wo ich zum ersten und letzten Mal die Sixtinische Kapelle betrat, in der Michelangelo beim Malen fast erblindet wäre. In der Kapelle, einem scheunenartigen Rechteck, hatte ich inmitten von Papstporträts und Wandfresken mit biblischen Szenen gestanden, unter der riesenhaften Decke mit den neun Erzählungen der Genesis und dem *Jüngsten Gericht* hinter dem Altar. Ich sah das Bild von Jesus als Weltenrichter, der mit der Haltung seiner Arme über das Schicksal der Menschen entscheidet: Die Verdammten werden in die Hölle getrieben und die Geretteten in den Himmel gehoben. Ich sah den Fährmann Charon, der die Sünder übersetzte, und den heiligen Bartholomäus – ein Selbstporträt Michelangelos – mit der eigenen Haut in der Hand. Ich weiß noch, wie ich zitterte und zu weinen anfing, ich weinte bitterlich über die Schönheit und das Grauen, das sich mir darbot.

Die Erinnerungen fegten durch mich hindurch wie der Wind durch die Bäume und trugen mich bis zu Milkas Mietshaus. Auf dem Spielplatz auf der anderen Straßenseite setzte ich mich auf eine Bank und beobachtete die Haustür, während ich eine Zigarette nach der anderen rauchte. Es war noch nicht einmal acht Uhr morgens und ich hatte bereits das halbe Päckchen geraucht. Mir war schwindelig, mein Magen knurrte, und mein Herz schwang schwer wie ein Pendel hin und her. Ein paar Autos fuhren vorbei, ein Mann führte seinen Hund aus. Aus dem Haus kamen kaum Leute, und ich hatte die Hoffnung schon fast aufgegeben, die Frau zu treffen, die mit Milkas Stiefvater zusammenlebte, als ich ihre Tochter aus dem Haus wackeln sah. Mit all den Kleiderschichten sah sie aus wie ein Kohlkopf. An ihrer Schulter baumelte eine limettengrüne Schultasche, an deren Reißverschluss ein Affe hing. Die Mutter des Mädchens kam ebenfalls aus dem Haus, in einem braunen Lammfellmantel, einer roten Baskenmütze und einem roten Schal. Sie nahm das Mädchen an der Hand, und bevor sie die Straße überquerten, blickten beide erst nach rechts und dann nach links. Sie blieben kurz stehen, und die Mutter bückte sich und zog den Schal ihrer Tochter zurecht, die ihr Gesicht hochhob und sich von der Frau zärtlich berühren ließ.

Ich warf die Zigarette auf den Boden, wartete, bis die beiden um die Ecke gebogen waren, und ging dann hinter ihnen her.

Wie ich vermutet hatte, ging das Mädchen in meine alte Schule. Auf dem Feld, über das Milka und ich jahrelang marschiert waren, wo wir bei Matsch und Schnee stecken geblieben waren, stand jetzt ein schickes Einkaufszentrum. Vor den Schaufensterfluchten waren überall ordentliche Gehsteige. Ich kam in die altvertraute Umgebung und sah, dass sich das Schulgebäude bis auf die Farbe – es war jetzt staubblau – nicht verändert hatte: dieselbe verwitterte Flügeltür und dieselben durchhängenden Fenstersimse. Das Dach war immer noch braun wie ein Baustamm.

Die Frau wartete, bis ihre Tochter die Treppe zum Eingang hinaufgegangen war, drehte sich dann auf Zehenspitzen um und sah plötzlich mein kaltes, taubes, besorgtes Gesicht.

«Guten Tag», sagte ich.

«Guten Tag.»

Sie war jung, jünger als ich, und hatte ein offenes, freundliches Gesicht, leicht hochmütig, aber das konnte an ihrer Nase liegen, die klein, gerade und spitz war, mit geblähten Nasenflügeln. Sie war kaum geschminkt, und ihr Mund war sehr klein, ein enger, blasser Kreis.

«Ich muss mit Ihnen reden», sagte ich und fingerte noch eine Zigarette heraus, die anzuzünden mir gelang, obwohl mir die Hände zitterten.

«Was ist? Was wollen Sie?», fragte sie, und ihre Stimme und ihr Benehmen – die Art, wie sie den Kopf auf die Seite legte und blinzelte – brachten mich auf den Gedanken, dass sie wusste, wer ich war.

«Ich heiße Anja», sagte ich. «Anja Ranewa. Ich … ich –»

«Sie waren bei uns in der Wohnung.»

«Ja.» Ich stieß den Rauch aus, und sie schlurfte durch Laub und Dreck einen Schritt zur Seite.

«Ich habe keine Zeit. Ich komme zu spät zur Arbeit», sagte sie, und plötzlich ertrug ich ihren Anblick nicht mehr – die Quietschstimme, die geringschätzig geschürzte Unterlippe, die alberne Eile, mit der sie ihre Hände bewegte, und selbst ihr roter Schal war mir zuwider, der wie ein dickes blutiges Seil um ihren Hals geschlungen war.

«Sie müssen mir zuhören», sagte ich noch dringlicher und herausfordernder. «Verlassen Sie dieses Arschloch. Der Mann ist gefährlich.»

Sie kniff die Augen zusammen, und einen angespannten, ungemütlichen Augenblick lang musterte sie mein Gesicht.

«Sind Sie verheiratet?», fragte sie.

«Was tut das zur Sache?»

«Eine ganze Menge. Wenn Sie hinter meinem Freund her sind oder sein Geld wollen, können Sie es vergessen. Er schuldet Ihnen nichts.»

«Hat er Ihnen das so gesagt? Deswegen war ich nicht bei Ihnen. Seine Stieftochter war meine beste Freundin.»

«Und Sie haben sie verprügelt und dann ist sie gestorben. Ihre Unverfrorenheit ist nicht zu fassen.» Sie stieß mich mit ihren entschlossenen behandschuhten Händen beiseite.

«Milka starb wegen ihm», sagte ich. «Er hat sie vergewaltigt und sie wurde schwanger. Er ist ein dreckiges Arschloch von einem Lügner.»

Die Frau schulterte ihre Tasche und machte ein paar Schritte auf mich zu. «Wenn Sie uns nicht in Ruhe lassen, geht er zur Polizei und erzählt ihr, dass Sie seine Stieftochter getötet haben. Dann müssen sie Ermittlungen einleiten. Und Sie werden für sehr lange Zeit nicht mehr nach Amerika zurückreisen können.»

Sie machte kehrt und entfernte sich allmählich in Richtung U-Bahn. Als sie gerade über die Straße gehen wollte, rannte ich ihr hinterher, riss ihr die Baskenmütze vom Kopf und warf sie vor ein vorbeifahrendes Auto. Die rote Wolle auf dem Asphalt sah aus wie ein gehäutetes, platt gedrücktes Tier.

# 26

Die Datschaeigentümer sollten sich spätestens am dreißigsten Dezember treffen. Meine Mutter war von Anfang an davon überzeugt, dass ungeachtet dessen, was gesagt oder getan würde, die Oligarchen am Ende gewinnen würden. Sie waren schamlose Diebe, die das Land seit 1985 ausplünderten und industrielle Unternehmen, Fabriken und Ölraffinerien ebenso aufkauften wie allen wertvollen Grund und Boden in Moskaus Innenstadt. Sie betrogen alte Leute um ihre Wohnungen und ersetzten Buchhandlungen und Büchereien durch Restaurants und Hotels. Jetzt wollten sie das Land der Armen, ihre dürftigen Obstgärten, um eine Sommerfrische für die Reichen bauen zu können, indem sie Hunderte von armseligen Schrebergärten in ein vornehmes Anwesen unter privater Trägerschaft verwandelten.

«Moskau ist ihnen zu klein», sagte sie bitter. «Sie müssen ihren Einflussbereich vergrößern, die Zukunft ihrer Kinder absichern, falls deren Väter frühzeitig sterben, was, wenn man den Zeitungen glaubt, laufend geschieht.»

Mein Vater dagegen sah die Dinge etwas optimistischer. Er beteuerte beharrlich, dass die Käufer keine Chance hätten, wenn alle Anteilseigner der Datschagenossenschaft geschlossen aufträten und sich weigerten zu verkaufen. Er hatte mit ein paar Nachbarn gesprochen und sie hatten versprochen, solidarisch zu sein. Dennoch ließ sich meine Mutter in ihrem Zweifel nicht beirren.

Sie sagte: «Diese Gauner werden entweder den Preis drücken oder uns an die Gurgel gehen.»

«Aber der Apfelgarten, Ljuba – unsere Jugend, unsere Träume. Er ist doch Anjas Erbe», sagte mein Vater.

«Anja lebt in Amerika», erwiderte meine Mutter. «Ich glaube kaum, dass sie je zurückkommt.»

«Vielleicht doch», sagte ich, auch wenn es nicht sehr überzeugend klang.

«Wenn man uns zum Verkauf zwingt, musst du die ganzen Dokumente durchsehen, Anja, und sicherstellen, dass alles seine Richtigkeit hat und wir nicht betrogen werden. Wir wollen kein Bargeld. Sie sollen das Geld auf dein Konto nach Amerika überweisen. Hast du ein eigenes Konto? Oder eines zusammen mit Mike?», fragte meine Mutter.

«Wozu brauche ich ein eigenes Konto?»

«Es ist dein Geld. Wir wollen, dass es dein Eigentum bleibt, falls etwas passiert. Wir haben Gerüchte über Amerikaner gehört, die Russinnen geheiratet haben und sie dann, wenn sie Besitz hatten, zwangen, alles zu verkaufen, um sich ihr Geld unter den Nagel zu reißen.»

«So was würde Mike nie tun», sagte ich. «Wir sind jetzt seit neunzehn Jahren zusammen. Wenn er mich hätte ausnehmen wollen, hätte er es längst getan, meint ihr nicht?»

«Man weiß nie», sagte meine Mutter. «Der Tochter unserer Nachbarin ist genau das passiert.»

Ihre Worte verblüfften mich. Sie hatte immer freundlich und respektvoll über Mike gesprochen; ein Mann, der Brücken, Häuser, Fabriken bauen konnte – und zwar mit den eigenen Händen –, verdiente Bewunderung. Doch nun schien sie ihre Meinung geändert zu haben, oder vielleicht hatte sie meine Entscheidung, einen Amerikaner zu heiraten, von Anfang an infrage gestellt, es mir aber nie gesagt und es dann später nicht mehr gewagt. Oder vielleicht hatte sie auch Angst gehabt, dass ich, falls sie etwas zu mir am Telefon sagte, nie zurückkommen würde und dass sie dann bis an ihr Lebensende mit meinem Vater allein bleiben würde und ihre Einsamkeit durch Alter und Krankheit und trostlose Winter ohne Schnee noch vertieft würde.

«Mike ist ein guter Mensch. Wenn ihr uns auch nur ein einziges

Mal besucht hättet, würdest du nie so verletzende Dinge über ihn sagen.»

«Deine Mutter macht sich zu viele Sorgen», sagte mein Vater. Er dämpfte seine Worte mit einem Lächeln und streichelte meine Schulter.

«Du bist doch derjenige, der Amerika die Schuld an allen Sünden der Welt gibt», fuhr meine Mutter ihn an, erhob sich vom Stuhl und machte den Herd an. Sie schüttete Wasser in den Teekessel, stellte ihn auf die blaue Flamme und schaltete den Herd eine Stufe höher.

«Nicht an allen Sünden, aber an vielen», erwiderte mein Vater. «Genauso geben sie uns die Schuld.»

«Den Amerikanern ist das schnurzegal», sagte ich. «Das ist russische Propaganda.»

«Propaganda?», fragte mein Vater mit einem Gesicht, aus dem alle Freundlichkeit gründlich verschwunden war. Er hatte tiefe Falten auf Wangen und Stirn und war fast kahl, bis auf ein paar störrische Stellen am Hinterkopf und über den Ohren, an denen noch ein paar Haare waren, die wie welkendes Gras wirkten. «Du meinst, Russen sind zu doof, um das zu merken?», fragte er. «Die Amerikaner zielen wie alle anderen darauf, ihr Territorium zu erweitern. Sie haben der Ukraine und Georgien bereits angeboten, der NATO beizutreten. Warum? Damit sie dort Militärstützpunkte errichten und Truppen stationieren können. Abermals – um Russland einzukreisen, um unsere Grenzen zu schwächen.»

«Woher hast du das?», fragte ich. «Ich weiß von nichts dergleichen.»

«Ljuba, unsere Tochter ist eine Fremde, eine Ausländerin. Sie hat sich in einen dieser Schwachköpfe verwandelt, die ihr eigenes Land nicht auf der Weltkarte finden können.»

Meine Mutter sagte nichts, sie lehnte es ab, sich einzumischen. Sie hantierte mit Tassen und Wasserkessel und löffelte schwarzen Tee aus einer Dose.

«Hört sofort auf», sagte ich. «Hört auf, solche Dinge über meinen

Mann und sein Land zu sagen. Nur weil ihr irgendwas im Fernsehen gehört habt, muss es noch längst nicht wahr sein. Alle Nachrichten hier werden zensiert und alle sind Schwachsinn.»

«Du meinst, in Amerika gibt es keine Zensur? Sechs Konzerne kontrollieren in den Vereinigten Staaten die gesamten Massenmedien. Sechs Menschen. Mehr nicht.»

«Sechs sind besser als einer.»

«Da gibt es keinen großen Unterschied. Der einzige Unterschied ist – nicht, was berichtet wird, sondern wie. Also, als Russen verstehen wir nur zu gut, was für eine beschissene Regierung wir haben, was wir wegen dieser Regierung alles überstehen mussten und noch müssen. Doch wie viel weiß dein Mann über sein Land? Oder nebenbei bemerkt – über deins?»

«Er weiß sehr viel», sagte ich vielleicht nicht laut genug zu meinem Vater.

«Er weiß einen Dreck. Er glaubt wie alle Übrigen, wir seien hier Bären, denen der Schnee bis an den Schritt reicht, und dass Amerika die Welt vor dem Faschismus gerettet hat. Dabei haben wir die Welt vor der Nazipest gerettet, nicht die Amerikaner. Unsere Jungs, dein Großvater, dem die Gedärme bis zu den Knien hingen, als man ihn fand.»

«Das Gespräch ist beendet. Ich bin nicht mehr dein kleines Mädchen. Ich bin nicht hierhergekommen, um mir die Leviten lesen zu lassen. Du weißt nichts über meinen Mann in Amerika. Du warst nie dort.» Ich stand auf und riss mir den Pullover von den Schultern. Tränen stiegen in mir hoch, und ich schluckte die Luft hinunter, die bitter war und wie scharfe Nadelstiche.

«Ich will dort nicht hin. Sie haben uns das angetan, deiner Familie, deinem Land. Sie haben uns auseinandergebrochen. Sie haben sich zusammengetan, um Russland zugrunde zu richten, und es ist ihnen gelungen!», rief er hinter mir her.

«Die Russen sind nicht besser. Sie haben die halbe Welt versaut», sagte ich und flüchtete in mein Zimmer. «Man hat euch derselben Gehirnwäsche unterzogen wie die Russen, die behaupten, das Land brauche einen Zaren wie Stalin oder Putin. Eine eiserne Faust, die auf uns einprügelt, bis wir uns unterwerfen, weil wir Leibeigene sind, seit jeher, und es immer bleiben werden. Das ist totaler Quatsch. Wir sind alle Menschen – und unser Trachten gilt einzig dem Überleben, verdammt noch mal.»

Der Teekessel pfiff und meine Mutter nahm ihn vom Herd und murmelte: «Ich hab dich gebeten, nicht damit anzufangen und sie nicht anzuschreien.» Sie versuchte, nicht laut zu werden, doch unsere Wohnung war ein hohler Kasten mit Pappwänden – nicht einmal eine Maus konnte dort unbemerkt herumhuschen.

Ich knipste das Licht nicht an und setzte mich auf die Bettkante, in die einbrechende Dunkelheit, während sich in meinem Zimmer die Schatten drängten, Unmengen von Schatten, die mich in einen engen, erstickenden Kreis hineinzogen. Der Wind draußen wurde stärker und die Bäume schlugen an die Fenster. Ich hatte Schmerzen und fühlte mich krank, als ob hundert Wahrheiten auf einmal ihre wunden Herzen entblößt hätten.

Als ich am nächsten Morgen aufwachte, war mein Vater schon auf den Flohmarkt gegangen, und meine Mutter hatte sich bereits angezogen und war in der Küche. Sie trug einen braunen Tweedrock und einen blauen Mohairpullover und hatte ein Kartenspiel vor sich auf dem Tisch ausgebreitet. Ein paar Karten hielt sie in der Hand und fügte mit gequältem, nachdenklichem Gesicht eine nach der anderen zu ihrem Glückslabyrinth hinzu. Man sah ihr an, dass sie nicht geschlafen hatte: Ihre Augen waren rot und eingesunken, ihre Wangen eingefallen.

In der Küche roch es nach heftigen, buttrigen Blini, von denen ein krummer Stapel auf einem Teller neben dem Herd stand. Ich schälte ein paar ab, faltete sie zusammen und legte sie auf einen Teller, ließ erst Sauerrahm und dann Apfelmarmelade darauf plumpsen. Darin war meine Mutter unverbesserlich – das Bedürfnis zu kochen machte jeden Schatten und allen Ärger wett. Als ich mich zu ihr an den Tisch setzte, nahm sie eine andere Karte – einen Pikkönig – und legte sie auf ein Herzass.

«Hmm», sagte sie mehr zu sich selbst.

«Was denn? Was siehst du dort?»

«Einen Mann. Einen Fremden. In unserem Haus.»

«Er will uns unser Land wegnehmen, da bin ich mir sicher.»

«Das ist kein Witz. Pass bitte auf dieser Versammlung ganz genau auf», sagte sie. «Und streite dich nicht mit deinem Vater, lass ihn das allein erledigen.»

«Wieso soll ich dann überhaupt mitkommen?»

Sie sah auf und blickte mich forschend und streng an. Sie konnte ihr Gesicht nie unter Kontrolle halten – die Vergangenheit lebte darin, die jahrelangen Sorgen. «Es tut mir leid wegen gestern», sagte sie. «Es war nicht richtig von mir, derlei Dinge über Mike zu sagen. Bitte verzeih mir, und bitte komm mit uns zu der Versammlung. Es ist sehr wichtig.»

Ich berührte sie an der Schulter, die spitz und gleichzeitig zerbrechlich war und mir in Erinnerung rief, dass auch eine Schulter aus vielen verschlungenen Knochen bestand. Ein Vater oder eine Mutter konnten im Flachland manchmal zu einem Berg werden; ein andermal konnte ein Berg zu einem Sandhügel schrumpfen.

«Ich kann nur hoffen, dass du Mike eines Tages kennenlernst», sagte ich. «Ich glaube, du wirst ihn mögen.»

Sie nickte und fragte: «Wie geht's euch denn so?»

Obwohl wir seit fast zwanzig Jahren weit weg voneinander lebten, kannte meine Mutter mich immer noch besser als jeder andere Mensch. Sie spürte Dinge, die unsichtbar und unerklärbar waren, weil sie auf Instinkte und genetische Codes reduziert waren. Sobald wir einander in die Augen sahen, empfanden wir Schmerz oder Glück oder Liebe.

«Uns geht's prima, Mama. Aber die Reise macht uns zu schaffen. Wir waren noch nie so lang getrennt.»

«Versuchst du immer noch, schwanger zu werden?»

Ich seufzte. «Darüber will ich im Moment nicht sprechen.»

Sie sagte nichts dazu und hatte gerötete Wangen – weil ihr heiß war oder aus Enttäuschung.

«He, erinnerst du dich noch an den Baum, den Papa jedes Jahr am einunddreißigsten Dezember mitgebracht hat?», fragte ich, um das Thema zu wechseln. «Der Baum war immer so dürftig, dass er einen Haufen Zweige holen ging, die er an den Seiten festband, um ihm Fülle zu geben.»

«Ja. Wir mussten uns beeilen und den Baum beim Kochen schmücken. Aber einen billigen Baum findet man nur kurz vor Silvester.»

«Ich weiß noch, dass Papa ihn auf eine alte Truhe oder einen Hocker stellte. Und Oma legte Wattebäusche um den Stamm, als Schnee.»

«Als du noch ganz klein warst, bist du auf den Balkon gegangen, hast echten Schnee in einem Eimer gesammelt und ihn dann um den Stamm gehäuft. Du warst dann ganz verstört, als er schmolz.»

«Lass uns heute einen Baum kaufen», erklärte ich bereitwillig.

«Nach der Versammlung. Oder vielleicht gehst du morgen mit deinem Vater. Wirklich schade, dass kein Schnee liegt, sonst hättest du ihn auf deinem alten Schlitten nach Hause ziehen können.»

«Den hast du aufgehoben?»

«Natürlich. Auf dem Balkon. Unter dem Sauerkrauteimer.»

«Wir haben Sauerkraut?»

«Hab ich gerade gemacht. Aber damit es richtig gut wird, muss es gefrieren.»

«Das hat Oma immer gesagt. Milka und ich fanden es immer toll, die gefrorene Schicht abzukratzen und in den Mund zu stecken. Sie war ganz knusprig und sauer.»

«Alte Erinnerungen, der einzig wahre Schatz.» Meine Mutter

räumte die Karten lächelnd vom Tisch und steckte das Kartenspiel in die Tasche.

«Ich denke immer noch dauernd an sie. Und ich vermisse sie nach wie vor, aber es tut nicht mehr so weh.»

«So muss es sein. Gott hat es so gewollt.»

«Nein, Mama. Wenn es Gott gäbe, würden wir uns hier nicht unterhalten, weil Milka dann noch am Leben wäre. Und ihr früherer Freund würde meine Eltern nicht drangsalieren, damit sie ihre Datscha verkaufen. Und ich hätte nicht anreisen müssen, um ihn daran zu hindern.»

Mein Vater traf sich an einem alten Schulhaus mit uns, aus dem vor Kurzem ein Bürogebäude geworden war. Die glatten blauen Wände und die Deckenleisten im Gebäudeinneren erinnerten nicht mehr an eine Schule. Schwere Kronleuchter schaukelten an Ketten, und wenn jemand durch die Eingangstür trat, berührten sich die vielen Kristalle und bebten. Das Treppenhaus schmückten gedrehte schmiedeeiserne Pfosten und bemerkenswert detailreiche Bronzeblumen. Die Stufen waren aus schimmerndem Marmor oder Granit und in der Mitte war ein dunkelroter Wollläufer platziert. Man konnte sich unmöglich vorstellen, dass dort einst eine sowjetische Schule untergebracht war, in der Kinder herumschwirrten und wo es nach aufgewärmtem Cafeteriaessen roch.

In der ehemaligen Turnhalle, die jetzt ein Sitzungssaal war, hatte sich eine Menschenmenge versammelt: Männer und Frauen, die meisten im Alter meiner Eltern. Manche hatten ihre erwachsenen Kinder mitgebracht. Die Semjonows waren da, Boris und seine Tochter Dascha, und auch die Chodows, Pantelei und Tante Charlotta. Die Frauen trugen beide schüttere Pelzmäntel und die Männer Dubljonkas, Lammfelljacken mit speckigem Saum. Unter der Last der Jahre und der Enttäuschungen hatten sich alle sehr verändert.

«Wie ist es dir in Amerika ergangen?», fragte Boris und beugte sich vor, um mich zu umarmen. «Haben sie dort immer noch Angst vor uns? Nennen sie uns immer noch die Roten?»

«Glauben sie dort immer noch, dass es hier die ganze Zeit schneit?», fragte Dascha.

«Und dass auf dem Roten Platz Bären herumlaufen?», stichelte Chodow.

Sie lachten und ich sah sie plötzlich in jungen Jahren vor mir, wie sie Fleisch grillen oder Wodka in dünne Becher gießen und über Bücher diskutieren, über Politik und die blutige Vergangenheit unseres Landes. Ich weiß noch, wie Chodow abends Gitarre spielte und die anderen alte Kriegslieder sangen und meiner Großmutter zuprosteten. Wie stark und weise sie mir damals vorgekommen sind, wie Wilde, richtige Ungeheuer, die an ihr Land und ihre Geschichte gebunden waren.

«Anja! Anja Ranewa! Freundin meiner Jugendjahre, meines Ruhms und meiner Schande, das darf nicht wahr sein!» Ein groß gewachsener Mann ging durch den Raum und winkte mit hochgehobenen Händen. Er trug einen langen, schwarzen Trenchcoat aus geschmeidigem, glänzendem Leder, hatte das Haar zurückgekämmt, eine unangezündete Zigarette im Mund, entschlossene Miene, durchdringende Augen.

«Lopatin!» Ich schrie beinahe.

Er nahm die Zigarette aus dem Mund, strich damit unter seiner Nase entlang und steckte sie in die Tasche. «Skolko let, skolko sim ... Ich kann's kaum glauben, Ranewa. Ich hab schon gedacht, ich seh dich nie wieder.» Er barg mich in seinen immer noch enorm starken Armen. Er roch nach erlesenem Rasierwasser und nach Rauch.

«Ich bin nur kurz auf Besuch», sagte ich und befreite mich.

«Wie kurz?»

«Bis zum Siebten.»

«Unserem Weihnachtsfest?»

«Ich muss zurück zur Arbeit.»
«Was machst du beruflich?»
«Ich unterrichte.»
«Und was?»
«Literatur.»
«Wunderbar. Verheiratet?»
«Ja.»
«Kinder?»
«Nein.»
«Ist dein Mann mitgekommen?»
«Nein.» Ich holte Luft und musterte sein Gesicht. «Und du? Was machst du so? Auch wenn man mich schon informiert hat – Immobilien, stimmt's?»
«Ja. Kauf und Verkauf. Das Haus hier gehört mir.»
«Dann bist du also das, was man einen Neuen Russen nennt?»
«Ich? Nee. Ich bin ein alter Russe mit neuem Geld.» Er lachte und ich hörte, wie Lopatins natürliche Ironie durch seine schicken Kleider drang.

«Jetzt erkenn ich dich wieder», sagte ich und empfand das Bedürfnis, mich hinter meine Eltern zu stellen und Zuflucht vor Lopatins taxierendem Blick zu suchen.

«Du hast dich auch kaum verändert, bis auf dein Gewicht – du bist viel schmaler geworden.»

«Danke.»

«Nicht, dass du früher dick warst. Aber da du in Amerika lebst, hab ich irgendwie damit gerechnet.»

«Wieso? Warst du mal da?»

«Nein. Ich verlass mich auf Jaschkas Worte. Rutschnik, erinnerst du dich?»

«Vage. Seid ihr noch befreundet?»

«Partner.»

«Wer hätte das gedacht.» Ich hielt inne, klemmte die Haare hinter die Ohren und strich sie dann wieder nach vorne. «Ich muss meine Eltern finden.»

«Nein, nicht nötig.»

«Wie bitte?»

«Sie stehen direkt hinter dir.»

Ich drehte mich um und sah, wie meine Mutter den Hemdkragen meines Vaters zurechtzupfte. Er trug einen Gürtel und stand aufrecht da, mit straffen Schultern und eingezogenem Bauch. Er sah aus wie früher, älter, aber resolut.

«Ljubow Andrejewna, wie schön, Sie zu sehen. Auch Sie haben sich kein bisschen verändert – wunderschön wie immer.» Lopatin griff nach der Hand meiner Mutter, beugte sich tief zu ihr hinunter und küsste ihre roten, aufgescheuerten Finger. Ich sah, dass er am Scheitel allmählich kahl wurde und dass sein übriger brauner Haarschopf grau meliert war.

«Guten Tag, Alexei», sagte meine Mutter.

«Sie wissen meinen Namen noch. Das berührt mich», sagte er und nahm eine kerzengrade Haltung ein. Er lächelte warmherzig, wenn auch ein wenig lasziv.

«Ja. Und ich weiß sogar noch, wie ich Sie das erste Mal in der Schule sah.»

«Mein Vater war mich abholen gekommen und ich war zu spät dran, weil ich mit den Fantiki gespielt hatte. Er schlug mich ins Gesicht und brach mir fast die Nase. Mein Gesicht war blutüberströmt und Sie haben mich auf die Toilette gebracht und mir ein frisches weißes Taschentuch an die Nase gehalten. Ich weiß noch, wie Sie es im Waschbecken nass gemacht und mir dann das Blut und die Tränen abgewischt haben mit den Worten, bis zu meiner Hochzeit sei alles wieder gut. Und das hat gestimmt, auch wenn ich nie geheiratet habe.» Er lachte lauthals wie ein Gänserich und ließ die Hand meiner Mutter durch seine Hand gleiten.

«Und Ihr Vater? Wie geht es ihm?», fragte meine Mutter, verblüfft über Lopatins Heiterkeitsausbruch sowie über seinen harschen Ton und eine Ausdrucksweise, die sich bei ihm fast gefährlich anhörte.

«Mein Vater ist vor ein paar Jahren gestorben. Er war Alkoholiker. Nach dem Zusammenbruch der Sowjetunion hielt ihn nichts mehr zurück – keine kommunistische Partei, keine Arbeit, und auch meine Mutter hat ihn am Ende verlassen. Er starb, wie man sagt, zwischen Mäusen und Kakerlaken.»

«Wie furchtbar», sagte meine Mutter.

«Damit sollten Sie nicht angeben», fügte mein Vater hinzu.

«Oh, das tue ich gar nicht. Ich sage nur die Wahrheit.» Lopatin zog die Unterlippe ein, bis sie nicht mehr zu sehen war. «Ich glaube, sie fangen gleich an. Sollen wir?» Er führte meine Eltern eine Stuhlreihe weiter, wo sie sich neben die Chodows und die Semjonows setzten, und zog mich dann am Ärmel nach vorne. «Wenn alles gut klappt», hauchte er mir ins Gesicht, «dann trinken wir danach was. Es gibt viel zu erzählen.» Er zwinkerte mir zu und drückte meine Hand so fest, dass meine Finger in seiner Faust knirschten.

Anfangs verlief die Versammlung freundlich. Firsow, unser ehemaliger Nachbar, ein kahlköpfiger, hustender Mann, versuchte als Vermittler aufzutreten und erklärte meinen Eltern und ein paar anderen, warum es gut sei, die Datschas zu verkaufen. Zu meiner Überraschung ging es dabei nicht in erster Linie um Geld. Er hielt eine Predigt über Ehre und Stolz. Er behauptete steif und fest, dass die meisten Datschas heruntergekommen seien, weil die Eigentümer zu wenig Geld hatten, um sie instand zu halten. Daher sei die gesamte Siedlung nichts als ein Haufen schäbiger Häuser, verrottender Zäune und fast vertrockneter Obstgärten, die nur noch jedes zweite Jahr Früchte trügen, und selbst dann sei die eine Hälfte sauer und die andere von Krankheiten befallen. Die Ernte reiche nicht einmal aus, um richtig Gelee kochen zu können.

«Ich weiß noch, wie wir – vor zehn oder fünfzehn Jahren – die

Äpfel getrocknet und mariniert haben und Konfitüre und Marmelade kochten. Wir vekauften das Obst auf dem Markt – und was wir da verdienten! Das waren gute Zeiten. Unser Volk kannte das Rezept.»

«Und was ist aus dem Rezept geworden?», rief Semjonow von seinem Platz aus.

«Das ist längst vergessen. Keiner erinnert sich mehr daran.» Firsow nahm ein Papiertaschentuch und wischte sich die Stirn ab. Dann fuhr er fort: «Ihr bekommt hier die Chance, euer Land in die Obhut cleverer, reicher Geschäftsleute zu übergeben. Am Fluss wird eine neue Sommerfrische entstehen – der schönste Ort außerhalb Moskaus. Euch wird das Angebot gemacht, eure Grundstücke zu verkaufen, für die man euch viel Geld bezahlt, das ihr anlegen könnt oder für den Erwerb cincs anderen Grundstücks oder eines neuen Landhauses verwenden könnt. Die Käufer sind vermögende, großzügige Menschen, die ihre Verkäufer zufriedenstellen wollen. Die Käufer sind von jetzt an bereit, für die Grundstücke den dreifachen Betrag des offiziellen Wertes zu bezahlen.»

«Wer hat den Wert festgelegt?», fragte Chodow. «Erst einmal ist er zu niedrig.»

«Die Grundstücke wurden von zwei unabhängigen Landvermessern gemäß dem staatlichen Immobiliengesetz begutachtet. Ursprünglich hat keiner von Ihnen für sein Land bezahlt, es wurde Ihnen überlassen, um es zu bewirtschaften. Doch die Zeiten haben sich geändert, und jetzt gehört Ihnen das Land, und wir bitten Sie, es zu verkaufen, sozusagen Luft in Geld zu verwandeln. Es ist wahrhaftig ein Deal des einundzwanzigsten Jahrhunderts.»

Ich blickte zu Lopatin, der beherrscht und ernst wirkte und mit der Augenbraue zuckte. Er fingerte an einer Zigarette herum und ein paar Tabakkrümel fielen auf seine blank polierten Schuhe. Ansonsten ließ sein Gesicht keinerlei Gefühlsregung erkennen, weder Sorge noch Traurigkeit.

«Liebe Freunde und Nachbarn. Ich möchte etwas an Sie weitergeben, das vielleicht nur für mich einen Wert hat. Trotzdem habe ich das Gefühl, dass ich es Ihnen mitteilen muss.»

Lopatin und ich drehten uns um und sahen zu, wie meine Mutter aufstand, auf ein hohes Rednerpult zuging und sich dahinterstellte: dünn, unnachgiebig, zitternd, ein Gemisch aus Kummer und Zweifel im Gesicht. Genau so hatte sie im Frühjahr 1985 ausgesehen, als ich meine beste Freundin verloren hatte und weder aß noch trank und nicht mehr aus meinem Zimmer ging. Damals saß sie immer vor meiner Zimmertür und las mir Romane und Geschichten vor, Gedichte und Märchen – als Gegengewicht zu meinem Schweigen. Manchmal jedoch schwieg auch sie, selbst wenn ich ihre Gegenwart spürte, ihren schweren Atem auf der anderen Seite der Wand.

Meine Mutter räusperte sich, hustete in ihre trockenen, nervösen Hände, die tatsächlich die Hände meiner Großmutter waren – voller Adern, die wie Straßen zu ihrem erschöpften Herzen führten.

«Wenn ich an meine Jugend denke», begann sie, «dann denke ich nicht daran, wie ich aussah oder mich fühlte oder dass es kaum etwas auf Erden gab, was mich aus der Fassung brachte oder keinen Eindruck auf mich machte. Ich war genauso naiv wie viele von euch. Ich glaubte an die Zukunft meines Landes, zu der ich beitrug, indem ich zur Arbeit ging und meine Familie großzog. Als die Neunzigerjahre kamen, war uns allen klar, dass das nicht genügte, dass das Boot durchgefault war. Wir gingen alle unter, egal wie schnell oder wie heftig wir paddelten. Allerdings waren ein paar von uns bessere Schwimmer und schafften es ans andere Ufer. Ein paar ertranken und die Mehrheit strampelt immer noch, in der Hoffnung, an Land zu gelangen. Es ist die Pflicht eines guten Schwimmers, so scheint es mir, diejenigen zu retten, die am Ertrinken sind. Ein Boot zu bauen, statt den letzten Ast zu stehlen. Denken Sie darüber nach. Dieses Stück Land, das schäbige Haus, der halb tote Obstgarten – das ist meine Jugend: Es ist trist und ärmlich und beileibe nicht vollkommen, aber es gehört mir. Es ist der einzige Faden, der meine Vergangenheit mit der Gegenwart verbindet. Ohne diesen Faden habe ich das Gefühl, keine Existenzberechtigung zu haben, nie gelebt zu haben. Viele von uns haben das Gefühl, auf dieser Welt, in diesem neuen Land, ohne Ziel und Zweck zu sein. Wir sind bedauernswerte, unnütze, fallengelassene Menschen, doch wir sind nicht leer und hohl wie die neue Generation. Wir haben Werte, und wir haben unsere Vergangenheit. Ja, sie ist schwer wie Blei und wir können sie nicht loswerden. Aber sie ist auch wie unsere Obstgärten, die nach jedem dunklen, regnerischen Herbst und kaltem, schneereichem Winter von Neuem erblühen. Und dann fühlen wir uns wieder jung und sind voller Hoffnung, wenn wir bei Mondlicht den langen, gewundenen Pfad zwischen den Apfelbäumen entlanggehen.»

Als meine Mutter zu Ende geredet hatte, war es ganz still im Raum.

Lopatin fing an zu klatschen. «Ljubow Andrejewna, was für eine wunderschöne Rede. Einfach wunderschön.» Er sprang auf, eilte zu meiner Mutter und legte ihr den Arm um die Schultern. Neben ihm wirkte sie wie ein erfrorener Star in den kahlen Ästen einer Eiche. «Ich kenne diese schöne Frau seit meiner Kindheit, und ihre Freundlichkeit und ihre liebenswürdigen Manieren sorgten dafür, dass ich mich in sie verliebte. Ich liebe sie so sehr wie meine eigene Mutter. Das stimmt wirklich, glauben Sie mir, Ljubow Andrejewna.»

«Was für ein Scheiß», sagte mein Vater. «Hören Sie doch auf mit dem Kack, sagen Sie endlich die Wahrheit.»

«Ja», wiederholten andere.

Lopatin ließ sich nicht stören, aus seinem Gesicht sprach Gleichgültigkeit. «Die Wahrheit? Das ist ein großes Wort, nicht wahr?» Er nahm die Hand von der Schulter meiner Mutter, die sogleich zu ihrem Platz zurückflatterte, ohne mich oder sonst jemanden anzublicken.

«Wer ist dieser junge Mann?», fragte Tante Charlotta leise. «Er klingt beängstigend, aber die Frauen vergöttern ihn sicher.»

«Ich heiße Alexei Lopatin. Wie Sie sicher schon vermutet haben, bin ich einer der Käufer. Deshalb möchte ich Sie bitten, mir kurz zuzuhören.» Lopatin hielt inne, knöpfte seinen Mantel auf und strich sich eine Haarsträhne aus dem Gesicht. «Alle meine Urgroßeltern und selbst meine Großeltern», fuhr er fort, «waren Bauern, genau wie Ihre Urgroßeltern. Vielleicht auch nicht, vielleicht waren Ihre nie Bauern, vielleicht waren Ihre Vorfahren die Besitzer meiner Vorfahren. Ihre – die Grundeigentümer; meine – Leibeigene. Aber das spielt ja jetzt keine Rolle mehr, oder? Wir sind alle gleich.»

«So ein Schwachsinn», sagte mein Vater. «Wer Ihr Großvater war, ist mir völlig egal, mir geht es darum, dass Sie mich zwingen, mein Land zu verkaufen, das Land, das mit meinem Schweiß getränkt ist, nicht mit Ihrem. Diese Hände» – mein Vater erhob sich –, «diese Hände haben dieses Stück Land jahrzehntelang gepflügt, und jetzt wollen Sie sie zusammen mit den Bäumen abhacken. Ich habe die Apfelbäume gepflanzt und Sie werden sie nicht fällen. Der Deal ist vom Tisch, es gab nie einen und es wird auch keinen geben.» Mein Vater setzte sich und meine Mutter rieb ihm die Schultern. Sowohl Chodow als auch Semjonow streckten die Hand aus, um ihm die Hand zu schütteln.

«Ich verstehe Ihren Zorn sehr gut, Herr Ranew», sagte Lopatin. «Aber es ist wirklich in Ihrem Interesse, wenn Sie verkaufen. Und zwar so schnell wie möglich. Der Preis ist höher, als man ihn sich je erhofft hat. Die russische Wirtschaft ist äußerst labil. Der Rubel kann jetzt von einem Tag auf den anderen abstürzen. Sie werden alles verlieren, auch dieses Angebot. Ich bin doch Ihr Freund, nicht Ihr Gegner. Eine wunderbare Gelegenheit, ohne irgendwelche Tricks. Trauen Sie sich, entscheiden Sie sich – um der Zukunft Ihrer Frau willen und auch um Ihrer Zukunft willen und der Zukunft Anjas.»

«Das war genug Erniedrigung für heute, Lopatin», sagte ich und nahm meine Tasche mit einem Ruck vom Stuhl. «Wir verkaufen nicht. Punkt. Vergiss den Apfelgarten und das Grundstück.»

Meine Eltern und ihre Freunde standen auf und gingen mit einem Haufen Mänteln und Hüten zum Ausgang. Chodows Schal schleifte am Boden und ich trat darauf, sodass er stolperte und beinah hinfiel. Als er mit der Hilfe seiner Frau das Gleichgewicht wiedererlangte, wurde er rot im Gesicht.

«Warte, Anja.» Lopatin rannte hinter uns her. «Bitte warte.» Er bekam mich am Ellenbogen zu fassen und ließ mich um die eigene Achse kreisen, bis ich ihm gegenüberstand. «Lass uns irgendwo miteinander reden. Es ist ernst. Wenn Jaschka kaufen will, dann kauft er – und keiner kann ihn aufhalten.»

«Verpiss dich, Lopatin. Willst du mir Angst einjagen? Wir sind nicht mehr in der Schule.»

«Ganz meine Meinung. Außerdem bist du nicht in Amerika. Das Spiel läuft hier anders. Vielleicht auch nicht, aber wir leben nicht mehr im Jahr 1985. Du hast keine Ahnung, wie diese Welt ist, nicht die geringste Ahnung, verdammt noch mal.»

«Deine Welt interessiert mich nicht, Lopatin. Du, Rutschnik und viele andere haben diesem Land genug gestohlen. Elende Profitmacher. Wenn ihr könntet, würdet ihr die Sterne am Himmel verkaufen. Wann hört ihr auf damit? Wann fangt ihr endlich an, euch um alle Übrigen zu kümmern? Habt ihr keinen Anstand? Keine Scham? Keinen Stolz?»

Er gab keine Antwort und starrte mich nur mit irrem Blick an. Sein Gesicht bebte, die Narbe schlug Falten, und er kratzte immer wieder daran.

«Es tut mir leid», sagte er schließlich mit einer Stimme, die kalt und glatt war wie das eisige Ufer eines Flusses. «Tut mir leid, dass ich dir nicht helfen kann.»

Dann verbeugte er sich bis zu den Knien wie im neunzehnten Jahrhundert, tief und servil und gemächlich.

## 27

Es war Silvester. Mein Vater hatte ein gedrungenes Tannenbäumchen auf einem Schemel festgebunden und meine Mutter drapierte ein weisses Laken um den wackligen Stamm. Ich holte den Baumschmuck, der jahrelang in zwei Schachteln auf der Garderobe gelegen hatte und deshalb staubig war. Es waren vor allem handgeblasene Glaskugeln, zerbrechliche, abgenutzte Dinger, die allen Glanz verloren hatten. An manchen fehlten die Schmucksamtbänder; an anderen die Schleifen und funkelnden Perlen. In der zweiten Schachtel fand ich weit unten Dekoration, die für einen besonderen Gedenktag gekauft oder gebastelt worden war: einen roten Vogel von 1968, meinem Geburtsjahr, mit einem goldenen Schnabel und ein paar Federresten; ein Haus, eine primitive Hütte, die mein Vater 1970 aus Sperrholz gezimmert hatte, als man ihnen das Stück Land angeboten hatte, auf dem sie ihre Datscha bauen und einen Apfelgarten pflanzen würden. Ich entdeckte ein Modell ihres ersten Autos, das sie 1975 im Herbst gekauft hatten, als Milka und ich in die Schule kamen.

Vorsichtig nahm ich die Schmuckstücke einzeln heraus, hielt sie in der Hand und hängte sie dann an den Baum. Die Vergangenheit war erstaunlich weit weggerückt und konnte doch mit der kleinsten Berührung wieder ganz nahe kommen. Erinnerungen schossen durch mich hindurch, Unmengen von Bildern. Ich sah Milka und mich als Kinder, kleine, glückliche, unschuldige Mädchen, die über das Schneefeld trotteten und eine Schulbank teilten, sich in der Diskothek küssten und im selben Bett schliefen, wobei die Körperwärme meiner Freundin mich nicht nur warm –, sondern auch wachhielt. Ich lag neben ihr und versuchte, den Atem anzuhalten, mich nicht zu bewegen, abgesehen von meinen Augen, die ihr kindliches Gesicht musterten, das selbst im Schlaf noch irgendwie verärgert und angespannt wirkte. Ich sah uns in den Sommermonaten auf der Datscha, wo wir Kuhdung unter den Apfelbäumen verteilten, die Arme und Beine voller Kratzer und Moskitostiche, die Haare an unsere sonnengebräunten Wangen geklebt. Ich sah, wie wir Würste an krummen Stöckchen grillten, Äpfel zu Konfitüre einkochten oder im hinteren Garten badeten, unsere nackten Körper anstarrten und dann zum Himmel hinaufblickten, an dem die Wolken sich wie hauchdünne Schals über den Mond zogen. Ich sah uns durch Birken- und Zitterpappelwäldchen streifen und Pilze oder wilde Erdbeeren suchen, die wir auf lange Strohhalme aufreihten und dann mit unseren Lippen herunterzogen. Ich sah uns im Fluss schwimmen, von einem Ufer zum anderen über die Brücke aus Holzplanken rennen und zu dem alten Zelt robben, in dem die Zigeunerin ein Kind gebar. Ich sah ihre schwarzen Haarlocken und ihr – erschöpftes, verwirrtes, wütendes – Gesicht, ihre Augen, die mich wie zwei glühende Kohlen durchbohrten. Doch dann erinnerte ich mich an den windigen Frühlingsnachmittag, den Streit, den Geschmack von Wodka und Blut im Mund, an meine Fäuste, die auf Milkas Kinn landeten, auf ihren Schultern und ihrer Brust; an die Tränen, die ihr und mir in die Augen traten.

Der Augenblick erstarrte und wurde zur Ewigkeit. Ich stand weiterhin neben dem Festbaum, konnte die Arme nicht heben, schöpfte stoßweise Atem, schwitzte an den Händen und das Herz schlug mir bis zum Hals. «Es tut mir leid», flüsterte ich. «Es tut mir leid. Es tut mir leid. Es tut mir leid. Es tut mir leid. Es tut mir leid. Es tut mir leid. Es tut mir leid.»

Eine Stunde vor Mitternacht hatten wir alles für das Fest vorbereitet. Der Baum war fertig geschmückt und der Tisch bog sich unter der Last der kulinarischen Meisterwerke, die meine Mutter geschaffen hatte. Während ich die Wohnung putzte, die Laken wechselte und Wäsche wusch, hatte sie Pilz-und-Reis-Piroggen gemacht, Eier mit Hühnerleberpaté gefüllt, Oliviersalat zubereitet, außerdem Schuba –

einen Schichtsalat – und Golubzi – Krautwickel, die mit Fleisch und Gewürzen gefüllt waren. Wir stopften die Ente mit unseren letzten Antonowka-Äpfeln vom Sommer. Der gebratene Vogel war schön bernsteinfarben und die blassgrünen Äpfel quollen ihm wie Jadebrocken aus dem Bauch.

Unser alter Esstisch im Wohnzimmer barst vor schwindelerregenden Düften. Mein Vater und ich konnten es uns nicht verkneifen, eine Pirogge, eine Scheibe Salami oder eine Olive von der Käseplatte zu stibitzen. Meine Mutter schlug mit dem Handtuch nach uns, um uns zu verscheuchen wie lästige Vögel. Vor lauter Kocherei hatte sie vergessen, die Lockenwickler aus den Haaren zu nehmen: Strähnen, die sich gelöst hatten, streiften ihre Schultern. Eine fiel ihr über die Augen, und ich streckte die Hand aus und strich sie ihr aus dem Gesicht. Sie hatte in den letzten Wochen zugenommen, hauptsächlich weil ich unbedingt all die Sachen kaufen wollte, die, wie sie behauptete, ungesund waren – Lamm, Würste, geräucherten Stör, Käsesorten, deren Namen sie nur mit Mühe aussprechen konnte, und lauter köstliches Gebäck.

«Du verwöhnst uns», sagte meine Mutter. «Was sollen wir denn machen, wenn du wieder weg bist?»

«Essen, als sei ich immer noch da. Ich schick euch jeden Monat Geld.»

«Wir haben Geld», sagte mein Vater. «Das hat sie nicht gemeint.»

«Ich weiß. Aber könnt ihr wenigstens die neuen Töpfe und das Bettzeug benutzen, das ich euch mitgebracht habe?»

Er stöhnte auf. «Die Laken heb ich mir für meinen Tod auf, ihr könnt mich darin begraben.»

«Vorerst stirbt hier niemand», sagte meine Mutter und rückte die Schüsseln auf dem Tisch zusammen, um Platz für weitere zu schaffen.

«Wir sterben alle», sagte mein Vater. «Zu leben bedeutet zu sterben.»

Er stellte die Champagnergläser in einem Halbkreis auf und machte den Fernseher an, schaltete aber den Ton aus. Er wollte auf keinen Fall Präsident Putins Neujahrsansprache verpassen, seine letzte vor der Machtübernahme Medwedews, obwohl mein Vater anmerkte, es gäbe zwischen den beiden keinen großen Unterschied, sie würden einander das Amt zuwerfen, bis einer von ihnen das Zeitliche segnete. Er grinste, nahm dann aber eine ernsthafte Haltung ein und rückte seinen Hemdkragen zurecht. Für den Feiertag hatte er sich umgezogen und trug braune Hosen, die meine Mutter morgens gebügelt hatte, und den Wollpullover, den ich ihm aus Virginia mitgebracht hatte. Er hatte seinen Bart in Form gebracht und wirkte jünger als an dem Tag, als er mich vom Flughafen abgeholt hatte. Vielleicht kam mir das auch nur so vor, weil er mir in den letzten paar Wochen wieder vertraut geworden war. Aus unseren Streitereien waren bloße Meinungsverschiedenheiten geworden, die dank des unermüdlichen Blicks meiner Mutter nicht eskalierten. Tief in unserem Inneren wussten wir alle drei, dass wir nie wieder diejenigen sein würden, die wir einmal waren – Vater, Mutter, Kind. Wir waren unterschiedliche Menschen, die von den Jahren, von der Distanz und vom Kummer geschliffen worden waren. Jeder von uns war eine Puppe in der Puppe, ein Mensch in einem Menschen, eine Familie in einer Familie.

Meine Mutter hatte sich soeben fertig frisiert und mein Vater sprach über den Schneesturm von vor zehn Jahren, der fast alle Bäume auf der Datscha entwurzelt hatte, als es an der Tür klingelte. Mein Vater versenkte gerade ein langes, scharfes Messer in der Ente, als das Klingeln lauter und eindringlicher wurde. Meine Mutter stand auf, doch das neue blaue Kleid, das wir erst am Tag zuvor gemeinsam erstanden hatten, blieb am Stuhlbein hängen, sodass sie stolperte und die Entensoße verschüttete, die mein Vater in letzter Sekunde rettete.

Sie drückte einen Stoß Servietten auf den Fleck und rieb ihn mit Salz ein.

«Ich mach auf», sagte ich und schlurfte in Pantoffeln über den

Gang. Ich war am wenigsten zurechtgemacht, trug dunkelblaue Jeans und eine kastanienbraune Seidenbluse mit ausgestellten Ärmeln und Säumen. Meine Haare waren ein Zoo, wie meine Mutter anmerkte, mit Haarnadeln gebändigt und doch wild.

Vor der Tür stand ein Mann, der als Väterchen Frost verkleidet war: Er trug ein langes rotes Gewand mit weißem Pelzbesatz und einen dazu passenden kuppelförmigen Hut. Er hatte einen flauschigen falschen Bart mit Schnauzer und trug als Gürtel eine vergoldete Schnur mit Quaste und schwarze, glänzende, spitze Schuhe aus feinstem Leder. Über seiner Schulter hing ein großer Stoffsack.

«Ho, ho, ho», sagte er mit übertrieben schroffer Stimme. «Ich habe ein Geschenk mitgebracht. Das würde ich gerne gegen ein Lied oder ein Gedicht eintauschen.»

«Das Wort ‹Geschenk› heißt weder Tausch noch Rückerstattung, Lopatin. Du hättest uns vor so einem späten Besuch anrufen sollen. Es ist fast Mitternacht.»

«Wir haben Silvester.»

«Na und?»

Er nahm den Hut und den Bart ab, der mit Schnüren um seinen Kopf gebunden war und Abdrücke auf seinen Wangen hinterlassen hatte. Seine Haare waren platt gedrückt, sodass er aussah wie ein verängstigter junger Hund. «Ich muss mit dir sprechen», sagte er mit leichtem Krächzen, das sich anhörte, als sei er noch im Stimmbruch.

«Aber nicht jetzt.»

«Doch. Jetzt.»

«Es ist Silvester, wie du richtig festgestellt hast. Hast du nicht irgendwas Tolles in petto? Irgendeine heiße Party? Reiche Typen, nackte Mädchen?»

Er schürzte die Lippen und zog Luft durch die Zähne. «Doch, durchaus. Aber das hat Zeit; im Gegensatz zu dir bleiben sie hier. Dich sehe ich vielleicht erst in zwanzig Jahren wieder. Wenn ich noch so lange lebe.»

Sein Grinsen und sein flehentlicher, eindringlicher Blick vergrößerten mein Unbehagen. «Und warum willst du mich sprechen?», fragte ich. «Ist es wegen der Datschas?»

«Wer ist es?», rief mein Vater aus dem Wohnzimmer.

«Ein Nachbar, der eine Zigarette möchte», log ich.

«Wir rauchen nicht!», rief meine Mutter zurück. «Aber wir essen Ente, und die wird kalt.»

«Ente», wiederholte Lopatin. «Mein Lieblingsessen.»

«Geh jetzt, Lopatin.» Ich versuchte, die Tür zu schließen, doch er stellte seinen Fuß dazwischen.

«Sieh mal, wir kennen uns seit der Grundschule.»

«Du hast dich nicht verändert.»

«Doch. Vielleicht nicht zu meinem Vorteil. Aber an all die Jahre erinnere ich mich.» Er hielt inne und zog seinen Fuß zurück. «Und ich erinnere mich noch an Milka.»

Als er ihren Namen aussprach, hielt ich den Atem an. Er schob den Ärmel seines Gewands hoch, dann den seines Mantels und den seines rauchblauen Pullovers: Zum Vorschein kam der Name meiner besten Freundin in purpurroten Buchstaben.

Einen Augenblick lang schwiegen wir beide.

«Es wird nicht schön», sagte ich. «Meine Eltern hassen dich.»

«Ich weiß. Ich tue mein Bestes.» Er nahm den Sack von der Schulter, band ihn auf und holte eine Flasche Dom Pérignon heraus. «Der Rest ist für dich.» Er reichte mir den Sack, der sich leicht und leer anfühlte. «Sieh's dir erst an, wenn ich gehe. Oder noch besser erst im Flugzeug.»

«Was ist es denn?»

«Zweierlei: das eine gekauft, das andere gestohlen.» Er blinzelte und brachte den Bart wieder an, setzte den Hut wieder auf und zog ihn sich tief ins Gesicht. «So fühl ich mich sicherer. Vielleicht erkennt mich jetzt keiner mehr.»

«Todsicher nicht», sagte ich und stellte den Geschenkesack in den Schrank zu den Mänteln.

Die Stille war zuerst so tief, dass ich hören konnte, wie die Champagnerperlen in der Flasche, die mein Vater gerade entkorkt hatte, an die Oberfläche stiegen. Meine Mutter hatte die Ente fertig aufgeschnitten, die jetzt in einem Nest aus Äpfeln dampfend mitten auf dem Tisch stand. Lopatin machte ihr Komplimente für ihr Aussehen und lobte die erhabene Schönheit des Tisches, während mein Vater den Fernseher laut drehte und Musik durchs Zimmer strömte, ein Potpourri aus schmachtend singenden russischen Stimmen. Die Sängerinnen – es waren nur Frauen – waren weiß gekleidet wie Snegurotschkas – sie trugen Pelzmäntel, Hüte, Handschuhe und sogar Stiefel – und traten auf einer eigens dafür auf dem Roten Platz errichteten Bühne auf, gegenüber vom Museum der Geschichte von Moskau.

«Seit wann gibt es das?», fragte ich. «Tanz auf dem Roten Platz?»

«Seit ein paar Jahren», sagte Lopatin, dessen Väterchen-Frost-Kostüm sich bereits auf dem Boden türmte. «Bald machen sie aus dem Mausoleum einen Nachtklub.»

«Nicht unbedingt einen Nachtklub, aber sie sollten den Kerl endlich begraben», sagte meine Mutter.

«Stimmt», sagte Lopatin. «Im Herzen des Landes eine Leiche. Wie soll es denn hier je besser werden? Jemand muss diese Nekrose beenden.»

«Wer denn? Die Neuen Russen?» Mein Vater grinste, kippte ein Gläschen Wodka hinunter und griff nach dem Schwarzbrot. Er drückte es fest an sein Gesicht.

«Ich trinke auch was», sagte Lopatin.

«Na klar. Sonst noch jemand?» Mein Vater nahm die Flasche und füllte drei weitere Wodkagläser. «Der ist billig, nicht wie der Edelscheiß, den Sie mitgebracht haben», sagte er.

«Warum sagst du das jetzt?», fragte meine Mutter.

«All sein Zeug ist edel, von der Unterwäsche bis hin zum Auto. Frag ihn mal nach seiner Wohnung. Wie viele Häuser besitzt er? Wahrscheinlich gehört ihm auch unser Haus.»

«Nein, nein. Es gehört mir nicht», versuchte Lopatin sich zu verteidigen.

«Noch nicht», erwiderte mein Vater. «Bald gehört Ihnen das ganze Land. Und wir dazu. Ich werde mich nie ergeben, Lopatin. Ich werde nie Ihr Scheißleibeigener sein.»

«Er heißt Alexei», sagte meine Mutter.

«Wie er heißt, ist mir egal. Er ist in meiner Wohnung und wie ich ihn nenne, ist meine Sache. Warum sind Sie gekommen? Was wollen Sie? Mein Grundstück? Das kriegen Sie nicht. Schreiben Sie sich das verdammtnochmal hinter die Ohren, wie wir, die Alten Russen, sagen.»

«Ich will überhaupt nichts», sagte Lopatin und hielt seinen Wodka hoch. Die Narbe auf seiner Wange war irgendwie röter und dicker. «Ich wollte nur Anja sehen, bevor sie wieder abreist. Sie ist meine erste Liebe, und in Erinnerungen zu schwelgen, ist erlaubt.»

«Sei still, Lopatin», sagte ich. «Blödmann. Ich war nicht deine erste Liebe.»

«Woher willst du das wissen? Nur weil ich es nie zugegeben habe, heißt das nicht, dass es nicht wahr ist. In der fünften Klasse hab ich mich in dich verliebt.»

«Lass den Quatsch.»

«Die erste Liebe verdient einen Trinkspruch, ganz gleich, was wahr ist», sagte meine Mutter und erhob ihr Glas; mit der anderen Hand klopfte sie aufs Tischtuch, dort, wo ihr beiseitegeschobener Teller gestanden hatte. Sie roch am Wodka und stellte ihn dann zurück auf den Tisch. «Ich glaube, ich trinke lieber Wein.» Sie griff nach der Flasche Kindzmarauli, doch Lopatin schnappte sie ihr aus der Hand. «Gestatten Sie», sagte er und schüttelte ein paar Tropfen in ein unbenutztes Glas. «Ich probiere ihn zuerst. Die georgischen Weine sind manchmal gefälscht. Davon stirbt man zwar nicht, aber der Magen kann rebellieren.» Er grinste und schluckte und schmatzte. «Nicht der beste Jahrgang, aber echt. Ohne Bedenken trinkbar.»

«Vielleicht sollte ich doch lieber Wodka trinken. Oder das, was Sie mitgebracht haben», sagte meine Mutter.

«Champagner. Ein sehr guter. Heben Sie ihn lieber für einen besonderen Anlass auf.» Er hielt inne und sagte dann: «Wussten Sie, dass Tschechow kurz vor seinem Tod noch Champagner trank? Das haben wir in unserem letzten Schuljahr auf der Krimreise gelernt.»

«Was meinen Sie damit?», fragte meine Mutter.

«Ich will damit sagen, dass seine Frau den Arzt rief – sie waren in Deutschland –, doch als der Typ kam, bestellte Tschechow statt der Arznei eine Flasche Champagner. Er wusste, dass es aus war.» Lopatin atmete durch. «Auf unsere erste Liebe.» Er erhob sein Wodkaglas und auch wir erhoben unsere Gläser, doch statt anzustoßen, tranken wir einfach.

Meine Mutter nippte an ihrem Wein, und sowohl mein Vater als auch Lopatin leerten ihre Gläser in einem verzweifelten Zug. Ich probierte den Wodka, schauderte und stellte das Glas wieder auf den Tisch.

«Grässlich», sagte ich. «Wie könnt ihr dieses Zeug bloß trinken?»

«Eigentlich ist das ein sehr guter Wodka. Kremlewskaja. Destilliert, nicht gestreckt», witzelte Lopatin und rieb sich die Hände.

«Ausnahmsweise bin ich seiner Meinung», sagte mein Vater. «Sauber und sanft im Geschmack.»

«Wenn die Männer beim Wodka nicht einer Meinung sind, ist alles verloren», erklärte ich.

«Stimmt», sagte Lopatin.

«Lasst uns essen», sagte meine Mutter. «Vielleicht sollte ich die Ente aufwärmen.» Sie versuchte aufzustehen, doch Lopatin hielt sie an den Händen fest.

«Bitte keine Umstände – die Ente ist gut so. Frauen machen sich zu viele Sorgen. Wir essen den Vogel – ob kalt, roh oder angebrannt. Wir essen ihn auf, weil Sie ihn gebraten haben. Mit Ihren Händen, diesen Händen» – er drückte die Finger meiner Mutter – «all die Arbeit, stundenlange Arbeit haben diese Hände verrichtet –»

«Hör auf mit dem Theater, Lopatin. Du bist ein derartiger Kasper. Das warst du schon immer», sagte ich kopfschüttelnd. «Unglaublich.» Er ließ die Hände meiner Mutter los, die weiterhin geistesabwesend lächelte.

«Soll ich die Ente servieren?», fragte er. «Als ich das letzte Mal hier war, auch an Silvester, hab ich sie nicht probieren können», sagte er und meine Mutter nickte und kringelte ihr Haar hinter die Ohren.

Seit dem frühen Nachmittag hatte niemand etwas gegessen, daher rupften und rissen und kauten wir und tupften uns das Fett von den Lippen, aber nicht sehr lange, weil es schon fast Mitternacht war und das Jahr zu Ende ging. Nach jedem Gang lobte Lopatin meine Mutter. Er klang freundlich und aufrichtig, und meine Mutter legte ihm immer mehr auf den Teller. All die Komplimente, die mein Vater geflissentlich überhörte, ließen sie erröten.

«Sie haben ein sehr gemütliches Zuhause», sagte Lopatin. «So viele Bücher. Ich bewundere Menschen, die Zeit zum Lesen finden und gerne lesen. Das habe ich nie gekonnt – vor allem Romane waren mir immer zu lang und zu schwer. Mir fehlt die Geduld. Doch Theaterstücke sehe ich inzwischen sehr gerne. Vor ein paar Tagen war ich im Moskauer Künstlertheater und habe *Die Möwe* gesehen. Sehr komisch. Bis auf das Ende natürlich.»

«Komisch?», wiederholte mein Vater. «Das Stück hat nichts Komisches. Wenn Sie, wie Sie betont haben, all die langen, schweren Bücher gelesen hätten» – mein Vater verzehrte geräuschvoll eine saure Gurke –, «dann hätten Sie eine Tragödie vielleicht nicht mit einer Komödie verwechselt oder versucht, ehrliche, tüchtige Menschen um ihre wertvollen Besitztümer zu bringen.»

«Vielleicht haben Sie recht», erwiderte Lopatin. «Ich habe keinen Universitätsabschluss wie Sie und kann nicht einmal richtig lesen und schreiben. Meine Schreibkunst ist beschämend. Aber ich bin kein Betrüger – ich bin Geschäftsmann.»

«Es ist fünf vor zwölf», sagte meine Mutter. «Beeilt euch mit dem Champagner.»

Als Putin seine Rede begann, erhoben wir unsere Sektgläser. Wir warteten weniger auf seine Ansprache als auf den Klang der Kremlglockenspieluhr, der Kuranty, die die letzten Sekunden des alten Jahres zählte und das neue Jahr willkommen hieß. Der Klang gab uns aus irgendwelchen Gründen ein Gefühl des Stolzes und der Behaglichkeit – wir vertrauten ihm so bedingungslos wie unseren Eltern und Großeltern.

Die Rede des Präsidenten war herkömmlich, nicht viel anders als diejenige seiner Vorgänger, und doch war er weder abgestumpft noch furchterregend. Klein, fahl, mit nervösen Augen und angespanntem Kiefer wirkte er wie ein genügsames Nagetier, wie der Mausekönig aus dem *Nussknacker*.

«Er kommt zurück», sagte Lopatin. «So wie Khan Mamai, um von seinen Bediensteten Steuern einzutreiben.»

«Er will sein Reich wiederhaben», sagte mein Vater.

«Natürlich», sagte Lopatin. «Er befiehlt, und er riskiert etwas. Wenn der Dritte Weltkrieg ausbricht, werden die Russen ihm folgen. Sie werden für ihn sterben, so wie früher für Stalin.»

«Kein besonders schmeichelhafter Vergleich», sagte ich. «Ich wäre mir da nicht so sicher.»

Die Wanduhr fing an zu schlagen und dann ertönte das Kremlglockenspiel.

«Frohes neues Jahr!», sagte Lopatin und stieß mit mir an. Das Glas klang sanft nach.

«Frohes neues Jahr», sagte ich und trank mein Glas Champagner aus. Die Blasen stiegen mir in die Nase und ich musste niesen.

Wir aßen noch ein wenig, doch unser Gespräch hielt nicht lange, es war wie der erste spärliche Schnee, der nicht liegen bleibt. Trotz des köstlichen Festmahls und des ganzen Alkohols war die Stimmung angespannt, und wir spürten allmählich die Last der späten Stunde und des Besuchs. Lopatin dankte meinen Eltern für das Abendessen, an dem er teilnehmen durfte, schlüpfte in seinen Mantel und hob das Väterchen-Frost-Kostüm vom Boden auf.

«Das habe ich für meine Neffen gekauft», sagte er. «Für die Kinder meiner Schwester.» Er brachte ein leichtes Lächeln zustande und wirkte einen Moment lang demütig, wie ein Eiszapfen im Frühling, der gleich schmilzt.

«Wie geht es ihr?», fragte ich, während ich mit ihm den Flur entlangging.

«Sie ist geschieden, aber ansonsten ist alles bestens. Sie wohnt in unserer alten Wohnung. Ich habe sie luxuriös renoviert, mit allen Schikanen.»

«Das glaube ich gerne. Und wo wohnst du?»

«Zur Miete. Aber ich habe gerade eine neue Wohnung gekauft. Eigentlich zwei Wohnungen, die ich verbunden habe. In Taganka. Die alte Kirche, in die wir an Ostern gegangen sind, erinnerst du dich?»

«Ja.»

«Direkt gegenüber von der *Wyssotka*. Man kann die Kirche von meinem Balkon aus sehen. Sie haben das ganze Ding eben erst renoviert – auch ich habe Geld dafür gespendet, wie viele andere.»

«Wahnsinn. Echt toll.»

«Willst du sie sehen? Es ist nicht weit, wir brauchen nur eine Viertelstunde, jetzt ist kein Verkehr.»

«Es ist ein Uhr morgens», sagte ich mit dem Rücken am Garderobenständer.

«Komm schon, Ranewa. Wann sehen wir uns denn wieder? Weißt du noch, wie abenteuerlustig wir früher waren?» Seine Worte, sein Ton – ein Schwall warmer Luft auf meinem Körper. Ich hatte das starke Bedürfnis, mich an ihn zu lehnen, wie ein Baum, der sein eigenes Spiegelbild in der gekräuselten, glasigen Oberfläche eines Flusses sieht und sich zu ihm neigen will.

Ich sagte: «Vielleicht könnten wir auch Trifonow anrufen. Er ist jetzt sicher ein dicker Akademiker.»

Lopatin gab keine Antwort. Sein Gesicht verfärbte sich – selbst in dem dunklen Flur sah ich, wie aus dem milchigen Weiß ein blutunterlaufenes Scharlachrot wurde.

«Weißt du es nicht?», fragte er.

«Was denn?»

«Petja ist gestorben.»

«Guter Gott, wann denn?»

«1991.»

«An seinem Asthma?»

Lopatin schüttelte den Kopf.

«Nein?»

«Nein. Er wurde während des Putsches getötet. Deine Eltern waren auf der Beerdigung. Ich hatte ja keine Ahnung, dass sie dir nichts gesagt haben.»

«Oh Gott ... Das ist ... Das ist ...» Tränen stiegen in mir hoch. Ich biss mir immer wieder auf die Lippe, um nicht loszuweinen.

Meine Eltern tauchten aus dem Wohnzimmer auf.

«Es war ein paar Monate vor deiner Hochzeit. Wir wollten nicht, dass du dich aufregst», sagte meine Mutter.

Mein Vater sagte keinen Ton, doch aus seinem Schweigen sprachen sowohl sein Schuldgefühl als auch seine Unfähigkeit, meiner Mutter in bestimmten Momenten zu widersprechen. Die beiden waren wie ein Drache mit zwei Köpfen: Wenn der eine Kopf abgeschlagen wurde, übernahm der andere die Führung.

«Ich fasse es nicht», sagte ich und schluckte. «Habt ihr wirklich gedacht, ihr könnt es euer ganzes Leben lang geheim halten?» Meine Füße steckten bereits in Stiefeln. Ich riss meinen Mantel vom Wandhaken. «Ihr habt mich beschuldigt, euch im Stich gelassen zu haben und in Amerika geblieben zu sein, doch jetzt kommt heraus, dass ihr mich gar nicht zurückhaben wolltet.»

«Das stimmt nicht», sagte mein Vater.

«Doch.» In einem der Ärmel fand ich meinen Schal und wickelte ihn mir mehrmals eng um den Hals.

«Wir wollten nicht, dass du zurückkommst, weil es noch zu früh dafür war. Wir hatten Angst, du könntest etwas Schreckliches tun», erklärte meine Mutter.

«Was denn? Mich umbringen?»

Keine Antwort. Angespannte Schultern, versiegelte Lippen zur Verteidigung.

Ich starrte meinen Vater an. «Auf welcher Seite warst du während des Putschs? Auf der Seite der Kommunisten?»

Seine Augen blitzten erst zornig, dann vor Bedauern. Es kam mir vor, als hätte er eine lange Reise hinter sich und wäre schließlich an seinem letzten Ziel angelangt, das weder Frieden noch Ruhm versprach, sondern nur Scham und Verwirrung. Er kehrte auf dem Absatz um und trottete den Flur entlang, dann schlug er die Wohnzimmertür zu.

«Das hab ich mir gedacht!», schrie ich. «Genau das hab ich mir gedacht!»

Lopatin verließ die Wohnung als Erster. «Es tut mir leid», sagte er halb zu mir, halb zu meiner Mutter. «Daran bin ich schuld.»

«Du bist nicht schuld», sagte ich. «Nichts davon ist deine Schuld. Du bist nicht schuld, dass Petja gestorben ist oder dass meine Eltern es mir nicht gesagt haben. Sie sorgen sich doch nur um ihr Land, um den Apfelgarten, den du ihnen wegnehmen wirst.»

«Bitte sag so was nicht», entgegnete meine Mutter. «Du weißt, dass das nicht stimmt.»

Ich drehte den Kopf zu ihr um und blickte sie an. «All die Jahre hast du mit mir geredet und doch nicht geredet. Das Wesentliche hast du mir verschwiegen.»

«Es war sehr schwer. So oft wollte ich es dir sagen, brachte es aber nicht über mich, die Wörter aneinanderzureihen. Irgendwie erschien es mir sinnlos und sogar falsch. Es tut uns leid.»

Ich schloss die Tür und stand einen Augenblick still da, dann ging ich hinter Lopatin her in die Dunkelheit.

## 28

In Lopatins glänzendem Mercedes rauchte ich ein paar Zigaretten hintereinander. Er auch. Der Wagen lief, aber es war immer noch kalt, die Windschutzscheibe war beschlagen. Lopatin machte die Scheibenwischer an und nach ein paar Wischbewegungen wieder aus. Das Wageninnere war ganz schwarz und die Fensterscheiben waren dunkel getönt, sodass es mir vorkam, als befänden wir uns in einem Grab – lebendig begraben.

«Warst du dabei?», fragte ich. «Als Petja starb?»

«Nein.» Lopatin blies eine lange Rauchschwade aus. «Aber jemand hat es aufgenommen und ins Internet gestellt. Wir können es wahrscheinlich noch finden, wenn du willst.»

«Will ich nicht.»

Lopatin drückte die Zigarette im Aschenbecher aus. «Weißt du, was er in der Hand hielt, als er vor dem Panzer stand?»

Ich wandte den Blick von der dunklen Windschutzscheibe zu Lopatins Gesicht. «Die Bibel?»

«*Der Kirschgarten*. Er zitierte auch daraus, als er versuchte, die Menschenmenge anzuführen. Kannst du diesen Scheiß glauben? Er war kurz davor, getötet zu werden, und wollte sich immer noch nicht von dem verdammten Buch trennen. Es war ihm egal. Blöder Scheißerlöser.»

«Heilige und Revolutionäre ähneln einander: nicht weil sie Gott oder der Menschheit dienen, sondern weil sie bereit sind, für Gott beziehungsweise die Menschheit zu sterben.»

Ich nahm einen tiefen Zug, kurbelte das Fenster herunter und schnipste die Zigarettenkippe in die Bäume.

Von irgendwoher drang Gelächter zu uns und Bruchstücke von einem Lied; eine Gruppe junger Leute, zwei Männer und zwei Frauen, wankten vorbei. Sie trugen weder Hüte noch Handschuhe und ihre Mäntel flatterten ihnen um die Knie. Sie umarmten einander, ließen eine Zigarette von Mund zu Mund kreisen, tauschten Küsse. Dann war die Straße wieder wie ausgestorben.

«Fahr los», sagte ich und schloss das Fenster.

«Wohin? Zu meiner neuen Wohnung?»

«Zur Datscha.»

Er zündete sich noch eine Zigarette an. «Morgen früh soll es schneien. Der Wagen fährt sich bei schlechtem Wetter nicht gut, obwohl er groß ist.» Er stieß zurück, bog um die Ecke und fuhr auf die Straße.

«Vielleicht besorgen wir was zu trinken», sagte ich.

«Sieh mal hinter dich. Auf dem Rücksitz liegen Cognac, Kaviar, Konfekt und anderer Scheiß, den ich für meine Schwester gekauft habe.»

«Macht sie sich keine Sorgen?»

«Nein. Ich hab sie angerufen. Mir war irgendwie klar, dass ich sie heute Abend nicht mehr sehen würde.» Er lächelte. Der Wagen schlingerte vorwärts und alles andere lag plötzlich hinter uns – die Straße, die Wohnung, die traurigen, gequälten Gesichter meiner Eltern.

Selbst zu dieser Stunde brodelte die Stadt noch vor Leben: Während wir von einem Bezirk zum nächsten fuhren, begegneten uns massenweise beschwipste, lachende Menschen. Die Häuser barsten vor Lichtern und statt echter Eiszapfen hingen riesenhafte Dekorationen von den Dächern. Wir sahen Leute mit Champagner und Zigaretten in den Händen auf Balkonen tanzen. Manche rannten von einem Gebäude zum nächsten, von Tür zu Tür, Salatschüsseln oder Kuchenplatten an sich gedrückt. Frauen in Stöckelschuhen und engen Flimmerkleidern und Männer in schmalen, maßgeschneiderten Anzügen oder Jeans und Pullovern. Sie gingen eigentlich nicht spazieren, sondern trieben in Gruppen dahin, glücklich und unermüdlich, als würden sie all diese Energie direkt aus der Luft oder aus der Erde schlürfen. In ihrem Festtagsentzücken, ihrem betrunkenen Vergnügen, unterschieden sie sich nicht von Amerikanern oder Angehörigen anderer Völker, und doch hätte ich selbst aus der Ferne immer gesehen, dass es Russen waren. Ich wusste es in Amerika, in Frankreich oder Italien, in allen Ländern, die Mike und ich bereist hatten. In Museen oder Restaurants zeigte er mir immer Russen, selbst wenn er sie nicht hatte sprechen hören. Er sagte: «Sie haben immer traurige, schöne Gesichter, besonders die Frauen. Wie auf alten russischen Ikonen.»

Ich musste an die Zeit denken, als wir uns gerade erst kennengelernt hatten, ich ging noch aufs College, und wie wir uns mitten am Nachmittag in die umliegenden Städte aufmachten und die Antiquitätenläden durchstöberten, in denen wir die Sachen anderer Leute anfassten: eine Standuhr, eine Garderobe, einen Schaukelstuhl. Spiegel mit kleinen Makeln, mit Haarrissen und dunklen, ausgeblichenen Flecken. Ich probierte alte, staubige Hüte auf und scherzte: «Wenn etwas nicht mindestens dreihundert Jahre alt ist, kann man es nicht als antik bezeichnen.» Und Mike sagte, auf einen Stock mit Adlerkopf gestützt: «Wir sind noch nicht einmal vierhundert Jahre alt. Unsere genetische Erinnerung ist viel kürzer als eure.»

Ich stellte mir Mike plötzlich in einem dunklen, leeren, schmucklosen Haus vor, wie er aufgewärmte Pizza aß und Football sah, ein halbes Bier vor sich. Um Strom zu sparen, hatte er sich, während ich fort war, im unteren Stock eingerichtet, im Gästezimmer, wo er weder die Laken wechselte noch die Vorhänge zuzog. «Warum? Wenn ich schlafen gehe, ist es dunkel, und wenn ich aufstehe, ist es immer noch dunkel», sagte er mit seinem breiten, innigen Lächeln. Er rieb sich das verschlafene, unrasierte Gesicht mit seinen großen Tatzen und kämmte sein Haar zu einem stacheligen Schopf am Hinterkopf, was ihm ein unschuldiges Aussehen verlieh: das eines erwachsenen Bären, der sich in ein Bärenjunges verwandelt hat. In Amerika war das neue Jahr noch nicht angebrochen, und das würde noch sechs Stunden lang so bleiben. Ich war verblüfft, dass sich die Zeit niemals festhalten ließ, man konnte sie weder verlangsamen noch beschleunigen, und doch konnte man an einem einzigen Tag zwischen den Jahren hin und her wechseln.

Ich blickte zu Lopatin, der hinter dem Lenkrad lümmelte, das er kaum mit den Fingerspitzen berührte. Sein starres, rasiertes Gesicht hatte keinerlei Ähnlichkeit mit dem des Jungen, den ich einst kannte. Sein Kinn berührte seinen flauschigen Pullover, den er ab und zu am Halsausschnitt nach unten zog. Seine Kieferpartie war scharf und knochig und trennte sein Gesicht ab. Er hatte nicht viel zugenommen, besaß jedoch mehr Muskelmasse, und seine Schultern wirkten härter, so als hätte er ein Rückenschild bekommen, einen Panzer. Sein Körper hatte nichts Leichtes, nur Schichten aus schuppigem, erstarrtem Stein.

Er griff zwischen die Sitze, zog eine CD hervor und steckte sie in den CD-Spieler. «Hab ich von der Kassette kopiert. Du erinnerst dich.»

Der Augenblick stand still, und Trifonows Stimme durchbrach diese Stille: «Madame Lopachina!»

Erschrocken zuckte ich zusammen, und dann sagte Milka: *«Ewiger Student! Schon zweimal ist er aus der Universität geflogen.»*

Ich hörte meine eigene Stimme, distanziert und unnatürlich: *«Wieso ärgerst du dich, Warja? Er zieht dich mit Lopachin auf, na und? Wenn du willst, heirate Lopachin, er ist ein guter, ansehnlicher Mann. Willst du nicht – dann lass es bleiben; niemand zwingt dich, Liebes ...»*

Ich hatte Gänsehaut und mein Herz war ein kalter, versteinerter Klumpen. «Hör auf», sagte ich und streckte die Hand nach dem CD-Spieler aus, doch Lopatin fing meine Hand ab und drückte die Auswurftaste.

«Ich dachte, das würde dir gefallen. Ich habe meine Kassettenaufnahme, die von Milka und die von Trifonow, auf die CD überspielt. Hast du deine noch?»

«Nein. Meine Mutter hat nach Milkas Tod alles weggeworfen.» Mit zitternden Händen versuchte ich, mir eine weitere Zigarette anzuzünden.

«Wann hast du Milkas Kassettenaufnahme bekommen?», fragte ich.

«Nach dem Tod von Milkas Mutter habe ich alle ihre Sachen von ihrem Stiefvater gekauft. Alles, was noch da war.»

Ich bemühte mich sehr, nichts zu sagen, was mir später leidtun würde, aber die Worte fielen mir aus dem Mund wie abgebrochene Zähne. «Es ist seine Schuld, dass Milka gestorben ist. Er hat sie seit ihrer Kindheit sexuell missbraucht und dann wurde sie schwanger. Für eine Abtreibung war es zu spät und ihre Mutter wollte sie nach Sibirien zu ihren Großeltern schicken. Sie hatte Angst, dass Milka ihr den Mann stehlen würde. Deshalb hat Milka versucht, das Baby loszuwerden. Ich habe es auf der Datscha beerdigt, unter einem Apfelbaum.»

Lopatin trat die Bremse durch, sodass ich fast mit dem Gesicht auf dem Armaturenbrett aufgeschlagen wäre. Meine Zigarette fiel zu Boden.

«Bist du wahnsinnig?», schrie ich. Mein Mund war trocken, ich atmete in flachen Schüben.

«Tut mir leid», sagte er mit einer plötzlich heiser gewordenen Stimme, die keine Vokale mehr kannte. «Ist das wahr? Bist du sicher?»

«Ja, es ist wahr.» Ich hob die brennende Zigarette auf.

«Deshalb waren die Bullen bei mir. Sie haben mich gefragt, ob ich Milka an dem Tag, bevor sie starb, gesehen hätte und ob wir uns geprügelt hätten. Aber ich war bei meinen Eltern gewesen und hatte Milka schon seit Ostern nicht mehr getroffen.»

«Ich weiß.» Ich zog lange an meiner Zigarette, kurbelte dann das Fenster herunter und warf die Kippe nach draußen.

Lopatin rieb sich das Kinn – so fest, dass er seinen Kiefer mit den Fingern umklammerte.

«Hören wir Zoi», sagte er schließlich. Er holte eine andere CD aus seiner Kollektion zwischen den Vordersitzen. «Den haben wir früher geliebt, weißt du noch?»

«Ja, die Stimme unserer Generation. Ist er nicht bei einem Autounfall ums Leben gekommen?»

«1990. Trifonow ist ein Jahr später gestorben.»

«Alle sind gestorben.»

«Ich bin noch da. Und du auch.»

Als wir wieder auf der Straße fuhren, lenkte Lopatin den Wagen mit fast unheimlicher Ruhe. Wir sprachen nicht und hörten uns die alten Songs an, «Blutgruppe», «Kuckuck», «Ein Stern namens Sonne» – und Zois belegte, kehlige Stimme pulsierte durch die Stille.

«Glaubst du, Russen schleppen eine tiefgründige, schädliche Traurigkeit mit sich herum?», fragte ich.

«Kommt drauf an, was für Russen es sind.»

«Ich meine das generell, Russen, die all die Schrecken überlebt haben: die Revolution, die Kriege, die stalinistischen Säuberungen. Die Perestroika.»

«Überlebt haben? Die meisten machen den Scheiß immer noch durch. Es ist nie richtig vorbei. Nicht mal für die, die weggegangen sind.» Er hielt inne und fragte dann: «Wie gefällt dir denn die neue Stadt – dein Geburtsort?»

«Mir ist, als hätte ich keine Beine. Ich finde eigentlich keinen richtigen Halt. Die Stadt ist vertraut und gleichzeitig fremd. Ein seltsames Gefühl.»

«Schon sehr bald wird sich die ganze Welt so anfühlen. Dieselben Typen haben ihren Scheißbesitz hier und in Europa und in Amerika. Unsere Wichser kaufen sogar eure Fußballmannschaften, und das werden sie so lange tun, bis man ihnen die Schwänze abschneidet.» Er lachte – ein grobes, obdachloses Lachen.

«Aber du bist doch einer von ihnen.»

«Eigentlich nicht. Ich achte die Gesetze und bezahle Steuern. Ich liebe mein Land.»

«Natürlich», sagte ich und starrte auf die verschwommenen Umrisse der Bäume, ein Gewirr von Ahorn, Birken und Kiefern.

Am Stadtrand wurde die Landschaft schattiger, dann dunkel, leer und ungeträumt. Sie hatte sich seit 1985 kaum verändert, bis auf die riesenhaften Reklameschilder und die Restaurants an der Straße, deren piekfeines Äußeres inmitten der geeggten Felder ein wenig beunruhigend wirkte. Die Straße wurde holprig und unbelebt und führte uns immer weiter fort. Wir sausten an endlosen Hügeln und Wäldern entlang, an Gebüsch und Gestrüpp, wo wir als Kinder im brusthohen Gras umhergestreift waren. Ein paar Autos mit fackelartigen Scheinwerfern, wogende Bullaugen aus Licht, kamen uns entgegen oder überholten uns. Danach versank wieder alles in Dunkelheit, der Himmel, an dem kein Stern zu sehen war und kein Planet, machte unsere Einsamkeit vollkommen.

«Ist eure Datscha versichert?», fragte Lopatin etwas nervös.

«Wahrscheinlich schon. Wieso?»

«Ich kann jemanden schicken, der sie anzündet. Deine Eltern bekommen die Versicherungssumme und verkaufen das Stück Land dann an Jaschka. Dadurch verdienen sie das Doppelte.»

«Ist das dein Ernst?» Ich schüttelte den Kopf und griff nach einer Zigarette. Er reichte mir das Feuerzeug.

«Wenn sie sich weigern zu verkaufen, dann wird sowieso jemand die Datscha niederbrennen und einen Unfall vortäuschen. Nur dass sie dann vielleicht im Feuer umkommen. Jaschka kriegt immer, was er will.»

«Und du auch», sagte ich und schluckte Rauch.

«Nicht immer. Ich habe keinen amerikanischen Pass. Ich kann mich nicht in Übersee verstecken. Ich habe Verpflichtungen – meine Mutter, meine Schwester, ihre Kinder. Wer kümmert sich um sie, wenn mir etwas zustößt?» Er fuhr langsamer und bog ab. «Ich glaube, wir müssen hier rüber.» Er hielt vor den Eisenbahnschienen, blickte nach rechts und nach links und fuhr dann über die Gleise. Der Wagen rumpelte und die Gläser und Flaschen klirrten auf dem Rücksitz.

«Was hast du eigentlich in der Kiste?», fragte ich.

«Sprotten. Schwarzbrot. Saure Gurken.» Er warf mir ein schiefes Lächeln zu. «Lauter gutes russisches Essen. Keine Hamburger, bedaure.»

«Ich esse keine Hamburger», sagte ich.

«Aber dein Mann bestimmt.»

«Ja.»

«Wie alle dummen, faulen Amerikaner.»

«Verpiss dich.»

«Werd doch nicht gleich sauer. Russen sind auch dumm und faul. Find ich gut.»

«Du bist ein echter Blödmann, Lopatin. Ein Scheißblödmann.»

«Wenn du deinen Mann mit drei Worten beschreiben müsstest, abgesehen von dumm und faul, welche würdest du dann wählen?»

«Geht dich nichts an.»

«Komm schon, ich mach doch nur Spaß. Oder lässt er sich nicht in Worte fassen?»

«Freundlich. Ehrlich. Abstinent.»

«Hab ich mir schon gedacht – der würde es in der postsozialistischen Hölle keine Woche aushalten.»

«Was für ein Schwachsinn. Du hast keine Ahnung», erwiderte ich.

«Nein, stimmt. Wie habt ihr euch eigentlich kennengelernt?»

«Was tut das zur Sache?»

«Ich will wissen, wie ein wildes Ding wie du einen lieben amerikanischen Jungen wie ihn heiraten konnte.»

«Er war der Bruder meiner Zimmergenossin im College. Er konnte alles reparieren. Er kam zu uns ins Zimmer und hängte Bilder auf oder strich Wände oder ersetzte ein abgebrochenes Stuhlbein. Es hat damit angefangen, dass ich die Ferien bei seiner Familie verbrachte. Der Rest hat sich dann irgendwie ergeben.»

«Vögelt er gut?»

«Halt die Klappe, Lopatin.»

«Geht in Ordnung. Aber das klingt nach Hollywoodfilm. Damit ich mich besser fühle, muss ich ein paar Mängel finden.»

«Da gibt es jede Menge, und wir streiten uns genau wie alle anderen.»

«Ich streite nicht. Ich töte.» Lopatin lachte, gleichgültig und fast freundlich. Einen Augenblick lang war es, als trennte uns nichts, weder die Jahre noch die Toten.

Bis auf ein paar Laternenpfähle standen die Datschas dunkel und trostlos da. Wir fuhren ganz langsam an dem niedrigen Kiefernholzblockhaus der Chodows vorbei. Ich sah kurz ihren umgedrehten Tisch, an dem Tante Charlotta Kartentricks vorgeführt und uns die Zukunft vorhergesagt hatte. Danach kam das Haus der Semjonows, ein schief aussehendes Haus mit verblichener bogenförmiger Verkleidung und einem weitläufigen Garten, wo im Sommer Feldblumen – Butterblumen, Hahnenfuß und Hain-Wachtelweizen – wild im hohen Gras wuchsen. Dann kam der zweistöckige Ziegelbau der Garews mit der überdachten Veranda und der zwischen zwei Bäume gebundenen, durchhängenden Wäscheleine.

«Spätestens Ende August gehört alles Land hier Jaschka», sagte Lopatin. «Sein Scheißkirschgarten. Kirschen sind die neuen Äpfel.»

«Kirschen wachsen hier nicht sehr gut», sagte ich.

«Jaschka kriegt das schon hin.»

Ich gab keine Antwort, sondern stieg aus.

Die Datscha meiner Eltern hatte sich nicht verändert: dasselbe eingesunkene blaue Haus, derselbe Geräteschuppen, die rauhen, krummen Apfelbaumstämme, die wie alte, nach Liebe hungernde

Menschen wirkten. Der Zaun war stellenweise geflickt, die verfaulten Latten waren ausgetauscht worden. Lopatin stellte die Essenskiste auf den Boden, hob mich hoch, half mir hinüberzuklettern und reichte mir dann die Kiste. Er zog sich hinauf und schwang die Füße hinüber. Er war noch genauso stark wie als Teenager, wenn auch nicht mehr so schnell. Nach dem Sprung brauchte er ein paar Sekunden, um wieder ins Gleichgewicht zu kommen.

«Hoffentlich sind die Schlüssel noch am selben Ort», sagte ich und er nickte und ging hinter mir her.

Dachziegel lagen auf dem Boden verstreut. Ein Holzfass, in dem meine Mutter Regenwasser für den Garten gesammelt hatte, stand umgedreht da, der Boden durchlöchert wie ein Sieb. Selbst aus der Ferne konnte ich sehen, dass meine Eltern den Baum, unter dem ich Milkas Baby begraben hatte, nicht ersetzt hatten. Im Gegenteil: Er war noch größer und ausladender geworden und flocht seine üppigen Äste in die der anderen. Ich zeigte den Baum Lopatin, der ihn lange anstarrte und dabei laut Luft durch die Zähne zog.

Die Nacht war kälter geworden und meine Haut kribbelte. Als ich das Vorhängeschloss mit dem alten Schlüssel aufstemmte, wurden meine Hände zu Eiszapfen. Im Haus war es nicht viel wärmer, doch in der Küche entdeckten wir einen Eimer gehacktes Holz neben einem Metallofen, den meine Eltern dort aufgestellt hatten, nachdem ich fortgegangen war. Lopatin bot sich an, Feuer zu machen, während ich eine Kerze anzündete und die Kiste auspackte. In der Küche roch es nach Herbst, nach alten Mänteln und getrockneten Pilzen, die in langen Geiferfäden an der Wand hingen. Außerdem Kräuter – Kamille, Ringelblume, Pfefferminze, Majoran, Johanniskraut –, die meine Mutter den Sommer über für Tees und Salben und Heiltränke gesammelt hatte. Die Sträuße wurden verkehrt herum an einem Seil aufgehängt, das zwischen die Fenster gespannt war.

«Meine Güte, seit dieser Scheißnacht bin ich nicht mehr hier gewesen», sagte Lopatin, der in die Hocke gegangen war und im Feuer stocherte, das noch immer kaum Flammen schlug. Er nahm eine alte Zeitung von einem Stapel, der auf dem Boden lag, prüfte die Seiten, knüllte sie zusammen und warf sie in den Ofen.

«Was ist damals geschehen? Du bist nie wieder in die Schule gekommen», sagte ich und reichte ihm die Cognacflasche.

«In jener Nacht hat mich die Polizei erwischt. Sie brachte mich nach Hause. Mein Vater war so wütend, dass er seinen Gürtel herausriss und mich damit, so fest er konnte, verdrosch. Er hat nicht mal gewartet, bis sie weg waren. Hier ist noch die Narbe von der Gürtelschnalle.» Lopatin tätschelte seine Wange. «Er hat die Polizisten bestochen, um nicht ins Gefängnis zu kommen, aber er hat mir auch die Rippen gebrochen. Mir ging es so schlecht, dass ich nicht wieder zur Schule gehen konnte. Und dann starb Milka. Es wurde Sommer. Ich war auf der Straße, kaufte irgendwelchen Scheiß, verkaufte ihn, fälschte ihn.» Er schraubte den Deckel ab und goß den Cognac in die alten Zinnbecher. Sein Schatten dehnte sich riesig und unerschütterlich über den Fußboden.

«Du hast nie einen Schulabschluss gemacht?», fragte ich.

«Nein, nie.» Er stieß mit mir an, mit einem Gesicht, das ein Trümmerhaufen aus Stolz und Scham war. «Macht mir aber nichts aus, nicht das Geringste.»

Wir tranken den Cognac aus und er schenkte mir nach. Auf dem Tisch lag eine Büchse Sprotten, die ich nicht geöffnet hatte, und Lopatin schnappte sich die Metallschlaufe. «Die brauch ich jetzt», sagte er. «Meine Lieblingsspeise.»

Das Holz zischte und knackte, und binnen Kurzem war das ganze Zimmer eine Höllengrube aus Rauch und Qualm. Meine Augen brannten und ich rieb sie mir mit den Fingern. Lopatin fächelte dem Ofen Luft zu und schloss dann die Klappe.

«Das hätte ich beinahe vergessen», sagte er, fasste in seine Hosentasche und holte einen kleinen gelben Umschlag hervor. «Von Jaschka.»

«Was ist das?» Ich riss den Umschlag auf und fand eine dünne, gefaltete Notizbuchseite, die an Präsident Reagan adressiert war.
«Unser Brief? Das gibt's ja gar nicht.»
«Doch. Jaschka hat 1985 nicht gewagt, ihn mitzunehmen. Als wir kürzlich ein paar alte Fotos ansahen, entdeckte er ihn plötzlich. Ich bot ihm Geld dafür an, aber er schenkte ihn mir einfach und sagte, er gehöre ihm ja sowieso nicht.»

Ich überflog den Brief, steckte ihn zurück in den Umschlag und legte ihn auf den Tisch.

«Erinnerst du dich noch an Samantha Smith?», fragte ich.

«Die Kinderbotschafterin?»

«Ja. Milka und ich haben diesen Brief in dem Sommer geschrieben, in dem Samantha in unser Land gereist kam. Das hat uns sehr inspiriert.»

«Ist sie nicht bei einem Flugzeugabsturz ums Leben gekommen?»

«Ja, 1985. Ein paar Monate nach Milka. Wirklich schrecklich.»

Ich trank noch mehr Cognac. Er floss meine Kehle hinunter und staute sich irgendwo in einem Hohlraum unter meinen Rippen. Er schmeckte wie Gift, wie ein tödliches Gebräu.

«Dass Milka starb, ist meine Schuld», sagte ich und meine Stimme hallte durch die Wände. Meine Lippen zitterten. «Am Tag zuvor hatten wir uns geprügelt. Ich habe sie geschlagen, sehr hart geschlagen. Sie wollte, dass ich das Baby aus ihr herausprügele. Das hätte ich den Bullen sagen sollen.»

Die Kerze flackerte und an den Wänden waren überall Schatten, Unmengen von Schatten, wie Erinnerungen ohne Stimmen. Tränen rannen mir übers Kinn und ich begann hemmungslos zu schluchzen.

«Verdammte Scheiße. Verdammte Scheiße noch mal», sagte Lopatin und kam durchs Zimmer getappt. Er tätschelte mein Haar und umarmte mich. Sein Brustkorb, bestehend aus purer Muskelmasse, weitete sich. «Heul doch nicht», sagte er. «Heulen bringt nichts, verdammt. Wir wissen, wer schuld ist, und er wird dafür büßen, das schwöre ich.»

«Wir sind Feiglinge, Lopatin.»

«Nein, zum Teufel, wir sind keine Feiglinge. Wir sind Überlebenskünstler, die Champions dieser verdammten Welt, weißt du nicht mehr?»

Er umschlang mich, hob mich hoch und hüpfte mit mir um den Tisch. *«We are the champions»*, leierte er los. *«We are the champions ...»* Er trug mich nach draußen und starrte mir ins Gesicht, beugte sich so dicht zu mir, dass ich den Cognac und die Zigaretten aus seinem Mund roch, und auch ein wenig die Sprotten. *«And we'll keep on fighting till the end ...»* In einer kräftigen, ungestümen Gebärde streifte er meinen Mund mit den Lippen. Ich sah so etwas wie panische Angst in seinen Augen, aber auch Begehren. Mein Körper in seinen Armen war eine schweigende Beute. Ich konnte keinen Widerstand leisten oder mich frei wühlen oder gar die Hände ausstrecken oder mich aufraffen, sein Gesicht zu berühren, das lieb und gleichzeitig zum Fürchten war und Welten entfernt.

Einen Augenblick lang war die Vergangenheit auf einmal klitzeklein und der innere Aufschrei nur noch ein Flüstern.

«Man hat uns das Leben gestohlen, Lopatin», flüsterte ich ihm in den Mund. «Niemand fragt nach uns, und in fünfzig Jahren weiß keiner mehr, dass es uns gab. Die Generation Perestroika.»

«Das stimmt nicht. Es gab uns. Es gibt uns immer noch», sagte er und küsste mich, erst sanft, dann fester. Die Sehnsucht und all die Jahre strömten in meinen Mund, der Geschmack von Alkohol und Rauch und Sprotten.

In meinem Kopf drehte sich alles und mein Magen schwoll an bis zum Hals.

«Ich muss mich übergeben», sagte ich, befreite mich aus seinen Armen und fiel fast hin.

«Was ist denn los?», fragte er. «Hab ich was falsch gemacht?»

Ich kroch unter die Apfelbäume. Es hatte angefangen zu schneien, geballte Schneeschauer, die wie Blütenblätter aus dem schwarzen

Himmel geschüttelt wurden. Verblüfft versuchte ich, die Flocken mit dem Mund aufzufangen, doch kaum waren sie auf meinen Lippen gelandet, schmolzen sie bereits.

Lopatin holte die Zinnbecher mit dem Cognac, die Sprotten und das Schwarzbrot. Er schleppte eine alte Decke aus dem Haus, setzte sich dann neben mich auf den Boden und breitete die Decke über unsere Knie.

«Ich frage mich, wer als Nächstes dran ist», sagte er und erhob seinen Becher.

«Was meinst du damit?»

«Ich meine, wer stirbt zuerst – du oder ich?»

Ich drehte den Kopf zur Seite und musterte Lopatins vertrautes, fernes Gesicht, als blickte ich durch ein Vergrößerungsglas. Jede Falte, jedes Haar, all die Zweifel, die seine müde Haut peinigten. Ich bebte und wandte mich ab.

«Ich muss dir was sagen», erklärte er. «Ich habe mit Trifonow um hundert Dollar gewettet, dass er nicht zu der Protestkundgebung geht.»

«Sei still. Ich will das nicht hören.»

«Ich will es dir aber sagen.» Er trank einen Schluck Cognac und tunkte ein Knüstchen Schwarzbrot in die Sprotten. «Nach deiner Abreise freundeten wir uns irgendwie wieder an. Er rief mich immer an und lud mich zu sich ein. Tagsüber studierte er an der Moskauer Uni, doch abends war er mit uns zusammen. Damals hatte ich lauter kleine Jobs – ich habe ein paar Lebensmittelkiosks geführt und nachgemachte Jeans verkauft. Trifonow wollte damit nichts zu tun haben, hatte aber nichts dagegen, mit uns rumzuhängen und den Typen gelegentlich Vorträge zu halten. Zitate, immer Scheißzitate. Jede Woche irgendein neuer Scheiß. Niemand hat ihn ernst genommen, und er weigerte sich, an unseren ‹stinkenden› Geschäften teilzuhaben. Aber je länger ich darüber nachdenke, desto mehr wird mir klar, dass er bloß auf eine Chance gewartet hat, auf den einen perfekten Moment, um zu beweisen, dass er ein Held war.»

Lopatin hielt inne, aß einen Bissen und schluckte ihn hinunter. «Ich habe die Beerdigung bezahlt», sagte er. «Seiner Mutter gebe ich immer noch Geld und helfe ihr, so gut ich kann. Sie kocht Abendessen, wir trinken Wodka und ich höre ihr zu, wenn sie von Trifonow spricht, als sei er nicht gestorben, sondern als käme er gleich von einer langen Scheißpilgerreise zurück.»

Er schenkte uns Cognac nach. Ich versuchte, ihn davon abzuhalten, indem ich die Hand über den Becher hielt, doch mir versagten die Kräfte. Meine Zunge wurde belegt und heiß. Ich spürte Lopatins Atem an meiner Wange, meinem Ohr, und weil es kitzelte, rieb ich es an seiner Schulter. Doch davon abgesehen waren wir beide im Weltraum, fummelten, schwebten schwerelos, ohne Drehpunkt, explodierender weißer, flimmernder Staub.

Natürlich konnte uns keine noch so große Wahrheit verändern, doch das wenige, was wir wussten, fühlte sich an wie alles.

Am Morgen wachte ich in Kleidern in meinem alten Bett auf, unter einem Berg zerlumpter Decken, die Lopatin in der Truhe meiner Großmutter gefunden und dann auf mich gehäuft haben musste. Er schlief auf der Couch, an der Stelle, wo früher Milkas Bett gestanden hatte, und schnarchte laut. Auch er war in Kleidern und hatte einen Schuh an; die Hände hatte er auf der Brust gefaltet, nahe an seinem Herzen. Draußen vor den Fenstern sah ich, wie sich der Schnee über den Erdboden ausbreitete – ein jungfräulich strahlendes Fell. Die Bäume standen gebeugt da, mit silbernen, schweren Ästen, als hätten sie plötzlich eine Blütenlast zu tragen.

So leise wie möglich krabbelte ich aus dem Bett und ging auf Zehenspitzen in die Küche. Jede Körperzelle war zu spüren und jede tat weh. Ich trank eiskaltes Wasser aus dem Kanister und sprenkelte es mir ins Gesicht. Ich nahm eine Zigarette aus der Marlboro-Schachtel, doch als ich sie in den Mund stecken wollte, wurde mir schlecht. Ich sehnte mich nach heißem Tee oder Kaffee, nicht nach Zigaretten oder dem Essen, das noch auf dem Tisch stand: zerrupftes Brot, Käse, Kaviar, die leere Büchse Sprotten, die Lopatin verschlungen haben musste, als ich schon schlief. Ich fand meinen Mantel, zog meine Stiefel an und trat auf die Veranda hinaus.

Das Sonnenlicht war so grell, dass meine Augen brannten. Alles war weiß und atemberaubend. Mit den Fäusten sammelte ich Schnee und drückte ihn mir ans Gesicht, rieb es damit ein, bis es schmerzte. Ich musterte meine nassen Hände. Es waren in Wirklichkeit die Hände meiner Mutter, bevor deren Hände zu denjenigen meiner Großmutter wurden: kreuz und quer verlaufende Adern, wie lange, einsame Straßen. In ein paar Stunden würde Lopatin mich nach Hause fahren und ich würde meinen Eltern gegenüberstehen. Ich war nicht mehr böse auf sie, nur noch tief betrübt, weil ich wusste, dass auch sie ein Leben geführt hatten, in dem sie sich an nichts erinnern konnten und alles verlernen mussten, was sie je gelernt hatten, ein Mahlstrom an Erfahrungen war erst zu Schnee geworden und dann zu Wasser. Außerdem wusste ich, dass es manchmal schwerer sein konnte, etwas nicht zu sagen, als es auszusprechen, und dass die Enthüllung der Wahrheit weder mich noch sie vor Schmerz bewahrt hätte.

Einen Moment lang stand ich reglos da und lauschte der Stille, den unhörbaren Lauten, die die Erde an einem frostigen Wintermorgen von sich gab. Ich erinnerte mich, dass meine Großmutter gesagt hatte, die Erde könne die tiefsten Wunden unsichtbar machen, die wulstigsten Narben verbergen, und das Leiden mache uns menschlich, transportiere uns vom Kummer zur Hoffnung. Auch wenn die Vergangenheit nie korrigiert werden könne, so könne man sie doch nochmals besuchen; zusammengenäht wie alte Steppdecken, würden die Erinnerungen sich mit uns niederlegen.

«Der Ort, nach dem man sich sehnt, ist immer anderswo», hatte sie einst gesagt, als Milka und ich klein waren und von anderen Ländern und einem anderen Leben träumten. «Aber die Heimat dürft ihr nie vergessen.»

Ich erinnerte mich daran, dass wir damals über sie gelacht hatten, als wir ihr in die erdfarbenen Augen sahen, in ein Nest aus Falten, die sich wie Sonnenstrahlen über ihre Wangen breiteten. Aus ihrem alten Gesicht sprachen Weisheit und Staunen, warme Sommernächte mit starken Stürmen und den Konzerten der Grillen, deren winzige zirpende Körper wir in Glasgefäßen als Glücksbringer gesammelt hatten. Ich erinnerte mich daran, wie wir uns Hals über Kopf in den Apfelgarten gestürzt hatten und durch einen Strauß aus Blättern und harten, unreifen Früchten gerannt waren, durch das kniehohe Gras drängten und sprangen und den Weltraum anschrien – die Bäume, den Himmel und den allmächtigen Gott.

Vorsichtig trat ich von der Veranda in den Schnee, und meine Füße versanken in dem flauschigen Teppich. Die Sonne stieg höher und es war windstill. Ich streckte die Arme aus und hob den Kopf in die Höhe und füllte meine Lungen immer wieder mit der kalten Luft. Ich wusste, dass ich diesen Ort immer vermissen würde, so wie meine Kindheit und meine Freunde – die Vergangenheit, die wie Wolken über den Baumspitzen schwebte.

Ich tappte zum Geräteschuppen, schloss die Tür auf und betrat den dunklen, muffigmodrigen Raum, wo ich unter den Baumaterialien und Gartengeräten, trostlosem Plunder und Farbe, die für Jahre reichte, eine Axt mit einem verbrannten Holzgriff fand, die genauso aussah wie diejenige, die meine Freunde und ich im Frühjahr 1985 benutzt hatten. Ich hielt inne und dachte daran, wie arglos wir damals gewesen waren, wie unschuldig und wie herzzerreißend ahnungslos. Und auch wie verzweifelt. Wir wollten unbedingt erwachsen sein und uns von unseren Eltern lösen, von unserer Vergangenheit, unserem Land, das wir für ein abscheuliches Ungeheuer hielten, das seinen Kiefer aushängte und uns mit Haut und Haaren zu verschlingen drohte. Wir glaubten wirklich, wir könnten unsere alte Haut abstreifen und uns eine neue wachsen lassen, eine schöne, glänzende, die dem Rest der Welt zur Ehre gereichte.

Ich rief die Namen meiner Freunde – Milka, Petja; Putowa, Trifonow –, erst nur flüsternd, dann lauter, bis ich mir die Lunge aus dem Leib brüllte. Ich rannte in den Obstgarten, schwang die Axt und traf den nächsten Apfelbaum. Schnee fiel von den Ästen und zerbarst in Schimmer und Holzschnipsel, und mir war, als schnitte ich mir ins eigene Fleisch, durch Schmerz und jahrelange Einsamkeit.

Als der Baum kurz davor war, umzufallen, eilte Lopatin aus dem Haus und packte meine Hand. Er zwang mich, die Axt fallen zu lassen. Sie sank in den Schnee, doch nach einem Augenblick des Zögerns bückte er sich und hob sie auf.

«Halt Abstand», sagte er. «Halt verdammtnochmal Abstand.»

Er hob die Axt über seinen Kopf; die Klinge reflektierte die Sonne und blinkte. Mit einer entschlossenen Bewegung führte Lopatin die Arme nach unten und traf den Baum, der in einer weißen Staubwolke krachend zu Boden fiel.

## 29

Vor meiner Rückreise nach Amerika fuhr mich Lopatin zu drei Friedhöfen. Zuerst gingen wir zum Grab meiner Großmutter und folgten dabei genau der Wegbeschreibung, die meine Mutter auf eine Streichholzschachtel gemalt hatte. Ich stellte einen der Zinnbecher, die ich aus der Datscha mitgebracht hatte, an den rosa Granitgrabstein. Lopatin kippte Wodka in den Becher und ich legte ein Stück Schwarzbrot obendrauf, auf dem sich der Schnee nach und nach wie dicker Zuckerguss ausbreitete. Alles war weiß und friedlich, die weich geränderte Stille der Grabsteine und der leere, unendlich weite Himmel aus kristallisierter Luft, die wir auf den Lippen schmecken konnten. Lopatin trank ein paar Schlucke Wodka, um sich zu wärmen, und bot dann mir davon an, aber ich lehnte ab. Ich erinnerte mich, wie meine Großmutter Milka und mich, als wir Teenager waren, eines Abends auf der Datscha beim Trinken erwischt hatte. Wir saßen in unseren ausgefransten Schlafanzügen auf der Bank im Garten und reichten einander die Flasche. Meine Großmutter konnte nicht sehen, was in der Flasche war, aber sie konnte es riechen. Sie goss den Alkohol ins Gras und versteckte die Flasche unter der Veranda. Am nächsten Tag sagte sie meinen Eltern kein Sterbenswörtchen, sondern schickte uns Stachelbeeren pflücken, bis unsere Finger von den Dornen wund und zerstochen waren.

Auf dem zweiten Friedhof brauchten wir eine Weile, bis wir Trifonows Grab fanden. Lopatin war dort noch nie im Winter gewesen, und der Friedhof glich einer riesigen Schneewehe, aus der die Grabsteine wie gefrorene Leichname aus der Erde ragten. Lopatin hatte sowohl Milkas als auch Trifonows Grabmal in Auftrag gegeben und bezahlt. Weil er es sich leisten konnte, versuchte er, originell zu sein, aber auch, weil er die Zeit überdauern wollte, indem er seinen Erinnerungen, seiner Liebe und seinem Kummer eine Gestalt gab. Für Trifonow hatte er ein Segelboot aus weiß-grauem Marmor machen lassen, an dessen Sockel die Zeilen aus Lermontows Gedicht «Das Segel» eingemeißelt waren: *Doch trotzig sucht es Sturm und Fluten, als ob in Stürmen Ruhe wär'.*

Da fiel mir auf einmal ein, dass Trifonow damals, als wir auf die Datscha fuhren, gesagt hatte, dass derjenige, der von uns zuletzt sterben werde, die anderen im Himmel suchen müsse.

Und Lopatin hatte gesagt: «Scheiß drauf. Mir reicht's. Was ist, wenn ich der Letzte bin und in der Hölle lande?»

«Ich finde es ganz furchtbar, dass es nur zwei Möglichkeiten gibt – Himmel oder Hölle», sagte ich. «Ohne etwas dazwischen.»

«Die Erde», hatte Milka gesagt. «Sie ist der einzige Ort, an dem wir alle vier zusammen sein können. Der einzige Ort, der sowohl für Sünder als auch für Heilige da ist.» Wie immer hatte sie ihr vulgäres, vernichtendes Lachen gelacht. Und dann hatten wir alle genauso laut und vulgär gelacht – auf dieselbe Art, wie wir das Leben in jenem Moment empfanden, als einen dunklen Wagen, der auf einer dunklen, menschenleeren Straße zwischen Bäumen, Schatten und Feldern dahinraste.

Auf dem Weg zu Trifonows Friedhof hatten Lopatin und ich fünf rote Nelken gekauft, doch als wir sie auf das Grab legten, fiel Lopatin ein, dass Blumen eine gerade Zahl bilden sollten – deshalb hob er eine Nelke aus dem Schnee auf, riss den langen Stiel ab und steckte sich den Blütenkopf ans Revers seines schicken schwarzen Mantels. Er warf den Stiel weg, tätschelte die Blüte, beugte sich vor und fuhr mit den Fingern über das Granitsegel. In seinem Gesicht lag etwas sehr Sanftes, Bescheidenes. Träume lebten noch darin und Teenagerneugier, ein Hauch jungenhafter Hunger, aber auch Regen und Schnee und abgefallenes Laub, durch das ein Grasbüschel sich einen Weg zu bahnen versuchte.

Als wir zum dritten Friedhof kamen, war es später Nachmittag.

Es hatte aufgehört zu schneien, doch die Wolken hingen immer noch tief. Ein Schleier dünner, weißlicher Luft hüllte Bäume und Gräber ein und auch unsere Schultern, während wir zwischen den Gräbern durch den Schnee stapften. Schon aus der Ferne zeigte mir Lopatin Milkas Grabstein, der mit einer schwarzen Marmorskulptur in Form eines offenen Buches gekrönt war. «Das kann keiner zuklappen oder weglegen, stimmt's?», sagte er. Bevor ich antworten konnte, kratzte er den Schnee mit bloßen Händen von den beiden Buchseiten und wischte dann die restliche Skulptur mit dem Mantelärmel ab. Als er einen Schritt zurücktrat, sah ich Milkas Namen und ihr Geburts- und Sterbedatum in Gold auf der einen Seite stehen, die andere Seite war leer. Als Lopatin merkte, dass ich allein sein wollte, bot er mir an, im Wagen zu warten, und ließ mich im knöchelhohen Schnee stehen.

Anfangs war die Stille entsetzlich. Ich hörte und sah nur den schwarzen Stein, wie die Überreste eines verbrannten Leichnams, der im Schnee zur letzten Ruhe gebettet wird. Als ich mich vorbeugte und in das Buch starrte, sah ich auf einmal mein eigenes Gesicht, das sich, halbiert durch die dicke Rille, im nassen Marmor spiegelte. Ich fasste die Skulptur an beiden Seiten an und spürte die kalte, glatte Oberfläche, die wie die eines Flusses war, auf dem eine dünne, durchsichtige Eisschicht glänzte. Je länger ich die Hände auf der Skulptur liegen hatte, desto wärmer wurde sie und desto weniger Angst hatte ich. Ich nahm Milkas Lieblingsschokolade aus der Manteltasche – Slawa. Ich wickelte sie aus dem Papier und der Folie, legte sie direkt aufs Grab und drückte sie in den Schnee. Ich schüttelte zwei Zigaretten aus dem Päckchen, zündete sie an und legte eine davon zwischen die Buchhälften, die andere steckte ich mir in den Mund. Während ich den Rauch einatmete, musste ich daran denken, dass Trauernde in manchen Kulturen auf Gräbern kleine Kohlestücke oder Weihrauch verbrannten. Wenn die Verstorbene einen erkannte, bestätigte sie dies, indem sie ein Zeichen gab.

Ich rauchte meine Zigarette zu Ende und vergrub den Stummel

im Schnee. Der Friedhof war still, kein Wind, keine Tiere, keine seltsamen Zeichen, bis auf die Tatsache, dass Milkas Zigarette immer noch hartnäckig schwelte und eine dünne Rauchsäule produzierte. Ich stand da und schaute in die Bäume, in ihre erstarrte Weiße. Die Doppelkreuze ringsum ähnelten aufgeschreckten, gefrorenen Vögeln. An einem Busch funkelten orange Vogelbeeren. Vor langer Zeit hatte meine Mutter Milka und mich einmal ermahnt, keine wilden Beeren zu probieren, ohne sie vorher zu fragen. Sie erzählte uns die Geschichte von den ungezogenen Kindern, die Schneebeeren gegessen hatten und in Vögel verwandelt worden waren. Als ihre Eltern sie im Wald suchen kamen, flogen die Vögel tief und umkreisten sie, doch die Eltern erkannten ihre Kinder nicht und ließen sie im Wald zurück. Wir fürchteten uns damals zu sehr und fragten meine Mutter deshalb nicht: Was wurde aus den Kindern? Haben sie überlebt? Wurden sie erwachsen? Sind sie alt geworden und haben ihre irisierenden Federn gegen graue Rüstungen eingetauscht? Konnten sie einander noch erkennen, wenn sie hoch oben im Himmel strandeten? Oder sind sie vor Einsamkeit gestorben? Vor Hunger? Vor Schuldgefühlen? Vor Kummer?

Zitternd zog ich meinen Schal hoch. Die Luft wurde kälter. Das Licht wurde dicht und trüb, eine dicker werdende Eiskristallmembran. In den Bäumen lauerten Schatten.

Eine Handvoll Schnee fiel mir auf den Kopf und bestäubte meine Nase. Ich blickte zu den schwankenden Ästen hinauf. Vielleicht war ein Vogel zu einem anderen Baum gewechselt oder ein Eichhörnchen, doch ich konnte nichts sehen. Die Schneeschauer landeten weiter auf meinem Gesicht, winzig kleine Wasserjuwelen. Ich wischte sie nicht ab, sondern starrte weiter in die Bäume hinauf, in ihre flauschigen weißen Wipfel und in ein Dreieck blauen Himmels, das wie ein Stück Seide war, das sich zwischen den Ästen verfangen hatte. Ganz langsam ging ich vor dem Grab in die Hocke und schrieb mit meinem unbehandschuhten Finger Anja + Milka auf das Schneebeet.

# 30

Als Milkas Stiefvater aus seiner Wohnung verschwand, war ich bereits seit ein paar Monaten wieder in Virginia; die Wohnung war durchwühlt und in Brand gesteckt worden. Weder seine Freundin noch die Nachbarn konnten der Polizei sachdienliche Hinweise geben.

Kurz danach kamen meine Eltern zu Besuch. Genau wie ihre Nachbarn hatten sie ihre Datscha am Ende verkauft. Einen Teil des Geldes hatten sie für die Renovierung ihrer Wohnung verwendet, den Rest hatten sie auf unser Konto in den Vereinigten Staaten überwiesen. Sie brachten mir die alten Tonbandkassetten von Lopatin mit, und wenn ich allein war oder wenn es draußen stürmte, hörte ich sie mir an: Dann hallten die Stimmen meiner Freunde durch mein Inneres und durch die Berge, die so traurig wirkten, verkleinert und gebückt unter dem Gewicht der Bäume und Wolken, regenüberflutet.

Trotz der Sprachbarriere lernten meine Eltern meinen Mann ganz allmählich kennen und schätzen. Mike war höflich, ehrlich und fleißig, und er unterbrach uns nie, wenn wir Russisch sprachen. Er interessierte sich dafür, was meine Eltern aßen und wie sie schliefen, doch wenn er ihnen eine Frage stellte, blickten sie mit völlig hilflosen Gesichtern auf mich. Sie waren wie Kinder, die plötzlich ein neues Spiel bekamen. Doch im Gegensatz zu Kindern fehlte es ihnen an Spontaneität und Sorglosigkeit, und alles ringsum verwirrte sie. Binnen Kurzem hatte meine Mutter die Verantwortung für die Küche übernommen und kochte täglich fünfgängige Menüs, während mein Vater nach Dingen Ausschau hielt, die er reparieren konnte. Davon gab es natürlich nicht viele, und nachdem er die Heizkörperverkleidungen neu gestrichen und die Fenster abgedichtet und geputzt hatte, beschloss er, da wir jede Menge brachliegendes Land hatten, zusammen mit Mike einen Apfelgarten zu pflanzen.

Ich saß mit meiner Mutter auf der Couch und studierte einen Obstbaukatalog. Ich übersetzte die Seiten, während sie die Baumsorten aussuchen half: Klarapfel, Liberty, Freedom, Virginia Beauty, Victoria Limbertwig und Granny Smith. Sie berücksichtigte die Reifezeit, die Bestäubung, das Klima und die Krankheitsresistenz. Sie machte sich Sorgen wegen der Sommerhitze und der Winterschneestürme, wegen Apfelschorf und Apfelrost und Feuerbrand, der einen ganzen Obstgarten in einer einzigen Vegetationsperiode vernichten konnte. Wir beschlossen, dreijährige Halbstämme zu pflanzen, die leichter zu handhaben waren und früher Früchte trugen als die Standardgrößen. Und wir fanden heraus, dass die Kultursortenäpfel normalerweise auf andere Wurzelstöcke aufgepfropft wurden, von denen die meisten ursprünglich aus Russland stammten.

Während ich Eistee machte, den meine Eltern nie richtig mochten, beobachtete ich die drei durchs Küchenfenster: wie sie die Bäume auf dem Feld verteilten, nachdem sie zuerst den ganzen Obstgarten ausgemessen hatten und dann den Abstand zwischen den Bäumen. Sie hatten die Stelle mit einem Pflock markiert, über den meine Mutter wachte, bis die Männer den Baum eingepflanzt hatten und sich dem nächsten zuwandten. Sie sprachen nicht miteinander, konnten aber dennoch kommunizieren, indem sie einer eigentümlichen, fragilen Ordnung folgten. Mike grub ein Loch, mein Vater versenkte einen Baum darin und meine Mutter streute Dünger hinein und klopfte die Erde an.

Sobald die Sonne unterging und einen Hauch Rosa am Himmel hinterließ, trugen wir Abend für Abend wassergefüllte Plastikgießkannen zu den Bäumen. Sie tranken gierig, immer wieder füllten wir die Gießkannen nach und der Boden saugte das Wasser jedes Mal vollständig auf.

Meine Eltern hatten weder mir noch Lopatin je zum Vorwurf gemacht, dass wir an jenem Silvestertag alle ihre Apfelbäume mit der

Kettensäge meines Vaters abgeholzt hatten, die wir im Geräteschuppen gefunden hatten. Im Frühjahr nach ihrem Amerikabesuch wurde Lopatin in seinem neuen Appartement durch einen Stich in die Brust getötet. Meine Eltern riefen mich sofort an und gingen dann auf die Beerdigung, wo mein Vater einer der Sargträger war. Er sagte, der Sarg sei bereits geschlossen gewesen und man habe acht Männer gebraucht, um ihn hochzuheben. Während er den Sarg trug, habe er sich dauernd gefragt, ob sie dem Leichnam vielleicht eine Rüstung angezogen hätten oder ob ein Toter so viel wiege wie seine Sünden.

Ich gab keine Antwort, sondern ging nach draußen, wo die Apfelbäume im Wind vibrierten, frisches Laub, das sich in Hörweite zankte. Einen Augenblick lang war nur dieses Geräusch zu vernehmen, wie eine lebendige Mauer, die bis zum Himmel reicht. Hinter dem Obstgarten waren die Berge, steinerne Krieger mit grünen Brünnen. Wenn ich zu ihnen gehen könnte, dachte ich, wenn ich ihre geharnischte Brust berühren könnte, würde ich ihr Herz schlagen hören.

Da fiel mir plötzlich die Tasche mit den Geschenken ein, die Lopatin in jener Silvesternacht in meiner Wohnung gelassen hatte.

«Wo ist die Tasche?», fragte ich meine Mutter, an die mein Vater den Hörer weitergegeben hatte.

«Sie ist hier im Schrank, bei deinen anderen Sachen. Ich hatte sie völlig vergessen», sagte meine Mutter.

«Was ist in der Tasche? Kannst du kurz nachsehen?»

«Ja», sagte sie und dann hörte ich sie an der Tasche hantieren. «Eine alte Kassette. Ich kann nicht lesen, was darauf steht, die Schrift ist ganz zerkratzt, aber irgendwas mit ‹Champions›.»

Ich holte tief Atem. «Und was noch?», fragte ich. Die Wörter rollten mir wie dicke, salzige Tränen von der Zunge.

«Zwei fast verblichene, beschriebene Seiten», sagte meine Mutter verdutzt.

«Was für Seiten?»

«Ich weiß nicht. Sieht wie ein Theaterstück aus.»

Ich überlegte kurz und sagte: «Es *ist* ein Theaterstück – *Der Kirschgarten*.»

Am Spätnachmittag sind die Berge manchmal wolkenverhangen, und die Wolken sind wie Zweifel, die eine Zeit lang Stille verbreiten. Sie verweilen kurz, bevor sie in eine andere Richtung ziehen, und dann bricht die Sonne ungeheißen durch und geht sofort unter. Der Himmel verströmt blutige Farben wie ein verwundetes Herz. Ich bin erstaunt, dass das Alter plötzlich einzieht, dass es eines Tages kommt und dableibt, dass die Vergangenheit wächst und mit der Entfernung zunimmt. Dass wir mit den Jahren glauben, endlich herausgefunden zu haben, was uns bisher entgangen ist. Alles erscheint größer und klarer denn je, als hätte die Zeit sich zu ihrem Recht verholfen, indem sie einfach vergeht.

Russen sind fatalistisch; wir glauben, unsere Zukunft sei unwiderruflich vorherbestimmt. Doch dann wiederum glauben wir an Wunder, an die großartige Einflusssphäre der Vorstellungskraft. Vielleicht überleben wir deswegen und ertragen die Dinge. Doch vielleicht ist es das gar nicht, vielleicht ist es unser enormer Stolz, unsere übertriebene Eitelkeit, die wir mit ins Grab nehmen, und alles Übrige ist nichts als das Wetter – Wind und Regen, Schübe blendenden Schnees.

Noch ein Jahr zieht vorüber. Noch mehr Wissen, noch mehr Weisheit sammeln sich in unserem Inneren, und unsere Knochen beginnen nachts zu schmerzen. In den kalten Monaten macht Mike gelegentlich Feuer und wir legen stapelweise Decken aufs Bett und lauschen den angestrengten Sterbelauten der Holzscheite, die sich selbst auslöschen, um uns am Leben zu halten. Und dann lieben wir uns, wärmen unsere Körper mit Berührungen und mit unserem Atem, mit Küssen, die anfangs sanft und behutsam sind und dann heftiger und hartnäckiger werden. Hinterher liegen wir noch eine Weile still da, zitternd wie erschrockene Teenager in einem Kokon aus Schatten, die miteinander ringen, lauthals an den Wänden und Decken lärmen – schöne, schiefe Flecken aus Licht und Finsternis.

# Danksagung

Es gibt Menschen auf dieser Welt, deren Freundlichkeit, Weisheit und innere Stärke mich als Schriftstellerin und als Mensch geformt haben und ohne die dieses Buch nicht hätte geschrieben werden können.

Ich danke:

Jackie Ko – meiner Traumagentin – für die Beantwortung meiner ersten E-Mail, dafür, dass sie das Risiko eingegangen ist, dafür, dass sie sich in mein Werk verliebt hat, für ihre Geduld und Rücksicht, ihr Vertrauen, ihr Pflichtbewusstsein und ihre Gelassenheit.

Andra Miller – meiner unerschrockenen Lektorin – für ihr brillantes Sehvermögen, ihren Optimismus, ihr Berufsethos und die blühenden Obstgärten ihrer Arbeit.

Luke Epplin – meinem Hersteller – für seinen scharfen Blick und seine scharfsinnige redaktionelle Kompetenz, dafür, dass er dem geschriebenen Wort so große Aufmerksamkeit geschenkt hat.

Allen Mitarbeiterinnen und Mitarbeitern bei Ballantine Books und Penguin Random House – dafür, dass sie diesen Roman zur Welt gebracht haben, dass sie Schriftstellerinnen und Schriftsteller verlegen, die eingewandert sind, und dafür, dass sie uns mit der Literatur unterschiedlicher Kulturen beschenken.

Anton Pawlowitsch Tschechow – der für Millionen von Schriftstellerinnen und Schriftstellern ein literarischer Pate ist – dafür, dass er die Menschen liebte und unser Heimatland, das er mit seiner unauslotbaren Prosa pries und bemitleidete, aufschnitt und heilte.

Jeanne M. Leiby – der verstorbenen Literaturredakteurin der Zeitschrift *The Southern Review* – dafür, dass sie meine Erzählung «Champions of the World», das Herzstück dieses Romans, gelesen und veröffentlicht hat.

Den Literaturredakteurinnen und -redakteuren von *Gulf Coast: A Journal of Literature and Fine Arts* und von *Bayou Magazine* – für die Veröffentlichung verschiedener Kapitel beziehungsweise Exzerpte meines Romans in leicht veränderter Form.

Den Lehrerinnen und Lehrern der Moskauer Spezialschule für Englisch

#55 und den Professorinnen und Professoren der Staatlichen Linguistischen Moskauer Universität – die dafür sorgten, dass ich mich in die englische Sprache und Literatur verliebte, und die mich zwangen, mir alle unregelmäßigen Verben und idiomatischen Ausdrücke einzuprägen; die streng und doch leidenschaftlich waren, brutal und doch fürsorglich.

Tim Poland und Donald Secreast – meinen ersten Professoren in Kreativem Schreiben an der Radford University – dafür, dass sie mich mit Wissen und Hoffnung stärkten und meine frühen Arbeiten entzifferten, für ihre Anleitung und Ehrlichkeit, für ihre besessene Liebe zur Literatur und zum Geschichtenerzählen.

Den Professorinnen und Professoren am Jackson Center for Creative Writing der Hollins University – dafür, dass sie mich in ihr MFA-Programm aufgenommen, mir ein Lehrtätigkeitsstipendium zuerkannt haben und meine Träume nicht zunichtegemacht haben.

Moira Baker – meiner stoischen Mentorin und Freundin – für ihren Witz, ihren Mut und ihre Integrität; dafür, dass sie überzeugt war, dass ich eine Geschichte zu erzählen hatte und sie gut erzählen würde; dafür, dass sie mir die Werke von Virginia Woolf und Toni Morrison nahegebracht hat.

Toni Morrison – der Göttin der amerikanischen Literatur – für ihre unsterbliche Genialität, ihre Menschlichkeit, ihre Gabe, Schriftsteller in ihre Einflusssphäre zu ziehen und nie wieder loszulassen.

Christine Sneed, Christina García, Christine Schutt, Richard Bausch, Steve Yarbrough und Ed Falco – wunderbaren Schriftstellern, Pädagogen und Freunden – dafür, dass sie so großzügig, ermutigend, unterstützend und produktiv sind; dafür, dass sie meinen Traum von der Literatur teilen.

Amy Hanson – meiner Schreibgefährtin – dafür, dass sie alle Versionen dieses Romans gelesen hat, dass sie die lichtere Seite meiner Düsterkeit ist; für das New Yorker Hotel und die Träume von Paris.

Tanja Nadtochiy – meiner lebenslangen Kameradin – für Jahrzehnte des Redens, Zuhörens, Glaubens, Ratschläggeerteilens, dafür, dass sie mich besser kennt als ich mich selbst, und dafür, dass sie immer zur Stelle ist, auf der anderen Seite der Welt.

Mascha Baukina – meiner Sandkastenfreundin – dafür, dass wir immer da weitermachen, wo wir gestern aufgehört haben, oder letzte Woche, letzten Monat, letztes Jahr.

Galia Suradze – meiner Essens- und Gesundheitsbibel – für ihre täglichen Nachrichten und köstlichen Rezepte; für ihre Stärke, die irgendwie zu meiner wird; und für den Cognac auf ihrem Balkon im Morgengrauen.

Stipe Ostović – meinem Cousin – dafür, dass er meine Erzählungen gelesen hat und etwas zu sagen hat, für seinen Humor und sein sanftes, langes Lachen.

Lena Iwanowa – die meine Schwester sein könnte – für ihre Fürsorglichkeit, ihre Unterstützung, ihre Stärke, ihre Schönheit und Vertrautheit.

Elena Makrowa – einer Theaterenthusiastin – für die außerordentlichen Theaterstücke, die sie mich in Moskau zu sehen drängte, für unsere Teezeremonien spät in der Nacht und dafür, dass sie nie aufgibt.

Den Solowjews – meinen nächsten Nachbarn – dafür, dass sie meine erweiterte Familie sind, Essen und Gedanken mit mir teilen und wissen, wie man eine ganze Armee mit einer Handvoll Buchweizen satt bekommt.

Den Morozovs, den Kromins, den Plekhanovs, den Goldshteyns, Leonid Mukhaev, Galina Vorotynova, Lesya Paisley, Svetlana Miller, Lena Boeva, Lena Hourihane, Tatiana Early, Irina Akimova und Vera Tolpina – meinem russischsprachigen Zirkel – dafür, dass ich mich fern von der Heimat zu Hause fühlen konnte; für unsere lauten Feiern – von der Abenddämmerung bis zum Morgengrauen; für das Leben, das wir geteilt haben, und die Erinnerungen, die sich daraus ergeben haben.

Matthew Lansburgh, Julia Lichtblau, Liz Zemska, Sujata Shekar, Raul Palma, Brenda Peynado, Andrea Jurjević – engen Freundinnen und Freunden von der Sewanee-Uni – für die vielen Tage und Nächte des Gesprächs: über Politik, Literatur und das Schreiben; dafür, dass sie in mein Leben getreten und bei mir geblieben sind.

Den Matushes – meinem ersten Kontakt in Amerika – dafür, dass sie mich in dieses Land eingeladen haben, mir beibrachten, wie man starke Drinks mixt, und dafür, dass sie trotz des Schneesturms zu meiner Hochzeit gekommen sind, und für Louis Armstrongs *What a wonderful World*.

Den Phillipses und den Newberrys – meiner Familie im weiteren Sinne – dafür, dass sie mich zu sich nach Hause einladen und an Feiertagen alle versammeln, dafür, dass sie sie selbst sind.

Den Dodsons – meinen Nachbarn in Virginia – dafür, dass sie mein Schreiben ernst nehmen, zu meinen Partys kommen und mich zu ihren Partys einladen, und dafür, dass sie meinen Mann bekochen, wenn ich keine Zeit habe.

Den Taylors – meinen Wahleltern – dafür, dass sie immer Zeit finden – um mit mir zu telefonieren, auf einen Sprung herüberzukommen oder um zu helfen; dafür, dass sie mich wie eine Tochter behandelten, als ich neu in Virginia war und Heimweh hatte; dafür, dass sie mir beibrachten, Amerikanerin zu werden.

Den Gorchews, Fjodor und Klawa – meinen verstorbenen Großeltern – dafür, dass sie den Krieg gewannen und danach überlebten, für die Geburtstagsfeste und Sommermonate auf der Datscha, für meinen ersten Apfelgarten.

Randy Newberry – meinem geliebten Mann – dafür, dass er mein Herz erobert hat; dass er mich geheiratet hat, ohne auch nur die Hälfte dessen zu verstehen, was ich sagte; für den Mond, der in jener Nacht ‹an› war; für seine Liebe, Unterstützung und Hingabe; dafür, dass er alles liest, was ich schreibe; dass er der Mann ist, den ich immer wieder heiraten würde; für unseren Sohn, das größte Geschenk unseres Lebens.

Albert Newberry – meinem einzigen Kind – dafür, dass er so rastlos, kreativ und voller Gestaltungslust aufwuchs; dass er sich Ziele setzte und sie verfolgte; dass er mich frühmorgens und spät in der Nacht und die ganze Zeit dazwischen liebt; dass er mich wütend, stolz, traurig, herrisch und überfürsorglich macht; für all die Tees, Filme und die Musik, die er in mein Leben gebracht hat, für all die Schönheit.

Albina Iwanowa – meiner unerschöpfbaren Mutter – dafür, dass sie mich allein großzog, mich zum Lesen anregte und ihr letztes Geld für Bücher ausgab; dafür, dass sie mir alles beigebracht hat, was ich über das Leben weiß, auch, wie man nicht an Einsamkeit oder einem gebrochenen Herzen stirbt; für ihre unerreichbare seelisch-geistige Kraft; dafür, dass sie an Wunder glaubt und daran, dass das Leben lebenswert ist, selbst unter den aussichtslosesten Umständen; für ihre Gabe, in allen Menschen das Beste zu finden; dafür, dass sie Mary Poppins ist und gesagt hat: «Zu deinen Füßen liegt eine ganze Welt.»

# Nachweis

Das Motto sowie weitere Zitate aus «Onkel Wanja» und «Der Kirschgarten» von Anton Tschechow stammen aus der Übersetzung von Vera Bischitzky, «Der Kirschgarten. Dramen», dtv, München 2009.

*Alena Mornštajnová im Unionsverlag*

*Hana*
Mira findet, dass es sich manchmal lohnt, ungehorsam zu sein. Zum Beispiel für einen wagemutigen Ritt auf einer Eisscholle. Triefend nass erwartet sie als Bestrafung Erbsenpüree zum Abendbrot, doch die wahren Folgen ihres unschuldigen Abenteuers bringen ihre Welt zum Stillstand. Das Schicksal bindet Mira an ihre seltsame Tante Hana: Spindeldürr und schweigsam, sieht sie in ihren ausgeleierten schwarzen Pullovern aus wie ein Nachtfalter. In dem Versuch, miteinander auszukommen, lernt Mira langsam zu verstehen, warum ihre Tante sich so schwer im Leben zurechtfindet, und was das leise hinter ihren Rücken gemurmelte »Jude« bedeutet. Über drei Generationen hinweg entfaltet sich eine aufwühlende wie berührende Familiengeschichte, gelenkt von grausamen Mächten, aber auch von selbstloser Liebe.

*Stille Jahre*
Bohdana wohnt in dem Haus am Ende der Straße, wo der Lavendel vor den Fenstern blüht und sich bunte Zeitschriften auf dem Küchentisch türmen. Während Bohdana mit ihrer Stiefmutter Papiervögel bastelt, verschanzt sich ihr Vater hinter mürrischen Kommentaren. Erst als ihre Großmutter sie mit einem anderen Namen anspricht, beginnt Bohdana zu ahnen, dass der Vater ihr etwas verschweigt. Vierzig Jahre früher wuchs er unter den Versprechen des Kommunismus auf. Begeistert widmete er sein Leben der Partei. Warum fand sein Glück ein jähes Ende? Alena Mornštajnová erzählt die Geschichte einer zerrissenen Familie, die entgegen aller Wahrscheinlichkeit versucht, wieder zusammenzufinden.

»Geschichten so zu erzählen, dass sie die Lesenden nicht mehr loslassen, ist das Geheimnis guter Bücher. Alena Mornštajnová schreibt solche Geschichten.« *Der Haubentaucher*

Mehr über Autorin und Werk auf *www.unionsverlag.com*

## Adam Andrusier im Unionsverlag

*Tausche zwei Hitler gegen eine Marilyn*
»Schon wieder die Nazis?«, fragt Adams Mutter, wenn der Vater bereits beim Frühstück einen leidenschaftlichen Vortrag über die Verbrechen des Dritten Reichs hält. Oder im Skiurlaub dem deutschen Ehepaar stolz seine Postkartensammlung zerstörter Synagogen präsentiert. Dass er die Familie dann auch noch regelmäßig zum Israelischen Volkstanz schleift, bringt nicht nur die Mutter zur Verzweiflung. Adam jedoch weiß sich zu retten: Eine echte Berühmtheit zieht in ihren Londoner Vorort, und Adam ergattert ein Autogramm. Bald schreibt er von Sinatra bis Mandela alles an, was Rang und Namen hat, und verfällt einer Leidenschaft, die alles andere in den Schatten stellt. Eine Komödie mit Widerhaken über das Erwachsenwerden, jüdischen Familienirrwitz und das unbedingte Verlangen nach Freiheit.

»Ein humorvolles, herzerwärmendes Buch über das Heranwachsen in der Vorstadt, das Fan-Dasein und so vieles mehr. Eine vergnügliche, anrührende Lektüre.« *Zadie Smith*

»Vom Autogrammsammeln erzählt Andrusier sehr witzig mit feiner Selbstironie. Ein warmherziger Blick auf einen Kosmos von Exzentrikern und gefälschten Unterschriften.« *ZDF*

»Eine wahre Geschichte: Adam Andrusier, der hier seinen sehr unterhaltenden Erstling vorlegt, ist nach einer Jugend als Sammler schließlich Autografenhändler geworden. Dieses lustige Buch ist ein Spaziergang durch unbekannte Welten, wahnsinnig interessant.« *Elke Heidenreich*

Mehr über Autor und Werk auf *www.unionsverlag.com*

*Ali Zamir im Unionsverlag*

*Die Schiffbrüchige*
Eine junge Frau mitten im Indischen Ozean. Die Wellen sind erbarmungslos, ihre Kräfte lassen nach. In einem letzten Aufbäumen will Anguille jeden Augenblick ihres Lebens noch einmal auskosten. Sie erinnert sich an den Seemandelbaum in ihrer Heimatstadt, unter dem die alten Männer Backgammon spielen. An die Fischer, die sich um ihre Kunden streiten wie alte Waschweiber. An ihren allwissenden Vater, der jedes Fitzelchen Zeitung liest, was ihm in die Hände fällt. An ihre rebellische Schwester, die mit ihren Freunden durch die Gassen zieht. Und vor allem an Vorace, dieser umwerfende Vorace, der sie fast um den Verstand gebracht hat. Doch jetzt hat Anguille keine Zeit mehr zu verlieren. Sie zieht uns hinein in den Strudel ihres Lebens – und in die Tiefe des Meeres.

»Die Schiffbrüchige reißt uns mit in eine schwindelerregende Prosa, sinnlich und revolutionär.« *Le Monde*

»Die Kraft und der Zauber des Buches liegen ganz in Anguilles Stimme, die Zamir mit einer Liebe und Lust modelliert, die auch den Übersetzer Thomas Brovot zu einer Glanzleistung inspirierte. Ihre Sprache strömt, wirbelt und funkelt wie bewegtes Wasser, unwiderstehlich. Das Mädchen lässt sich von den peitschenden Wellen weder den Schneid noch den Witz abkaufen, reißt einen mit, direkt ins Leben einer Insel, die man eben noch auf der Weltkarte suchen musste. Anguille bäumt sich auf, kurz bevor ihre Kräfte schwinden, und für einmal glaubt man zu begreifen, was untergeht, wenn ein Mensch ertrinkt.« *Neue Zürcher Zeitung*

Mehr über Autor und Werk auf *www.unionsverlag.com*

## Yaniv Iczkovits im Unionsverlag

*Fannys Rache*
Fanny Kajsman hat genug. Ihr nutzloser Schwager ist nach Minsk abgehauen und hat ihre Schwester im Schtetl zurückgelassen. Kurzerhand trifft Fanny eine skandalöse Entscheidung: Sie wird ihren Schwager eigenhändig zurückholen. Bewaffnet mit einem Schlachtermesser und einer gehörigen Portion Starrsinn bricht sie auf, aber die Straßen des Russischen Kaiserreichs sind gefährlich. Als sich ihr der stumme Fährmann Cicek Berschow anschließt, ist sie dankbar um die Begleitung. Doch ein Schlamassel jagt das nächste, Fannys schlichter Plan wächst sich zu einer mittelgroßen Katastrophe aus und bringt bald die Grundfesten des Russischen Reiches ins Wanken. Ein rasanter Roadtrip durch das 19. Jahrhundert, eine Ode an Mut und Freundschaft und die Suche einer unvergesslichen Heldin nach Gerechtigkeit.

»Mit Witz, Esprit und grenzenloser Fantasie entwirft Yaniv Iczkovits ein schillerndes Familiendrama. Eine außergewöhnliche, bildstarke Lektüre.« *David Grossman*

»Frisch, eigen und originell ist dieser Roman, ebenso witzig wie weise, und ein zutiefst bewegender Streifzug durch das Russische Kaiserreich. Iczkovits ist ein großartiger Erzähler, ein herausragendes Talent. Dieses Buch ist ein ganz großer Wurf.« *Kirkus Reviews*

»Was Yaniv Iczkovits vorlegt, ist ein raffiniertes Erzähl-Kaleidoskop. Liebevoll skizziert er Figuren, die allesamt sympathisch sind. Eine überwältigende liebevoll-satirische Moritat über Macht und Individuum, Politik und Glauben, Irrtum, Propaganda und Zwang.« *Buchkultur*

Mehr über Autor und Werk auf *www.unionsverlag.com*

*Jamaica Kincaid im Unionsverlag*

*Damals, jetzt und überhaupt*
Die Sweets – Mutter, Vater, zwei Kinder – leben in einem Städtchen in Neuengland, wo auf den ersten Blick alles beschaulich erscheint. Jamaica Kincaid erzählt vom schwierigen Miteinander und allmählichen Auseinanderbrechen einer Familie. Sie scheut sich nicht, in die Abgründe der Seele zu leuchten, und sie kreist ein, was die Zeit mit den Menschen anstellt.

*Die Autobiografie meiner Mutter*
Claudette Richardson erzählt ihre Lebensreise in Dominica: Die eigene Mutter stirbt bei der Geburt, sie wächst bei einer Pflegemutter auf. Wie soll sie, gefangen in innerer Einsamkeit, lieben lernen? Stattdessen entdeckt sie ihren Eros und heiratet zuletzt einen reichen weißen Mann, der sie nie glücklich machen kann.

*Lucy*
Lucy, 19 Jahre alt, kommt von den Westindischen Inseln zum ersten Mal nach New York. Als Au-pair-Mädchen lebt sie bei Mariah und Lewis, einem wohlhabenden Ehepaar mit vier kleinen Töchtern. Alles ist neu für Lucy, sie entdeckt eine vollkommen fremde Welt, die Angst macht und erschreckt. Doch die junge Frau kämpft um ihre innere Unabhängigkeit.

»Die Geschichten, die uns Kincaid erzählt, entfalten eine nachhaltige Kraft, der man sich kaum entziehen kann.«
*Frankfurter Allgemeine Zeitung*

»Kincaid ist eine unserer tiefschürfendsten Autorinnen. Sie verfügt über ein poetisches Verständnis dafür, wie sich Politik und Geschichte, Privates und Öffentliches überschneiden und die Grenzen verschwimmen.« *The New York Times*

Mehr über Autorin und Werk auf *www.unionsverlag.com*

*Im Verlag C.H.Beck erschienen*

Daniel Mason *Oben in den Wäldern*
Wer hat hier, wo ich wohne, schon einmal ein Leben geführt – und wer wird diesen Ort nach mir sein Zuhause nennen? Daniel Mason erzählt in seinem neuen Roman die bewegte Geschichte eines Hauses in den Wäldern von Massachusetts. Und mit ihr von den Schicksalen, Geheimnissen und Abgründen der Menschen, die das Haus über die Jahre bewohnen. Von einem Soldaten, der nach einer Verwundung nicht auf die Schlachtfelder zurückkehrt, sondern beschließt, sich in der Abgeschiedenheit dem Apfelanbau zu widmen. Von seinen Töchtern, Zwillingen, deren symbiotisches Leben mit dem Erwachsenwerden zunehmend Risse bekommt – und jäh in einer Tragödie endet. Von einem Reporter, der auf ein uraltes Massengrab stößt, und einem liebeskranken Maler, der einem geheimen und riskanten Verlangen nachgeht. Während sich die Bewohner des kleinen gelben Hauses mit der Schönheit und den Wundern ihrer Umgebung auseinandersetzen, beginnen sie zu erkennen, wie lebendig die Vergangenheit dieses Ortes ist. *Oben in den Wäldern* erzählt vom Wandel der Zeit, der Sprache, der Natur, und zeigt, wie stark wir durch sie auch über Jahrhunderte miteinander verbunden bleiben. Ein so sprachmächtiger wie spannender Roman, der eine zeitlose Frage stellt, die uns alle beschäftigt: Wie leben wir weiter, auch wenn wir nicht mehr da sind?

»Vielstimmig, magisch, faszinierend.« *Freundin*

»Einer dieser Romane, die man bis zum Morgengrauen nicht weglegen kann.« *Die Presse*

»Umwerfend, ein mutiges und originelles Buch, intim und episch, spielerisch und ernst. Es bringt uns an die Grenze dessen, was eine Geschichte leisten kann.« *The Guardian*

*www.chbeck.de*

*Unionsverlag Taschenbuch*

**Bücher fürs Handgepäck**
Ägypten · Argentinien · Australien · Bali · Bayern · Belgien · Brasilien · China · Dänemark · Emirate · Finnland · Himalaya · Hongkong · Indien · Indonesien · Innerschweiz · Island · Japan · Kalifornien · Kambodscha · Kanada · Kapverden · Kolumbien · Korea · Kreta · Kuba · London · Malaysia · Malediven · Marokko · Mexiko · Myanmar · Namibia · Neuseeland · New York · Norwegen · Patagonien und Feuerland · Peru · Provence · Sahara · Schottland · Schweden · Schweiz · Sizilien · Sri Lanka · Südafrika · Tessin · Thailand · Toskana · Vietnam

**José Mauro de Vasconcelos** Mein kleiner Orangenbaum (UT 1025)
**Alexandra Lapierre** Artemisia (UT 1024)
**Maxence Fermine** Schnee (UT 1022)
**Gloria Naylor** Linden Hills (UT 1021)
**Claudia Piñeiro** Kathedralen (UT 1019)
**Christine Dwyer Hickey** Schmales Land (UT 1018)
**Adania Shibli** Eine Nebensache (UT 1017)
**Adam Andrusier** Tausche zwei Hitler gegen eine Marilyn (UT 1016)
**Attica Locke** Heaven, My Home (UT 1014)
**Kristina Gorcheva-Newberry** Das Leben vor uns (UT 1013)
**Carl Nixon** Kerbholz (UT 1012)
**Jules Vallès** Das Kind (UT 1009)
**Leonardo da Vinci** Der Esel auf dem Eis (UT 1008)
**Simon Carmiggelt** Kronkels (UT 1007)
**Frances Cha** Hätte ich dein Gesicht (UT 1006)
**Garry Disher** Stunde der Flut (UT 1005)
**Attica Locke** Bluebird, Bluebird (UT 1004)
**Diane Broeckhoven** Ein Tag mit Herrn Jules (UT 1003)
**Alexander Grin** Purpursegel (UT 1002)
**Martina Clavadetscher** Vor aller Augen (UT 1000)
**Anna Nerkagi** Weiße Rentierflechte (UT 999)
**Tschingis Aitmatow, Juri Rytchëu, Galsan Tschinag** Die Kraft der Schamanen (UT 998)
**Cherie Jones** Wie die einarmige Schwester das Haus fegt (UT 997)
**José Luis Correa** Kanarische Geheimnisse (UT 996)

Mehr über alle Bücher auf *www.unionsverlag.com*

## Unionsverlag Taschenbuch

**José Luis Correa**
Kanarische Intrigen (UT 995)
**Yaşar Kemal** Auch die Vögel sind fort (UT 993)
**Usama Al Shahmani**
Im Fallen lernt die Feder fliegen (UT 992)
**Shichiro Fukazawa**
Die Narayama-Lieder (UT 991)
**Leonardo Padura**
Wie Staub im Wind (UT 990)
**Alexis Ragougneau**
Opus 77 (UT 989)
**Alena Mornštajnová**
Stille Jahre (UT 988)
**Ursula Hegi**
Die Andere (UT 985)
**Fiston Mwanza Mujila**
Tanz der Teufel (UT 982)
**Christian Signol**
Marie des Brebis (UT 981)
**Patrick Deville**
Amazonia (UT 980)
**Tschingis Aitmatow**
Tiergeschichten (UT 979)
**Patrícia Melo**
Leichendieb (UT 978)
**Mercedes Rosende**
Der Ursula-Effekt (UT 977)
**Marjorie Kellogg**
Sag dass du mich liebst, Junie Moon (UT 976)
**Gloria Naylor**
Mama Day (UT 975)
**Geetanjali Shree**
Mai (UT 974)
**Garry Disher**
Barrier Highway (UT 973)
**Edvard Hoem**
Die Hebamme (UT 972)
**Bergsveinn Birgisson**
Die Landschaft hat immer recht (UT 971)
**Bachtyar Ali**
Mein Onkel, den der Wind mitnahm (UT 970)
**Tony Hillerman**
Sprechende Götter (UT 960)
**Tony Hillerman**
Dieb der Zeit (UT 959)
**Tony Hillerman** Stunde der Skinwalker (UT 958)
**Tony Hillerman** Gesang an die Geister (UT 957)
**Tony Hillerman**
Dunkle Winde (UT 956)
**Tony Hillerman**
Zeugen der Nacht (UT 955)
**Tony Hillerman**
Blinde Augen (UT 954)
**Tony Hillerman**
Tanzplatz der Toten (UT 953)
**Petra Ivanov**
Stumme Schreie (UT 952)
**Jörg Juretzka**
Nomade (UT 951)
**Gloria Naylor**
Die Frauen von Brewster Place (UT 950)
**Bernardo Atxaga**
Ein Mann allein (UT 949)
**Bernardo Atxaga**
Obabakoak oder Das Gänsespiel (UT 948)
**Petra Ivanov** Erster Funke (UT 947)
**Kai Hensel** Terminal (UT 946)

Mehr über alle Bücher auf *www.unionsverlag.com*